KB157877

한국 현대도시소설과 비교문학

. . .

전혜자

국학자료원

책을 내면서…

어린 시절, 증조할머님의 "내가 젊은 시절에는……"으로 시작되는 말씀을 자주 들었던 기억이 난다. 나는 그때마다 의아스런 표정으로 할머님의 주름진 얼굴을 살펴봤으며 심지어는 할머니가 거짓말쟁이란 생각까지도 하곤 했다. 그런데 지금의 나는 그런 증조할머님의 거짓말 같은 진실 위에 서 있다.

초년병 강사생활까지 합해서 대학에 몸 담은 지 34년. 金東仁의 '仁'자가 '人'으로 써져 너무나 당혹해 했던 순수(?)했던 그 시절에서 이제는 학자생활 막바지에 고즈넉하게 서 있다.

그래서인지 그동안 쓴 논문들을 주섬주섬 모아보고 싶었다. 다시 손질하고 정리하면 그런대로 책 한 권의 분량은 될 것 같아서였다. 초년학자의 설익은 연구를 시작으로 연륜이 쌓이면서 日就月將한 것도 아닌데 이렇게 겁 없이 책을 내도 될까 하는 주저함도 있었지만 '邯鄲之夢'이란 말에 역설적으로 의지해서 용기를 냈다.

모두 16편인데 이 중 7편은 도시문학과 관련된 논문이고, 9편은 비교문학으로 일반문학적인 연구이다. 박사논문이 한국 현대소설의 배경연구로 특히 도시와 농촌의 대비연구인 것이 계기가 되어 도시소설 또는 도시생태에 대해 관심을 집중적으로 갖게 됐으며 어설프게나마 서구이론에 접하게 되는 기회가 많아짐에 따라 비교문학관련 논문이 지배적이게 된 듯 싶다.

실상 한국소설의 경우, 도시에 대한 관심은 1920년대 중반부터 단편적으로나마 나타나기 시작해서 1930년대에 도시, 또는 도회문학이란 명칭으로 거론되었고 60년대소설부터 본격화되었다. 그러나 '도시문학'이라는 용어 개념 설정과 적용범위 등에 대한 논란이 서구에서조차 제기되고 있는 상황에서 지속적으로 그것에 대한 계속적인 천착이 이루어져야 할 것 같다.

그래서 1부는 '도시소설'이란 제목을 붙이게 되었고 2부는 늘상 흥미와 관심을 갖고 연구해 왔던 비교문학에 관련된 논문으로 외국문학의 수용환경에 따른 영향연구, 이입, 유사성과 차이성에 의한 대비연구 등으로 일반문학적 연구란 제목을 붙였다.

특히 다문화주의와 글로컬리즘의 시대에 살고 있는 이 시대에 국민문학 또는 국민문화를 세계문학이나 세계문화와 대비시켜 자국민의 문학이나 문화의 정체성을 파악하는 작업은 미래지향적인 값진 연구라고 생각한다.

라깡이 인간의 욕망이 끝나게 되는 것은 죽음 뿐이라고 말한 것처럼 학문에 대한 열정과 욕망은 시작만 있을 뿐이지 마무리는 결코 존재할 수가 없는 것 같다. 책을 내면서 줄기차게 나를 채찍질하는 소리가 끊이지 않고 나의 귀를 울리니 더욱 그렇다. 지금은 오히려 끝이 아니고 시작이라고……

　이렇게 책을 내면서 정녕 고마움을 표시하고 싶은 분들이 있다. 우선 나의 가족들에게 감사하고 싶다. 욕심쟁이(?)인 나를 말없이 지켜 봐주는 남편이 고맙고 장모의 학문활동에 경외감을 표하는 나의 자랑스러운 두 사위와 딸들, 그리고 멀리 미국 버지니아주 샤로츠빌에서 힘겹게 유학생활을 하면서도 성원 보내기를 잊지 않는 아들 등이다.

　또한 이 책이 나오기까지 계속 조교 역할을 한 나의 영민한 제자 양병남군에게 진정으로 고마움을 보내며 책을 발간해 주신 국학자료원의 정찬용사장님께도 감사의 말씀을 드리고 싶다.

2005년 9월 대모산에 올라서서
전혜자

2 일반문학적 연구

1부 도시소설연구

1910년대 소설의 배경연구
-춘원·소성·순성의 경우-

1. 머리말

한국근대소설에서 배경의 문제는 다른 구성요건들에 비해 다루어지는 빈도가 영성하다. 배경은 소설의 가장 주요한 요소인 주제, 인물, 구성 등과 함께 소설구성에서 비중 있게 다루어야 할 문제이다. 특히 한국소설사에서 고소설과 현대소설의 배경에서의 그 변이양상은 너무나도 확연하므로 더욱 연구의 필요성을 느끼게 된다.

배경은 사전식 정의에 의하면 인물이 행동하고 생각할 때 인물을 둘러싼 공간으로 광의로 말하면 작가가 표현하는 모든 세계로 작품이 표현하고 있는 정신적 배경 모두까지 포함하는 것이기도 하다. 그러나 일반적으로 배경은 사건이나 사상과 긴밀한 연계성을 지닌 인물과의 관계에서 사건이 전개되는 장소로 이해되고 있다.

웰티(Eudoa Welty)는 외적인 공간은 소설의 리얼리티 의식을 가속화시키는 본질적인 요소로 현재 시점의 사실적인 일상생활과 밀접한 관련을 지니고 있다고 했다. 또 배경은 소설의 모든 것을 포함한 뼈대로서 인물의 유형과 소설가의 방향감각을 조절하며 나아가서 소설가의 모든 시점을 조절한다고 했다.

소설이 시작된 18세기는 배경이 주로 자연으로 인물과 구성에 융화되어 있지 않고 스토리와는 별개였다. 낭만주의시대의 배경은 18세기 소설과 달리 자연을 이상화했으며, 인물과 자연을 동일시하는 차원에서 소설에 반영되었다. 특히 도시풍경은 파리와 런던 같은 수도의 불행미를 반영했으며, 산업혁명의 새로운 현상인 연기나는 광경을 묘사하기도 했다.

우리나라 소설의 경우, 고소설에서의 배경은 시대 및 사상적 배경이 주요시됐어도 외적공간은 하나의 형식일 뿐 공간으로서의 기능을 나타내지 못했고, 외적 환경의 가장 주요대상이 되었던 자연환경 역시 소설의 구성이나 인물과는 별 관계없는 그림 같은 풍경 묘사임이 대부분이다.

그러나 신소설의 배경은 이런 고소설 배경과는 달리 다른 기능을 나타내 특히 도시나 농촌의 배경설정에서 그 기능이 두드러지게 나타난다. 이런 양상은 10년대에서 30년대에 이르기까지 그 당시 시대상황과 사회 및 정치, 경제의 흐름에 따라 도시와 시골의 성격이 상반성을 띠거나 혹은 병행하거나 하는 특성을 보여준다.

그것은 신소설을 첫 출발로 한 우리의 근대소설이 긍정적 부정적인 면에서 그 당시의 역사적 상황이나 사회현실을 작품에 그대로 반영하는 리얼리즘 소설이란 의미에서 더욱 그렇다. 이것은 결국 그 당시 배경과 인물의 내면적 정신의 흐름이 그대로 비쳐진 것으로 실제 외적 공간인 도시와 농촌이 소설에서 어떤 변화양상을 나타내며 도시와 농촌배경을 축으로 인물의 정신적 흐름이 어떤 양상으로 변화해 왔는가를 파악할 수 있는 좋은 방법이라 생각된다.

또한 배경과 그 배경에서 활동하는 인물의 가치관을 통해 문학사를 조감해보는 작업이기도 하다. 나아가서 문학과 심리학, 문학과 사회학과의 연구 및 사회정신사의 흐름도 파악할 수 있는 흥미로운 작업이라고 생각해 오던 바, 또한 조심스럽게 느껴지는 것은 기존연구가 거의 없는 상황이라 기본자료가 되는 텍스트 자체에서 도시와 농촌에 대한 문학이론을 발굴, 추출했다.

본고에선 우선 1910년대 소설을 대상으로 하겠거니와 용어사용에 있어선 농촌과 시골이란 단어를 구분하지 않고 앞뒤 문맥에 따라 편리한 용어로 선택해서 사용했음을 밝히는 바이다.

우리 문학사에서 1910년대는[1] 근대소설의 시작으로 20년대 현대소설을 준비하는 전단계로서 현대성의 발아기라고 볼 수 있다. 문학사에선 10년대가 신소설의 개화와 신문화의 속성 및 교훈성의 명맥을 이어받은 춘원만의 독무대로 알려졌지만, 실제 그 당시 활약한 작가로 몽몽 또는 순성(瞬星)이란 필명을 지닌 진학문과 소성(小星) 현상윤을 간과할 수 없다.[2]

그들은 근대소설 초창기의 단편소설 형성에 제외될 수 없는 작가로 그들이 문학사에서 누락된 것은 문단활동이 청소년기로 끝났기 때문이라 추측된다.[3]

특히 이들 소성, 순성의 작품에서 무엇보다 두드러진 점은 인물의 의식화로 무엇보다 배경문제에서 외적 배경인 도시와 농촌이 인물의 심리적 공간으로 구현되고 있는 점을 들 수 있다. 이것은 인물에 대한 외적 심리의 표현이 시작된다는 점에서 신소설과는 다른 양상이며 도시에서의 주인물의 개인경험이 시대와의 관계에서 융합되어 지치고 피로한 부정적 의식의 내면화로 나타나 소위 자의식의 시초라고 볼 수 있다.

반면 춘원의 경우는 「文學이란 何오」의 「文學과 道德」이란 항목에서 문학의 교훈성에 대해 상반된 견해를 보여 주었던 것과는 달리 실제 그의 작품에선 신소설과 같은 교훈주의를 기조로 하고 있으며,

---

1) 김현실의 「현상윤의 短篇小說 硏究」(국어국문학, 93, 1985)에서처럼 10년대를 개화기와 동일하게 보는 관점은 지양되어야 할 것이다.
2) 주종연의 「韓國近代短篇小說硏究」나 김학동의 「瞬星 秦學文硏究」(守遇齋 崔正錫 回甲紀念, 論叢, 1984)
3) 김학동, 앞의 논문, p.260.

서울과 시골 배경은 소설 구성상에 있어서 신소설의 연장으로 서울은 학문과 교육, 상공업의 중심지로 가난이 없는 곳이며 나아가서 문명의 소리가 들리고 생명이 있는 곳으로 구현되며 시골은 무식과 무지, 가난의 대명사로 인간이 아닌 동물이 사는 곳으로 표상되고 있다.

반면 서울의 부정적인 요소나 시골의 긍정적인 면도 나타나고 있다. 서울은 향락과 공명, 허영의 공간으로 시골은 순수, 순박, 검소, 희생으로 표현되는데 그것은 작품 구조상에서보다 단편적인 의식으로서이다.

이제, 1910년대 소설의 외적 배경에 나타난 도시와 농촌의 개념과 속성을 춘원의 초기 단편을 위시해서 장편 <無情> 및 <開拓者>와 소성 현상윤의 <恨의 一生>, <薄命>, <再逢春>, <曠野>, <淸流壁> 등의 6편과 순성 진학문의 <부르지짐>, <요죠오한>, 중편 <暗影> 등4)을 대상으로 살펴보고자 한다.

2. 도시의 양면성

10년대 소설은 도시가 맹목적으로 유토피아 이미지를 띠고 있던 신소설과 달리 도시의 긍정적인 면과 그 당시의 어두운 사회상황5)이 반

---

4) 이들 작품의 발표지와 년도를 보면 다음과 같다.
   <無情>(『大韓興學報』 11 · 12號, 1910. 3~4月), <어린 犧牲>(『少年』 14, 15, 17, 1910. 2. 15~5. 15), <獻身者>(『少年』 20號, 1916. 8. 15), <金鏡>(『靑春』 6號, 1915. 3. 1), <少年의 悲哀>(『靑春』 8號, 1917. 6. 16), <어린 벗에게>(『靑春』 9號, 1917. 7. 26), <彷徨>(『靑春』 12號, 1918. 3. 16), <尹光浩>(『靑春』 13號, 1918. 4. 16), <恨의 一生>(『靑春』 2號, 1914), <薄命>(『靑春』 3號, 1914), 「再逢春」(『靑春』 4號, 1915), 「曠野」(『靑春』 7號, 1917), <逼迫>(『靑春』 8號, 1917), <淸流壁>(『學之光』 10號, 1916), <부르지짐>(『學之光』 12號, 1916), <요죠오한>(『大韓興學報』 제8號, 1909), <暗影>(1920)

5) 국사편찬위원회편의 『韓國現代史』에 의하면 정치적으로는 일제식민정책에 대한 투쟁의 시기며, 경제적으로는 수탈경제체제, 사회적으로는 강제적 동화정책과 풍

영된 병적, 심리적 공간으로서의 도시이미지가 평행선을 달리는 특색을 지니고 있다.

1) 도시성의 개가

10년대는 근대적 개화의 연장으로 도시는 문화·교육의 중심지로서 시골사람들이 동경하는 공간으로 나타나며 민족의 선구적, 지도적, 영웅적 인물의 활동무대로서 도시적 속성을 띤 인물들이 주도가 되는 양상을 띤다. 그러나 도시에 대한 지향은 신소설에서처럼[6] 맹목적이고 관념적인 차원에서가 아니고, 문명과 생명의 소리가 예시되는 서울에서 의지와 정열이 엿보이는 가능성의 공간으로 묘사되고 있다.

가. 모더니즘적 생명력의 공간

<開拓者>의 남산마루턱에서 본 서울은 낡은 전통 위에 새로 서는 생명이 움직이는 공간이며 비록 미숙하긴 해도 미래를 약속하는 약동성을 띠고 있다. 이 점에는 선입관적, 추상적, 관념적인 도시관과 달리 비판적인 입장을 취하고 있는 자세로 장래 어느 날의 서울에 비칠 생명의 빛과 문명의 소리에 대한 갈구가 나타나 있다.

서울의 생명은 심장의 고동소리가 아직은 비록 미미하다 해도 원대한 힘이다. 그래서 생명의 심장고동소리는 과학자인 주인공 성재의 과학실험에 그대로 연결된다. 무엇을 실험하는지 분명히 나타나 있지 않지만, 무엇을 실험하느냐는 것은 문제가 안 된다. 또한 성재의 실험은 단순히 화학실험으로만 생각해선 안 된다는 화자의 음성이 등장한다. 즉 시험관의 끓는 소리는 심장의 고동소리이며 주정등의 화염은 새 생명의 섬광이고 이것은 곧 서울의 소리로 "盈으로서 大와 强을

속 말살, 또는 한국인을 강제로 일본인화 하려고 하는 등의 시대상황이다.
6) 근대개화문명에서 도시는 맹목적인 동경의 대상이 된다.

約束"하는 소리다. 그러므로 춘원에게 서울은 황금이 넘치는 부한 곳, 학술이 은성하고 문학예술이 꽃을 피우는 문화의 서울로서 약속된다.

<無情>의 경우, 서울의 도회소리는 문명의 소리와 일치된다. 전기등과 기계소리 자동차소리와 사람들의 쉬지 않는 발자국소리 등은 바로 문명의 소리며 그 소리가 요란할수록 찬란한 문명은 탄생된다. 그러나 문명의 소리를 미처 깨닫지 못하는 도시민을 깨우쳐 주려는 계도적 의도와 함께 문명의 소리가 현재 보다도 자기 스스로 더 요란하게 나야 한다는 작자의 간절한 소망이 내포돼 있다.

소리나 생명은 도시의 역동성을 나타내는 메타포로 초기 모더니즘 시에서 보여준 문명과 질서의 상징으로서 일종의 과거와의 대조에서 오는 전통과 관습의 파기이며,[7] 합리적, 실용적인 자세에서 기다림을 나타내는 인내이기도 하다.

근대의 산물인 도시는 도시자체로서 생각되기보다 도시민이 어떻게 인식하느냐에 따라, 도시의 생명이 더 활기를 나타낼 수 있다. 특히 문학에서 도시성과 관계되어 다루어지는 것은 전기, 기계소리, 색채, 근육운동지각, 빛 등[8]으로 <開拓者>나 <無情>에 나타난 도시의 생명 역시 무한한 공기와 광선의 생명을 보전하는 문명의 메타포로 작가 즉 도시민의 인식을 통해서 느껴지는 것이다. 그것은 정체적, 정적 세계관이 아닌 동적, 생장적, 성장하는 유기체적 세계관으로 신 또는 자연보다 인간을 우위에 두는 코페르니쿠스적 양상이기보다 완전을 향해 노력하고 도달의 희망을 갖는 낭만적 유기적 관점으로 초기 모더니즘 시에서 보여준 도시문명에 대한 예찬과 일치한다고 볼 수 있겠다.

---

7) Monroe K. Spears, *Dionysus and the City,* London : Oxford University press, 1970, p.9.
8) Kevin Lynch, *The Image of the City,* London the M. I. T. press, 1960, pp.2~3.

나. 디오니소스적 자유의지와 정열

　신소설에서 윤곽을 드러낸 남녀평등은 춘원에 와서 도시지향형인물을 중심으로 한 자유연애관 또는 자유사상으로 구체화된다.

　<金鏡>의 주인공 금경, <少年의 悲哀>의 김문호, <尹光浩>의 광호, <어린 벗에게>의 '나' 등은 외국유학생 또는 서울을 동경하는 학문지향형으로 감정적이고, 다혈질이며, 재주있는 소년 내지 청년으로 학교성적도 수재이다.

　<少年의 悲哀>에서 문호는 종제인 문해의 성격과 비교되며 또, 그것은 문호의 사촌여동생인 난수와 친동생인 지수와의 관계로 비약된다. 이것은 로고스와 파토스의 대비이며 고전적 인물과 낭만적 인물, 또 니체의 말을 빌리자면 아폴로형과 디오니소스형의 대조로 문해가 조각예술적 성격이라면 문호는 회화예술적 성격으로 인생의 참된 미를 알고 정열적, 감성적 인생관을 지니고 있다. 후자의 경우는 자유와 정열의 기수로서 도시지향적 성격을 띠고 있으며 <尹光浩>에서도 윤광호는 지와 정의 균형이 깨진 파격이긴 하나 도시성 지향인 파토스적 낭만형의 인물임에 틀림없다.

　특히 남녀애정관이 뚜렷이 나타난 <어린 벗에게>의 '나'는 종교가나 도덕가가 형식적으로 말하는 것이 아닌 생명 있는 애정으로 생기와 탄력을 지닌 사회와 상응하는 인물이다. 이 생기와 탄력은 도약이나 생명의 소리와도 동질성의 것으로 무한한 자유와 정열을 구가하는 디오니소스의 도시적 이미지다. 그러나 춘원의 경우는 절제와 평형을 지닌 아폴로적 이미지와 디오니소스적 개념－적절히 조절만 하면 인간에게 생명력과 환희를 주는－의 조화인 헬레니즘적 요소와는 궤를 달리한다.

　그리스人들이 얘기하는 'Areté'란 아폴로와 디오니소스의 승인 전인성을 의미하는 것이지만, 춘원의 초기단편에 나타난 근대성은 디오니소스성인 일변도로 작가가 갈구하는 미래지향적인 이상적 도시상과

도시형 인물로 나타난다. 다시 말해서 춘원의 초기 단편은 거의 모더
니즘적 자유를 갈구하는 디오니소스적 지향을 띤 주인공을 설정하고
그들이 의도하는 것은 근대적 모더니즘을 향하는 것으로 브레드버리
(Malcolm Bradbury)식으로 얘기하면 도시성이라 볼 수 있다. 브레드버
리는 모더니즘은 범위가 무척 포괄적이지만 공통성을 얘기한다면, 예
술적 현상의 발생, 의식의 자유로운 폭발, 신구세대의 갈등과 정열 등
나라마다 문화적 고유성을 보여주며 특히 도시는 모더니즘의 자연스
런 서식지로 베를린, 프라하, 모스크바, 페테르스부르그, 파리, 런던,
뉴욕, 시카고 등이 주요 배경으로 등장하고 있다⁹⁾고 언급하였다. 앞에
예시한 춘원의 초기 단편의 공통점은 <無情>만 제외하고는 남녀주
인공이 지나치게 감상적이고 정적이며 눈물도 잘 흘리고 감동을 잘
하며 정열이 넘쳐흐르고 문인을 지망하는 스타일이란 점과 그것은 또
초점에서 1인칭이나 3인칭 전지적 시점을 취하고 있는 바, 사소설적
요소의 1인칭이라든지, 작자의 음성이 작품에 노출되는 올림퍼스적
시점인 것을 봐서라도 자제하지 못하는 격정을 감지할 수가 있다. 또
천재성을 지니고 있는 점으로 낭만적 특성과 상통하며 근대적 모더니
즘을 지향하고 있는 인텔리 유학생의 자유연애는 물론 자유사상을 간
직한 조국의 지도자란 의식이 강한 인물설정은 스피어스가 의미하는
디오니소스적 도시적 특성을 나타내고 있다. 그러나 문명적, 선구적,
근대성을 지향하는 도시형 인물이 공허한 센티멘탈로 끝을 맺는 느낌
은 디오니소스적 성격이 그리스적 평형을 취하지 못한 데서 온다고
본다.

다. 아테네의 승리

펠라스(Pallas)¹⁰⁾ 아테네는 올리퍼스의 12신 중 지혜의 여신으로 전

---

9) Malcolm Bradbury, *The Cities of Modernism*, England : Penguin Books, 1983,
   p.95.

쟁, 예술, 기능과 관련되며 아테네 도시의 수호신으로서 아테네인에게 문명화된 생활의 기술을 의미하는 도시적 속성을 지닌 신성을 지니고 있다.

소위 근대소설의 시작이라고 보는 <無情>은 춘원의 민족개조론, 개척자론, 젊은 조선인의 소원, 젊은 남녀간의 자유애정관 등이 총망라된 장편소설로 특히 남녀애정관이나 신구사상의 대립에서 도시여성이 시골 여성을 단연 압도하고 있음을 볼 수 있다.

신여성의 대표적 유형인 병욱과 구도덕의 틀 속에서 헤어나오지 못하는 영채의 대조는 새로운 지식과 서양식 감정을 병욱이 대변하는 것이라면, 영채는 옛 지식과 동양식 감정의 맛을 느낄 수 있는 여성으로 나타나고 있다.

삼종지도(三從之道)를 고수하는 영채의 논리관을 병욱은 남녀의 폭학이며, 인도의 죄라고 맹렬히 공격하며 낡은 사상의 종이 된 영채를 일깨워 준다. 아내이며 어머니이기 이전에 여자도 하나의 인간임을 의식해야 한다는 병욱의 노라식 사고의 설득은 영채가 지금까지 살아오던 세계가 얼마나 보잘 것 없는 삶이었는가를 깨닫게 함과 동시에 비로소 자유로운 사람으로서 자신을 생각하게 되는 계기를 갖게 되며 영채 사상의 급전과 함께 자신을 인식, 발견하는 Anagnorisis를 갖는다.

또한 김동인이 『春園硏究』에서 주인공 이형식이 신여성인 선형과 구여성인 영채 사이를 우왕좌왕 한다고 신랄하게 매도했던 경우도 실상은 신구의 대립을 완전히 흑백논리로만 처리할 수 없는 근대성[11]과 위에 언급한 초기 단편들의 주인공들처럼 정에 연약한 파토스적 성격에 그 원인을 둘 수도 있겠다. 그것은 병욱 역시 영채에게 새 사상을

---

10) 그리스말로 소녀를 의미함.
11) 신소설에서 보여준 흑백논리 공식과는 다른 차원으로 신소설보다 발전된 형식이다.

역설하면서도 영채의 옛 사상을 완전히 부정적으로만 얘기할 수 없는 상황과도 동일하다 하겠다. 그러나 이형식이 도시여성인 선형이를 선택한 결과를 보면, 도시성을 향한 형식의 태도는 확연히 결정된 것이다. 하지만, 형식의 선형에 대한 사랑을 분석해 볼 필요가 있다. 형식은 가난한 시골 청년이나 인격, 학식, 재주가 조선에선 자기만한 자가 없다고 자부하며 자신의 원대한 꿈을 펴기 위해 미국유학에 뜻을 둔다. 특히 선형과의 관계에서 지위, 재산 등에서 완전히 위압감을 느끼면서도 자신이 성공할 수 있는 좋은 기회라고 생각한다. 거기에 김장로와 선형의 철저하지 못한 서양화는 이형식에게 이점이 된다.

전직이 미국공사인 김장로는 조선에서 가장 문명인사로 자인하면서 내용과 형식이 분리된 허세를 부리는 阿Q的 인물이다. 선형이 역시 아버지의 그런 환경 속에서 껍데기뿐인 서양식 사고방식에 젖어 있다. 영어를 배우는 것도 일종의 허영에서 시작한 것으로 옛 전통에 강하게 도전할 수 있는 강한 성격의 여성이 아니며, 혁신적 가치관을 지닌 도시여성이 아니다.[12] 그런 속성은 형식에서도 발견된다. 영채가 기생이 됐을 때 불행을 헤아리기보다 기생으로서 정절을 지켜 왔을까 하는 문제가 큰 고통이었다. 그러나 이런 인물들의 철저하지 못한 가치관은 미숙한 근대성에서 오는 과도기적 양상으로 아직도 신소설의 연장으로서 지속되고 있음을 의미한다. 그러나 무엇보다 중요한 것은 주인공 이형식이 구여성인 선형이를 선택했다는 점이다. 이것은 곧 아테네적 승리로 민족적, 거국적, 집단적인 문제로 차원을 높인다. 형식, 영채, 선형, 병욱 등의 일행이 수재현장을 목격하고 무엇보다 과학문명을 일으켜 가난한 조선민족을 구하는 것이 선결문제라고 다짐하며 외국유학의 목적을 더욱 분명히 설정한다. 말하자면 이들은 근대적 서사적 영웅적 인물로 국가의 중요한 인물로서 신적인 알레고리를

---

12) 아버지인 김장로와 마찬가지로 겉핥기식이며, 이것이 결국 도시성의 부작용을 낳게 되는 요인이 된다.

지닌다.13) 이들은 조선민족을 위해 희생을 각오하고 있고 새롭게 창
조되는 세계를 추구하기 위해 소명의식까지 지닌다. 구전통의 대표적
전형이었던 영채 역시 이들과 같이 선험적 대열에 서는 것은 도시성
의 승리라고 볼 수 있으며, 신구의 대립에서 시작하여 신사상과 구사
상의 변증법적 지양에 의해 인물을 도시지향형 및 서구도시 문명에
대한 민족계몽의 선험적 기수로 이끌어 간 것은 아테네적 승리로 볼
수 있겠다.

2) 부정적 도시성의 등장

신소설에서는 도시가 주로 새로운 근대문명을 지향, 갈구하는 차원
에서, 문명과 부를 자랑하는 이상향적인 도시로 묘사됨이 주조를 이
루었지만, 10년대에 와서는 신소설의 도시성이 더욱 구체화돼서 미래
지향적인 도시를 기대함에 벅찬 춘원과는 달리 소성, 순성에 의해 선
망의 대상이었던 도시가 부정적, 병리적 공간으로 화한다. 그것은 농
촌도 마찬가지 현상으로 그 당시 시대와 사회상황과의 관계에서 작품
내용이 전개되기 때문이다. 그런데, 소성, 순성의 경우, 부정적 도시상
은 도시성과의 직접적인 관계에 의해서 나타나기보다 주인공과의 관
계에서 내적, 병리적 심리가 투영된 도시로서 병적 시대상과 불안, 허
무가 구현되는 요나이미지와의 배태에서 살펴볼 수 있다.

가. 병적 시대의 내면화

세팅이란 일반적으로 시간과 공간을 의미하며 기능면에서 시대나
시간, 장소가 지배적 요소로서 어느 특정된 시대의 관습이나 도덕관
또는 작자가 생존했던 시대의 사회상황이 그대로 반영되기도 한다.14)

---

13) Patrich Murray, *Literary Criticism, A Glossary of Major Terms*, New York : Longman, Inc., 1978, pp.54~56.

14) William Kenney, *How to Analyze Fiction*, New York : Monarch Press, 1966,

소성이나 순성 작품의 시간과 공간에서 현저하게 나타나는 공통점은 시대색이 주로 도시공간에 살고 있는 인물의 심리를 통해 부정적으로 나타나고 있는 점이다.

소성의 <再逢春>은 30세 됨직한 젊은 청년이 폐의파립으로 방랑을 하는 장면부터 서두가 시작된다. 주인공 이재춘은 한 많고 근심 많은 이 세상을 하루바삐 잊어야 한다는 수심의 노래를 부르면서 도입부터 시대색을 제시한다. 그 시대는 학문을 계속할 수도 없고 격렬한 충동을 억제할 수 없으며, 불쌍한 군중만이 존재하는 암흑의 땅인 조국공간으로 우울한 도시 분위기가 그대로 조화를 이루고 있다.

<逼迫> 역시 제목 자체가 암시하듯이 심리내부의 부자유를 주인공의 병으로 나타내고 있다. 이 작품의 서두는 시골에 살고 있는 주인공 1인칭 '나'가 이름을 알 수 없는 병을 앓는 데서 시작된다. 부모나 형제가 불행하냐하면 그것도 아니다. 주변환경이 공포로 누르는 듯하고 가슴이 타오르면서 목마름에 견딜 수 없는 나의 정황은 조령모개식인 신경질적인 세계에 초점을 맞춘다. 그것은 권리, 의무, 논리, 도덕이 부재한 공간과 시간으로 <逼迫>이란 단어로 응축된다.

<요죠오한>(四疊半) 경우도 같은 유형의 작품으로 주인공 영호의 산만한 책상 위가 혼란된 그의 내면성을 보여주고 있다. 또 벽 위에는 혁명기의 우울성을 주조로 하는 작가인 고오리끼와 투르게네프의 사진까지 걸려있다. 이런 외적으로 무질서한 공간은 주인공의 심리와 그대로 일치한다. 또 주인공 함청년의 친구인 채 역시 격렬한 시대신조에 몸을 맡긴 인물로 이상과 현실 속에 홀로 고독의 슬픔을 맛보고 번뇌하며 시대의 속죄양이 되기를 결심한 인물로 주인공에게 영향력을 행사하는 인물로 등장한다. 이 작품 역시 알 수 있는 시대성은 <逼迫>처럼 자유공권을 박탈당하고 있는 현실로 그 시대의 심리적

pp.38~45.

사회적 생태가 직관적이면서 지적으로 조숙하게 파악한 인물의 내적 심리로 표현되고 있다.

진순성의 중편 <暗影>은 그 당시 황금만능사상과 명예, 지위만을 생각하는 시대의식이 심리적으로 밀도 있게 그려진 작품으로 자의식적인 인물의 심리가 도시공간에 투영된 점이 두드러진다. <暗影>의 사건은 피상적으로 관찰해 볼 때, 도시에 살고 있는 경제원론 교수인 송철수와 그 아내 영자, 그리고 이복처제인 정자와의 삼각관계이다. 그러나 내용을 분석해보면 세상에 대한 혐오와 삶의 고통으로 여자와의 애정문제로만이 아닌 것을 알 수 있다. 어쩔 수 없이 불륜의 동거생활을 철수와 정자 두 사람이 하게 된 상황에서 정자가 도덕적 양심에 못 견뎌 차라리 자살하겠다고 했을 때 철수는 같이 정사할 생각을 결코 하지 않는다. 오히려 정사를 어리석고 경박한 일로 생각하는 주인공 의식은 사랑 때문에 생명을 포기하는 것 자체를 경멸하는 어조였으며 남녀의 애정문제 외의 어떤 다른 본질적인 것에 대한 잠재의식을 지니고 있는 것 같은 느낌이 든다. 그것은 데뉴망의 처리에서 드러나고 있다. 친구 경남이가 만난 철수의 모습은 글자그대로 자포자기였고 자신은 장래 아무 희망도 없는 폐물이란 생각을 한다.

『그래서 술만 먹고 結局은 어떻게 할 作定인가?』
『글쎄, 무슨 作定이 있는 것도 아니나 말하면 목구멍에 숨이 드나드는 동안은 사는 게고 숨이 멎으면 죽는거지. 허허!』

이렇게 장래가 없는 주인공의 암흑성은 복잡한 서울거리와 돈, 명예, 허욕만 꿈꾸는 마치 감옥같이 느껴지는 가족들의 공간인 집과 조그만 상자 같은 셋방과 연결되어 병적인 주인공의 의식이 잘 나타나고 있다.

『두어 間 쯤 되는 아랫房이라, 貰 주는 房이라 오죽할까 壁에 빈대 피

자국은 竹葉을 그려놓은 것과 같고 房바닥은 군데군데 떨어져 밟기만 하
여도 먼지가 풀썩풀썩 올라온다.』

위의 이런 분위기는 주인공의식에 그대로 전이되는 것으로 어떻게
해야 할 지 전혀 방법이 모색되지 않은 상황에서 반논리적 행위에 대
한 양심의 가책과 책임도 없고 책임을 질 능력도 없는 자신의 존재에
대한 근본적 회의를 일으키게 한다.
위에 예시한 작품들이 비록 도스토예프스키처럼 도시가 불안한 주
인공의 무의식에 적극적인 기능을 하고 있진 않아도 시대색이 반영된
인물의 내적 병적 의식이 도시의 우울한 분위기와 서울이란 공간에
거주하고 있는 인텔리와의 관계에서 전개되고 있는 점은 신소설에서
결코 발견할 수 없던 점이다.

나. 요나이미지의 배태
까뮈의 <요나>는 구약에서 신의 메신저 역할을 했던 예언자 요나
의 시련 후에 소생한 이야기를 원형으로 하고 있다. 요나가 사흘간 갇
혔던 큰 고기의 어두컴컴한 막힌 공간이 까뮈에서는 다락방으로 변형
된다. 화가 요나가 결혼 후 세 아이를 낳음에 따라, 아파트의 공간이
점점 좁아져서 자신의 아트리에를 잃어버리자 좁은 공간의 아파트를
효율적으로 이용하기 위해 스크린을 쳐서 아이들과 아내와의 사이에
벽을 갖는다. 그러나 결국은 다락방으로 밀려난다. 자신의 생각에는
평화스러운 감정과 은둔감 속에 비교적 쉴 수 있다고 생각한 다락방
이지만, 드디어 병이 들어 의사와 주변 사람들에 의해 마음의 병을 치
료해야 될 것이란 얘기를 듣게 된다.15)
까뮈의 <요나>에서 의미되는 것은 창조활동에 절대 필요한 공간

---

15) Jerry L. Curtis, *Structure and Space in Camus*, <*Jonas*>(M.F.S. Vol. 22, No.
4, 76, 77, Winter), pp.571~576.

이라 생각했던 다락방마저 안주할 수 없는 공간이란 점이다.

<彷徨>, <暗影>, <부르지짐>, <요죠오한> 등은 실존적 개념에서 발생된 형이상학적인 요나 의식과는 거리가 멀지만, 본질에 앞선 인간의 존재를 생각하는 문제를 배태하고 있음을 발견할 수 있다.

<요죠오한>의 사첩반 밖에 안 되는 동경도시의 하숙방과 <부르지짐>에서 주인공 장순범이 기거하는 도시의 낡고 더러운 사첩반방의 하숙집 등은 그 당시 한국 유학생들이 많이 이용했던 일본식 다다미 방16)으로 절규하는 그 당시의 인텔리들이 이상과 현실의 괴리 속에 괴로워하는 공간이다. 특히 <부르지짐>은 안개에 쌓인 시가묘사부터 서두가 시작되어 안개가 하숙방의 문틈으로 서서히 침입하는 배경을 강열하게 묘사한 점에 주인공 장의 병적이고 고통스런 심리가 잘 나타나고 있다.

> 『猛獸와 갓흔 電車는 요란하게 警鐘을 울리면서 깊은 안개를 뚫고 살갓치 다라난다. 혹가다 길에 가는 사람은 그 不快한 氣體를 마시는 것이 실인듯이 숨을 참고 速步로 다라난다.』

거리의 전차는 맹수와 같이 느껴지고 거리를 에워싼 안개는 무서운 팽창력을 가지고 방 전체를 에워싸고 나중에는 유리를 뚫고 방안에까지 틈입하여 주인공의 병약한 몸을 더욱 답답하고 숨이 막히게 조여온다. 이런 장의 조여드는 의식은 병들어 신음하는 하숙여주인의 앓는 소리로 더욱 가속화된다. 더욱이

> 안개밤은 무겁고 적적하게 점점 깊히 갓다. 上野의 鐘은 무엇을 뜻하는 듯이 멀니서 울었다.

---

16) 김학동, 앞의 논문, p.267.

로 끝나는 결론은 서두의 시작과 앞뒤를 일관시키는 분위기 묘사임을 알 수 있다.

춘원의 <彷徨> 역시 주인공이 1인칭 화자인 '나'는 동경유학생으로서 유학생기숙사의 24첩 방은 병자인 '내'가 늘 거주하는 공간으로 회색구름의 차디찬 하늘이 '나'의 병든 의식을 삼키는 듯 육박해 온다. 또 침실은 항상 냉냉하며, 냉냉한 침실의 대기는 결코 따뜻한 맛을 못 느끼는 '나'의 생명과 같다. 죽은 사람의 살모양 싸늘하고 차디찬 회색구름과 안개 등을 느끼는 차디찬 의식을 지닌 주인공은 조선인 전체의 운명을 지니고 있는 청년으로 비애감이 더욱 절실해진다.

이상 인용한 단편에서 공통적으로 나타나는 것은 주인공 모두가 도시의 더럽고 추한 냉기흐르는 네모난 조그만 방의 밀폐된 공간에서 내적인 갈등을 겪고 있다는 점이다. 그러나 그것은 밝음을 예견하는 동굴이나 희망을 저변에 깔고 있는 판도라의 상자가 아니다. 암흑 그대로의 병적 상황을 담고 있는 상자로 탈출할 출구도 없다. 이들 작품에서의 도시의 구석지고 밀폐된 다다미 하숙방은 그 당시 시대상황에 고민하는 젊은 인텔리들의 내적 부르짖음에 적절한 공간으로서 동시에 자신의 존재를 음미하고 사색할 수 있는 계기가 되며 그런 병적인 부정적 심리가 도시에 심리적으로 투영된 첫 단계로 요나적 이미지가 배태될 수 있다는 가능성을 지니고 있다고 말하고 싶다.

다. 헤도니즘의 공간

도시가 발전하는 초기에는 도시에 대한 반응이 진기하고 경이롭지만, 도시가 점점 발달할수록 그 부작용은 커지기 마련이다. 향락주의는 바로 이런 부작용 중의 하나의 예로서 혼란되고 타락되어 거대한 부패된 도시로서의 이미지와 연결이 된다.

소성이 「京城小感」[17)에 의하면 첫째, 서울은 다른 나라 도회의 공기에 비해 무겁고 용정하고 불활발하다는 것. 둘째, 학자를 몰라보는 도회로 학문과 인연이 멀다는 것. 셋째, 도깨비의 경성이라는 것. 넷째, 허영의 도시이고 서방님의 도시같이 보인다고 했다. 특히 넷째 경우와 관련해서 경성은 안보다 겉을 꾸미는데 치중하며 밤의 도시는 각 사람의 얼굴에 허영의 불길이 이는 것 같은 느낌이 들며 신분과 자격에 어울리지 않는 겉치레가 현저하다고 했다.

신소설에서 작중인물인 시골사람들이 서울을 단지 선입관에서 헤도니즘의 공간이라고 막연히 추측했던 것이 10년대에 와서는 도시형 인물설정을 통해서 도시인의 허례허식과 향락관을 구체적으로 보여주고 있다. 그것은 무엇보다 도시의 전형적 인물인 돈쥬앙형의 인물설정이다. 특히 돈과 주색에 관련되어 인생을 향락하는 생활태도를 지닌 인물들의 유형에서 발견된다. <無情>의 경성학교 교주 김현수와 학감 및 <開拓者>의 함사감 부자가 대표적이라 볼 수 있다. 이들은 작중화자 초점에서는 짐승이며 구제받을 수 없는 인간으로 생각되어진다. 특히 김현수는 귀족 집안인 남작의 아들로 권위와 황금으로 무슨 일이든지 다 이룰 수 있다고 생각하며, 술과 기생오입, 성욕중심의 향락생활이 인생의 전부인 인물로 소박, 성실, 검소를 인생의 제일가치관으로 생각하는 형식과 성격적인 대조를 보이고 있다. <開拓者>의 함사감 역시 같은 부류로 인간과의 거래는 오로지 돈과의 관계 뿐이고 동물의 본능적 욕망 이외의 다른 것은 무가치하다고 생각한다.

황금 위주의 도시성 물질적 향락주의는 <暗黑>의 영자모녀에서도 강하게 나타난다. 이들은 굉장한 허식가로 외양치레에 무척 많은 경비가 들어서 철수의 교사보수로는 생활의 핍박을 받아 가정불화의 원인이 되기도 한다.

"지금 이야기를 한대도 所用은 없으나 나와 이편하고는 性質이 너무도

---

17) 『靑春』 제11호, 1917. 7. 4 夜.

달라요. 이편은 華麗를 爲主로 하고, 나는 儉素를 爲主로 한즉 그런 까닭으로 하는 일과 생각하는 일이 모두…"

"이편은 툭하면 날더러 번잡하다는 둥 사치스럽다는 둥 하지만, 내가 어디하고 싶어서 사치를 하나요. 일가집에서라도 金氏집은 그 아버지 代는 드날리고 살더니 이편 代에 와서는 아주 살기가 말 아니 되었다고 그런 말을 듣기가 싫어서 집안에서는 節用을 하드라도 길에 나갈 때는 좀 치장을 하는 것이지요. 모두 이편 名譽를 위해서 그러는 것이 아닙니까."

위의 대화는 남편 철수와 아내 영자와의 잦은 불화의 한 장면으로 화자는 철수 아내의 향락적, 현세적, 물질적, 생활관에 대한 비판을 하고 있는 듯하다. 황금적, 타락적 향락주의는 도시문명의 발달과 더불어 필연적으로 병용되는 부작용으로서 10년대 소설에선 인물의 대조적 타입을 통해 구체적으로 묘사되고 있다.

3. 도시성 개념의 등장-인구집중과 '돈'의식

도시 City라는 용어는 그 어원을 라틴어의 Civitas 즉 도시국가에 두며 시민 Cives의 집합으로서 문명이란 말 역시 City와 같은 유래를 지닌다. 사회과학자들은 도시를 인간사회의 독특한 형태로 생각하며 도시사회를 정의내리는 속성을 생태학적, 인구통계학적 구조에서, 사회의 사건이나 조직의 형태에서, 주관적 인식과 가치에서 보며[18] 일본의 機村英一은 도시구성의 가장 주요한 요인을 인구의 집중에 두었다.[19] 이런 인구의 집중성과 복잡성은 그에 따른 이질성 및 생활기능의 분화 등의 부수적 문제가 발생한다.

---

18) Paul K. Hatt and Albert J. Reiss JR., *Cities and Society*, New York : The Free Press, 1957, p.17.
19) 李鍾益 外 2人, 「都市論-이론과 실제」, 法文社, 1977, p.19.

1) 인구조밀과 직업의 다양성

도시문제는 항상 시골과의 대립에서 논의된다. 이원적 대립이 두드러진 것은 16세기초부터지만[20] 그 관계는 오래 전부터이며 시대에 따라 도시개념과 규모 등 관점이 분분하다.

더욱이 우리나라의 경우, 도시가 정상적으로 성장, 발달을 하지 못한 환경에선 '도시'란 용어의 설정부터 거부감을 느낄 수 있다. 그러나 막연하나마 작중인물들이 도시라고 생각한 개념은 나타나고 있다.

우선 인구의 집중현상에서 온 거리의 복잡성과 문명의 이기를 만끽하는 곳이란 인식으로 그것은 작자 자신의 시점이나 도시민, 또는 도시를 방문한 시골 사람의 시점에서 얘기되고 있다.

<薄命>에서 동경은 200만이나 되는 대도회이며 생존경쟁의 물결이 넘치고 1일생활에 분망한 곳이며 전기불로 밤이 낮처럼 환한 곳으로 묘사되고 있다. <暗影>에서는 서울 거리가 전차와 자전거의 혼잡과 야시의 번화와 거리를 복잡하게 메운 사람의 물결 등으로 그려지고 있다. <無情>의 도시 역시 복잡한 거리와 즐비한 자동차, 전차, 바쁘게 왕래하는 사람들의 행렬을 시골과 다른 이질적 도시성으로 얘기했으며 <開拓者>에서도 역시 마찬가지다.

10년대 소설에 나타난 도시성은 지극히 관념적이고 추상적이나마 무엇보다 인구가 많이 집중되어 있고 번화하고 교통이 복잡한 곳이며 생존경쟁이 치열한 곳이란 인식이 나타나 있으며 이것과 아울러 작중인물의 직업이 다양성을 띠고 있다.

<暗影>의 경우, 정자는 가정교육, 보모, 간호원 등의 직업을 갖으며, 철수는 교수, 한 경남은 회사의 전무취체역, 회사상담역 등의 세분화된 직업이 구체적으로 나타나는데 이것은 시골이 농업이란 고정적 직업에만 고수되어 내려오는 불변성과는 달리 도시적 사회환경에서

---

20) Raymond Williams, *The Country and City*, London : Cox & Wyman Ltd, 1975, p.369.

나타날 수 있는 도시적 특성이라 볼 수 있다.

2) '돈'의식의 등장과 인물의 정형성

문명이란 인구의 집합성과 관련되어 경제, 학문, 문화, 과학 등 물질이나 정신의 양방면을 총망라하는 것이지만, 일반적으로 종교, 학문, 학술, 도덕 등의 정신적인 움직임은 문화라고 얘기하며 실용적인 식산, 공업, 기술 등 물질적인 방면의 움직임은 물질문명이라고 말하고 있다. 특히 '돈'의 등장은 인지가 자연을 정복한 하나의 예로서 경제발달과 긴밀한 연대를 가지며 '돈'의 추구는 경제적 개인주의의 구현이라고 볼 수 있다.[21]

우리 문학의 경우, '돈'의 인식은 도시문명과의 연계에서 비롯되었으나 '돈'의 존재의의를 시대를 현명하게 살아가는 비리적 이기적 방편으로 보고 있다.

<暗影>은 시작부터 결말까지 돈의 가치관과의 관련에서 이상론과 현실론을 전개한 작품으로 전자는 송 철수를 후자는 한 경남을 내세워, 이상론자는 자포자기로, 현실론자는 처음에는 회사사원이었던 인물이 회사전무취체역으로 출세해서 고루대문(高樓大門)에서 살며 굉장한 기세를 뽐내는 것으로 끝을 맺고 있다.

현실론자인 한 경남의 의식에는 치부에 도덕이 문제가 안 된다. 또 성공을 위해선 마키아벨리즘적 수단은 불가피하고 돈 모으는 비결의 첫째 요건은 인정을 버리는 것이고, 둘째는 이상을 버리는 것으로 이기주의를 지니고 인생을 영위해 나가는 것이다. 그래서 경남에게는 이상이란 사람을 산채로 죽이는 것이다.

영자모녀의 경우도 경남과 생각이 같다. 그들에게 철수는 돈 버는 기계와 같다.

---

21) Ian watt, *The Rise of the Novel*, University of California Press, 1957, p.63.

애초 철수를 데릴사위로 정할 때도 우등생이니까 돈은 잘 벌 것이란 생각에서였다. 철수가 중국학교로 전직했을 때도 그들의 관심사는 오로지 생활비를 한 달에 한 번씩 꼬박 보낼 수 있을 가에 대한 문제가 주된 관심사였다. 또한 세속적, 물질적인 것을 외면하는 주인공 역시 어려운 문제가 해결 안 되는 원인이 '돈'인 것을 절감하는 아이러니에 빠진다.

<恨의 一生>이나 <淸流壁> 역시 돈과의 관련에서 스토리가 끈질기게 전개된다.

<恨의 一生>에서 돈과 권력으로 여자의 허영심을 사는 상호에 대한 춘원의 저주와 유일한 희망이었던 영애마저 금전 앞에 변심한 것에 대한 한을 나타내고 있다.

신파조의 소설이지만 작품전체에 일관된 맥은 돈과 권력만이 지상의 명령인 현실에 대한 한이라 볼 수 있다. <淸流壁> 역시 3백 원이 없어서 창기가 된 아내를 구하지 못하는 슬픔의 편지가 서두부터 제시된다. 몸값을 지불할 수 없는 현실에 기생 옥향은 청류벽에서 떨어져 자결해 버리고 만다.

위에 예시한 작품이 돈 밖에 모르는 세상을 한탄하면서 불행으로 끝을 맺는 것은 그 당시 사회풍토의 반영이며 작자의 인생을 보는 태도에 풍자성과 교훈성이 암시되어 있음을 느낄 수 있다. 또한 이들 작품들에선 악을 개선하고 매너를 개혁하려는 교훈적 의미가 숨어 있는 풍자로[22] 작중인물은 사회 리얼리티를 대변하는 하나의 타입을 만들어낸다.

<暗影>에서 송 철수와 한 경남의 인생관의 대립은 이상적 순수형인 플라토닉타입과 물질적 세속적 이기적 현실형의 타입을 형성했으며 이것은 사회적 타입[23]으로 주로 사회와 긴밀한 관련을 지닌 도시

---

22) Patrich Murray, op. cit., p.138.
23) René Wellek, *Realism in Literary Scholarship, Concepts of Criticism, Seventh*

인과의 관계에서 이루어지며, 20년대에 수용된 사실·자연주의소설에
서 하나의 중요한 패턴으로 등장하게 된다.

4. 맺음말

이상 춘원·소성·순성 등의 작품에 표현된 도시성을 분석해 본
결과 다음과 같은 결론을 내릴 수 있다.

10년대는 도시의 양면성이 나타난 시대로 춘원의 경우는 신소설과
같은 성향이면서도 신소설이 비판 없이 도시에 대해 무조건 맹종의식
을 나타낸 데 비해 춘원의 도시는 생명력과 자유의지와 정열이 불붙
는 미래지향적인 도시로 좀 더 구체적으로 현실화시켜 묘사한 점이다.

소성·순성은 주로 도시의 병약한 인텔리를 중심으로 그 당시 시대
색 및 현실의 리얼리티가 주인공의 심리로 내면화하는 특징을 지닌다.
그 부정적 병리적 분위기는 신소설에서는 거의 보이지 않았던 현상으
로 20년대로 연결된다. 또한 도시에 대한 인식이 추상성이나마 인구
조밀과 직업의 다양성, '돈'에 대한 강렬한 인식과 함께 신소설보다
훨씬 구체적으로 묘사되었으며, 이런 도시성의 부작용으로 향락주의
적 공간으로서의 부정성도 나타나고 있다.

또한 도시의 문제는 농촌문제와의 유기적 관련에서 시대별로 그 특
성을 연구해 볼 만한 가치를 느끼며 계속 이 방면에 관심을 기울이고
자 한다.

Printing, London : Yale University Press, 1973, pp.242~243.

1930년대 도시 소설 연구
-모더니즘소설 특성과의 관계에서-

1. 머리말

한국 소설에서 도시를 배경으로 의식적인 선택을 하게 된 것은 개화기 소설부터라고 할 수 있다. 그것은 도시가 개화기 소설의 주제라고 할 수 있는 자주 독립, 신교육, 남녀 평등, 계급 타파, 자아 각성, 민중 의식 등을 적극적으로 실천할 수 있는 공간이기 때문이다. 그래서 개화기 소설에서 도시—특히 경성 또는 서울—는 근대성을 의미하는 개화라는 개념과의 관계에서 이상적 공간으로 설정되어 문화 교육의 구심점, 부(富)와 여권 신장의 공간 등 유토피아 이미지를 지닌다.

이런 도시의 긍정적인 이미지는 춘원의 소설 <무정>이나 <개척자>에 그대로 연결된다. 단지 도시 지향이 개화기 소설에서처럼 맹목적이고 관념적인 차원에서가 아니고 초기 모더니즘에서 보여 주는 것과도 같이 문명과 질서의 상징으로서 도시의 생명의 소리가 예시되는 미래 지향적인 공간으로 좀 더 구체적인 차원에서 현실화되어 묘사되고 있다. 그러나 소성(小星) 현상윤(玄相允)의 <한(恨)의 일생(一生)>, <박명(薄命)>, <재봉춘(再逢春)>, <광야(曠野)>, <핍박(逼迫)>, <청류벽(淸流壁)>과 순성(瞬星) 진학문(秦學文)의 <부르지짐>, <요죠오한>, 중편 <암영(暗影)> 등에 구현된 도시는 병약한 인텔리를 중심으로 그 당시 시대색 및 현실의 리얼리티가 주인공의 심리로 내면화하는 특성을 지니며 도시에 대한 의식이 추상적이나마 인구 조밀과 직업의 다양성, 화폐에 대한 강렬한 집착이 포말 리얼리즘적인 관점에서 그려진다.

소위 도시 문학이라고 불리는 사실·자연주의가 우리나라에 본격적으로 수용된 1920년대는 그 당시 세계에 만연했던 프로 문학의 영향까지 혼입되어 도시는 궁핍, 인간의 동물로의 하락, 고통과 절망과의 관계에서 병리적 공간으로 일변도를 달린다. 특히 인물 설정에서 주인공의 병인 설정이 두드러지며 병인은 외적인 신체상의 병보다 내적인 정신상의 병적 증세—병약한 인텔리의 독백과 우울증, 방랑성, 대인 공포증, 아편 중독증—가 더욱 두드러진다.

1930년대는 도시에 대한 적극적인 인식이 의식화되어 '도시 문학'이란 용어가 본격적으로 등장하였던 시기로 특히 모더니즘과의 관계에서 도시에 대한 인식이 더욱 표면화되었다. 최재서(崔載瑞)는 「문학(文學)과 지성(知性)」에서 도시는 현대의 매력이며 현대 생활의 속력성, 집단성, 준엄성, 직선성을 지니며 현대 작가의 현대 문명에 대한 매력과 야심을 자극시키기에 족하다는 긍정적인 평가를 내렸지만 1930년대 소설에 반영되는 도시는 1920년대 도시 소설처럼 부정적인 공간으로 나타남이 지배적이다.

도시는 첫째, 유혹적이고 향락적인 데카당스의 공간이며, 둘째, 인간 의식을 변모시키는 오탁의 공간이고, 셋째, 무력한 인텔리의 집중 공간, 넷째, 단절과 소외 의식을 느끼게 하는 공간으로 나타나고 있다. 미약하게나마 나타나는 도시의 긍정적 이미지는 표면상 그것도 등장인물인 시골 사람들에 의해 미화되어 돈과 문명과의 관계에서 꿈의 도시로 나타나며 실제 작품 내용에서 의미하는 작가의 어조는 도시의 부정적인 양상을 고발하는 아이러니를 지니고 있다. 1930년대 도시 소설은 모더니즘적 인물의 등장과 함께 현대적 가치관이 1920년대 도시 소설보다 현대성에 접근해 있는 상황을 보여준다. 인물 설정의 주요 특성은 작중 인물의 개성이 두드러져 그 개성이 보편화된 전형적인 인물의 창조로 세속주의적인 속물형, 딜레탕티즘형, 인텔리룸펜형, 지적 자아 의식을 지닌 여성의 등장을 들 수 있다.

본고에서는 1930년대 도시 소설을 그 당시 대표적인 모더니즘 소설가로 생각되는 이상(李箱)과 박태원(朴泰遠)을 중심으로 특히 모더니즘 소설의 특성과 관련해서 연구해 보고자 한다.

2. 도시와 모더니즘소설

로지(David Lodge)[1]는 현대 소설의 특징을 아래와 같이 세 가지로 열거한다.

첫째, 형식에서 혁신과 실험을 보여주고 현존하는 담화 양식에서 현저한 일탈을 보여주는 것.

둘째, 의식과 밀접하게 관련된 것으로 인간 심리의 잠재의식이나 무의식 작용을 소설에 구현하는 것. 이 경우 전통적 시학에서의 서사 기술에 본질적인 외부적 객관적 사건의 구조는 범위와 스케일에서 축소되거나 선택적으로 구현되는데 그것은 소설에서 분석, 내성(內省), 몽상, 의식의 반사작용 등이 주조를 이루기 때문인 점. 그러므로 현대 소설은 경험의 유동적인 의식의 흐름 때문에 시작이 없고 결말은 항상 모호하고 폐쇄적이라 인물의 마지막 운명에 관해 독자를 의문 속에 남겨 둔다는 점. 다시 말해서 현대 소설은 서사 구조와 유니티를 약화시키는 대신 리듬, 라이트 모티브, 공간 형식이라 부르는 기교, 상

---

1) David Lodge, *The Language of Modernist Fiction : Metaphor and metanymy, in Modernism,* ed., M. Braudbury and J. Mcfarlane, Penguin Books, 1983, pp.481~482.

징 이미지, 모티브의 반복, 신화의 원형 등 미학적 경향이 현저하다는 것이다.

마지막으로 현대 소설은 제재의 논리적 질서, 전지적 침입자적 해설자의 사용을 피하고 대신 제한된 시점이나 복수적 관점 또는 사건의 시간적 거리를 상호 참조하여 시간을 복합적, 유동적으로 처리하는 것으로 영국 작가로서 조이스(J. Joyce), 울프(V. Woolf), 스타인(G. Stein) 등을 대표적인 모더니스트 소설가로 들고 있다.

이런 로지의 현대 소설의 특징은 브레드버리(M. Braudbury)와 맥파레인(J. Mcfarlane)[2]이 지적한 모더니스트 소설의 네 가지 선취점과도 동일한 견해라 볼 수 있다. 형식의 복잡성, 의식의 내부 상태 표현, 삶과 리얼리티의 표현 뒤의 허무주의적 무질서, 구성의 속박에서 벗어난 서사 기술의 자유로움 등 모더니즘 소설에서 무엇보다 기본적인 핵심은 구속으로부터의 해방[3]으로 모든 절대적인 것에 대한 반어적인 불신을 의미한다. 그것은 특히 형식의 혁명으로 스피어스(Monroe K. Spears)[4]는 그 선구자로 프로이드(G. Freud), 프레이저(J. Frazer), 융(K. Jung), 니체(F. W. Nietsche) 등을 들었다.

모더니즘의 특성을 문예사조적 측면에서 포괄적으로 언급한다면 전통과의 단절, 개인화, 문학의 독자성, 형식주의 등을 들 수 있으며 형식면에서의 혁명을 중시, 의식과 시간에 대한 새로운 태도가 현저한 특징이라고 볼 수 있다.

모더니즘 소설의 경우, 무엇보다 중요한 특성 중의 하나는 소설 기술의 급진적인 변화로 새로운 가치와 새로운 실험적 예술을 요구하는 현대 상황과 관련된다. 이런 점은 모더니즘이 곧 도시 예술이란 등식

---

2) M. Braudbury and J. Mcfarlane, *The Modernist Novel,* op. cit., p.393.
3) Michael Hollington, *SVEVO, Joyce and Modernist Time,* op. cit., p.432.
4) Monroe K. Spears, *The Nature of Modernism : The City, in Dionysus and the City,* Oxford University Press, 1970, p.39.

을 가져올 수 있는 중요한 관건이 된다.

도시란 용어는 civitas에서 유래, 시민의 모임을 의미하며 문명이란 말 역시 같은 유래를 지닌다.5) 브레드버리에 의하면 도시는 새로운 예술이 창작되는 환경으로 문화 수준에서 새로운 예술과 새로운 사상이 교차, 발전하는 곳이다.6) 또한 도시는 지적인 사회의 지적인 갈등과 긴장의 중심 지역으로 현대 도시 생활의 복합성을 지니고 있어서 현대 의식의 기초가 되는 공간이다. 또한 도시는 중요한 문화 시설이 집중되어 있는 곳이므로 사상과 스타일의 생경한 교환은 물론 예술의 구체화를 위한 기회를 제공해 준다.

문학에서 도시는 보통 외적인 장소보다 메타포적 의미를 지닌다. 도시는 모더니즘 소설에서 개인 의식의 환경으로 외적으로는 합리적 질서의 이상을 반영하는 아폴론적 요소를 지니면서도 내부적으로는 새로운 의식의 불화(不和), 기대에 반(反)한 환멸, 증가되는 사회 문제 등 야누스적 얼굴을 보여준다.

1930년대 모더니즘적인 도시 소설을 비교문학적인 관점에서 연구해 보면,7) 주로 영미 계통의 심리주의 기법 및 다다이즘과 초현실주의의 영향이라고 추정되나 실증적인 이입사를 통한 수용 태도의 정밀한 분석이 선행되어야 할 것이다. 그러나 서구 문학의 영향이라고 분명히 지적할 수 있는 점은 형식상의 혁명으로, 사물을 외적인 질서와 통일성보다 내적인 경험의 유동에서 찾으려고 한 점, 언어 유희의 시도, 내용에서 삶을 무의미한 공허와 허무주의로 보는 실존주의적 인생관의 구현 등이다. 보통 모더니즘 소설을 배타성, 비정치성, 비사회성, 정신병적 주관성으로의 도피 소설이라고 비판하지만 20세기의 복잡 다양한 삶을 표현하는 방법에서 1930년대 당시 식민제국치하의 시

---

5) M. K. Spears, op. cit., p.70.
6) Malcolm Braudbury, *The Cities of Modernism*, op. cit., pp.96~104 참고.
7) 장사선, 「1930년대 소설에 있어서 외국 문학의 영향」, 『비교문학』 제14집, 1989.

대상과 도시 생태를 의식적 심리적 표현형식과 접맥시킨 점이 1930년
대 리얼리즘의 한계를 극복하려는 하나의 시도로서 평가할 만하다.
모더니즘 소설에서 도시는 특히 산업화와의 관계에서 소음, 도시 풍
경, 도시 냄새, 빌딩 등에 대한 개인 의식의 환경이 되며 보통 단절,
소외, 상실, 탈출, 해방 등이 주제가 되었다. 이 중 단절과 소외는 기교
의 변혁과 동반하여 모더니즘 소설과 특히 관련이 깊은 주제로 1930
년대 모더니즘 소설 역시 무능한 룸펜인텔리란 인물설정과 함께 단절
과 소외가 중요 문제로 등장하기 시작했으므로 이상의 작품 7편[8]과
박태원의 <소설가 구보씨의 일일>을 대상으로 모더니즘적 특성을
살펴보고자 한다.

3. 도시소설에 나타난 모더니즘적 특성

1930년대 이상과 박태원의 도시 소설에 나타난 모더니즘적 특성은
첫째, 신화적 방법의 구성 기교, 둘째, 테이레시아스적 반어성의 상징
주의, 셋째, 단절과 소외의식의 시작으로 크게 유별해 볼 수 있다.

1) '신화적 방법'의 구성기교

모더니즘 소설의 핵심적인 특징은 기교의 혁명으로 소설에서 연대
기적 선조적 방법에서의 일탈과 사건의 부재(不在)이다. 이야기보다
이야기하기를 더 중시하는 것은, 오르테가 이 가제트(Ortega y Gasset)
가 모더니스트 소설을 '모험의 예술이 아니라 비유의 예술 속으로 소
설을 유도하며 세계를 보고하는 것이 아니고 창조하는 예술'[9]이라고

---

8) <날개>, <봉별기(逢別記)>, <지주회시(蜘蛛會豕)>, <환시기(幻視記)>, <종생기
(終生記)>, <실화(失花)>, <지도의 암실> 등임.

9) John Fletcher and Malcolm Braudbury, *The Introverted Novel*₁, in *Modernism*,

한 것처럼 형식에서의 테크닉 강조와 예술가의 미학적 조화에 대한 강렬한 열망이라고 볼 수 있다. '신화적 방법'[10]의 구성이란 현재와 과거의 병행으로 시간이 공간화되고 공간이 끝없이 새롭게 곡선을 그리는 것이다. 주로 엘리어트와 조이스가 사용한 것으로 공인되는 이 방법은 단절의 문제를 어느 의미에서 해결해 준 과거와 현재의 동시적 질서로 과거와 현재가 영원한 유니티 속에 공간적으로 이해되므로 시퀀스의 느낌을 제거하는 것이다. 다시 말해 역사적 시간은 존재하지 않고 영원한 세계를 공간 세계에서 인지하는 것이다.

신화적 방법에 빈번하게 동원되는 모더니스트 양식은 '내적 독백'과 시간에서 지적, 정서적 복합성을 나타내는 공간 형식인 파운드(E. Pound) 식 이미지[11] 구사로 소설에 나타나는 구체적인 예는 언어가 본래 지닌 의미를 훼손시키고 언어를 새로운 방법으로 사용하는 것이며 독자의 시퀀스에 대한 보통의 기대를 저버리며 작품의 요소가 시간에서 전개되기보다 공간에서 병행되고 있다는 것을 인식하게 하는 것으로 프랭크(J. Frank)와도 같은 관점이다.

위에서 열거한 이상의 작품 중 <날개>를 제외한 6편은 구성, 언어, 문(文)의 나열 등이 형식주의자들의 낯설게하기처럼 서사 기술의 특별한 특성을 지녀 그 기능이 독자들에게 소원감(疏遠感)을 준다.

    (나는 일찌기 어리석었더니라. 모르고 연(姸)이와 죽기를 약속했더니라. 죽도록 사랑했건만 면회가 끝난뒤 대략 二十분이나 三十분만 지나면 연이는 내가 「설마」하고만 여기던 S의 품 안에 있었다.)
    "그렇지만 선생님. 그 남자의 성격이 참 좋아요─담배도 좋고 목소리도 좋고─이 소설(小說)을 읽으면 그 남자의 음성이 꼭─웅얼웅얼 들려오는 것 같아요. 이 남자가 죽자면, 그때 당해서는 또 모르겠지만 지금 생각

---

   op. cit., p.396.
10) Monroe K. Spears, op. cit., p.78.
11) M. K. Spears, *The Nature of Modernism : Dionysus*, op. cit., pp.65~66.

같아서는 저도 죽을 수 있을 것 같아요, 선생님 사람이 정말 죽을 수 있도록 사랑할 수 있나요. 있다면 저도 그런 연애 한 번 해 보고 싶어요."

(그러나 철부지 C양이여, 연(姸)이는 약속한 지 두주일 되는 날 죽지 말고 우리 살자고 그럽디다. 속았다. 속기 시작한 것은 그때부터다. 나는 어리석게도 살 수 있을 것을 믿었지. 그 뿐인가, 연이는 나를 사랑하노라고까지.)12)

위의 인용은 <실화(失花)>에서 현재 동경에 있는 작중 주인공 '나'가 동경의 C양과 같이 이야기하면서 과거 서울의 연인인 연이를 동시에 연상하는 듀얼리티 방법을 반영한 것이다. <실화>에 나타난 현재와 과거의 반복적 교체인 서술 진행은 실제 현재 이야기와 과거 경험 자아의 이야기의 구분을 어렵게 하며, 독자로 하여금 시간의 이동을 거의 느낄 수 없게 한다. 말하자면 과거는 현재화된 과거로, 서술 자아와 경험 자아의 혼효가 시간의 몽타주 즉 대상이 공간 속에서 고정된 상태로 머물러 있고 그 의식이 시간 속에서 움직이는 방법에 의해 보여지고 있다.

또한 서술 자아이면서 경험 자아인 '나'의 의식은 의식의 흐름 수법으로 어떤 통제된 연상이 아니라 어떤 자극에 의해 한 대상에서 다른 대상으로 확산되는 자유 연상이다. 이것으로 이상 소설이 어떻게 이야기하고 있는가에 관심을 주는 현대적 특성의 전위적 역할을 했음을 감지할 수 있다. <지주회시(蜘蛛會豕)> 역시 작중 주인공 '그'가 자기 아내와 다른 인물인 오(吳)의 여자 마유미와의 이중 동시 표현13)은 시간의 공간화 시도로 제재를 동시에 나타내는 공간 예술의 구현이라

---

12) <실화>, 『정통한국문학대계』 5, 어문각.
13) 아내-마유미-아내-자꾸 말라 들어가는 아내-꼬챙이 같은 아내-그만 좀 마르자-마유미를 좀 보려무나-넓적한 잔둥이 푼더분한 폭, 폭, 폭을-세상은 고르지도 못하지-하나는 옥수수 과자 모양으로 무럭무럭 부풀어 오르고 하나는 눈에 보이듯이 오그라들고-보자 어디 좀 보자-인절미 굽듯이 부풀어 올라오는 것이 눈으로 보이렷다.

고 볼 수 있다. 박태원이 <천변풍경(川邊風景)>에서 구사한 영화 촬영법 역시 시간 예술의 공간화 시도로서 전통적 서사 양식에서의 의도적인 탈피라 생각된다. 스파이겔(Alan Spiegel)[14]은 영화 촬영법 형식의 서사 특징을 일곱 가지로 열거했다.

① 중립적이고 굴절 안 된 목소리 ② 인물의 성격은 각자의 해설을 통한 것이 아니라 상황의 행위를 통해서 분석되고 나타남 ③ 행위는 한 장면 이상의 극적인 씬 형식에 포함되어 창조된 인물을 통해서임 ④ 행위는 직접 작자를 통해 중개되지 않고 행위에 포함되어 창조된 인물을 통해서임 ⑤ 작자의 개념을 구체화한 행위는 독자가 작자의 안내 없이 직접 경험함 ⑥ 행위는 작자와 독자에게서 독립되어 존재하는 것 같으며 자발적이고 스스로 정당화한 것으로 나타남 ⑦ 행위는 시각적으로 보여지는 특유의 표현으로 자주 이해되며 경험적, 시각적 이미지를 환기시키는 언어로 전달됨.

즉 설명이나 해설보다 그리고 나타내는 형식으로 시각적으로 보여지는 행위에 의해 문학적 공간의 시각화로 19세기 후반 <마담 보봐리>에서 현저하게 시작되어 20세기 제임스(H. James), 콘라드(J. Conrad), 조이스(J. Joyce)에 와서 절정을 이루는 서사 기교라고 스파이겔은 언급했다. 프로벨의 시각화에서 동시에 작용하는 두 요소는 보이는 물체—공간이 특별한 지점에 보이는 것으로 묘사되는 물체. 또 보는 사람—어떤 사람의 그것을 보는 순간 즉 시간의 특별한 순간에 관찰자는 그가 관찰하는 공간과 다른 공간의 특별한 지점에 존재하는데 프로벨은 전지적인 소설가의 음성을 관찰자의 보이는 눈으로 대신하고 시각적인 조망을 소설로 도입한다.[15] 이것은 시네마를 연상하게 하는 기술로 특별한 상황의 이해는 항상 관찰자의 눈에 보이는 것만

---

14) Alan Spiegel, *Flaubert to Joyce : Evolution of a Cinematographic Form*, NOVEL, Spring, 1973, p.229.
15) Ibid., p.231.

선택하게 되는 제한을 받는 점이 소리 없는 눈으로 인간의 눈처럼 선택을 하지 않고 정확하게 모든 것을 보는 카메라와는 동일하지 않지만 문학적 공간이 시각화되고 이 같은 시각화 뒤에 감정과 마음이 존재하는 행위는 서사 형식의 현대적인 수법 중의 하나라고 볼 수 있다.16)

또한 이상의 경우, 앞 뒤 문맥의 불일치, 띄어쓰기 거부, 언어 유희, 의식의 흐름 등이 시간의 공간화의 보조 수단으로 동원되고 있다.

> 기인동안잠자고짧은동안누웠던것이짧은동안잠자고기인동안누웠던그이다. 네시에누우면다섯여섯일곱여덟아홉그리고아홉시에서열시까지리상—나는리상이라는한우스운사람을안다. 물론나는그에대하여한쪽보려하는것이거니와—은그에서그의하는일을떼어던지는것이다. 태양이양지쪽처럼내려쬐는밤에비를퍼붓게하여그는레인코트가없으면그것은어쩌나하여방을나선다.17)

위의 인용은 <지도의 암실>의 서두로 외형상 띄어쓰기가 전혀 무시되어 있으며 내용상 스토리란 느낌을 전혀 주지 않는다. 다섯여섯일곱여덟 식의 퍼닝이 작품 전체에 산재해 있으며 시퀀스의 불일치가 현저한 특징이다.

> 조숙 난숙(爛熟) 감(柿) 썩는 골머리 때리는 내. 생사의 기로에서 완이이소(莞爾而笑), 표한무쌍(剽悍無雙)의 척구(瘠軀) 음지에 창백한 꽃이 피었다.18)

위의 인용은 의미가 다른 두 단어 사이에 음의 유사성을 이용한 퍼닝으로 복합적인 효과를 내기 위한 의도적인 기교라고 볼 수 있다. 특

---

16) Ibid.
17) <지도의 암실>, 앞의 책.
18) <종생기>, 앞의 책.

히 19세기 후반 소설에 등장한 내성화(內省化)는 형식에 급진적 변화를 초래했으며 초기 소설 발흥의 제한에서 자유로워지려는 욕망이라고 볼 수 있다. 이상 소설 전반에 나타나는 의식의 흐름 스타일은 버지니아 울프(Virginia Woolf)가 의식 그 자체를 미학적, 시적, 주관적 비전을 가진 것이라고 생각했듯이 소설이 전통적인 관점에서의 스토리텔링임을 피하고 시간을 파괴하고 복잡하게 하는 일종의 변화를 외치는 새로운 가치의 모색이라고 볼 수 있다.

이상과 박태원의 모더니즘 소설은 무엇보다 서사 문학의 전통을 깨는 것으로 리얼리즘의 목적, 태도, 테크닉에서 일탈하는 것에 목표를 두었던 소설이라고 볼 수 있다. 또한 배경은 경성 또는 서울이란 상호 텍스트성을 지닌다. 두 작가는 주로 경성 또는 서울이란 도시를 공간 형식의 장소로 설정하여 현대적 의미에서 중요한 제재로 취급한 작가이다. 도시의 오탁, 혼란, 쓰레기, 소요 등의 중심 이미지가 형식의 무질서와 조화를 이루면서 기교의 반란에 참여하고 있다. 오르테가 이 가제트가 모더니즘을 예술의 '비인간화 현상'이라고 했듯이 1930년대 소설에서 위 두 작가의 소설 기술은 비정상의 어두운 이미지로서의 특성을 지닌 서울을 그 당시로서는 해독하기 어려운 비인간화의 기호를 사용한 선구적 의의를 지닌 문학적 가치를 지닌 것이라고 볼 수 있다.

2) 테이레시아스적 반어성의 상징주의

플레처(J. Fletcher)와 브레드버리는 「내향화(內向化)한 소설」[19]에서 모더니즘의 지배적인 정신을 아이러니적 요소로 지적한다. 또한 홀링턴(M. Hollington)[20]은 모더니스트 소설의 명확한 특징을 사무엘 베케

---

19) J. Fletcher and M. Braudbury, *The Introverted Novel, in Modernism*, op. cit., p.407.
20) Michael Hollington, *SVEVO, Joyce and Modern Time, in Modernism*, op. cit., p.430.

트의 <고도를 기다리며>처럼 사건의 부재와 현대의 아이러니 의식을 반영하는 것이라고 하였다.

이상의 소설은 모더니즘 소설의 이런 아이러니적 요소가 현저한데, 이것을 맥파레인 식으로 표현하면 장님이면서도 예언자로서 양면 가치를 지닌 테이레시아스적 모더니스트 논리[21]를 의미한다. 이것은 마치 디오니소스가 아폴로적 합리주의를 공유해야 하는 그리스의 비극 드라마의 상징적인 양자 관계[22]와도 같다.

이상의 <날개>는 내성화된 소설로 현대 의식의 강렬한 탐색이라 볼 수 있다. 작품 서두에 제시된 독백식 푸레류드가 <실화>, <환시기>와 함께 역설의 나열임을 의식하게 한다. <날개>의 '나'는 위트와 아이러니, 패러독스의 공간 속에 키에르케고르의 '이것이냐, 저것이냐'와 니체의 디오니소스와 아폴론 정신의 두 움직임 속에서 갈등을 겪는다.

육신이 흐느적하도록 피로했을 때만 정신이 은화처럼 맑고, 제일 싫어하는 음식을 탐식하는 아이러니, 밤과 낮이 바뀐 18가구의 아무와도 얼굴이 마주치는 일이 거의 없는데도 젊은 여인의 얼굴을 기억하는 나, 또 아내에게 직업이 있다고 확실하게 얘기 못하는 나, 아내를 방문하는 내객이 돈을 놓고 가는 행위에 대한 의문은 아내가 나에게 돈을 놓고 가는 행위와 함께 진정한 의문이 아니다. 또한 아내의 방을 통과해야만 하는 나의 방은 두 개이면서도 결국 하나인 은유와 상징성을 띠고 있다. 아내의 말소리는 높지도 낮지도 않고 돈 오 원을 손에 든 나는 복잡하고 들끓는 경성 거리에서 누구에게 돈을 내 주어야 할지 갈피도 잡지 못한다. 아내의 이부자리에서 잠을 깨었을 때도 나는 아내가 들어왔다 나갔는지 알 수 없고 감기가 들어 한 달 동안 먹었던 약이 아스피린인지 아달린인지 혼란 속에 아내에게 의혹을 갖

---

21) James Mcfarlane, *The Mind of Modernism*, in Modernism, op. cit., p.87.
22) M. K. Spears, op. cit., p.37.

는데, 그것은 경성 거리를 맥없이 머뭇거리면서 이리 저리 왔다 갔다 하는 나의 의식과 일치한다. 나의 혼란된 의식은 순환적이며 야누스적 얼굴을 지녔다. <날개>의 구조는 은유적이며, 반복적인 양가 원리의 전개는 다양하고 복잡한 서울이란 도시에 대한 현대 의식의 심리적 분열과도 관계를 지을 수가 있다.

박태원의 <소설가 구보씨의 일일> 역시 서울이란 도시 공간에 살고 있는 구보의 의식이 엠비발란스 형식을 취하고 있다. 외출하는 아들에게 행선지를 묻는 어머니의 말을 아들이 들었는지 또는 아들의 대답 소리가 어머니에게 들리지 않았는지 모른다라는 작품의 서두에서부터 이중적 의미를 지닌 어조가 작품 전체를 지배하고 있다. 26세의 실직 청년 구보는 동경 유학 후 실직의 고통을 산책으로 메꾼다. 구보는 자신이 고독을 일찍이 사랑한 일이 있었으나 고독을 결코 사랑하지 않았는지도 모른다고 생각하며 선본 여자를 전차 안에서 만났을 때 아는 체해야 할지 모른 체해야 할지 자신이 만나는 인물에 대해서 구보는 항상 애매한 태도를 지닌다.

박태원의 <소설가 구보씨의 일일>의 엠비발란스는 앞에서 언급한 바와 같이 특히 언어 스타일에 확연하게 나타난다. "— 할 지도 모른다, — 가 아니었나 생각하여 본다, 감격을 가질 수 있을게다, — 에 지나지 않는지도 몰랐다." 식의 빈번한 표현이 구보가 모든 사물을 인식하는 시각과 일치한다. 말하자면 구보 자신이 취할 행동에 자신을 가질 수 있을지 없을지, 욕망이 이루어져도 마음의 안위를 이룰 수 있을지 없을지의 양면성을 지닌 표현이 지배적이다. 작품의 결말 역시 "어쩌면, 어머니가 이제 혼인얘기를 끄내드라도, 구보는 쉬웁게 어머니의 욕망을 물리치지는 않았을지도 모른다."로 끝낸다.

스피어스[23])는 모더니즘의 시작을 디오니소스가 도시에 들어올 때

---

23) M. K. Spears, op. cit., p.70.

라고 했으며 모더니즘을 의인화하면 디오니소스라고 하였다. 이때 도시는 글자 그대로 외적인 환경이며 병적 징후의 원인이 되는 공간을 의미한다. 현대인에게 도시는 초기 시대의 도시와 달리 추락과 지옥의 이미지를 지니고 있으나 내부적으로 도시는 괴기적인 힘인 디오니소스와 합리적 질서인 아폴로의 두 원리가 긴장을 보여 주며 비록 파멸적인 요소가 강한 현대 도시이지만 아폴로 정신과 결합하여 디오니소스 정신이 긍정적으로 재생됨을 니체의 「비극의 탄생」에서도 역설한 바 있다.[24] 즉 자아 의식과 자아 조정 그리고 절제(Sophrosyne)와 과도함과 휴브리스(Hubris)의 영원한 대립이면서도 상호 보족적인 관계라고 했다.

이상의 <날개>나 박태원의 <소설가 구보씨의 일일>은 마치 디오니소스와 아폴론의 상징적 양자 관계처럼 분열된 양가 의식이면서도 작품의 결말에서 "날자, 날자, 날자, 한 번만 더 날자꾸나. 한 번만 더 날아보자꾸나."와 "어머니가 이제 혼인얘기를 끄내드라도, 구보는 쉽게 어머니의 욕망을 물리치지는 않았을지도 모른다."와 같이 양분된 대립 의식이 합리화의 가능성을 내포한다. 이것은 맥파레인의 모더니즘 양식에서 명확한 것은[25] 원심력이 아니고 구심력이며 어떤 사물을 분해하는 것이 아니고 같이 모으는 것이라고 대립되는 것의 조화를 언급한 논리로 설명될 수 있다.

3) 단절과 소외의식의 시작

모더니즘 소설에서 도시는 특히 산업화와의 관계에서 소음, 도시 풍경, 도시 냄새, 빌딩 등에 대한 개인의식의 환경이 되며 보통 단절, 소외, 상실, 탈출, 해방 등이 주제가 되었다. 이중 단절과 소외는 모더니즘 소설과 특히 관련이 깊은 주제로 1930년대 모더니즘 소설 역시

---

24) Ibid., p.35.
25) J. Mcfarlane, op. cit., p.92.

무능한 룸펜인텔리라는 인물 설정과 함께 단절과 소외가 중요 문제로 등장하기 시작했다.

이상의 소설 6편[26]은 모두 1인칭 주인공 화자 시점이며 주인공은 무직 인텔리이다. 1인칭 주인공 화자 시점은 특히 작중 인물의 심리적 실재를 표현하는데 가장 적절한 시점으로 독자는 주인공 의식에 머무는 느낌을 가져 독자가 의식하기에 주인공은 행위자라기보다 '의식의 용기'라는 느낌을 강렬하게 받는다. 위 작품 중 특히 <지주회시>는 1인칭 주인공화자 시점을 중심으로 하면서 작중 화자를 바꾸는 복수적 시점을 취하고 있으며 또한 1인칭 시점에 따른 내적 독백과 의식의 흐름이 위의 작품들에 현저하게 나타난다. 세팅은 5편이 서울(또는 경성), 1편이 동경으로 주로 추하고 우중충한 밀폐된 꼭 닫힌 방에서 주인공은 절대적 안일한 상태에 이른다. 주인공이 뒹구는 방은 온갖 희망과 욕망에서 자신을 완전히 닫은 공간이며 또한 주인공의 의식에 서울 거리는 쳐다보기가 숨이 찰 정도의 빌딩(<지주회시>)과 오탁의 거리(<날개>)로 나타나고 인간 세상의 사회, 도덕, 내면적 성찰, 자의식 과잉 등 모든 것이 우습게만 생각되어 더 이상 서울이라는 도시에서 생존을 계속하기가 어려워 탈출하고 싶어 한다. 그리고 주인공은 <종생기>에서는 햄릿, 허수아비로, <실화>와 <날개>는 절름발이, <환시기>는 병자, <지주회시>에서는 거미로, <봉별기>는 노옹(老翁), 폐병 환자의 상황과 거의 동일시된다. 주인공 상대역인 부인물은 여급 또는 창부 직업을 가진 아내가 4, <종생기>나 <실화>는 직업적인 창부와 여급은 아니지만 한 여인을 '나'의 친구 2인과 공동으로 공유하는 성적 관계를 갖는다. 남녀 관계는 완전히 비정상적으로 오다가다 아무렇게나 만나서 살다가 헤어지고 내키면 가출했던 아내가 돌아오기를 반복하는 것이 능사인가 하면 <봉별기>에서는 아내의

---

26) 7편 중 <지도의 암실>은 제외함.

오락적인 성 유희를 위해 방까지 비워 준다. <날개>의 '나' 역시 아내의 방에 든 손님을 방해하지 않으려고 일부러 외출했다 늦게 들어오는 등 노력까지 한다. 특히 <실화>에서 여인에 대한 생각을 바꾸는 자유 연상의 듀얼리티 방법의 몽타주 수법을 사용하는데 이것은 주인공 '나'의 의식의 분열과도 관계를 지을 수 있다.

위 작품에 나타나는 공통점을 주인공 의식과 관련지어 추출해 보면 아래와 같다.

① 주인공은 인생을 하루치씩만 산다는 점이다. 내일이 없이 꿈에는 생시를 꿈꾸고 생시에는 꿈을 꾸는 식의 인생을 산다.

② 주인공은 타인과 접촉하려고 하지 않는다. 타인과 세상 앞에서 자신을 첩첩이 닫고 있다. 단지 아내나 친구가 상대 인물일 수 있으나 아내와의 관계도 이야기하는 법이 없거나 식물처럼 말이 없으며 때로는 아내를 비롯해서 모든 사람이 거미로 보인다.

③ 주인공은 룸펜인텔리로 자신을 무능력하고 인간이기를 포기한 인물로 생각한다. 그것은 매음을 직업으로 한 아내에 의해 생활을 하기 때문에 더욱 그러하며 <날개>에서의 '나'는 세수도 하지 않고 돈 쓰는 기능도 상실, 닫혀진 방 안에서 잠만 자는 상태를 계속한다. 모든 것이 다 허망하고 그 어떤 것에도 의미를 주고 싶지 않으며 세상이 혐오스럽기만 하다.

④ 주인공은 자신이 자의식의 포로로 분열된 자아임을 인정하며 20여 세의 젊은 나이인데도 자신을 심신이 쇠약한 노옹 또는 시체와 동일시한다.

⑤ 그러나 남녀의 성적 관계는 불의라도 즐거운 '영원의 밀림'이라고 생각한다.

이런 공통적인 분위기는 모더니즘적 특성인 도시 소설의 단절 및 소외 의식과 관련을 지을 수가 있다.

소외(Alienation)란 용어는 어원적으로 1100∼1500년 기간 동안 중

세 독어에서 나타난 용어로 라틴어 Alienare—남의 것으로 만든다, 제거한다의 뜻—라는 동사에서 파생되었다. 보통 소외는 현대적인 것의 본질적 속성으로 산업화 과정에서 역기능으로 인간에게 초래되는 현상으로 알고 있는데, 소외를 체르만 샤크트에 의해 구체적으로 언급하면 세 가지 뜻을 지니고 있다.[27]

첫째, 라틴어의 Alienare 또는 Aalienato를 재산과 연관시켜 법적인 차원에서 어떤 재산의 소유권을 타인에게 이양하는 것을 의미한다.

둘째, 인간의 무의식 상태 즉 정신적 불안 상태와 연관시켜 사용하는 것으로 인간의 지각과 감각이 마비되어 의학적인 면에서 정신병과 관련되는 경우이다.

셋째, 현대인들이 주로 사용하는 의미로 인간간의 따뜻한 관계가 차가운 관계로 변질되어 자아가 타인에 의해 배척되는 불안한 인간관계를 의미한다.

철학적 의미에서 소외란 용어가 처음 사용된 시기는 19세기 초로, 피이테와 헤겔에 의해서이며 1840년대에 마르크스에 의해 자기 소외란 개념의 자본주의식 해석으로 사회학 이론에 도입되었으며[28] 산업소비 사회로 전환하면서 중요 언어로 대두되기 시작한 것은 에릭 프롬(Erich Fromm)과 마르쿠제(Herbert Marcuse)에 의해서이다.

마르크스 소외 이론의 전통을 계승, 정신분석학과 사회 이론을 통합한 에릭 프롬은 소외 개념을 대다수의 인간들에게 만연되어 있는 전폭적인[29] 다양한 현상으로 파악하고 있다. 또한 프롬의 소외는 인간 의식의 내부에 나타나는 자기 소외를 강조하는 것으로 그에 의하면 실제 소외는 신학상의 언어로서 '죄'라고 부를 수 있는 것을 비신학적인 언어로 표현한 것으로 현대인의 모든 생활 영역에 쉽게 적용

---

27) 한완상, 「현대사회아 인간소외」, 『문학사상』 43, p.330.
28) 프르츠 파펜하임, 황문수 역, 『현대인의 소외』, 문예출판사, 1992, p.10.
29) 정문길, 『소외론 연구』, 문학과지성사, 1992, p.180, 재인용.

시킬 수 있는 개념이며 현대인이 직면하고 있는 불안, 죄의식, 불행감 등 모든 자아 감각의 상실이란 징후를 표현하는 포괄적 개념이라는 것이다. 이 점은 페르디난트 퇴니스(F. Tönnis)가 지적한 바 역사적 발전에 따라 사회의 본질 의지가 지배적인 게마인샤프트 사회에서 선택 의지가 지배적인 게젤샤프트 사회로 옮겨감에 따라 인간 관계의 비인간화와 공동체 의식의 희박, 개인과 개인과의 단절 양상과도 관련지을 수 있다.[30] 프롬은 소외를 인간의 내적 경험의 한 양태로 파악하고 소외를 발생시키는 사회경제적 구조를 중시, 경제적 상황이 인간의 욕구를 통하여 이데올로기를 변화시키는 문제를 사회적 성격론과 결부시켰다.[31] 즉 자본주의 사회에서 비생산적 성격을 지향하는 소외된 현대인은 외부 세계와의 단절, 분리에서 발생하는 불안, 고독의 극복을 위해 도피의 메커니즘[32]을 택하게 되는데 실은 여기에서 소외가 더욱 심화된다고 프롬은 본다.

이상의 단절과 소외는 프롬의 포괄적인 개념에서 설명될 수 있다. 작중 주인공 '나'의 소외는 정신적인 불안과 죄의식으로 충만되어 있는데 그것은 무엇보다 1930년대 사회 현상 및 비정상적인 산업화와 관계를 지어야 할 것 같다. 보통 1930년대는 일제 식민제국에 의해 급격한 산업화가 진전되었던 시기로 산업화가 서구처럼 봉건 지배 계급이 시민 사회토대에 근대 자본주의 지배 계급으로 탈바꿈하는 정상적인 과정이 아니라 일제 통치기간 20년 동안은 일본의 경제를 위해 산업 발전이 철저히 억제되었다가 1931~1932년 만주 사변을 계기로 한국을 군수 산업 기지로 택하면서 산업화가 급속하게 진행되었고 1937년 중일 전쟁, 1941년 태평양 전쟁이 발발하면서 한국 경제는 전시 경제 체제로, 민족 기업은 거의 도산하는 기형적인 자본주의 발전

---

30) 정철수, 『사회심리학』, 법문사, 1991, p.190.
31) 위의 책, p.195.
32) 위의 책, p.196.

을 지녔다는 점이다. 특히 식민지 상황에 있어서 도시의 존재는 식민지 수탈을 보다 효과적으로 하기 위한 수단이었고, 산업화와 함께 자연적으로 발생한 도시의 소비 문화는 거의 수입된 외래 문화를 바탕으로 식민 통치의 필요성에 의해 선택된 것만 이식되는 등 병리적 현상을 초래했다.

이것에 대한 반동으로 출현한 것이 곧 인텔리 문화로 이상의 작품에서 무직 룸펜인텔리의 등장은 바로 이런 맥락에서 해석이 가능하며 아이러니컬하게도 도시의 병적 문화와 공생 관계에 있다. 인텔리들의 내적 저항은 사회적, 정치적, 경제적 무력으로 좌절, 허무 등의 비관주의로 표현되는데 이것은 일제 식민제국에 순응하는 것에 대한 죄의식과도 일맥 상통한다고 볼 수 있다. 그것은 <종생기>에서 자신을 '사회, 도덕, 자의식 과잉 이런 모든 것이 그지없이 우습고 세상을 경영할 줄 모르는 병신'이라고 독백을 한 점이나 <봉별기>의 인간이기를 거부하고 이 땅에서 생존을 계속할 수 없기에 망명해야겠다고 하는 의식, <지주회시>에서 타인과 세상 앞에 나를 닫고 싶은 의식, <날개>에서 인간세상의 아무것도 보기 싫어 산을 찾아 올라가는 것의 내적 독백 등이다.

이것을 프롬의 사회 비판의 중심 개념으로서의 소외 개념을 참고해서 추론해 본다면 사회로부터의 소외 의식이 도피의 메커니즘으로 나타나지만 소외는 더욱 심화되고 조직 속에서 더욱 무력한 인간으로, 그리고 자신으로부터도 소원(疏遠)하게 나타난다.

다음 자연으로부터의 소외로 어떤 물질적인 대상 또는 자연적 환경, 이를테면 돈 같은 것에 대한 분리 의식이나 주인공이 방 안에서 뒹굴며 논다거나 아내의 화장품을 가지고 냄새를 맡으며 옷에서 체취를 맡는 식의 놀이를 하는 등의 동물적인 행위로 후퇴하는 소외를 들수 있다.

또한 미약하게나마 생각할 수 있는 것은, 소외 개념을 시대의 전유물이 아니고 인간 존재에 고유한 실존적 측면에서의 인간 존재와 그 의미, 즉 현실 속에 던져져 있는 주체인 자신으로부터의 소외 의식을 느낄 수 있다. 이런 잠재적인 소외 의식이 이상의 그 당시 낯선 기교, 즉 띄어쓰기 거부, 퍼닝—고독 고고(枯槁) 독개(獨介), 초초(楚楚) 식의—내적 독백과 의식의 흐름, 부서진 이미지를 모아 맞추는 식의 구성 등을 사용한 다다이즘적이고 초현실주의적인 기교와 자연스럽게 접맥된 것 같다. 일종의 파괴 운동—모든 것을 부정하고 차라리 무의 세계를 창조하는—으로 모든 시간적 공간적 구속에서 완전히 떠나 버리는 것이다. 아무것도 의도된 결정이 없는 부유(浮遊)의 상태 바로 그것이다.

특히 이상 소설에서 남녀의 일탈된 성적 행위는 네덜란드 문화사가(文化史家) 요한 호이징하의 <호모 루덴스>형 인물 설정으로 설명될 수 있다. 호이징하는 인간을 놀이하는 존재로 본다. 문화는 원시시대부터 놀이에서 나온 것이라고 주장, 놀이의 정의를 자유로운 행동으로 의미나 필요와 관계없이 이루어지는 것, 일상적 본래적인 삶이 아니고 진지하지 않은 성격을 띠며 놀이하는 사람 자신이 진지하지 않음을 의식한다는 것이다. 또한 놀이는 물질적인 이해관계와는 전혀 연관이 없다. 그런데 산업화에 이르러 점점 본래의 놀이가 타락되고 있다는 것이다. 이상 소설에 등장하는 남녀의 비일상적인 성유희는 원시시대의 유희적인 놀이로 돌아가고 싶은 귀소 본능의 발현으로 단절과 소외 의식에서 벗어나려는 하나의 표현 행위라 생각할 수 있으나 오히려 소외는 더욱 심화된다.

박태원의 <소설가 구보씨의 일일>에 나타난 단절과 소외 의식은 이상의 소외 의식이 잠재적이고 심층적인데 반해 주관과 객관이 교차하는 서술 초점의 수법을 사용하면서 표면화되어 있다. 저자가 후기에서 밝힌 바 '딱한 사람들'은 곧 소외된 사람들을 의미한다. <소설가 구보씨의 일일>에 나타난 소외 의식을 구체적으로 살펴보면 아래와 같다.

① 보헤미아니즘과 자신을 위시해서 주위 사람들이 정신병 환자로 보이는 의식으로 나타난다. <소설가 구보씨의 일일>은 직업과 아내도 없는 26세의 인텔리 청년 주인공이 서울 거리를 정처없이 방황하는 하루를 스케치한 것이다. 구보는 갈 곳을 갖지 않은 사람이다. 한길 위에서 두통, 피로, 현기증을 느끼며 특히 방향을 정하지 못할 때 더욱 고독을 느낀다. 또한 구보는 신경 쇠약, 중이염, 만성 위확장, 쇠약한 시력 등 보청기를 달 정도로 사회의 속된 소리가 들리지 않기를 차라리 바란다. 그 외 바세도우씨병, 낭비증, 질투증, 언어도착증 등의 병명 나열 및 모두가 정신 병자라고 말하고 싶은 강렬한 충동을 느끼는데 그것은 정신적 불안 상태와 관련된 즉 지각과 감각의 능력이 마비되어 버린 인간의 정신병으로 자기 자신으로부터의 소외까지 초래하게 된다. 즉 자아를 완전히 상실한 정신 이상자로 프롬이 의미하는 '절대적으로 소외된 인격'[33]을 지닌 인물로 구보는 등장한다.

② 박태원의 소외 의식은 사회적 욕구 즉 인간이 사회 생활을 하는 동안에 대인 관계와 문화를 통해서 후천적으로 획득하는 파생적·이차적 욕구가 결여되어 있다.[34] 이를테면 타인과의 연대성의 결핍이나 애정의 욕구, 경쟁 의식, 자아 실현 욕구, 소속이나 소유에 대한 욕구 등에 대한 소원 의식(疏遠意識)이 지배적이다. 그것은 특히 도시의 속물적인 물신 사상과 생활인에 대한 소외 의식이다.

구보에게는 벗이 살기 위해 직업을 갖는 것도 속무(俗務)라 생각되고 그런 벗에게 연민을 느끼기까지 한다. 특히 살인, 방화 범인 기사 등의 사회 현상을 취급하는 벗이기에 더욱 그렇다. 그래서 생명보험 회사 외교원인 중학 동창과의 접촉이나 중학 때 열등생인 전당포집 아들 같은 인물에게는 소외감이 더욱 강렬하게 나타난다. 이것은 현대인의 소외 양상이 가장 적나라하게 나타나는 소비 문화와의 관계로

---

33) 정문길 편, 『소외』, 문학과지성사, 1984, p.38.
34) 정철수, 『사회심리학』, 법문사, 1991, p.16.

인간적으로는 무력하나 소비자, 구매자로서는 절대적인 호모 콘주멘스(Homo Consumens)[35]—더 많은 것을 소유하고 더 많이 사용하는 것을 유일한 목적으로 하는 탄탈로스적 욕망과 소외—에 대한 소외의식으로 마르크시즘에서 말하는 호모 라보란스(Homo Laborans)[36] 인간형과도 유사하다. 내면에서의 고독보다 타인과의 상대적인 의미에서의 고독으로 시맨(Melvin Seeman)의 6가지 소외 유형 중 가치상의 고립 또는 문화적 소외[37]로 소외된 예술가나 지식인에게서 잘 나타나는, 말하자면 사회에서 통용되는 가치에 대한 개인의 거부를 의미한다.

③ 군중 속의 고독으로 고독을 피하기 위해 경성역 3등 대합실을 찾았을 때 구보는 오히려 그 곳에서 더욱 고독을 느낀다. 브라운(R. Brown)은 군중을 정의하여 '일시적이기는 하지만, 어깨를 나란히 하여 무엇인가 같이 하는 사람들의 모임이며, 서로 이름도 모르고 거의 조직적 통일성이 없는 상태이면서도 서로 일시적으로 막연한 일체감을 갖는 사회적 집합 형태'[38]라고 하였다. 집합 행동으로서의 평준화, 단일체화, 익명성, 비개인성[39] 등의 심리적 특성을 지닌 군중 속에서 구보는 더욱 소외감을 가진다. 이런 점은 호세 오르테가 이 가제트와 만하임(K. Mannheim)에 의하여 제기된 대중 사회이론과의 접맥도 배제할 수 없다. 합리성, 인격적 관계, 극단적인 역할의 전문화, 대량의 인간의 집중에도 개인의 고독, 친밀감 및 안정감의 결여를 초래하며 개인간의 유대를 단절시키고 인간을 고립화시킴으로써 자신의 아이덴티티를 상실[40]시킬 수 있는 비약성을 박태원의 군중 속에서의 소외 의식은 지니고 있다.

---

35) 정문길, 앞의 책, p.175.
36) 오세철, 앞의 책, p.50.
37) 정문길 편, 앞의 책, p.206.
38) 정철수, 앞의 책, p.172.
39) 위의 책, p.173.
40) 위의 책, p.188.

④ 박태원의 소외 의식은 앞에서도 언급한 것처럼 그의 문체에 강하게 나타난다. "벗의 감정이 그 둘 중의 어느 것도 아니었다는 것을 알았다. 혹은 어느 것이든 좋았었는지도 몰랐다."는 식의 그 어느 곳에도 소속할 수 없는 구보의 의식이 작품 전편에 걸쳐서 빈번하게 발견된다. 또한 당의즉답증(當意卽答症)이라고 구보가 지칭하는 문답법—코는 몇 개요. 두 갠지 몇 갠지 모르겠습니다. 셋하구 둘하구 합하면 일곱입니다—이나 이중 노출 수법의 잦은 사용, 작가의 "이 작품의 결말은 이래도 좋을 것일까"라든가 "단편 소설의 결말 이것은 한 개 단편 소설의 결말로는 결코 비속하지 않다." 식의 전통적인 저자의 죽음은 그 시대의 복잡한 상황을 다양하게 나타낼 수 있는 적절한 기교라고 생각한다.

⑤ 본 작품에서 카페 여급과의 관계가 자주 드러나는 성유희는 이상처럼 분일한 것은 아니지만 구보가 소외 의식에서 벗어날 수 있는 유일한 방법이다. 구보가 불안, 현기증, 피로와 고독 속에서도 즐거워할 때는 오탁에 물들지 않은 여급에게 애달픔과 사랑의 유희를 느낄 때이다. 그에게 성욕은 본능이며 무지이고 총명은 괴로움, 아픔, 쓰라림이다. 값없는 즐거움이래도 본능에 충실할 수 있는 성욕이 구보가 소외 의식에서 일시 해방될 수 있는 길로 나타난다. 그런데 박태원의 소외 의식은 철저한 자기 모멸과 좌절을 통해서 자기 성찰의 새로운 삶을 시작할 수 있는 결말—어머니의 욕망을 채워 주고 자신은 생활을 가지리라 생각함—을 갖는 것이 이상보다 확고하게 나타난다.

4. 맺음말

이상 1930년대 도시 소설을 대표적 모더니스트인 이상과 박태원의 작품을 통해 특히 모더니즘 소설의 특성이라 생각되는 신화적 방법의 구성 기교, 테이레시아스적 반어성의 상징주의, 단절과 소외 의식의 시작 등과의 관계에서 고찰해 보았다.

1930년대 도시 소설은 모더니즘 소설의 가장 중요한 특성인 새로운 형식으로의 변혁의 시작이란 점에서 그 선구적 가치를 인정할 수 있다. 소설이 근본적으로 이야기라는 전설적인 소설 양태에서 벗어나 서사 기술의 자유로움 속에서 언어 유희와 도시 배경의 환유적 상징주의, 아이러니, 사건 부재, 의식의 내적 상태를 구현한 모더니스트 현상은 도시 환경의 다양한 변화와 밀접한 관계가 있다.

도시를 비판하고 거부하면서도 결국은 도시 속에서의 현대 정신을 지적 경험의 대상으로 취해야 하는 아이러니 속에 모더니즘 소설에서 도시는 외적 장소라기보다 메타포로서의 기능을 갖고 있다. 더욱이 정보에 의한 지식의 생산·보전·전달·처리 등을 전문으로 하는 지식 산업과 사이버네틱스적 인간관41)을 구상해야 하는 현대 사회에서 도시는 그 기능의 대부분을 독점하는 공간으로서 도시 예술이란 로칼리티를 지닐 전망을 보인다.

한국 문학의 경우, 서구보다 늦게 도시의 산업화에 따른 이점(利點)과 부작용이 거론되면서 기술 시대에 사는 주체인 사회적, 철학적 인간의 존재를 도시와의 관계에서 연구하는 것에 최근 관심을 기울이고 있다. 모더니즘 소설의 특성 역시 도시 소설과 불가 분리의 관계에서 정밀한 연구를 필요로 한다.

본고는 그 일환으로서 도시 소설에 나타난 모더니즘 현상을 1930년대를 출발점으로 하여 그 특성을 살펴본 것으로, 본격적으로는 1950년대 이후 전후 소설을 대상으로 도시 생태학과 사회 심리학과의 관계에서 심층적인 연구가 이루어져야 된다고 생각한다.

---

41) 김종호, 『실존과 소외』, 성대출판부, 1980, pp.146~147.

1930년대 희곡의 배경연구
-도시와 농촌의 대비-

1. 머리말

　희곡은 원론적으로 다른 문학장르와 이질적인 특성 즉, 연극성과 문학성의 이중성을 지닌다. 그러나 실질적으로 우리나라 초창기 희곡은 위 두 가지 특성을 지녔다고 보기 어렵다. 대사와 무대지시문이 희곡의 형식으로서 갖추어 있을 뿐, 인간의 행동을 표현하는 예술인 연극에서 가장 주요한 극적 기교나 대사의 표현기능이 결여되어 있다. 단지 초창기 희곡에서 두드러지게 눈에 띄는 것은 희곡에 대한 본질적인 내재적인 접근연구보다 외재적 연구가 적절하다는 점이다. 그것은 식민지시대의 희곡이기 때문에 더욱 그러하며 배경연구를 시도하는 것도 그런 이유에서다.

　희곡의 기본원론이라고 볼 수 있는 『詩學』에서 아리스토텔레스는 연극의 기본요소를 여섯 가지 즉 구성, 성격(인물), 조사법, 사상, 장경, 멜로디라고 했다. 이 중 가장 중요한 것은 구성이고 장경은 흥미를 끌면서도 가장 미비한 미적 요소라고 했지만, 식민지시대 희곡에서 특히 중요한 의미를 지닌 것은 무대성보다 구성에서의 배경이라고 생각한다.

　현대문학에서 배경은 심볼리즘을 강하게 내포하고 있다. 특히 19세기 사실주의문학에서는 배경이 본격적인 의미를 지니게 된다. 교과서적인 개념에서 배경은 행위가 벌어지는 외적 또는 정신적 장소를 말한다. 배경형성요소를 W. 케니식으로 고찰해 본다면,

첫째, 지형과 장면과 방 같은 실제 지리적 장소

둘째, 인물의 일상생활형태와 직업

셋째, 행위가 일어난 시간으로 역사적 시기·계절 같은 것

넷째, 등장인물의 종교적·도덕적·지적·사회적·감정적인 환경을 의미한다.[1]

R. 이스트맨은 특히 역사적 배경에 초점을 두어 작품을 작가의 전기나 작가의 시대와 관련시켜 연구한다. 구체적으로 말한다면 사상 또는 제도·조직·정치상황·경제학·전쟁·기술·일상생활 등과의, 말하자면 주로 그 시대의 사회조직문화와의 연관이라고 볼 수 있다.[2]

1930년대는 우리 문학사에서 현대문학의 본격적인 출발임과 동시에 식민지치하의 억압된 사회 속에서도 역설적으로 풍부한 문학의 결실을 맺은 시대이기도 하다. 또한 30년대 문학은 리얼리즘 지향이 강하여 이안 와트식의 '포말 리얼리즘'이라고도 볼 수 있다. 특히 연극의 경우는 소설, 시 등의 기타 다른 장르보다 사회운동적 성격이 강하므로 희곡사는 문화운동의 배경적인 사상사 곧 작가의식사라 볼 수 있다.[3]

1910년대 초기, 개화와 자주독립·신교육사상·신도덕관·미신타파와 현실폭로가 주제가 되었던 신파극을 현대연극의 시작으로, 20년대 대중극으로의 전환, 그리고 30년대 대중극으로서의 토착화에 이르기까지 식민지시대 대중의 사회의식이 절실하게 드러남을 볼 수 있는

---

1) W. Kenny, *How to Analyze Fiction,* Monarch Press, 1966, p.40.
2) R. Eastman, *A Guide to The Novel,* North Central College, 1965, pp.72~83.
3) 유민영, 『한국 현대 희곡사』, 기린원, 1988, p.13.

데 그것은 연극의 삼대요소 즉 극작가·배우·관객이 조화, 통일되는 인간주체의 행동예술이기 때문에[4] 더욱 그렇다. '연극은 인생의 거울'이란, 작중인물 햄릿을 통한 셰익스피어의 말이 카타르시스의 쾌감과는 다른 교훈적 의미이긴 하지만, 연극은 플라톤적 모방론 개념이 적절하게 적응될 수 있는 공시적, 조형적 예술이다. 특히 사실적, 사회적 경향을 지닌 연극의 경우, 배경설정은 정신적, 외적 두 차원에서 더욱 그렇다.

일제하 한국의 사회변동과정을 도시와 농촌 두 배경에서 고찰해 볼 때, 1930년대는 경제적, 사회적, 제반문제—도시노동자 및 빈민, 빈농, 이농, 농촌노동자 창출 등—의 산적으로 고통스럽던 시대라고 볼 수 있다. 그것이 비록 형상화된 문학작품이라도 문학은 개연성을 지녀야 한다는 기본적 관점에서 배경을 통한 사회구조 변화연구는 자못 흥미로운 작업인 것 같다.

우리 문학사에서 도시와 농촌의 문제점을 제재화하기 시작한 시기는 20년대이고 도시문학, 농촌문학이란 용어가 등장한 것은 1930년대이다. 도시의 경우, 서구문명식의 도시와는 거리가 멀지만, 신문학 초창기에는 도시에 대한 막연한 갈망과 동경이 나타났으며 도시는 인구, 교통, 거리가 복잡한 곳이란 초보적 지식뿐이었다. 그러나 20, 30년대에 가서 도시는 부정, 긍정의 양면성을 지니면서도 부정적 이미지가 더욱 강렬하게 부각되어 도시는 타락과 절망, 가난의 공간으로 묘사되었다. 농촌의 경우, 20년대 말에서 30년대 초는 일제의 농민에 대한 수탈정책에 몰락한 농민의 빈농화 및 도시빈민화, 화전민화, 유랑민으로 되는 과정이 가속화된 시기다.[5] 따라서 실향이주민의 참상이 이농이나 폐농과의 관계에서 그려지거나, 이주민의 상황이 주조가 되어

---

4) 李光來 외 5인, 『현대희곡론』, 二友出版社, 1983, p.19.
5) 金晙, 「일제하 노동운동의 방향전환에 관한 연구」, 『일제하의 사회운동』, 文知, 1987, p.11.

그려졌다.

본고에서 필자가 대상으로 한 작품은 총 101편[6]으로 그 중 도시가 56편, 농촌이 45편이며, 연구방법에 있어서는 희곡에 나타난 도시와 농촌 각각의 공시적 특성과 都·農의 공분모를 모색하여 都·農의 유기적 관계가 어떻게 구현되었는가에 초점을 맞추었다. 덧붙여서 본고는 공연적 측면이 아닌 문학적 측면에서의 연구인데, 그것은 희곡 작품이 극적 형식보다 서사성을 띠고 있기 때문이다.

본 연구는 필자가 이미 시도했던 「한국현대소설의 배경연구」[7]와 궤를 같이 하는 것으로 최근 산업화, 도시화에 따른 인구과밀현상이나 도시로의 이동에서 오는 이농현상 등, 도시사회학이나 농촌사회학에 대한 연구가 절실히 요구되는 시점에서 본고 역시 초석이 되리라고 생각한다.

2. 都·農의 특성과 인물의 가치관

소설과 마찬가지로 희곡 역시 인물의 역할은 중차대하다. 희곡은 극중 인물의 행동과 대사를 통해서 직접적으로 인생을 표현하는 문학이기 때문에 인물상호간 또는 인물과 외계와의 충돌이 프로타고니스트와 앤태고니스트의 대립으로서 극적 고조를 이루므로, 희곡의 인물은 소설의 작중인물보다 더 적극적인 의미를 지니고 있다. 따라서 도시와 농촌의 배경연구를 인물의식과의 관점에서 고찰해 보려고 한다.

---

6) 양승국의 현대문학연구 제87집 부록을 참고로 했으며, 희곡, 시나리오, 촌극도 포함했음. 기본자료: 30년대 희곡 101편(『한국근대희곡작품자료집』 1~5권, 양승국 편), 『1930년대 한국문예비평자료집』 1~18권(한일문화사)
7) 1985. 12. 淑明女子大學校 博士學位論文.

1) 도시적 특성과 인물의식

가. 도시빈민노동자의 스트라이크 공간

도시를 세팅으로 한 대상작품 56편 가운데 도시 공장노동자의 동맹파업을 취급한 작품이 무려 7편이나 된다.

<표1>

작품명	세 팅	주인공	적대자	인물의식 및 행위	게재지 및 작자
阿片쟁이	일본대판	元 甫	동족인 주인	임금을 올려 달라고 스트라이크를 한 행위로 아편쟁이가 됨	대조1號, 1930.3. 송영
뻐스걸	대도시중앙지	순 녀	버스회사	임금인상을 요구하는 여차장의 동맹파업	대중공론 7호, 1930.6. 서광재
밥	도회지 빈민굴	임서방	파업노동자 A.B.C	동맹파업한 노동자들의 협조요구에 승복하고 임시직 정미소 직공을 그만둔다.	별곤건, 1930.10. 채만식
두 부	경성	나	기계공장	조합본부의 결정을 기다리며 굶주림을 못 견뎌 장사용 두부마저 먹어버림	혜성, 1931.5. 채만식
감독의 안해	경성	전공장 감독	동맹파업 원들	아내까지 가담한 동맹에 분노, 아내를 내쫓고 폭력단까지 동원하여 파업원을 구타한다.	동광, 1932.3. 채만식
赤旗를 휘두른 狂女	평 양	광 녀	사 회	고무공장 파업문제로 형사에 잡혀간 아들 때문에 광인이 됨	신동아, 1933.1. 임유
獸	중국 어느 도시	대 선	공 장	동생은 석회공장에서 일하다 폐병으로 죽고 대선은 임금투쟁을 벌여 성공했으나 주동자인 명목으로 형사에게 잡혀감.	삼천리, 1936.2. 유치진

1921~31년은 일제하 전시기를 통하여 노동자의 파업투쟁과 농민의 소작쟁의 등이 격렬하게 발전한 시기다.[8] 한국사회사연구회 논문집에 의하면 일제와 자본가측의 가혹한 탄압과 방해공작에도 1926년에는 100개 이상의 노동조합이 결성되었고 1928년에는 350개 정도에 이르렀다는 것을 알 수 있다. 그런데, 초기노동쟁의는 주로 임금인상 요구 등 경제투쟁으로 일관했고 1921~31년의 본격적 방향전환기에는 노동자의 투쟁이 정치투쟁으로까지 고양되었다고 한다.

위에 언급된 7편의 작품은 바로 그 당시 노동쟁의 상황이 그대로 반영된 것으로 생각된다. 물론 노동운동의 목표나 이념이 노동자계급에 정확히 전달되지 못하고 그 운동 역시 추상적이고 원론적으로만 나타나 있는데, 그것은 식민지하의 검열과도 관계가 있는 듯하다.

위 작품에 나타난 공통성을 구체적으로 추출해보면 다음과 같다.

첫째, 7편 모두가 경제적인 측면에서의 임금투쟁이란 점이다. 경제투쟁에서 정치투쟁으로까지 전환된 느낌을 미온적이나마 느낄 수 있는 작품은 <赤旗를 휘두른 狂女>에서 狂女의 아들이 X당사건으로 형사에게 체포되었다는, 적색노조의 등장을 엿볼 수 있는 아들 친구의 대사나, <뻐스걸>에서 운전사의 X당사건에 연루된 체포와 여차장 순녀가 '프롤레타리아 여성을 위하여 힘을 써 싸울 것'을 맹서하는 식으로 나타날 뿐, 그것에 대한 본격적인 관심을 극화하지는 않았다.

둘째, 노동운동에 대한 일제나 자본주의의 야만적인 탄압이 적나라하게 극화되어 있다. 파업지도자의 검거나 폭력단을 동원하여 파업동조 노조원을 구타하는 등[9]이다.

셋째, 노조지도부가 경찰에 의해 체포·투옥되는 경우도 노동자는

---

8) 金晙, 앞의 책, p.12. 원산총파업(1929.1~4), 평양 고무공장 노동자 파업(1930.8), 부산 조선방직 파업(1930.1), 경성방직 영등포공장 파업(1931.5), 인천 力武정미소 노동자 파업(1931.6) 등을 예로 들 수 있다.
9) <뻐스걸>, <獸>, <赤旗를 휘두른 狂女>, <監督의 안해> 등이다.

위축되지 않고 끝까지 투쟁을 하여 강인성을 크게 발휘하는 경우다.[10]

넷째, 노동쟁의가 노동조합의 지도하에 전개됨을 알 수 있다. 조합원이 모여서 하는 대화는 거의 "조합에서 연락이 와야 할텐데…"나 "조합은 어떻게 일을 처리하나"와 같은 식이다.

다섯째, <獸>의 경우, 대선의 임금투쟁전개가 다른 회사와의 공동투쟁임을 알 수 있다. 실제로 그 당시 파업투쟁의 전략·전술을 살펴보면 한 공장, 산업, 지방의 파업을 다른 공장, 산업, 지방으로 파급시킴으로써 결국 대중적·정치적 총파업으로 발전시켜 나가려 했다는 것을 알 수 있다.[11]

다섯째, 노동쟁의 당사자는 보통 청년이나 소녀이고 파업을 막거나 그릇된 것이라고 생각하는 측은 부모나 기성세대로, 그 이유는 현실적인 생활인이기 때문인 것으로 나타나고 있다.

위의 <표1> 예시는 도시빈민노동자의 사보타지 상황으로 노동자가 실제 파업을 행동에 옮긴 극한 투쟁이나 파업상황 또는 파업당사자와 가족간의 관계 등 노동쟁의투쟁이 비교적 적극적으로 나타난 작품들이다. 그러나 농촌의 경우 쟁의관계를 나타낸 작품은 단 2편으로, 그것도 한 편은 부두를 배경으로 한 작품이고,[12] 쟁의 역시 <죠고마한 決議>[13]라는 제목 그대로 조그만 결의다. 등장인물은 소작노동자 강서방과 머슴 삼쇠 두 인물뿐이고 농촌의 추수기 석양을 배경으로 한다.

　　三　　그래 그 조선농민사 사람들은 무어라고 해요?

---

10) <獸>와 <뻐스걸>의 경우가 현저하다.
11) 金晙, 위의 책, pp.44~45.
12) 崔禎翊의 「埠頭의 牛시간」(제일선, 1932.6)
13) C生의 촌극.

姜   우리가 단합이 되여가지고 싸홈싸우듯이 겨루어 나가면 필경에
가서는 우리 세상이 된다고.

다른 동리의 상황을 전해 들으면서 조심스럽게 대처하는 듯한 인물
의 행위를 느낄 수 있다. 실상 노동쟁의가 농촌 여러 곳에서 일어났으
나 도시빈민 노동쟁의만큼 극화되지 않은 것은 대부분의 작가가 도시
출신이고 개혁을 받아들이기에도 도시가 농촌보다 최적이라고 생각했
기 때문이 아닌가 추정된다.

나. 환락과 퇴폐의 도시
   대도회중앙지가 세팅인 <뻐스걸>에서는 소위 중앙대도회의 풍경
이 "라슈아워의 雜沓, 전차·자동차의 疾走, 아스팔트의 路面, 전차
레루, 수십대의 疾走하는 뻐스, 시가의 복잡한 전경" 등으로 표현되고
있다.
   도시의 개념은 기본적으로
   첫째, 인구·시설적 측면에서,
   둘째 기능적·문화적 측면에서 규정할 수 있다.14)
   전자는 인구밀도가 높고 고층건물군이 있는 지역을, 후자는 공업적
산업기능 또는 문화적 중심지로서 지적 엘리트를 포함한 이질적이고
비인격적인 사람들의 完走的 집합지라고 설명될 수 있다. 특히 도시
화는 개인생활의 질적 변화뿐만 아니라 사회제도 및 조직의 내용을
변화시키므로 도시화의 이해는 곧 사회변동 이해에 핵심이 된다.15)
물론 30년대의 도시는 서구의 도시와는 근본적으로 다르지만 최재서
가 「文學과 知性」에서 '都會文學'이란 용어를 통해 지적한 것이나
이원조가 「市民과 文學」16)에서 도회문학은 향락의 추악감을 느끼게

---

14) 孫禎睦, 『韓國現代都市의 발자취』, 一志社, 1988, pp.1~8.
15) 姜大基, 『現代都市論』, 民音社, 1987, p.73.

하고 퇴폐문학으로 전락한 것이라고 주장한 것을 보면 소위 그들이 생각하는 도시화의 결과가 이것이 아닌가 생각된다.

도시배경의 56편 중 주로 도시를 부정적 성격에서 퇴폐와 환락이 충만된 공간으로 다룬 작품은 13편이나 된다. (표2 : 다음 면에)

서구의 경우, 도시가 긍정적 시점에서 부정적 시점으로 전환하게 된 시기는 산업혁명이 본격화된 19세기 초라고 볼 수 있다. 도시는 선이 아닌 악이고, 양지가 아닌 음지, 혼란과 무질서, 타락, 불륜만이 판치는 곳으로 비쳐진다. 도시학자들의 설명에 의하면 그것은 사회구조적 상황과 밀접한 관련이 있으며 특히, 제3세계의 도시문제는 도시를 향한 인구이동의 증가에 따른 빈부의 격차심화와 이질적 집단이 모이는 데서 오는 사회불안정에 기인한다고 할 수 있다. 이런 징후는 30년대 우리 문학에도 나타나기 시작했다.

첫째, 도시는 왜곡된 모던기질이, 그것도 젊은 남녀의 모던기질이 활개치는 장소다. 비판의식 없이 맹목적으로 수용한 서구문명의 병폐를 지적한 예다. 공부를 하기 위해 상경한 하숙학생 남녀의 자유분방성은 하숙집주인 노파의 시점에서는 광인과 다름이 없는 <電氣다리미>, 또한 <男便征代> 역시 전문학교를 졸업한 주인아씨가 지나치게 분방한 것을 식모가 비판적인 시선으로 관찰하는 것이다. 대낮에 요정을 출입하는 남편의 작태보다 그런 남편을 추적하고 감시하려는 신혼여성을 관찰자는 맹렬히 비난한다. <펼쳐진 날개>는 자유교육가의 도시교육을 농촌교육과 대조시켜서 도시적 자유교육이 오히려 현대 여성을 무력하고 무능하게 만드는 것으로 비판 한다.

16) 『文章』1・9, 1939. pp.154~159.

<표2>

작품명	배경	도시 상황 및 분위기	게재지 및 작가	비 고
人間侮辱	某도회	인육시장	동광, 1932.10. 兒克	개값도 못미치는 인간
金十字架	경 성	도박, 허영, 사기공간	신생, 1932.11. 方仁根	인간은 기름 바른 쥐새끼
電氣다리미	경성시	왜곡된 모던기질을 지닌 남녀학생들의 거주공간	신동아, 1932. 12. 金民	현대남녀 학생 기질
펼쳐진 날개	서 울	자유 및 진실의 부재공간	신가정, 1933. 1. 李無影	진정한 교육은 농촌에 존재
그들 兄弟	어떤 도회지	불륜이 난무하는 곳(사촌끼리 얽힌 치정관계)	제일선, 1933. 3. 李石薰	부르주아의 병폐
미스터뽈떡	어떤 도회 1933년 전후	부르주아 근성의 병폐성 노출공간	신동아, 1933. 7. 김기림	개문직이로 둔갑한 인간
破 鏡	서울 193X 첫봄	허영과 물질의 도시	신가정, 1933. 10. 李無影	현대여성 기질
그 女子의 地獄	서 울	테러, 오락, 우울, 조소, 루머, 모함의 도시	中央, 1934.11. 李石薰	농촌이 싫어 떠났으나 다시 귀향
밤에 우는 새	서울 동리	비도덕, 비윤리 위선의 도시	신인문학, 1935.6. 閔丙徹	인텔리층의 위선
예수나 않믿었드면	경 성	주색, 축첩의 도시	조선文學, 1937.5. 蔡萬植	종교도 형식으로 믿음
男便征伐	경성현대	모던 교육을 받은 부인들이 활개치는 곳	월간 야담 39, 1938.3. 金明鶴	신식교육의 병폐성
群 盜	서 울	순수한 인심이 부재하는 곳	백지 2집, 1939. 9. 李載榮	서울에 대한 희망이 무산됨
斷 層	서울 현대	만화경같이 요지경인 공간	인문평론, 1939.12.~40. 1. 金永	인문평론, 1939.12.~40.1.

信英 과도기라구요? 아닙니다. 이것이 현실입니다. ─(略)─ 작년 졸업할 때 「니 약혼했늬?」하면, 모두 어듸 진문출신이니─밀은 모두좋지요! 죽음도 그것은 부끄러운 줄 몰라요. 그렇지만 그후에 알어

보면 「출신」찾는 애들은 모두 첩이야요. 첩아니면 첩도 못되구 헌 신짝 모양으로 거리거리로 굴러단기지요! 그것은 모두 아버지가 자랑하시는 그 소위 교육방침이 그른 까닭입니다. 전책임은 아버지께 있읍니다. 조선의 총각은 농촌에 잇읍니다!

외국유학한 자유교육가인 아버지를 딸이 냉소하면서 얻은 결론은 농촌이야말로 진정한 인격과 주관을 살릴 수 있고 자유와 진실이 있는 곳이라는 것이다. 그것은 세 딸들의 결혼실패로 입증이 된다. 그들이 얻은 결론은 도시는 신부감을 잘못 기르는 곳이며 농촌은 거짓탈을 벗고 힘과 신념으로 굳게 살 수 있는 공간이란 점이다.

둘째, 도시는 불륜과 타락, 도박, 허위, 위선, 테러, 축첩, 모함, 공포, 사기로 가득한 곳이다. 이것은 주로 부르주아층의 현저한 특성으로 도시를 배경으로 한 대부분의 작품에 나타나는 분위기다. <그들 兄弟>의 사촌 또는 친형제 사이에 얽힌 치정관계는 부르주아층의 풍부한 생활이 초래하는 부작용으로 관객에게 전달된다. 또한 그런 점은 농촌에서 큰 뜻을 품고 상경했다가 그래도 고향이 낫다고 귀향하는 등장인물의 설정으로도 알 수 있다. <晩秋>[17]에서 주인공 영순은 우울하고 빈곤 뿐인 시골을 떠나 서울에서 기자란 직업에 종사한다. 처음 도착했을 때의 서울은 아름답게 느껴졌지만 미모의 여류시인으로서 서울은 루머, 거짓, 위선, 조소, 모함 등이 가득 찬 곳임을 발견하게 된다. 고향을 떠날 때는 성공할 때까지 귀향하지 않을 것을 결심하였으나, 데뉴망은 결국 고향에 돌아가는 것으로 처리된다. 도시에 대한 긍정적인 의미는 대부분 작품에서 농촌사람에 의한 피상적인 의식에서이며 막상 서울에 오면 도시생활에 적응하지 못하고 좌절해서 고향을 다시 갈구하게 된다.

셋째, 도시는 인간을 팔고 사는 인육시장으로 인간을 동물보다 더

---

17) 李石薰의 <그 女子의 地獄>을 改作한 것으로 『文章』1・7 중간호(1939.7)에 실림.

비천시하는 곳이다. <人間侮辱>과 <미스터뿔떡>은 인간을 개에 비교해서 무대화한 희곡이다. 전자의 경우, 유흥가의 기생매매가 개 값보다 싸다. 개는 이백 원에 팔리고 사람은 오십 원에 사며 암캐에 흘레붙이는 돈이 사람의 몇 갑절이나 된다. 후자는 제목에 명시된 것처럼 사람보다 잘 먹는 개신세가 부러워 문지기개를 잡아먹고 대신 그 개 가죽을 뒤집어쓰고 은행가 P씨집 문을 지키는 실직인 인텔리의 넌센스가 연출된 작품이다. 사람에게는 없는 벽돌집이 개에게는 있고 사람이 전혀 못 먹는 양식을 개는 먹는다. 등장인물 똥쇠는 그런 개신세가 부러워 차라리 부자집 개역할을 하는 풍자적 드라마다.

결국 도시는 <斷層>에 나타난 것처럼 만화경 같은 요지경의 공간으로 극화되고 있다. 주거지역의 과밀과 무허가 빈민주택의 양상, 실업과 빈곤에 의한 개인 및 가족의 심리적 불안 등, <斷層>은 여자전문학교기숙사를 개조한 줄행랑식 세집으로 이어진 집구조며 양식이 이상의 폐쇄적인 <날개> 공간과 유사한 느낌이다. 도시의 어두운 그림자를 반영하는 각 호실마다 거주하는 인물들, 홀애비가 아들 하나만 데리고 사는 12호실, 세간이라고는 석유궤짝 같은 농짝 하나 뿐이다. 14, 15, 21호 등 도시환경극 속에 담긴 비극적 세태[18]가 드라마의 지배적인 분위기이다. 중심인물은 여기자 정실이지만 폐병환자이며 노동자인 동생과 그나마 곧 헐리게 될 셋집에서 갈 곳 없어 안간힘쓰는 도시빈민층 등 그들의 생태가 일렬로 다닥다닥 붙어 있는 집의 구조와 조화를 이루고 있다.

2) 농촌적 특성과 인물의식

가. 탈고향의식

---

18) 유민영, 앞의 책, p.375.

조선농민의 몰락이 시작된 것은 1910년을 전후한 조선토지사업의 폭력적 과정이었고 몰락이 본격화된 것은 1920~30년대에 걸쳐 실시된 산미증식계획의 결과였다.[19] 농민 대부분이 빈농이었고 궁핍화에 견디다 못해 국외—특히, 만주나 간도—로 이민가거나 도시로 떠나는 경우가 허다했다.

관동과 관북(關東, 關北)의 각지에는 먹을 량식이 없어서 류리하는 긔근민이 날을 지날수록 작고 늘고잇다.…(中略)…풀뿌리를 캐여서 혹은 나무껍질로서 겨우 생명을 연장하여 왓스나 그러나 이 봄철에 이르러서는 더 말할 수 업는 참상에 이르럿다. 전강 강원도에 구제를 바더야 할 빈농 가호수는 대략 二萬三千 戶 가량이 된다고 한다. 그리고 벌서 타처로 떠나간 류리민의 실수는 二千一百三十五 戶로 八千五百五十 餘名에 달하는데 그 가운데에는 평소부터 굼주리든 화전민이 二千三百二十二 戶로 人口五千三百九十六 名이 먼저 긔근에 빠저 할 수 업시 류리하엿다고 한다.[20]

1930년말 현재 통계에 의하면 조선총호수 383만 호중 농가구호수가 286만호로 전호수의 팔할오분을 차지하였으며 농가호수 중 자작겸 소작농가는 226만 여호로 전농가의 팔할을 점령하였고, 이 중 대부분이 빈곤계급이며 약 90만 호는 식량이 끊어져서 초근목피로 연명하기 어려운 상태임을 알 수 있다.[21] 거기에 지주나 채권자의 지불명령과 차압의 혹독한 처지 속에 빈농상황이 말이 아님을 알 수 있다.

대상희곡 45편 중 28편이 위와 같은 농촌상황 그대로를 제재로 하고 있다. 이 중 이농 또는 탈고향의식이 압도적으로 17편이나 된다.[22]

---

19) 이형찬, 「1920~30년대 한국인의 만주이민연구」(한국사회사 연구회 논문집 제12집, 1988), p.209.
20) 韓元彬, 「朝鮮農民은 어대로가나? 飢饉民과 小作人이 가는 곳」(『농민』2·4, 1932), p.15.
21) 위의 논문, p.16.

<표 3>

작품명	배경	작중인물들의 탈고향의식의 동기 및 상황	게재지 및 작자	비 고
金助光	함경도 어느 농촌	문명침입과 지주의 횡포에 못 이겨 간도로 이민을 결심함.	학지광, 1930.4. 리헌구	
그들엇지 되나	현대농촌	借金뿐인 농촌에서 견디지 못해 불을 지르고 서울로 도망함.	혜성, 1931.5. 南又薰	서울 간 청년이 전차에 치여 병신으로 돌아옴.
土 幕	농촌 토막집	소작료로 재산을 다 빼앗겨 서간도, 북간도, 일본으로 떠남.	文藝月刊, 1931.12.~32.1. 柳致眞	주인공 아들 명수는 농민해방 주장자로 일본 가서 백골로 돌아옴.
일흠없는 죽엄	만주농촌 토담집	만주인의 조선인에 대한 학대에 못 견뎌 고향에 돌아옴. 빚대신 아들은 머슴으로, 딸은 되놈에 납치됨	신동아, 1933.6. 南又薰	1932.11.1. 모신문 기재기사임을 추기로 제시
어머니와 아들	충북 농촌 장터	일인 수탈에 의한 자작농 몰락상황	신동아, 1933.6. 李無影	아들이 일본에서 돌아옴.
아버지와 아들	충북 농촌 장터	父는 집행위험을 느끼고, 돌아온 아들은 서울을 향해 떠날 생각만 함.	신동아, 1933.9. 李無影	
脫 出	충북 193X 어느 농촌	日人의 수탈이 절정에 오르고 마지막 남은 논마저 팔다. 아들은 결국 시골을 탈출함.	신동아, 1922.1. 李無影	日人주정뱅이를 살해하고 고향을 떠남
뻐꾸기울 때	시골집	다른 집의 논은 다 잡힌 상태임.	신동아, 1934.3. 奏貞玉	아들의 서울행 갈구.
鄕土의 輓歌	현대 향촌항구	百석지기 주인공이 남의 논을 맡게 됨. 이웃은 거의 간도로 떠남.	신인문학, 1935.6. 黃白影	주인공 아들은 일본 유학.

---

22) 이농·이민이 주인공과 직접 관련은 없어도 그것이 작품 전체의 주요한 흐름으로 인식되는 작품 역시 선정의 대상이 되었음.

작품명	배경	작중인물들의 탈고향의식의 동기 및 상황	계재지 및 작자	비 고
風浪	강원도 벽촌의 산어촌	거름 만드는 생선공장에 모두 동원되고 고기도 잡을 수 없어 탈어촌의식을 지님.	三四文學, 1934. 12. 韓相稷	어장소유권을 자본주에 넘김.
아버지들	北鮮 어느 농촌	빚장이한테 몰려 고향집은 굶는 상태에서 아들은 서울서 소작쟁의, 농민조합에 대한 공부를 해옴.	예술1号, 1935. 1. 金一劍	서울로 유학간 아들이 옥살이 후 돌아옴.
歸鄕	현금 농촌의 중류 가정	빚은 태산 같고 헤어날 도리가 없어 농민은 불안하고 초조함.	신인문학, 1935. 8. 黃白影	아들은 서울 가서 학교 중퇴.
딸(娘)	시골정거장	사기를 당해 소작노릇을 한 후 소작권마저 빼앗기고 방랑생활 13년 후 귀향함.	신인문학, 1935. 10. 金松壽	
봄	시골 어느 농촌	떼여버린 토지경작에 고향을 떠날 결심을 함.	신조선, 1935. 12. 金祥銘	100여호중 삼사십호만이 남다.
山사람들	高山地帶의 火田部落	풀도 먹을 것이 없는 실정이라 바보아들 마저 돈 벌러 대처에 내보냄.	中央, 1936. 2. 李泰俊	
산허구리	서해안 어느 寒村	전식구가 다 굶어 항구로 떠날 생각을 함.	조선문학, 1936. 9. 咸世德	
흘러간 故鄕	만주 자유이민촌과 낙동강 유역 어느 농촌	흉년 및 홍수에 부자가 간도로 떠났으나 무질서한 간도에서 부친은 총맞아 죽음.	조광, 1937. 3. 채만식	고향에 왔다가 다시 간도로 떠남.

위의 작품에 나타난 바

첫째, 빈궁과 부채, 과중한 소작료에 견디지 못해 탈농을 하려는 상황제시가 압도적이다. 이것은 지주의 횡포와 소작농의 증가에 따른 소작인 사이의 심화된 경쟁과 관련해서 전개된다.

이 江山 이 벌판에 봄이올 째
쏘 다시 가시는 님 어이 보내
이 江山 이 벌판이 곱기도 해라
바리고 가는 그 맘 오직 하리
눈물 자며 뿌린 씨 다 못 무더
덧업시 하로 해는 넘어간다.

위의 노래는 <봄>이란 희곡에서 농부들이 씨를 뿌릴 때 부르는 노래다. 남의 농사일만 잔득 해 주고도 부채에 허덕이며 고향을 떠날 수밖에 없는 소작인의 정황을 나타낸 대목이다. 檀正은 「農民은 웨가난한가」[23]에서 그 이유를 자본주의 경제제도, 불합리한 소작제도, 고리대금업발호에 두었다. 또한 金秉齊는 「웨貧農民이 되엿는가」[24]에서도 지주의 권력과 수단, 도시상공업자의 농간, 기술의 빈약을 들었다. 그러나, 정작 작품에서는 빈농 내지 탈고향, 이농의 동기를 첨예하게 나타내지 못하고 작중인물인 농민의 넋두리식 대사 즉 어쩔 수 없이 고향을 떠나야만 된다는 식으로 작품을 끝내는데, 그것은 그 당시 검열제도의 의식이라고 추정된다.

어촌 역시 동일하다. <鄕土의 輓歌>와 <風浪>은 글자 그대로 향토의 輓歌다. 거의 간도로 떠난 어촌의 황량함이 엿보이며 <風浪>의 경우, 어촌은 생선을 거름으로 만드는 공장일로, 일할 사람이 없어지고 어장의 소유권이 생선비료회사로 넘어감에 따라 고기도 마음대로 잡을 수 없는 슬픈 정경이 전개되는데 그것은 농촌과도 마찬가지이다.
다음 자작농의 몰락과정이 이무영의 <어머니와 아들>, <아버지와

23) 『농민』2 · 4, 1932.
24) 『농민』1 · 4, 1930.

아들>, <脫出> 및 金一劍의 <아버지들>에 나타나 있다. 전자는 고향을 떠난 지 7,8년 된 아들이 돌아오기를 기다리는 어머니의 시점과 아들이 돌아온 후에 다시 고향을 떠날까봐 두려워하는 아버지의 상황, 그러나 결국은 고향을 탈출하는 아들의 상황제시지만 자작농이 몰락할 수밖에 없는 그 당시의 문제의식이 내포되어 있다. 자작농은 사회운동가들에게는 농민계급에 속하며 이를 다시 大農, 中農, 貧農으로 나눈다. 이것은 自作은 富農이라는 고정관념을 깬 관점으로 토지소유는 명목뿐이고 생활이 파멸된 중농이나 빈농자작농이 많이 있음을 의미한다.[25]

이무영 희곡에서의 작중주인공 박옹 집안의 경우, 딸을 그래도 서울에서 공부시키며 설에 떡을 해먹을 정도는 되나 땅을 잡힌 빚 때문에 언제 日人에게 집행당할 줄 몰라 불안해한다. 그것은 日人에게 집행당하는 이웃모습에 대한 주인공의 반응에 잘 나타나 있다. 작가는 세 편의 단막극에 걸쳐 그 이유를 아들에 대한 뒷바라지와 관련시켰으나 말이 자작이지 그 생활양식이 고리대금차용에 겨우 생활하는 빈농과 별 다름이 없다. 그것이 사회계급적인 면에서 반일제, 반봉건투쟁에 가담하는 것으로 직접 나타나진 않지만, 日人살인으로 도망다녀야 하는 상황제시가 반일제, 반봉건투쟁에 대한 작자의 저의식의 구현이라 볼 수 있다.

결국 이런 농촌적 특성의 문제제기는 특히 농촌 젊은이가 그대로 농촌에 머무를 수 없이 방황과 고뇌 속에 빠지게 되는 주요한 이유가 된다. 그래서 청년들이 떠나는 곳의 대부분은 서울이며 그 외 대처라고 막연히 표시되거나, 어촌은 항구로, 또는 일본, 만주, 간도 등이며 정처 없이 유랑하는 경우도 제시되고 있다. 특히 주인공의 아들이 서울을 갈구하는 경우 XX운동을 위해서, 즉 농민을 위한 투쟁대열에 앞

---

25) 한도현, 「반제 반봉건 투쟁의 전개와 농민조합」(『일제하의 사회운동』, 한국사회사 연구회, 1987), p.162.

서는 동지들과의 규합장소로 서울이 선택되지만 대부분이 피폐한 상태에 다다른 농촌에 더 이상 머무를 수 없는 불가피함으로 떠난다. 그러나 <그들 엇지되나>와 <산허구리>에서는 서울 간 아들이 전차사고로 병신이 되어 다시 돌아오거나, 또는 죽어서 돌아오기도 하는 것을 보면 어느 한 곳에도 안주할 수 없는 리얼리티의 표출이라고 볼 수있다. 그러면서도 농촌인의 서울에 대한 선입관은 부정적이기 보다 긍정적이다. 그러나 그것은 피상적인 생각일 뿐이라는 것이 <딸>의 성희란 인물을 통해서 나타난다. 그것은 도시의 경우도 마찬가지다. <귀향>에서 남편을 따라 농촌에 온 영숙은 도시에서 꿈꾸어 온 농촌이 전혀 아님을 인식하고 다시 도시로 가기를 열망하며 그것이 허영이 아님을 강조한다. 또한 간도 또는 만주로 이민한 이주자들의 상황을 극화한 <일흠업는 죽엄>은 조선인에 대한 학대를 못 견뎌 고향으로 다시 돌아가는 경우이며, <흘러간 고향>은 살 길 찾아 간도로 떠난 父子 중 부친은 중국인의 총에 맞아 죽기도 한다. 이형찬에 의하면[26] 1926~1940년까지 渡滿한 자는 전체 渡滿者의 70%를 넘고 있으며 이주 역시 일제의 국책장려수단의 하나로 이민자들은 주로 무산자화된 빈농으로서 대부분의 작품은 후자에 초점을 두어 빈농의 생태 및 이농해야하는 참경이 극화되어 있을 뿐이다.

나. 인신매매의 공간

지주와 소작인과의 갈등, 이농 및 이민, 빈농의 증가는 농민들의 궁핍과 관련하여 딸이나 며느리를 빚 대신 인질로 잡는 비도덕적 행위로까지 전개된다. 17편 중 인신매매가 주된 사건으로 극화된 작품은 4편(표4)으로 그 동기는 모두 빚 청산 때문에 어쩔 수 없이 딸이나 며느리를 채권주의 강요에 못 이겨 빚 대신 팔거나 인질로 주는 것이다.

---

26) 이형찬, 앞의 논문, pp.209~212.

<표 4>

작품명	배경	팔려가는 인물	찬탈자	동기 및 이유	게재지 및 작자
朴첨지	농촌	이쁜이 (박첨지딸)	고리대금 업자 김영필	논, 밭 차업을 재촉, 빚 대신 딸을 탐냄.	시대공론2호, 1932. 1. 玄民
찾은 봄 잃은 봄	목포 죽림 농촌	금죽이 (19세)	김주사	아버지는 반신불수, 집 문서를 도로 찾기 위해 김주사의 첩으로 갈 결심.	신가정, 1934.70. 朴花城
나 루	돌재동리 나루터	입분이 (17,8세)	대지주 민주사	대가집 머슴에게 시집 보냄을 알선한다는 명 목이지만 사실은 서울 에 100원에 팔다.	신동아, 1935.7. 朱永涉
청 어	동해안 서어촌	민며느리 순덕	최주사	빚 3천원 대신 세째 첩 으로 요구.	청색지, 1939.5. 金北斗

위 작품의 공통점은 借金대신 채무자의 딸을 첩으로 요구하거나 서울의 술집이나 대가집에 매매하려고 하는 점이다.

龍쇠 돈삼천원을 당장에 내좃치 안을야면 순덕이를 지금이라도 자기에 게 보내달납니다. 그래야 덤장을 넛케 해주겠다는 수작이예요.
朴老人 …
金氏 여보 영감 내가 무어라구 그럽니까 그애를 안 보내구는 일이 안되 겠오. 진 빚 삼만양을 안 보낼야면 그애를 보내야만 그물을 늣케 한다니 우리집形便에 삼만양은 커녕 단돈 서른양은 있소 영감 어 서 고집만 부리지말구 보내두룩 합시다.

아내에 비해 박노인의 태도는 강경하다. 민며느리로 들어와 고생만 하다 청어잡이로 남편마저 잃은 며느리를 최주사에게 줄 수 없기 때

문이다. 그러나 박노인은 선주입장에서 어망을 얻어야 하므로 아내의
견에 승복한다.

이런 상황에서 인질로 가야하는 입장의 인물의식을 <찾은봄 잃은
봄>의 금죽을 통해서 보면,

> 금죽 그럼 어쩐단말이오? 아버지는 반신불수이고 아들이 있나? 전답과
> 집문서는 벌써 뺏기고 인제는 그녀석이 아주 길로만 나가라구하겠
> 다 그리고 병신아버지는 대체 먹을 것이 없으면 굶어 죽을 터이고
> 무어 여러말할 것 있어요? 이렇게 됐으니 내가 말이지오. 그 녀석
> 이 욕심내서 화단을 일으켜 놓은 그 화단의 원인인 내가 희생만
> 하면 그만 아니겠어요?

희생양으로서 자신을 기꺼이 인질로 삼겠다는 태도다. 물론 결말에
서 금죽과 이뿐이는 달아나거나 자결로 처리됐지만 일제치하에서의
농민 및 어민의 몰락이 가져온 참경으로서 인신매매까지 자행되었던
그 당시 상황의 리얼한 반영이라고 볼 수 있다. 그러면서도 부모의 입
장에서 그것은 가난에 견디지 못해 칡뿌리나 나무껍질을 먹는 빈농의
참담한 일상생활을 해결할 수 있는 유일한 방법으로서 존재했던 것
같다.

3. 都·農의 공통성-궁핍과 '돈'의식

도시와 농촌에 지배적으로 나타나는 공통성은 가난과 등장인물들
의 황금의식이라 볼 수 있다. 거의 모든 작품의 문제점이 가난에서 출
발하고 있으며 도시는 56편 중 30편이, 농촌이 45편 중 38편이 가난을
주제로 하고 있다. 그것은 도시와 농촌의 획일적 무대묘사에서부터

감지된다. '게딱지 같은 집, 신문지로 도배한 빈대피 묻은 낡고 컴컴한 방, 누덕 이불과 누더기 옷, 창도 없는 어두운 방, 깨진 바가지와 양재기외 사발 두어개'가 흐트러진 도시세민촌이나 빈민굴 등이 가난의 참상을 말해주고 있다. 농촌 역시 '오양간같이 누추하고 음습한 토막집, 방과 부엌사이 벽도 없고 거적문에 다 떨어진 자리 흙벽방의 초가집에 궤짝 몇 개 빛바랜 신문지조각으로 도배된 나직한 천정'식의 묘사가 도시와 유사하다.

가난의 양상 및 원인을 현실인식관계에서 추출해보면 아래와 같이 요약할 수 있다. 도시의 경우 주로 도시노동자의 비참한 생활을 중심으로 고용주와 노동자와의 알력에서 생긴 동맹파업으로 인한 가난의 심화가 우선적이다. 또한 농촌에서 도저히 살 수 없어 도시로 이주했지만, 오히려 시골보다 나을 것 없는 도시빈민촌의 리얼리티가 등장인물의 대화를 통해서 묘파된다.

등장인물의 직업에서 남성 주동인물은 노동자이고 여성 주동인물은 도시로 팔려온 기생 또는 여급인 것만 보아도 그 당시 도시의 궁핍 문제를 파악할 수 있다. 농촌은 거의 농민의 가난을 다룬 작품으로 가난이 지주의 횡포 및 착취로 인한 소작권박탈이 아니면 논 잡히고 얻은 빚을 갚지 못한 데서 경작할 땅마저 잃고 겨우 풀잎으로 연명하는 농민의 가난이 두드러지며 그것은 실제 그 당시 농민생활의 반영이라고 볼 수 있다.[27]

다음 都・農에 공통되는 두드러진 특징의 다른 하나는 황금제일주의 사상이다. 황금주의는 현대 자본주의문화발전이 가져 온 이중성의 의미 즉 야누스적 이미지를 지니고 있다. '돈'을 주된 제재로 취급한 작품은 도시가 12편, 농촌은 8편으로 역시 황금주의는 도시와의 관련

---

27) 「웨貧農民이 되였는가」(『농민』 8월1・4, 1931, 金秉齊), 「貧農民의 二重的 因難과 窮乏」(『농민』 1・8, 1931, 金道賢), 「窮農民의 救魚問題」(『농민』 1・8, 1933, 金道賢) 등을 고찰해보면 절감할 수 있다.

성에서 주로 다루어지고 있음을 알 수 있다.

돈은 사전식 개념에 의하면 상품교환의 매개물로서 가치의 척도이며 지불의 방편이 된다. 그러나 돈이 곧 재산 또는 재물이라는 확대된 개념에 의하면 시대의 변화와 함께 현대에 와서는 긍정적인 면보다 부정적인 측면에서 주로 인식되고 있다.

都·農에 나타난 '돈' 의식은 물론 가난과의 관계에서 궁핍화에 따른 갈구가 주조를 이루지만 메커니즘의 부작용으로서의 황금물질의식도 눈에 띤다. 「韓國敍事文學에 나타난 '돈'의 이미지 硏究」[28]에서 18, 19세기 소설에서 돈은 상승적 이미지를 띠다가 개화기소설에서는 이중적 이미지를, 그러나 20년대 소설의 경우 하락적 이미지를 띤다고 지적한 것처럼 30년대 희곡 역시 돈의 이미지는 식민지현실하에 돈의 고갈에서 오는 저항과 돈에 대한 욕망의 심화로 나타나 있다. 즉 돈 때문에 압박과 고통을 받고 몰락하는 실패와 하락퇴행에 리얼리티의 시선이 집중되어 있다.[29] 그런데 농촌이 도시보다 '돈'에 대해선 더 맹목적이고 돈의 절대적 가치에 대한 등장인물들의 비판적 냉소성이 도시보다 결여돼 있음을 알 수 있다.

첫째, 가난에서 오는 돈에 대한 간절한 욕구가 가장 강력하게 나타난다.

　　돈돈 돈봐라
　　돈이로구나 돈돈 돈바라
　　간난이 팔아서 돈돈
　　돈이야
　　목아질 빼두 돈돈
　　돈이야
　　얼사좋다 돈이로다.[30]

28) 우찬제, 서강대학교 碩士學位論文, 1986.
29) 앞의 논문, p.74.

위의 노래가 가난에 지친 어른의 노래라면 아이들의 노래 역시 마찬가지다.

> 아버지 아버지 어듸로갔나
> 아버지 돈벌러 배타고갔지.
>
> 어머니 어머니 어듸로갔나
> 어머니 나룻가 일하러갔지.
>
> 언니야 언니야 어듸로갔나
> 구루마 끌고서 짐실러갔지.

어머니와 언니까지 동원된 생활전선은 사회참여의식과는 거리가 먼 돈에 대한 간절한 갈구다. 이것은 돈이 제일이란 생각을 등장인물에게 굳히게 한다. 돈 제일주의, 돈 절대주의, 돈은 절대권력으로서 도덕, 윤리에 관계없이 마키아벨리즘적 힘을 지닌 것으로 의식된다.

김진수의 <길>31)은 작품의 발단부터 결말까지 '돈'에 대한 집착이 가장 강한 작품으로 '돈'이란 용어가 계속 등장인물들 입에 오르내린다. 무지한 농민을 속이고 등을 쳐 먹는 영식의 부친 고리대금업자 국보와 남편의 축첩에도 아랑곳없이 돈 보고 자식 낳고 한 평생 편안히 살다 죽으면 만사 O.K.라고 생각하는 국보의 처, 물론 그런 그들을 경멸하는 인텔리 아들 영식도 등장하지만, 재산탈취에 급급한 조합서기 찬영 등 <길>의 데뉴망은 국보가 가장 신뢰했던 인물 찬영과 처의 농간에 파산을 당하는 것으로 막을 내리나, 극의 전개과정에서 아들의 어조는 '돈' 강조의 위세에 위압당하는 느낌이다.

---

30) 李曙鄕의 <리목>(『조광』, 1938.9)
31) 『조광』 4~7, 1937.

國甫　이놈의 자식, 그러면 내가 모은 돈을 왜 자꾸 쓰겠다구 그러는거
　　　야.

榮植　저는 아버지의 돈을 한 푼두 없애고 싶지는 않어요. 그게 어떠한
　　　돈입니까 우리들이 마음대로 없애지는 못할 돈이야요.

國甫　너무 돈을 써서는 안되는줄 알기는 알었구나. 그러면서 어째서 날
　　　보구는 돈타령만 하자는거야.

榮植　아버지의 돈을 저는 조금도 없애려고는 하지않어요. 그러나 쓸 대
　　　는 써야 하는 돈이니까요.

國甫　내돈은 쓰지를 못해. 쓸대가 어디야.

　　몰리에르의 <수전노>에서 아르파공이 그의 아들 클레앙트에게는
돈 많은 과부와, 딸 엘리즈는 돈 많은 노인 앙셀므에게 결혼하기를 바
라는 것을 연상하게 하는 작품으로 돈이면 세상의 그 무엇과도 바꿀
용의가 있는 국보란 인물의 전형성을 창조했다 볼 수 있다. 부자의 대
사에서 반복되는 '돈'이란 용어는 효용에 관계없이 오로지 '돈' 그 자
체의 절대적 강조이다. 공부무용론 역시 돈의 위세가 절대적인 데서
오는 부작용이다.[32) 그런데 주동인물이 젊은 여성일 경우는 돈이 성
의 미끼가 된다.
　　<女給>[33)과 <山月이>[34) 두 작품 다 도시유흥가 윤락녀의 애환
을 나타내고 있어 '돈' 우선에 대한 탄식이 병행되고 있으나 매춘행위
가 돈과 직결되어 비인간화로 하강한다. 이런 돈에 대한 인간의 탐욕
은 결국 요행심 내지 라스콜리니코프식의 합리주의사고를 일부 작품
에서 보여준다.[35)

32) <姉妹>(『조광』 7~9, 1936), 『障壁』(『창작』 1~2, 1935.11~1936.4)
33) 白影, 『신인문학』, 1935.4.
34) 韓泰泉, 『탐구』 1, 1936.5.
35) <暗路>(『조선문학』, 1933.11, 李雄)와 <假社長>(『삼천리』, 1937.1, 宋影)으로 전자
　　는 잘 살던 시절의 보상심리로 요행심, 횡재의식에 공상을 펴는 것이며, 후자는
　　가난한 문사가 쌀값 독촉의 노파에 대해 독충 같은 존재는 없애도 사회에 공헌
　　이 된다는 생각까지 한다.

특히 도시의 경우, 농촌보다 '돈' 우선 제일주의에 대한 냉소적인 인물의식이 두드러진다. <黃金狂騷曲>36)에선 폐원되려는 학원에 찬조금 하나 기부하지 않는 형을 동생이 송충이, 돈귀신이라고 맹타하면서 살인까지 저지른다. <新任理事長>37) 역시 지식은 전혀 없이 돈으로 명예를 얻은 인물에 대한 반어적인 어조가 눈에 띤다. 서사적 화자가 직접 개입한 <英雄募集>38)은 피에로가 각 종류 사람들의 다양한 이야기를 각 장면에서 단편적으로 듣고 장면이 바뀔 때마다 그들에 대한 서사적 비판을 하는 것이다.

시대는 1930년대 이후 서울 한복판인 파고다공원일대가 무대이다. 피에로가 도심 복판에서 관찰한 첫 장면은 부르주아냄새가 나는 A란 소년이 먹는 카스테라를 거지소년 B가 빼앗아 도망하는 장면이다. 다음 피에로가 목격한 장면은 전문학교학생 A와 B가 공부해도 소용없으니 운잡아 부자여자 만나 장가감이 상책이라고 대화하는 것에 탄식을 하는 관찰자로 등장한다. 또 다른 장면에 대해서 계속 목격자 겸 관찰자, 비판자 역할을 하는데 특히 모집할 영웅이 없다는 결말은 포괄적 의미에서 식민지상황을 극복해 나갈 인물의 부재에 대한 탄식일수도 있고 무력하고 퇴폐적이며 물질적인 사고에 대한 피에로적 냉소라고도 볼 수 있다.

이처럼 도시와 농촌에 공통되게 나타나는 가난과 황금의식은 그 당시 식민상황의 피폐에 따른 자연적 추세로 가난과 돈의 상대적 관계는 우리 문학의 지배적인 징후라고 볼 수 있다. 특히 현대문학의 주조가 리얼리즘을 바탕으로 한다고 전제한다면 그 당시 문학이 궁핍화된 식민상황의 반영임은 말할 것도 없다. 그것은 시대나 배경설정에서 현대의 어느 도시나 현대의 어느 농촌이라는 획일적인 표현만으로도

---

36) 金陵仁, 『신동아』, 1932.12.
37) 蔡萬植, 『중앙』, 1934.8.
38) 宋影, 『형상』, 1934.3.

30년대 희곡의 리얼리즘이 당시 사회와의 연대성에서 형성됨을 알 수 있다. 특히, 가난과 '돈' 문제는 현실의 반영, 생활의 진실을 그리라는 것이 창작방법의 기본으로 되어 있는 사회 리얼리즘과의 관계에서 더욱 첨예화되었으나 가난과 돈을 작품에서 인식하는 전개방법이 30년대 소설처럼 도식화된 클리체임을 한계로 느낄 수 있다.

4. 맺음말

1930년대는 역사적 시점에서 일제의 핍박이 절정에 올랐던 시대지만 우리 문학사에서는 전성기로 일컫는다. 특히 희곡사에서 30년대는 많은 극작가와 작품이 양산되었던 시기이다.[39] 또한 희곡은 문학의 다른 어떤 장르보다 시대를 작품에 진실되게 반영하려고 노력했던 징후가 보인다.[40]

특히 30년대 희곡을 도시와 농촌이란 이원화된 배경에서 고찰해 볼 때 필자가 이미 연구한 30년대 소설의 배경에 나타난 특성과 거의 유사함을 알 수 있다.[41]

30년대 희곡 180편 중 배경이 명시된 101편—도시가 56편, 농촌 45편—을 대상으로 都·農에 나타난 특성 및 공통점을 고찰해 본 결과 아래와 같이 요약할 수 있다.

첫째, 도시는 도시빈민노동자의 스트라이크공간으로 나타난다. 임금투쟁이 우선적이고 노동쟁의에 대한 자본주의 탄압 및 회유공작에도 불구하고 노조투쟁의 강인성이 다른 사회와의 연대투쟁으로까지

---

39) 유민영, 앞의 책, p.257.
40) 사회주의 리얼리즘으로의 전환과 창작方法에 대한 논쟁연구가 가장 활발했던 시기라는 점과 관련시킬 수 있다.
41) 『한국 현대소설사 연구』, 새문사, 1987.

확산된다. 그러나 농촌의 소작쟁의는 도시의 노조투쟁처럼 적극적이지 못하고 단지 소문으로만 전해 듣고 그 용기를 선망할 뿐 감히 엄두를 내지 못한다.

다음, 도시는 환락과 퇴폐의 공간이다. 이것은 주로 메커니즘적 문명발전의 부작용과도 관계가 있는 퇴폐성으로 병폐적인 서구문명을 맹목적으로 수용한 데서 온 왜곡된 모던기질을 지닌 인물로 충만된 공간이다. 또한 도시는 불륜, 타락, 허위, 위선, 테러, 사기로 가득 찬 곳이며 이런 점은 주로 부르주아층의 현저한 특성이며 인간을 동물보다 더 하락시 하는 것과 접맥이 된다.

다음, 농촌의 특성을 들어보면,

첫째, 탈고향의식을 들 수 있다. 가장 주된 원인은 이농으로 지주의 학대와 착취에 더 이상 농촌—어촌도 마찬가지임—생활을 영위할 수 없어서 고향을 떠나는 것이 지배적이며 그것은 영세빈농 뿐만 아니라 자작농까지 거대한 지주의 힘에 밀려 몰락해서 서울, 또는 간도나 만주로 떠나거나 떠나려고 작심을 한다는 것이다. 또한 농촌청년의 경우는 젊어서는 역시 도시에서 살아야 한다는 간절한 욕구에 의해 고향을 떠나거나, 공부를 하기 위해서거나 무지한 농민을 계도하기 위한 사회운동하는 법을 지도받기 위해서 도시—대부분 서울—로 떠나는 전형적 인물이 많이 등장한다.

둘째, 농촌은 쉽게 사람을 팔고 사는 인신매매의 공간이다. 그것은 주로 채권주의 강요에 의해 딸이나 며느리는 첩으로, 아들은 머슴으로 인질 잡히거나 빚과 맞바꾸는 경우인데 결국 이런 점은 가난에서 초래되는 불가항력으로 브레히트의 민중적 성격을 띤 서사극과의 비교문학적 고찰도 자못 흥미가 있을 것 같다.

도시와 농촌의 공통되는 특성은 우리 문학전통에 연면히 흐르는 가난과 그에 따른 '돈'에 대한 애절한 갈구욕이라 볼 수 있다. 경제적 의미에서 단순히 물건교환수단이 아니고 악적 요소를 더 많이 지니게 된 '돈'의 가치변형은 가난과의 상관관계에서 폭력, 사치, 성, 탐욕, 사행심의 도구가 되어 인간을 비굴하고 추하게 만든다. 도

이상 1930년대 희곡의 배경연구를 도시와 농촌으로 분류하여 그 나름의 특성 및 공통성을 추출하여 본 것은 지극히 도식적이며 피상적이란 느낌을 억제할 수 없으나 최근 정치적, 경제적, 사회적 문제로 크게 대두되고 있는 청장년층의 향도이농(向都離農)은 도시와 농촌 상호발전에 심각한 장애요인이 되고 있다고 생각된다. 무작정 이농을 단행하는 농촌민과 그에 따른 도시과밀화에 의한 도시빈민문제 등 특히 해방이후 한국사회구조변화의 중심축을 이농민의 도시적 직업의 이동이라고 보는 일치된 견해42)에 있어서 문학작품에 반영된 都·農의 사회양상 및 인물의식을 통시적, 공시적 관점에서 연구해보는 작업도 바람직하다고 사려된다.

---

42) 남춘호, 「이농민의 직업 이동사를 통해서 본 한국사회의 계급구조변화」(한국사회사 연구회 논문집 제4집, 1988), p.84.

리얼리즘의 확대와 심화
-정인택과 이상-

1. 머리말

　30년대는 우리 문학사에서 20년대에 시작되었던 문학의 기교가 새로운 혁신을 맞이한 시대로 논자에 따라서는 본격적인 현대소설이 시작된 시기로도 본다. 특히 세계문예사조의 수용에 있어서 1920년대의 사실·자연주의의 환경결정론과 소시얼리즘, 그리고 그 뒤를 이은 30년대 모더니즘의 등장은 그 혼효로 인한 부작용도 있지만, 소설의 내용과 형식변화에 보탬이 되기도 하였다. 더욱이 모더니즘의 등장은 시 뿐만 아니라 소설에도 새로운 수법의 첫 시도를 보여주는 계기가 되었다.

　그것은 최재서가 『文學과 知性』에서 지적한 것처럼[1] 현대세계문학의 이대 경향을 리얼리즘의 확대와 심화라고 전제하고 30년대 우리 소설에 모더니즘적 현상 중의 하나인 과학적·객관적 심리소설 역시 리얼리즘이 확대 또는 심화된 예로 간주하고 있는 것만 보아도 알 수 있다.

　우리나라의 30년대 중·후반기 소설의 경우, 위에서 언급한 최재서가 의미하는 모더니즘적 심리소설의 영향을 받은 작품들의 등장은 현저하다. 김남천은 신진소설가의 작품세계[2]에서 최명익, 허준, 정인택

---

1) 『文學과 知性』, 人文社, 1938.

을 대표적 심리주의 작가로 지적한 바 있으며, 이원조는 특히 정인택을 소설의 새로운 기교를 시험한 작가로 언급했다. 정인택을 이상류와 같은 작가라고 언급하였던[3] 백철 역시 「心理小說과 身邊小說」[4]이라는 항목에서 정인택과 이상은 개인적으로 가까운 관계도 있어 상당히 심리주의적인 경향을 띠고 있으며 주로 무력한 소시민생활에서 소재를 취하고 있다고 하였다.

또한 이재선의 경우는 『한국現代小說史』에서 정인택에 대한 구체적인 언급은 없으나 우울하고 갇힌 시대의 분위기를 상징적으로 표상하고 죽음과 정신의 병리적 상태의 기술에 의해서 정신의 불안정상태를 연상시키는 작가군에 포함시킨 것을 보면 정인택을 이상과 유사한 속성을 지닌 작가로 보고 있음을 알 수 있다.

본고는 현재 문학사나 소설사에서 단편적으로 언급되고 있는 정인택의 작품 7편과 이상의 작품 6편을 대상으로 전자는 리얼리즘의 확대란 관점에서, 후자는 리얼리즘의 심화라는 시각에서 두 작가의 작품을 각 그 나름의 공통적 속성과 뒤이어 두 작가의 동질성 및 이질성을 개괄적이나마 살펴보기로 하겠다.

2. 현실의 타협과 단절

리얼리즘은 광의에서 홀맨(Holman)[5]식으로 얘기하면, 소설의 전통적 패턴을 피하고 허위성이나 감상주의에 대항하는 것으로 리얼리스

2) 『人文評論』 2권 5호, 1939.
3) 『人文評論』 15, 1941.
4) 『新文學思潮史』, 新丘文化社, 1982, pp.530~531.
5) C. Hugh Holman, *A Handbook Literature*(Bobbs-Merrill Educational publishing, 1980), pp.366~367.

트의 입장에서는 인생의 균형이 파괴되는 느낌이다. 또한 리얼리스트들은 개인에게 가치를 높게 두므로 인물설정을 중시하며 특히 인물에 파급되는 행위의 효과에 큰 관심을 지니고, 스토리에서 행위자의 심리를 음미하는 경향을 지닌다. 예를 들어 리얼리스트 중 가장 위대하다는 평판을 듣는 헨리 제임스의 경우, 복잡한 논리적 선택에 직면해서 인물의 내적 자아를 탐구하는 경향이 강한데, 그를 보통 '심리소설의 아버지'라고 부르거나 또는 '양심의 전기작가'라는 명칭을 붙이기도 한다.

◇ 정인택의 경우

작품명	주인공 및 직업	주된 부인물	시점	세 팅	주인공 의식	데 뉴 망	기타
髑髏	나 (무직)	없음	1인칭 화자	동경의 하숙에서부터 길가 쓰레기통. 빈민 하숙소	룸펜 지식인의 무기력과 굶주림, 가난, 거주할 곳이 없는 주인공의 자조와 모멸	빈민합숙소의 다다미방에 불을 넣고 흥분함.	4장으로 나뉨
蠢動	나 (무직)	유미에 (식모)	1인칭 화자	동경의 2조 하숙방	룸펜 생활에서 오는 인간혐오증, 환멸, 불안	지진이 심할 때 2층으로 올라가 유미에를 구출함	3장으로 나뉨
動搖	순자 (여급)	남편 (무직)	3人칭 관찰자 시점	서울의 다방의 홀과 누추한 셋방구석	애정하나 둘 곳 없는 고독과 우울로 경제적 독립을 시도해서 아내를 떠난 남편에 대한 갈구 및 인간의 근본적 고독	남편과 헤어짐에 죽지도 못한 자신의 처지를 한탄	3장으로 나뉨
迷路	나 (무직)	유미에 (여급)	1인칭 화자	동경 구석 아파트의 어두운 방	오탁 속에 혼란, 무위의 날, 염세증, 염인증	유미에의 임신에 주인공은 현실적 생활인이 되기로 함	6장으로 나뉨. 서두에 이상의 말을 인용

작품명	주인공 및 직업	주된 부인물	시점	세 팅	주인공 의식	데 뉴 망	기타
凡家族	봉재 (무직)	봉재형 누이 봉재모	3인칭 관찰자 시점	서울의 어두운 방속	몰락해가는 암운이 낀 집의 분위기와 자의식 속에 밤, 낮 구분 없이 방에서 딩굴다.	누이를 연약하고 무지한 청년에게 딸려 보내 식구를 줄임으로써 현실과 타협	6장으로 나뉨. 진간장이 소도구로 등장함
業 苦	나 (무직)	아내 (창부형)	1인칭 화자	볕 안 드는 심연의 방 안	자포자기, 자조, 자성, 계속 잠만 자다.	다른 남자의 지문이 찍힌 아내를 무의식적으로 목졸라 죽임	장구분이 없음
우울증	나 (무직)	아내 (창부형)	1인칭 화자	다방의 어두운 방	우울증, 무엇을 해야할지 갈피를 못 잡고 이그러진 상황.	참을 수 없는 무서운 고독에 코고는 친구를 깨움	3장으로 나뉨. 서두에 우울증을 설명

정인택이나 이상 역시 우리 소설에서는 내적 자아의식의 표출이 강한 작가들로서 스토리에 등장하는 행위자의 심리에 집중적인 가치를 두는 점을 발견할 수 있다.

이제 정인택과 이상의 선택된 작품을 대상으로 그 공통적 성격을 추출하여 보면 앞에 제시한 표와 같다.

위 정인택의 작품에 나타난 공통성을 보면,

첫째 <動搖>와 <凡家族>의 2편을 제외한 5편의 주인공이 자신의 내적 경험을 고백하는 듯한 1인칭화자라는 점이다. 주인공 '내'가 나의 체험을 독자들에게 얘기하는 형식의 사용으로 독자는 작자 자신의 주관적 이야기라는 느낌을 강렬히 받을 뿐만 아니라, 인물이 생생이 살아있는 듯한 분위기이며 심리묘사에 적절한 시점임을 감지할 수 있다.

둘째, <動搖>를 제외하고는 직업 없는 룸펜 인텔리의 무기력하고 피로하고 허무한, 자의식적이고 생활력 없는 주인공의 상황이 내적인 심리표현으로 나타나 있는 점.

셋째, 주인공이 상주하는 공간은 항상 도시구석의 어둡고 추운 햇볕 안 드는 방이며, 주인공은 계속 밤, 낮의 구분 없이 딩굴고 잔다는 것.

넷째, 주인공과 아내와의 관계는 정상적 부부관계와 다르다. 아내가 생활에 책임을 지고 남편은 아내의 치마품에서 자라는 상황설정이다. 또 아내와의 만남은 갑작스럽고 순간적이며 그것도 불현듯 오다가다 맺어진 관계이므로 부부간에 어떤 로직이 전혀 존재하지 않는다. 아내는 불현듯 생각나면 가출하였다가 몇 달 후에 생각나면 오고 또 나가고 싶으면 가출하는 식의 반복적 행위를 하는데, 단 일본여인 유미에의 등장은 헌신적 여인상으로 작자가 「유미에論」6)에서 말한 바, 꿈속의 여인상으로 나타난다.

다섯째, 작품의 분위기는 암운이 덮인 시종 침체되고 우울한 무드가 지배적으로 인간문제와 관련된 자의식이라기보다 가난한 도시생활과의 관계에서 무기력하고 허탈한 인물을 그렸으며, 결말에서 현실과 타협하는 지식인상을 나타내기도 한다.

다음 이상의 작품 6편을 도표화하면 아래와 같다.

◇ 이상의 경우

작품명	주인공 및 직업	주된 부인물	시점	세 팅	주인공의식	데 뉴 망	기타
날 개	나 (무직)	아내 (창부)	1인칭 화자 시점	18가구가 붙어사는 집의 어둠침침한 방으로 낮보다 밤이 화려한 곳	아내 외의 세상의 인간과 전혀 관계없는 '나'로 생활이 스스럽고 세수는 한 번도 안 하는 게으른 동물	날고 싶은 욕망을 느낌	프레류드 제시

6) 『博文』 13집, 1939, 12月.

작품명	주인공 및 직업	주된 부인물	시 점	세 팅	주인공의식	데 뉴 망	기타
逢別記	나 (무직)	錦紅 (기생)	1인칭 화자	여관방과 눈 부시고 숨찬 서울 거리	아무 말도 안 하고 밤낮으로 잠자는 나태한 생활로 타인에게 자신을 완전히 닫은 상태	생활에 지쳐 영탄가를 부르는 錦紅의 모습에 공감함	면도 칼로 수염 깎기
蜘蛛會豕	그 (무직)	아내 (여급)	1인칭 화자	귤궤짝만한 꼭 닫은 방안	벙어리처럼 말이 없고 의지도 없고, 계속 졸린 상황, 황홀한 동굴인 방안과 끈적거리는 방 밖의 세계와의 대립	나 자신의 생활과 세속적 생활의 갈림길에서 고민하는 나의 의식으로 끝남	거미가 소도구로 등장함
幻視記	나 (무직)	아내 (창부)	1인칭 화자	우중충한 인쇄공장	모든 사물과 아내 얼굴 등이 다 삐뚜러져 보임. 인생이 허무하고 오열 속에 지냄	차라리 서울을 탈출하여 동경으로 떠나고 싶은 상황임	프레류드 삽입
終生記	나 (무직)	貞姬(R, S, '나'와의 공동의 여자)	1인칭 화자	구중충한 어두운 방	낮에 잠만 자는 통절한, 허무한 생활. 죽음에의 욕망 지님	죽음의 예감을 갈피잡을 수 없는 자기를 분석, 탐구	거울을 향해 면도질
失花	나 (무직)	姸이 (나, S, K와의 공동의 여자)	1인칭 화자 시점	동경의 추악한 방구석	死體가 되면 몇 일 걸려 썩나 연구, 자는 것도 누운 상태도 아님. 꿈과 천사의 존재를 부정	향수도 상실	프레류드 제시. 면도 칼이 소도구로 등장

위 이상의 작품에 나타난 공통점을 살펴보면 아래와 같다.

첫째, 주인공인 '내'가 자신의 얘기를 하는 1인칭화자시점으로 독자의 입장에서 마치 주인공의 내적 독백과 솔리로키(Soliloquy)를 듣는 것 같은 느낌에 독자와 주인공의 아이덴티티 의식을 지니게 된다.

둘째, 세팅 설정은 외계와 단절된 도시의 어둡고 해가 안 드는 밀폐된 방으로 주인공의 인간혐오증과 현실과의 단절의식이 역력하다.

셋째, '나'와 아내와의 관계는 날개에 나타났듯이 비정상적인 부부로 상호 약속을 받지 않는 자유로운 상황이지만, 남편이 아내의 직업 덕분에 사는 점은 가난이나 또는 직업이 없다는 문제보다 현실생활을 부정하는 주인공의 내적 의식과의 관계에서 관련을 지을 수 있다.

넷째, 작품의 전체 분위기는 칠흑 같은 어둠 속에 모멸과 자조, 환멸, 인생부정의 색조로 충만되어 있으며 어느 한 곳도 빛이 비칠 수 있는 공간을 보여주고 있지 않다. 단지 <날개>에서의 '날자'는 본래의 자아를 찾으려는 '나'의 노력이라고 긍정적으로 볼 수 있는 측면을 지니고 있으나 작품전개과정에 비추어 볼 때, 필연성이 결여된다.

다섯째, 주인공의 내적 의식상황은 외계와는 완전히 단절된 방[7]에서 낮과 밤의 구분도 없이 계속 잠만 자는데, 이것은 마치 어머니의 자궁 속으로 되돌아가고 싶어 하는 인간의 원초적 의식으로의 회귀욕망을 구현하는 신화학적 의미를 나타내는 것 같다.

以上 정인택, 이상 두 작가의 소설 13편을 개괄적으로 살펴본 결과 그 동질성과 이질성을 고찰해 보면 아래와 같다.

먼저, 두 작가가 다 자신의 이야기를 하는 느낌을 강렬하게 주는 1인칭 자전적 시점을 즐겨 사용하고 있다는 점이다. 정인택은 앞에서 언급한 바와 같이 「유미에論」에서 독자들이 소설 속의 주인공과 작가를 혼동하는 일은 난감한 일이라고 변명한 글을 발표하였지만, 이상의 경우는 완전히 자신의 얘기라는 확신을 그의 에세이나 그에 관한 주변얘기에서 읽을 수 있다.

---

7) 李在銑의 『한국現代小說史』에 의하면, 공동사회조직이 붕괴된 도시사회에 있어서의 인간의 소외와 독립현상이라고 볼 수 있다.

그러나 같은 심리주의 기법을 쓰고 있으면서도 전자는 최재서가 의미하는 리얼리즘의 확대라고 말할 수 있으나, 후자는 좀 더 심화되는 차원에서 전자에 비하여 훨씬 세련되고 형상화되는 기교인 '의식의 흐름'식의 수법을 작품에 나타내고 있다. '의식의 흐름'은 주제를 인물의 의식에 두는 특징을 지니며 잠재적인 언어 이전의 상태를 언어화시킨 것이다.[8] 그러므로 주조는 자아의식적, 정신분석적, 환상적 기억이나 생각 등이 인과적 연결이 아닌 유동으로 나타나는 특성을 갖는다. 그러므로 이상의 작품은 정인택류의 단순한 내적 심리표현과는 다른 느낌에서 심화란 말을 붙였다.

이상의 작품에서 현저한 것은[9] 상상력 직관, 상징화, 감각과 관계된 것으로 인간심리의 복잡미묘하고 분방한 마음을 사실·자연주의자처럼 정확하게 그린 점이다. 구체적으로 예를 든다면 모더니즘적 특성의 하나인 몽타주 수법의 사용이다.

그의눈은주기로하여차차몽롱하여들어왔다. 개개풀린시선이그마음이라는고깃덩어리를부러운듯이살피고있었다. 아내―마유미―아내―자주말라들어가는아내―꼬챙이같은아내―그만좀마르지―마유미를좀보려무나―넓적한잔등이푼더분한폭, 幅, 폭을, 세상은고르지도못하지―하나는옥수수과자모양으로무럭무럭풀어오르고하나는눈에보이듯이오그라들고―보자어디좀보자―인절미굽듯이부풀어올라오는것이눈에보이엇다.[10]

(나는 일찌기 어리석었더니라. 모르고 연(姸)이와 죽기를 약속했더니라. 죽도록 사랑했건만 면회가 끝난뒤 대략 20분이나 30분만 지나면 연이는

8) James L. Calderwood and Harold E. Toliver, *Perspectives on Fiction*(London:Oxford university Press, 1968), pp.254~155. 前言語는 합리적으로 억압이나 콘트롤을 받지 않으며 제재받는 질서가 없다.
9) 이상의 소설은 소설의 전통적 요소를 갖고 있지 않다. 즉 성격묘사나 플로트를 전혀 갖고 있지 않다. 또 소설이 너무나 주관적이고 모든 것이 꿈과 현실의 혼동이다. (최재서의 「文學과 知性」, pp.112~113.)
10) <蜘蛛會豕>(『李箱全集』, 乙酉文化社)

내가 「설마」하고만 여기던 S의 품안에 있었다.)

「그렇지만 선생님, 그 남자의 성격이 참 좋아요.─담배도 좋고 목소리
도 좋고─이 소설(小說)을 읽으면 그 남자의 음성이 꼭─웅얼웅얼 들려오
는 것 같아요. 이 남자가 같이 죽자면, 그때 당해서는 또 모르겠지만 지
금 생각같아서는 저도 죽을 수 있을 것 같아요. 선생님 사람이 정말 죽을
수 있도록 사랑할 수 있나요. 있다면 저도 그런 연애 한 번 해보고 싶어
요.」

(그러나 철부지 C양이여. 연(姸)이는 약속한 지 두 주일 되는 날 죽지
않고 우리 살자고 그럽디다.)11)

첫 번째 인용문은 동경의 마유미와 아내를, 두 번째 예는 동경에 있
는 주인공이 동경의 C양과 이야기하면서 서울의 연이를 동시에 나타
내는 몽타주 수법12)을 반영한 것으로 오늘날 김승옥 등의 도시를 그
리는 작가의 작품에서도 즐겨 쓰는 수법이다. 다음, '의식의 흐름'은
작품 속의 소재나 불합리한 충동 등의 파악하기 난해한 주관적인 것
을 포착하는 것으로 탈선과 단절, 앞 뒤 문맥의 불일치, 비정상적인
정신상태가 언어로 나타난다.13)

이상의 대부분 작품은 스터언 (Laurence Sterne)이 『트리스트럼 샌디』
에서 보여준 것 같은 일탈과 단절, 시퀀스의 불일치 등을 보여주며,
띄어쓰기를 거부하거나 언어유희인 펀 Pun까지 동원하고 있다.

講師는 C양의 입술이, C양이 좀 횟배를 앓는다는 이유외의 또 무슨 이
유로 조렇게 파르스레한가를 아마 모르리라. 강사는 맹랑한 질문 때문에
잠깐 얼굴을 붉혔다가 다시 제지위의 현격히 높은 것을 느끼고 그리고

---

11) <失花>, 위의 책.
12) Robert Humphrey, *Stream of Consciousness in the Modern Novel*(London: University
of California Press, 1954), p.121.
13) Philip Freund의 *The Art of Reading the Novel*과 Bruce F. Kawin의 *The
Mind of the Novel*을 참고함.

외쳤다.

「쪼꾸만 것들이 무얼 안다고—.」 그러나 연(妍)이는 히힝하고 코웃음을 쳤다. 모르기는 왜 몰라—연이는 지금 방년이 옷을 찢었다. 열 여섯살 때 연이가 여고 때 수신(修身)과 체조를 배우는 여가에 간단한 속옷을 찢었다. 그리고 나서 수신과 체조는 여가에 가끔 하였다.

여섯—일곱—여덟—아홉—열—14)

내적 독백과 상상, 현시점이 독자를 어리둥절하게 하는 앞 뒤 문맥의 불일치의 예다.

씻어버릴 수 없는 宿命의 號哭(몽골리안프레클) 오똑이처럼 쓰러져도 일어나고 쓰러져도 일어나고 하니 쓰러지나 섰으나 마찬가지 의지할 얄팍한 壁 한 조각 없는 孤獨, 枯稿, 獨介, 楚楚.15)

위의 인용은 의미가 다른 두 단어 사이에 음의 유사성을 사용한 퍼닝의 예로 이런 유형은 도시지식인의 정신적인 권태를 특수각도에서 형상화하는 방법 중의 하나이며 일체의 사실이나 존재가 절망으로 받아들여지므로 언어에 절망하여, 일종의 반의미, 반문법적인 현상 뿐 아니라, 의미와 사고의 무화까지를 시도하고 있는 것이다.16)

둘째, 두 작가가 다 자의식적이고 자조적, 모멸적인 무기력한 인텔리의 피로하고 허망한 인생을 나타내며 밀폐된 방에서 계속 잠만 자고, 밤과 낮의 구분이 없는, 즉 보통 인간과 다른 점에는 동일하나 정인택은 배경설정의 기저에 흐르고 있는 느낌이 가난과 무식, 사회성, 역사성과의 관계에서 주인공의 허탈한 인생이 전개되는데 비하여, 이상은 인간실존에 관한 근원적인 문제에 더 집착되었음을 느낄 수 있

---

14) <失花>, 앞의 책.
15) <終生記>, 앞의 책.
16) 李在銑, 앞의 책, p.344 참고.

다. 이상에게서는 생활이나 삶은 별로 문제가 되지 않으며 엄밀하게 말해서 식민지적 시대성도 강하게 느껴지지 않는다. 그에게 문제가 되는 것은 인간존재 자체에 대한 카프카적 개념이나 베게트적 실존에의 접근이며 또한 그것의 시작이라고 볼 수 있겠다.

여기에 두드러지게 나타나는 그의 소설의 특징은 외계와의 단절과 소외현상이다. 소외란 19세기 초 피히테, 헤겔 등이 철학적 의미에서 최초로 사용한 언어로 현대 도시와의 본질적 속성에서 부정적인 특색을 지닌다.

말하자면 인간은 거대한 기계의 부분품이고 군중 속에 묻힌 집단의 한 단위로서 인간관계의 상실 즉 연대성의 결핍과 사회관계 속의 불만족을 뜻한다. 흔히 일반적 개념으로서는 인간간의 따뜻한 관계가 차가운 관계로 변질되어 인간관계에서 자아가 타인에게 배척되어 이방인처럼 느껴지는 과정으로 친근하고 흐뭇한 인간관계의 상실이라고 볼 수 있다. 그래서 호르크 하이머는 인간이 개인개인의 삶을 가질 때 비로소 소외에서 벗어날 수 있으며 그 방법은 경제적 생활양식과 사고에서 벗어나는 것이라고 하였다.

이상의 소외와 단절은 아무와도 놀지 않고 돋보기로 화장지를 태우는 놀이나 아내의 화장품과 속치마 등의 냄새를 맡아보는 등의 동물적인 유희를 하는 것, 또는 밀폐된 방 속에서 뒹굴뒹굴하며 전혀 외출을 하고 싶은 의욕을 느끼지 않고 돈 쓰는 방법도 모르며 또한 그 기회도 포기하며, 사회성 부재의 인물상황으로 나타난다.

이것이 비록 서구식 거대한 매머드 빌딩과 고도의 문명화에서 오는 것은 아니지만, 사회와는 완전히 단절된 고립된 인물을 보여주고 있는 것이다. 작품의 시작부터 결말까지 불확실한 혼란된 미궁의 세계로 빠져들어가는 것 같은 카프카류의 속성은 아니지만, 사회의 공동체적 일상적 의식에 대한 무의미 또는 저항의 내적 의식을 강하게 나타내고 있다.

셋째, 두 작가에게 도시라는 공간은 오탁과 혼란, 안개, 쓰레기, 소요 등 아무 곳도 안주할 곳이 없는 공간으로 나타나고 있으나 주인공은 이런 공간을 결코 떠나지 않는다. 정인택은 공간묘사에서 주로 쓰레기가 널려진 뒷골목 거리, 부패를 숨긴, 그러나 표면적으로는 악을 감춘 오탁의 거리로 나타나 있고 이상 역시 오탁의 거리로 허우적거리는 끈적한 줄에서 헤어나지 못하는 군상들로 가득찬 안개 속에 축축한 거리, 쓰레기거리 등으로 두 작가의 배경에 대한 이미지가 동일한 분위기임을 느낄 수 있다. 빅토리아 시인인 톰슨은 특히 산업도시의 특징을 실어증, 우울증, 멜랑꼴리로 또한 도시민은 격리된 미분자로 탈출구도 제공되지 않으며 광기의 정신이나 분열적 심리를 나타내며 또한 도시는 산업쓰레기와 인간부스러기, 위험한 심리적 독으로 오염되었다고 한 바[17], 정인택, 이상의 두 작가 역시 도시의 분위기묘사가 톰슨류의 도시분위기와 유사성을 띠고 있다고 볼 수 있다.

넷째, '나'와 여자와의 관계에서 두 작가는 유사한 패턴을 지니고 있으나, 도덕이나 가치관에서 이상이 더 극단적인 반도덕성을 지니고 있다. 두 작가가 다 '나'와 아내와의 만남은 우연히 오다가다 만난 사이로 사회의 기존도덕은 전혀 무시한 관계이고 생활영위의 문제에서 남편과 아내의 기존적 위치가 뒤바뀐 상태다. 또한 아내의 자유분방성이 이 세상에는 천사가 어차피 없다는 식으로 생각하는 남편의 의식과 조화를 이루고 있다. 그러나 정인택의 경우는 여성과의 관계가 기존도덕의 구애를 받지 않는 면도 지니면서 주인공의 여자가 친구들과의 공동의 여자임을 명약관화하게 나타내는 이상에 비하여 보수적인 점도 지니고 있다.[18]

---

17) Diane Wolfe Levy, *City Sighs: Toward a Definition of Urban Literature*(M. F. S. Vol. 24, No. 1, 1978), pp.66~68.
18) 그의 작품에 자주 등장하는 유미에의 여급생활에 대한 남편의 신경질적인 반응을 보이는 태도를 의미한다.

다섯째, 두 작가가 일부 작품의 서두에 주제를 암시한다고 할 수 있는 프레류드를 제시하면서 작품을 시작하고 있으며 상징적인 소도구를 사용하고 있는 점이다. 정인택은 <迷路>19)와 <우울증>20)에서, 또한 이상은 <날개>와 <失花>, <幻視記>에서 푸레류드를 서두에 제시하여 본격적인 애기가 시작되기 이전에 주제암시의 효과를 내고 있으며, 소도구를 빈번하게 이용하고 있다.

정인택은 이상에 비하여 지극히 초보적인 상징으로서 예를 들면 <凡家族>에서 10년 묵은 진간장을 소도구로 이용하여 주제전개에 크게 작용시키고 있다. 말하자면 진간장이 홍수에 쏟아짐으로써 도시의 중산가정이 점점 몰락하여가는 상징법을 쓰고 있다. 그것에 반하여 이상은 면도칼이나 거미 등을 <逢別記>, <失花>, <蜘蛛會豕> 등의 작품내용전개에서 반복하여 사용하고 있다. <蜘蛛會豕>를 제외한 세 작품의 경우, 작중인물인 '나'가 수염과 머리를 깎고 면도하는데 쓰는 면도칼의 상징은 현실로의 복귀의식과 신생으로의 발돋움 및 차라리 현실을 영원히 떠나버리는 자살도구로서의 이중의미를 지니고 있다.

또한 <蜘蛛會豕>에서 거미는 아내와 등식관계를 이루며, 아내와 같이 기거하는 방 역시 거미로, 거미냄새는 흉악한, 후덥지근한 냄새로 속물적인 사람냄새와 통하여 육체냄새와 동일시된다. 즉 거미는 세속적이고 육욕적인 인간냄새, 돈냄새로 상징되는 등 이것은 실상 도시 냄새로 이상의 소도구는 정인택보다 재기에 넘친 세련된 상징수

---

19) 꿈은 나를 逮捕하라 한다. 現實은 나를 逐放하라 한다.
20) 우울증에는 여러 가지 정의가 있다. 이 병은 인간을 수류(獸類)에까지 퇴화시키는 악병이라고도 하고 뇌세포중앙부의 병이라고도 하고 혹은 주요 기능의 타락이라고도 한다. 그러나 보통 열은 없다. 원인이 없이 공포와 비애를 상반하는 노쇠의 일종이라는 것이 가장 통례적 정의다. (중략) 에라스무스는 이 병에 걸리지 않는 인간으로 백치를 들고 있다. 그들은 야심도 없고 공포, 수치, 질투, 비애 등도 가지지 않았기 때문이다. — 로버트 빠이튼

법을 사용하고 있다.

3. 맺음말

이상 두 작가를 다섯 가지 관점에서 그 공유성과 이질성을 고찰해 본 바, 소설의 현대적 특성이라 볼 수 있는 심리주의적 기법의 시도인 점에서 유사하다고 볼 수 있으며, 그것은 20년대의 소위 사실·자연 주의적인 작품의 계통과는 다른 현저한 발전이라고 볼 수 있다.

또한 정인택, 이상에게서 간과할 수 없는 것은 반도시성을 나타내고 있는 점으로 도시가 무기력한 인텔리의 집중공간으로 단절과 소외의식을 지니는 부정적 공간으로 등장하고 있다는 것이다. 또한 두 작가의 심리주의 수법은 현대의 진정한 도시성을 그리는 작가들에게 기본적 패턴을 제공하는 모델로서의 문학적 가치를 지니는 선구적 위치라 볼 수 있겠다.

이상 정인택, 이상 두 작가에 대한 작품 비교가 개괄적이고 피상적 이나마 두 작가의 유사성에 대한 구체적 연구에 앞서는 기초적인 작업으로서의 역할만을 본고는 할 뿐이다.

현대소설의 도시성 분석
-이효석과 김승옥-

1. 도시문학 개념설정을 위한 하나의 시도

도시는 현대 서구사회의 지배적 생태적 특성으로 현대생활의 초점이며 상징이다.[1] 레비(D. W.Levy)에 의하면 서구의 경우, 도시연구는 특히 사회과학 분야에서 60년대가 절정이지만, 도시문학의 개념이나 정식적인 대두는 아직 이른감이 있다는 신중함을 보이면서, 도시문학이란 용어사용의 위험성을 지적하기도 했다.

그러나 문학 속에 도시 이미지가 어떻게 나타나며, 그 속성이 어떤 식으로 표현되고 반영되는가 하는 문제를 모색해 보는 작업은 도시기능이 변화하는 과정의 추적이 될 뿐만 아니라, 문학과 가장 밀접한 사회학과의 관련도 가능할 수 있다.

또한 근대도시의 발흥은 소설발전과 동시에 발생하며 사회가 도시에 집중함에 따라 소설은 주요한 문학적 반응의 대상이 되고 대중과 개인, 또는 개인과 사회, 단체 속의 개인 등 복잡한 상호작용과 관련을 지닌다.[2]

---

1) Diane Wolfe Levy, *City Signs : Toward a Definition of Urban Literature*, MFS 24(Spring, 1978), pp.65~67 참조.
2) Hana Wirth-Nesher, *The Modern Jewish Novel and the City*, MFS 24(Spring, 1978), p.91 참조.

우리 문학사상 '도시성'과의 관련에서 작품이 등장하기 시작한 것은 1920년대 사실·자연주의문학에서 처음 비롯된 것 같다.

　　自然主義文學은 近代小說의 思潮이며 方法을 가리킨다. 그러나 自然主義文學은 近代社會의 어느 단계에 와서 체계를 이룬 文學인가 하면, 그것은 近代初가 아니고 近代 資本主義社會가 圓熟한 時期인 것이다.

　　그런데, 이와 같이 資本主義社會가 完全히 成熟한 時代는 同時에 近代的인 現實이 社會的인 矛盾을 차차 드러내놓게 된 때요, 黃金萬能이란 俗된 主義가 차차 노골화하게 된 時期다. 첫째로 이 黃金主義는 近代社會의 主人公인 資本家의 同伴者인 知識人이나 文學者의 小市民的인 潔癖性 앞에는 俗되고 醜한 現實로서 차차 염증이 생기고 俗惡한 것으로 나타나게 된 것이다. 또 한 가지 自然主義文學이 資本家의 文學인 때문에 갖게 된 運命은 自然主義라는 이름과는 달라서 自然과 農村을 對象한 文學이 아니고 都市文學이라는 것이다.

　　그것은 近代社會가 都市中心의 社會요 近代的 現實이 都市現實이란 意味에서 自然主義文學이 對하는 對象은 都市社會요 都市現實이라는데 있다…… 그런데 近代都市 現實이 作家의 눈앞에 나타난 것은 착하고 아름다운 것보다는 俗되고 醜하고 惡한 것이 더 많이 現實을 代表했다.[3]

초기 모더니즘詩에서 문명을 신선한 감각으로 표현했던 것과는 달리, 1920년대 사실·자연주의 소설에서의 도시는 세속적인 황금만능사상의 집결체인 도시에 대한 소시민의 부정적인 반응에서 싹을 보이고 있음을 알 수 있다.

1930년대 초기, 경향파문학과 보조를 같이 해왔던 동반자문학의 경우, 20년대의 반도시성이 더욱 구체화되기 시작해서 특히 효석의 전반기작품에 도시가 추악한 배경으로 강렬하게 나타나며, 1960년대에 가서는 도시가 단순한 배경임을 초월해서 등장인물의 의식 내면화와

---

3) 白鐵, 『新文學思潮史』, 新丘文化社, 1982, pp.249~250 참조.

함께 도시성이 내면화되는 메타포를 지니게 된다.

한국도시소설이 빅톨 위고의 1862년 작품인 <레미제라블>에서 환상과 욕망의 근원기능으로 도시미로의 하수구가 지닌 의미라든가 현대도시생활의 불투명한 복잡성이 범죄로 나타내는 등[4]의 서구 도시소설의 위상을 나타내는 원숙성과는 시대적으로나 문화환경면에서 결코 비교될 수 없는 미숙성을 보이고 있으나, 한국적인 관점에서 도시의 기능이 소설에서 어떤 변화와 발전을 초래했나 하는 점의 모색은 현대소설의 도시성 파악의 밑거름이 될 뿐 아니라 그 당시 사회상황을 고찰할 수 있는 흥미로운 작업이 될 것이다. 뿐만 아니라 우리 문학의 도시성 이해에 필수적인 도움이 될 것이라 생각되어 동시대, 혹은 유사성을 느낄 수 있는 서구도시소설의 예를 들어가며 한국도시소설과 대비해 보고자 한다.

본 논고에서 대상으로 한 작품은 30년대 효석의 전반기 단편과 60년대 김승옥의 단편 중 도시성이 현저한 작품을 선정했음을 알려두는 바이다.

2. 20년대 사실 · 자연주의 소설에서의 도시성

레비는 서구의 경우, 유명한 도시소설의 예를 딕킨슨의 <倒産된 집>, 발자크의 <고리오아버지>, 졸라의 <선술집>, 조이스의 <유리씨즈> 등을 들었다. 이 작품들의 역사적 의미는 도시생활의 리얼리티 묘사이며, 도시내부 속의 체험과 도시의 인물들에 대한 얘기란 점이다.

특히 포말 리얼리즘과 자연주의의 대표적 작가인 졸라의 <선술

---

4) Diane Wolfe Levy, op. cit., p.70.

집>의 경우, 인물들은 각 개인의 경험이 시간적 공간적 환경과의 관련에서 정확하게 묘사된다. 어떤 한 개인에 의해서 경험되는 환경에서의 주로 경제적인 가치체계는 두 가지 특징적인 주제를 지니는데, 큰 도시에서 개인이 그의 행운을 추구하는 경우와 그러나 비극적인 실패를 초래하게 되는 것으로,[5] 이런 류는 특히 발자크, 졸라, 미국의 리얼리스트인 드라이저를 들 수 있으며 곧 환경연구라 볼 수 있다. 이것은 주로 18세기말에 현저했으며 도시의 모든 비밀을 폭로하는데 쟁점을 두는 것이다. 영국에선 피일딩과 스몰레트 작품에 그런 경향이 두드러지며 런던이란 도시는 부와 사치를 자극, 부자인 남편의 상징으로 그려지기도 한다.

졸라의 <선술집>은 실험소설론의 예시로서 시도한 <루꽁 마까르 叢書>의 제7권으로 그의 환경결정론을 보여준 작품이다. 세탁부인 제르베즈란 가난한 젊은 여인의 불행과 그에게 그런 비참한 상황을 가져다 준 파리란 도시, 즉 사회적 환경, 그리고 그 여인을 중심으로 한 도시 변두리의 더럽고 동물적인 하층민의 생태, 추악한 하층민의 생활 속에서 진실을 추구하려 하는 졸라의 자연주의는 도시라는 환경과의 관계에서 제시되고 있다.

우리나라의 1920년대 사실주의 소설의 경우, 특히 현진건이나 염상섭에 의해 포말리얼리즘적 관점—핍진성, 표현의 정확성—과 개인과 환경의 관계에서 도시 속에 살고 있는 개인의 무력하고 적응하지 못하는 삶이나 소시민의 일상생활이 꾸밈없는 디테일로 묘사되고 있다. 현진건의 초기의 자전적인 작품인 <貧妻>, <墮落者>, <술 勸하는 社會>가 가장 대표적으로 물질적인 도시생활을 못 견뎌하는 남편과 그것을 참고 견디는 조강지처인 아내란 인물설정 위에 도시의 소시민적 일상생활이 그려지고 있다.

---

5) Ian Watt, *The Rise of The Novel*, University of Califormia Press, 1957, pp.180~181.

T는 돈을 알고 위인이 진실해서 그에는 돈푼이나 모일 것이야! 그러나 K(내이름)는 아무짝에도 못쓸 놈이야. 그 잘난 언문 섞어서 무어라고 끄적거려 놓고 제 주제에 무슨 조선에 유명한 문학자가 된다니! 시러뻐들 놈! <貧妻>

돈과의 관계에서 인간의 가치가 발견되는 황금만능사상의 발로다. T의 화제는 항상 월급이 오른 이야기나, 주권을 몇 주 사둔 것이 꽤 이익이 남았다든가, 물가폭등에 관한 것으로 주요한 가치가 경제적인 것인데 비해 무명작가인 나는 주변환경의 외면 속에 위축감을 갖는다.

낸들 마누라를 고생시키고 싶어 시켰겠소! 비단옷도 해주고 싶고 좋은 양산도 사주고 싶어요! 그러기에 왼종일 쉬지않고 공부를 아니하우. 남보기에 편편이 노는 것 같해도 실상은 그렇지 안해!

그러나 나는 내심 물질적으로 만족하게 해주지 못하는 아내에게 미안한 감을 느끼며 자기의 무능을 탓하기까지 한다. 물질욕에 대한 혐오와 동경이 동시에 작용하기도 하나 물질적으론 행복하고 정신적으로 불행한 처형부부를 마이너 캐릭터로 내세워 '나'와 아내와의 궁색한 상황을 합리화시키기도 하다가 정작 데뉴망에 가선

부득이한 경우라 하릴없이 정신적 행복에만 만족하려고 애를 쓰지마는 其實 부족한 것이다.…… 나도 어서 출세를 하여 비단신 한 켤레 쯤은 사주게 되었으면 좋으련만…….

식의 아내에 대한 독백으로 끝을 맺는다. 나의 물질관은 반도시성보다 물질이 없는 자신의 무능력을 인정하고 이왕이면 물질에 접근하고 싶어 하는 무의식적 의식을 나타내며, 위의 예로 든 작품에 처음에는 다 반도시성을 보이다가 결국 야합해버리는 특성을 보이고 있다.

그것은 1906년에서 1916년까지[6] 일본문단을 휩쓸었던 자연주의문학의 특성, 말하자면 신랄하고 냉철하며 비판적인 현실폭로이기보다 그 당시 사회생활에 적응하기 어려운 주인공의 고뇌스런 모습의 리얼리티란 생각이 든다.

<술 勸하는 社會>의 아내 역시 <貧妻>의 아내와 마찬가지로 비단옷을 입고 금지환(金指環)끼고 놀러오는 친척들의 모습에 이중의식을 지니며 사회가 무엇인지 모르는 무식한 아내에게나마 남편은 답답한 마음을 토로한다. 두 얼굴을 지닌 위선자에 대한 격분과 돈, 명예, 지위를 위해서 무섭게 투쟁하는 사회에 대한 반항이 술에 탐닉하는 것으로 나타난다. <술 勸하는 社會>는 <貧妻>에 비해 다소 비판적이며 사회에 대한 저항적인 면모를 보이고 있다.

<墮落者> 역시 앞의 두 작품의 주인공들처럼 일본에서 공부를 하다 폐학(廢學)할 수밖에 없어 불가피하게 돌아온 인물과 그 주변과의 스토리로 열광적인 학문애(學問愛)의 꿈을 깨고 귀국한 주인공에겐 체념만이 압도하여 결국은 기생일에 열중하는 타락자상을 재촉하게 한다.

그 이튿날 잠을 깨자 제일 먼저 解決해야 될 것은 그것을 어찌 치를까 하는 問題이었다. 말할 것도 없이 돈이 必要하다. 그렇다고 주머니에서 잘각거리는 몇 푼 동전으로는 될수 없는 일이다. 많지않은 月給이라도 또 박또박 타기나 하였으면 그믐을 하루 밖에 아니 지낸 때이니 그것 수세할 것이야 남았으련만 곤란이 至極한 ××社는 사원 월급지불은커녕 신문박을 종이도 못사서 쩔쩔매는 판이다. 집으로 말하여도 아들의 방탕에 이바지할 財政은 없었다. 그러나 몇 십원 장만할 거리는 나에게 있었나니 그것은 유산으로 물러받은 미국제 십팔금 시계이었다.

6) 蔡壎, 「韓·日自然主義小說의 展開過程에 關한 對比研究」, 淑大論文集, 제23집, 1982, 참조.

주인공은 기생과의 정이 돈이 아닌 정이라고 하면서도, 기생 춘심과의 지속적인 관계를 끊으려함을 돈과의 관계에서 해결하는 것이 미덥다고 생각한다.

현진건의 초기작품은 소위 리얼리즘 소설의 관례대로 소위 '타입'(Type)을 조성한다. 즉 그 타입은 현재와 미래, 또는 현실과 사회적 이상 사이의 가교를 구성하며 특히 사회의 타입이란 의미로 등장한다. 이런 타입에 대한 강조는 러시아 문학에 잘 구현되는데, 베른스키, 콘차로프, 고골 등이 대표적이며 그 중 대표적인 전형성이 콘차로프의 '오블로모프' Oblomov란 인물로 니힐리스트이며 나태하고 무기력한 귀족의 보편상을 창조한 사례이다.[7]

현진건의 사실주의소설 역시 조강지처인 아내와 자신이 절실히 희구했던 것을 이루지 못한 원인에서 온 인텔리의 무력한 모습의 전형이 리얼하게 나타나 있다. 다시 말해서 '나'의 객관적 사회 관찰인 동시에 물질, 권세, 돈, 명예에 집착하는 도시인의 생태와 그것에 대한 혐오 등을 나타내고 있으나 적극적 거부의 태도를 지닌 인물로서의 등장이기보다 외적 물질적 능력만 있다면 아내가 원하는 대로 기꺼이 만족시킬 수 있는 잠재력을 지닌 인물이란 점에서 도시성에 대한 날카로운 비판적인 태도라기보다 결국은 그것에 나약해지고 마는 주인공이란 점에서 현진건의 사실주의는 교훈성이 내포돼 있으며 연민을 느끼게 한다.[8]

한 가지 덧붙여 언급할 점은 역사적·사회적 비평관점에서 볼 때, 20년대 사실주의적 작품을 그 당시 식민지 사회의 축도일 뿐이라고 일축시킬 수도 있으나 사실·자연주의문학 이론을 수용한 상황에서

---

7) René Wellek, *Realism in Literary Scholarship*, (Concept of Criticism), Yale University, 1963, pp.242~243 참조.

8) Ibid., p.242 참조. Wellek은 이 점이 사실주의의 이론적 난점임을 지적했다. 즉 사회개혁주의와 인간에 대한 연민을 내포하고 자주 사회에 대항하여 거부 또는 격변의 교훈을 포함한다고 했음.

그렇게만 단정할 수 없는 이유가 있다 하겠다.

3. 30년대 도시성-효석의 경우

서구의 경우, 도시와 시골의 대립은 오랫동안 선과 악의 극단적인 메타포로 사용되어 과장적이고 퇴폐적인 도시는 향수적이고 전원적인 순결의 이미지를 지닌 시골과 좋은 대조를 이루어 왔다.9) 특히 교양소설(Bildungsroman)이나 경험소설의 경우, 시골서 도시로 상경한 주인공이 순수에서 경험으로 하락되는 양상이 현저하다. 낙관주의와 정열로부터 도시는 변화해서 주인공을 결국 좌절과 타락으로 몰아붙이고 절망 속에 빠지게 한다. 그만큼 도시는 어리석음의 척도가 되어 왔다.

우리 문학에서 최초로 도회성에 대해 관심을 보인 비평가는 최재서라 볼 수 있다. 그는 『文學과 知性』의 '단평집'란에서 농촌문학에 비해 도시문학은 손색이 있음을 인정하면서, 그 이유를 조선인구의 팔할 이상이 농민이고 도시가 대부분 외래자본에 의거하였다는 사실이 작가로 하여금 도회에 등한케 하고 또는 조선의 리얼리티가 도회보다 농촌에 있기 때문이라고 지적했다.

> 現代의 魅力은 역시 都會에 있다. 現代生活의 速力性과 集團性과 峻嚴性과 直線性은 都市가 아니고선 볼 수 없다. 더욱이 現代文明에서 생겨나는 複雜한 性格은 現代作家의 魅力과 野心을 刺戟치 않고는 마지 않을 것이다. 現代都市가 消費的이고 享樂的이고 敗頹的이어서 文學的 材料가 안된다는 것은 皮相的이고 偽善的인 見解이다. 作家는 이런 自己 欺瞞的 觀念에 빠지지 말고 現代 都會 앞에 눈을 뜰 일이다.10)

---

9) Diane Wolfe Levy, op. cit., p.66.
10) 崔載瑞, 『文學과 知性』, 人文社, 1938, pp.281~282.

위에 언급한 것처럼 최재서는 도시의 특성을 속력성, 집단성, 준엄성, 직선성, 소비적, 향락적, 퇴폐적으로 보았으며 이런 특성이 현대작가의 좋은 소재라고 일깨워 주면서 朴泰遠의 <川邊風景>과 李箱의 <날개>를 혼잡한 도회일각을 선명하게 나타낸 작품으로 예시했다.

최재서가 지칭한 바, 세련된 현대 도회성은 보여주지 못했으나 소위 도회를 배경으로 해서 비교적 도시성을 일률적으로 보여준 작가는 1930년대의 이효석이라 볼 수 있다. 특히 경향파 문학과 보조를 같이 했던 동반자 작가로서 활동하던 무렵의 그의 전반기 작품이 주로 도시와의 관련에서 묘사되고 있다.

이재선은 「都市的 삶의 體系와 自然 또는 農村의 삶의 樣式」이란 항목에서 30년대 도시소설에 대한 문제를 제기했다. 그는 30년대 소설에서 도시를 공간적 배경으로 하고 도시의 보편적 삶의 양식인 가난·범죄·쾌락·매춘·인간 관계의 생태적인 마찰과 심리적 긴장, 소외감 및 개인적인 분열 증상은 물론 자유의 공간이 막혀버린 식민지 사회의 축도로서의 도시의 분위기가 많이 제시되고 있다고 하면서 그런 계열의 작품으로 蔡萬植의 <레디메이드人生>(1934), <인테리와 빈대떡>(1934), <痴叔>(1938), <濁流>(1939), 兪鎭午의 <金講師와 T敎授>(1935), 이효석의 <깨뜨려지는 紅燈>(1930), <天使와 散文詩>(1936), <人間散文>(1936), <薔薇 病들다>(1938) 및 박태원의 <川邊風景>(1938), <小說家 仇甫氏의 一日>(1934), 이상의 일련의 작품, 朴魯甲의 <霧街>(1940) 등을 들고 있다.[11]

위에 언급된 작가들 중 필자가 논하고자 하는 이효석은 일반적으로 <都市와 幽靈>이 발표된 1928년부터 1932년까지를 전기시대로,

---

11) 李在銑, 『한국현대소설사』, 弘盛社, 1979, p.321.

<豚>이 발표된 1933년부터 작고한 해인 1942년까지를 후기시대로 나누어 연구하는 바[12] 특히 전기시대 즉 동반자 작가로서 활약했던 시기의 작품 대다수가 주로 도시를 배경으로 한 작품으로 도시는 무질서와 퇴락, 병약 등 부정적 측면으로 그려져 있다.

최근 효석의 유가족이 주체가 되어 거의 완벽하게 자료를 모아 발간한 전집 8권[13]에서 단편소설이 실린 1～3권을 대상으로 고찰해 본 결과 위에 언급한 도시성을 지닌 작품들을 나열하면 아래와 같다.[14]

① 주리면 (『靑年』, 1927. 3月)

② 都市와 幽靈 (『朝鮮之光』, 1928. 7月)

③ 行進曲 (『朝鮮文藝』, 1929. 6月)

④ 奇遇 (『朝鮮之光』 1929. 6月)

⑤ 깨뜨려지는 紅燈 (『大衆公論』, 1930. 4月)

⑥ 麻雀哲學 (『朝鮮日報』, 1930. 8. 9～20)

⑦ 北國私信 (『新小說』, 1930. 9月)

⑧ 프레류드 (『東光』, 1931. 12月～1932. 2月)

⑨ 마음의 意匠 (『每日申報』, 1934. 1. 3～8)

⑩ 受難 (『中央』, 1934. 12月)

⑪ 天使와 散文詩 (『四海公論』, 1936. 4月)

⑫ 人間散文 (『朝光』, 1936. 7月)

⑬ 柘榴 (『女性』, 1936. 9月)

⑭ 薔薇 病들다 (『단편집 해바라기』, 1939. 2. 9)

⑮ 鄕愁 (『女性』, 1939. 9月)

---

12) 蔡燻, 『前期作品考』, 創美社, 1983, p.177.
13) 『李孝石全集』, 創美社, 1983.
14) 60편 중 15편을 선정함.

이상 15편을 대상으로 주된 배경인 도시성을 분석한 결과 다음과 같은 공분모적 특성을 얻을 수 있었다.

1) 도시와 유령의 등식

효석은 <都市와 幽靈>에서 서울을 사람 사는 곳이 아닌 도깨비 굴로 묘사하고 있다. 소란과 싸움, 불량배, 기생이 난무하는 곳이며 문명도시인 서울의 번창은 정착할 곳 없는 노동자 거지 즉 유령의 증가와 정비례한다. 그만큼 도시는 구성에서 단순하나마 절대 부정적인 세팅으로 등장되고 있다.

> 어슴푸레한 저녁, 몇리를 걸어도 사람의 그림자 하나 찾아 볼 수 없는 무인지경인 산골짝 비탈길 여우의 밥이 다 되어버린 해골덩이가 똘똘 구는 무덤 옆 혹은 비가 축축이 뿌리는 버덩의 다 쓰러져가는 물레방아간 또 혹은 몇백년이나 묵은 듯한 우중충한 늪가!
> 거기에는 흔히 도깨비나 귀신이 나타난다 한다. 그럴 것이다. 고요하고 축축하고 우중충하고, 그리고 그것이 정칙일 것이다. 그러나 나는 아직도 그런 곳에서 그런 것을 본 적은 없다. 따라서 그런 것에 관해서는 아무 지식도 가지지 못하였다. 하나 나는—자랑이 아니라— 더 놀라운 유령을 보았다. 그리고 그것이 적어도 문명의 도시인 서울이니 놀라웁단 말이다. 나는 그래도 문명을 자랑하는 서울에서 유령을 목격하였다. 거짓말이라구? 아니다. 거짓말도 아니고 환영도 아니었다. 세상 사람이 말하여 「유령」이라는 것을 나는 이 두 눈을 가지고 확실히 보았다.

이와 같은 서두로 시작되는 <都市와 幽靈>은 뜨내기 벌잇군으로 돌아다니며 간신히 입에 풀칠하는 '나'를 주인공으로 한 1인칭화자 소설이다. 노숙하는 주인공의 시선에 서울거리는 말로만 듣던 늪 이상의 이미지가 사실로 등장하는 곳이다. 소위 문명의 이기인 자동차에 치어 거지가 된 모자의 도깨비 같은 모습에 '나'는 "그러면 어떻게 하면 이 유령을 늘어가지 못하게 하고 아니 근본적으로 생기지 못하게 할 것인가? 현명한 독자여! 무엇을 주저하는가. 이 중하고도 큰 문제는 독자의 자각과 지혜와 힘을 기다리고 있지 않은가!"라고 절규하며 냉정을 잃고 어느 틈에 작자 이효석의 음성으로 외치는 것처럼 서울에 대한 혐오감이 강하게 부각된다.

이런 초보적인 도시묘사는 데포우(Daniel Defoe)의 <몰플란더즈>에서 주인공 몰플란더즈가 피난처를 구하는 복잡한 런던거리나 왈튼(Edith Wharton)의 뉴욕에서 발생하는 사건과의 관련성에서 의미가 부여되는 본격적인 도시소설과는 격이 다른 단순한 배경으로서 작중인물의 생태와 조화를 이루고 있다.

도시가 지배적인 사회생태적 환경으로 나타나는 현대 서구소설에선 도시화의 표현이나 반영이 자연스럽게 구현되고 있는데 비해 효석의 도시성은 미시적인 관점에서 그 당시 식민사회의 어두운 시대상황의 축도로 볼 수도 있는 역사적 사회적 의미를 지니고 있다.

효석과 동시대에 유태인 작가인 오즈(Amos Oz)의 경우, 도시의 기능은 상징적으로 나타나고 있다.[15] <나의 미카엘>(1934)은 전도가 유망한 지리학자 미카엘과 결혼하기 위해 문학연구를 포기한 젊은 여인인 하나 고센을 주인공으로 한 1인칭화자소설로 일인칭 주인공의 좌절의 얘기이다. 하나는 미카엘이 불임자인데다가 무수히 많은 돌을 감정하는 학문적인 일에만 열중하며 오로지 연구한 것의 발간에만 집착하고 대학의 승진은 아예 신경도 안 쓰는 남편 때문에 더욱 거리감만 지니고 부부관계가 둔화된다. 고센의 입장에서는 감각적인 동경의 탈출구를 전혀 발견할 수가 없으므로 더욱 그렇다. 또한 도시는 고센을 돌 같은 냉정함으로 주시하는 것 같다.

<나의 미카엘>은 주인공 고센의 신경쇠약과 환타지, 절망의 기록

---

15) Hana Wirth-Nesher, *The Modern Jewish Novel and The City*, MFS 24, 1978, Spring, pp.100~103 참조.

으로 예루살렘이 유대와 아랍으로 분열되기 이전의 이웃과 그 거리와 친했던 아랍인 친구의 환상을 간직하면서 그 환상과 성적 정치적 환상이 작품전체를 지배하면서 정점에 오른다. 예루살렘 도시는 이 작품에서 단지 배경만이 아니라 도시의 특성이 주인공의 중심이 되는 의식심리와 혼효되는데 지배적인 역할을 한다.

즉 이 작품에서 예루살렘의 사회적 공간적 양상은 그곳 주민의 불안정과 두려움을 상징적으로 표현하며 예루살렘은 성경상의 몽환적인 도시로서, 또한 경계선과 이웃을 지닌 수도로서 심리구조를 완전히 투영하는 이미지 역할을 한다.

그런데 비해 효석의 도시와 도깨비 공간과의 등식 관계는 주로 가난, 전락, 타락의 공간으로 묘사되고 있다.

2) 가난과 전락의 공간

<주리면>은 '어떤 생활의 단편'이란 부제를 붙인 '그'를 주인공으로 한 1인칭화자소설로 상사의 심한 잔소리에 못 견디어 회사를 사직하고 나온 후 아무 직업도 구하지 못하고 숨막히는 도시의 셋방 구석에서 밀린 셋돈에 주인에게 쫓겨나면서 가난과 굶주림이 인간생존의 문제와 직결되어 전개되는 작품이다.

> 그는 또다시 큰거리로 나섰다. 하루 동안 밟고 짜고 끌리고 부르짖고 돌볶아치던 도회는 꽤 어수선하고 난잡하게 벌어졌다. 재인 사람들의 걸음, 잔치나 벌어진 듯한 공설시장, 사람들은 살기 위하여 마지막 악을 쓰는 듯 하였다.
>
> 그는 문뜩 하늘을 우러러 보았다.

자조와 배고픔에 못 견뎌 그의 전 신경은 음식물로만 시선이 가며 그런 현실 사회를 원망한다. 그의 행복이란 지금 당장 뜨거운 국에 밥한 그릇을 먹는 일이며 그런 그에게 도회는 모두 찌그러져 보이고 화물 자동차 안에는 밥이 가득히 담긴 것처럼 생각된다. 그래서 그는 식당 앞에서 무의식적으로 발을 멈추고 돈 한 푼 없이 배고픔을 해결한다.

가난은 1920년대 사실·자연주의 작품의 공통 주제로 되어 있지만, 그 가난이 특히 도시에 거주하는 소시민과 긴밀한 관련을 맺고 있는 점은 시대적 상황에서만 처리할 수 있는 문제가 아닌 것 같다.

가난은 또한 타락(墮落), 전락(轉落)과 관계를 맺거나 환락, 유혹의 이미지와 연결이 되기도 한다. <깨뜨려지는 紅燈>은 가난 때문에 고향을 떠나 홍등가에 팔려와 마치 물건 취급받는 것에 대한 격분을 주조로 한 작품으로 물질욕에 가득찬 주인에 대한 저항으로 일관한다.

> 들어 보시오! 당신들도 피가 있거든 들어 보시오! 우리는 사람이 아니요?…
> 개나 도야지보다도 더 천대를 받아왔소. 당신네들이 우리의 몸을 살 때 한번이나 우리를 불쌍히 여겨본 적이 있었소? 우리는 개만도 못하고 도야지만도 못하고 먹고 싶은것 먹어봤나, 놀고 싶을 때 놀아봤나, 앓을 때에 미음 한 술 약 한 모금 얻어 먹었나, 처음 들어오면 매질과 눈물에 세상이 어둡고 계약한 기한이 지나도 주인 놈이 내놓기를 하나, 한 방울이라도 더 우려내고 한 푼이라도 더 뜯어내려고 꼭 잡고 내놓지 않는다. 우리는 사람이 아니다. 사람이 아니구 물건이다. 애초에 우리가 이리로 넘어올 때에 계약인지 무엇인지 해가지고 우리를 팔아먹은 놈 누구며, 지금 우리의 버는 돈을 한 푼 한 푼 다 빨아내는 놈 누군가? 우리는 그놈들을 위해서 피를 짜내고 살을 말리우는 물건이다. 부모를 버리고 동기를 잃고 고향을 떠나 개나 도야지 만도 못한 천대를 받게한 것은 누구인가 누구인가?

위의 인용은 물질적 메커니즘과 황금만능직 물욕주의의 거대한 집합체인 도시성에 대한 절규를 나타내고 있다. 이런 식의 여인상들은 <奇遇>, <行進曲>, <薔薇 病들다>, <季節> 등에 잘 나타나 있다. 결국은 도시가 빈민굴과 일그러진 집단의 거주공간으로 그려지고, 초조와 불안의 공간으로 구현된 것임을 알 수 있다.

특히 효석은 이들 작품에서 환락과 유혹의 손길을 펴는 밤의 도시 공간을 설정한다. <麻雀哲學>에선 도시의 자유분방성이 마작(麻雀)으로 나타나기도 하고 그것은 빈자에게 비웃음의 대상이나 증오의 대상이 되기도 한다.

> 찬란한 일류미네이션의 난사를 받는 거리에는 가뜬하게 단장한 계집들이 흐르고 밝은 백화점 안에는 여러 가지 식료품이 화려하게 진열되어 있으나 한 가지도 그를 끄으는 것은 없다. 라디오와 레코드가 양기롭게 노래하나 그의 마음은 춤추지 않았다. ……진열장에 얼굴을 바싹 대고 겨울 옷감을 고르고 섰는 아름다운 한 쌍의 부부의 회화도 그를 유혹하지는 못하였다.(이 거리에는 한 점의 미련도 없다!) ― <프레류드>

> (빈민굴이로구나!)
> 하고 나는 생각하였다. 세상에 도회 쳐놓고 빈민굴 없는 곳이 없다. 굉장한 돌집이 즐비하여 있는 그 반면에 반드시 쓰러져가는 빈민굴이 숨어 있으니 이 뼈저린 대조를 현재의 도회는 모두 보이고 있다. ― <奇遇>

위의 도시는 마치 갈라슨(Thomas A. Gullason)이 지적한 크레인(Stephen Crane)의 구태의연한 멜로드라마적 도시소설인 <Maggie>의 도시성과 흡사하다. 갈라슨에 의하면 크레인은 소설의 시대와 배경을 19C 뉴욕이란 도시로 고정시켜 현재 브룩클린의 일부인 윌리암스부르그와 값싼 구경거리, 메나저리 중앙공원, 예술박물관 등의 배경을 주로 사용한다. 특히 <Maggie>는 미국에서 소위 다위니즘과 졸라이즘적 성격의 자연주의 이론의 실험으로 보이는 소설로 유전과 환경,

결정주의와 운명주의를 나타낸 작품이다.[16] 그러나 <Maggie>는 다른 자연주의소설과 달리 사회를 고발하고 사회개혁을 요구하는 내용의 일종의 항의소설로 오로지 빈곤, 굶주림, 범죄, 또는 하류계급의 반항과 비좁고 답답하고 불안하고 불결한 곳으로 도시를 그리며, 주민과 도시, 빈민굴, 그리고 사회문제를 신중하게 취급한다.

특히 불경, 거칠은 슬랭, 격렬, 유혹, 매음 등의 문제를 가지고 그 시대의 리얼리즘을 그리고 있는데, 그것은 마치 효석이 1930년대 당시의 사회현상의 병폐성을 그린 것과 유사성을 지닌다 보겠다.

효석의 이런 병폐적 도시성은 악으로 그려지며 그것에 반해서 고향(농촌)은 선의 상징이 되기도 한다.

3) 선과 악의 대립적 구조

도시를 농촌과의 대립에서 악의 상징으로, 농촌을 선으로 나타내는 메타포는 도시류 소설에서 가장 기본적이고 고전적인 패턴이라고 볼 수 있다.

<弱齡記>에서 용걸은 서울서 쫓겨와 시골서 새로운 원기를 얻고 <麻雀哲學>의 정구태 역시 서울서 아버지의 과보호 밑에 유약하고, 카페, 또는 기생 놀음이나 하던 청년이었으나 새로운 철학을 발견하고 자신을 알게 된다.

효석에게 도회란 비밀을 감추고 있는 음침한 굴 속이다. 반면 고향은 도회에서 병들고 죽어가는 인물이 편안히 쉬어야 할 곳으로 부각된다.

<薔薇 病들다>의 남죽은 그 좋은 예가 된다. '목격자'란 영화의 싸움 장면과 거리의 실제 싸움 장면으로 서두를 시작하며 약육강식의 시대를 배경으로 한다. 연극 배우인 주인공 남죽은 배우들의 해산으

---

16) Thomas A. Gullason, *The Prophetic City in Stephen Crane's 1893 Maggie*, MFS, 1978, V.24, pp.129~131 참조.

로 영화 '목격자'의 목표 없는 주인공과 동질감을 느끼면서 고향에 돌아갈 능력도 없는 자신의 초라한 모습에 방황한다. 그러기에 작중 관찰자이며 극본의 작자로 등장하는 현보의 시선에는 남죽이 좀먹기 시작하는 병든 장미로 느껴진다.

남죽의 서울이란 도회에서의 역겨운 생활은 오니일의 <고래> 구절로 대신된다.

참기 싫어요. 견딜 수 없어요.—죄수같이 이 벽속에만 갇혀 있기가. 어서 데려다 주세요. 데이빗, 이곳을 나갈 수 없으면—이 무서운 배에서 나갈 수 없으면 금방 미칠 것두 같아요. 집에 데려다 주세요. 데이빗. 벌써 아무것두 생각할 수 없어요. 추위와 침묵이 머리를 가위같이 누르는 걸요. 무서워, 얼른 집에 데려다 주세요.

……이런 생활은 나를 죽여요.—이 추위, 무섬, 공기가 나를 협박해요. —이 적막, 가는 날 오는 날 허구헌날 똑같은 회색하늘, 참을 수 없어요. 미치겠어요. 미치는 것이 손에 잡힐듯이 알려요. 나를 사랑하거든 제발 집에 데려다 주세요. 원이예요. 데려다 주세요.

네서어에 의하면, 소위 도시소설이란 명칭은 붙일 수 없고 단지 도시에서 발생한 소설을 망라할 경우, 도시는 같은 종류의 밀폐된 체계 속에 같은 국면이 반복되어 나타나며 도시의 작은 부분이 도시민의 활동배경으로서 작용한다고 했다.

남죽이 거주하는 서울은 밀폐된 벽으로 둘러싸인 감옥이고 풍랑에 휩싸인 배의 이미지를 지니며 추위와 무서운 침묵이 계속되는 곳인데 반해, 그가 가고 싶어 하는 고향은 라일락 향기를 담뿍 지닌 바다가 보이는 탁 트인 곳이다.

…물 한방울 없는 모래 개천을 끼고 내달은 넓은 둑은 희고 곧고 깨끗

해서 마치 푸른 풀밭에 백묵으로 무한대의 일적선을 그은 것두 같구, 둑 양편으로 잔디가 쭉 깔린 속에 쑥이 나고 패랭이꽃이 피어서 저녁해가 짜링짜링 쪼이면 메뚜기와 찌르러기가 처량하게 울지요. 풀밭에는 소가 누운 위로 이름 모를 새가 풀 위로 스치면서 얕게 날고 마을로 향한 쪽에는 조, 수수, 옥수수밭이 연하여서 일하는 처녀 아이가 두어 사람씩은 보이죠. 여름 한철이면 조카 아이와 같이 염소를 끌고 그 둑 위를 거닐면서 세월없이 풀을 먹어요. 항구를 떠난 국제 열차가 산모퉁이를 돌아 기적소리가 길게 벌판을 울려올 때, 풀 먹던 염소는 문득 뿔을 세우고 수염을 드리우고 에헤헤헤헤헤하고 새침하게 한바탕 울어대곤 해요. 마을 앞의 그 둑을—고향의 그 벌판을—나는 얼마나 사랑하는지 몰라요. 그리운지 모르겠어요.

도시의 밀폐된 감옥과 시골의 탁 트인 무한한 벌판이 상대적 이미지임을 선명하게 감지할 수 있다. 그것은 <麻雀哲學>의 정구태에서도,[17] <마음의 意匠>의 유라와 주인공 '나'의 아내,[18] <受難>의 유라와 아내, 또한 <季節>의 보배 역시 주인공이 도시를 떠나 시골로 돌아가고 싶어 하거나 제 삼자로부터 돌아가길 종용받는 유형으로 나타난다.

1939년 『女性』 9월호에 발표한 단편 <鄕愁>는 도시생활의 권태에 못 견디는 소시민생활이 리얼하게 묘사되고 있다. 질식할 것 같은 도회에서 새장 안 신세가 된 아내는

　　지금 제가 제일 보고 싶은 게 무언데요.—울밑의 호박꽃, 강남콩, 과수원의 꽈리, 바다로 열린 벌판, 벌판을 흐르는 안개, 안개 속의 원두꽃……．
　　제일 먹구 싶은 건 무언데요. 옥수수라나요. 옥수수 바알간 수염에 토

---

17) 정구태는 항구에서 노동자 상대로 사업을 벌이면서 의지가 굳어지고 악랄한 물주에서 정도를 걷는 고용주로 변형된다.
18) 주인공 '나'의 연인인 유라는 병들어 죽고 아내는 치료를 하러 시골로 간다.

실토실한 옥수수이삭, 그걸 삐걱하구 비틀어 뜯을 때 그 소리 냄새—생각
나세요. 시골 것으로 그렇게 좋은 게 또 있어요? 치마폭에 그윽히 뜯어
가지고 그걸 깔 때 삶을 때, 먹을 때—우유 맛이요. 어머니의 젖맛이요.
그보다 웃길 맛이 세상에 또 있어요?

처럼 시골행을 허락 맡은 아내는 지금까지 헤어나지 못했던 자신의
모습을 변형시켜 머리를 자르고 퍼머를 한다. 그것은 도회의 질식할
것 같은 분위기에서 벗어나 전원으로 돌아가는 것에 대한 해방감의
만끽이었다. 그러나 시골로 간 아내는 도시의 긴장에서 풀려난 해방
감으로 인해 신경쇠약증까지 걸리게 된다. 결국 시골이 도시의 안정
을 가져다주는 상반적 이미지를 지니고 도시는 인간에게 절망과 단절
을 주는 배경으로 소위 효석이 말하는 산문성이다.

4) 도시의 산문성

도시를 인간상황의 메타포로 이용했던 독일의 데카당한 표현주의
작가인 더블린(Alfred Döblin)의 <베를린 알렉산더 廣場>의 경우,[19]
더블린 자신이 소년시절에 천한 환경에서 살았고 또한 내과의로서,
주로 베를린의 무산계급민이 사는 지역의 하층계급 환자만을 치료해
왔으므로 그런 하층민의 생활에 친숙해 있어서 그 시대의 절대적 리
얼리티와 사회의식을 날카롭게 묘사할 수 있는 기초를 쌓을 수 있었
다.

주로 더블린이 묘사하는 도시는 사회악을 지닌 수도의 분요(紛擾)
를 고발했으며 개인과 도시의 상호 불가분리성과 거대한 형이상학적
전체성의 작용을 나타내고 있다. 주인공 후란츠에게 알렉산더 광장은
인생의 소우주이며 더블린의 소우주는 항상 혼란과 소요의 유동적인

---

19) Marilyn Sibley, *The City as Metaphor for the Human Condition : Alfred
Döblins Berlin Alexanderplatz(1929)*, MFS, Vol.24, 1978, Spring, pp.41~43.

변화를 지니므로 제어할 수가 없다.

더블린의 <알렉산더 廣場>이 의식의 흐름 스타일을 사용한 독일 산문소설 발전의 전환점이 되는 역사적인 작품인 것과 같이 미국작가 패소스(Dos Passos)의 <만하탄譯> 역시 악의 화신인 수도 안에서 발생되는 정치적·사회적 문제가 도시를 배경으로 전개된다. 죽음과 부패의 분위기로 시작해서 인물들끼리의 만남이 도시의 악을 배태한다.

두 작품은 강철, 콘크리트, 아스팔트로 인간의 절박한 음성을 표출하며 <맨하탄譯>은 거대한 자본주의 기술을 지닌 사회구조의 리얼한 묘사로 미국사회의 미로 같은 미궁을 강조하며, 정치적·사회적 움직임, 기술의 발흥과 전쟁의 유해한 결과와 그 여파, 인간과 문화의 비인격화는 그 시대의 강한 비난을 받는다.[20] 더블린 역시 패소스와 마찬가지로 격변 속의 사회를 세부적으로 음미하고 사회와 정치적 중요성을 지닌 당대 사건을 제기하여 불공정과 불공평을 조소하는 시점을 나타내며, 두 작품은 도시를 원한품은 적의로 관찰하며, 도시가 마치 주인공인 듯한 중요성을 지닌다.

효석의 경우, 근대화된 자본주의 기술을 지닌 사회구조가 없는 우리의 실정에선 서양의 도시구조와 대비할 수도 없는 거리감을 지니고 있으나, 빈민, 매음, 개인과 사회의 상호작용 등의 요소를 저변에 깔고 하층민의 사회에 대한 반항, 고발 등의 프롤레타리아적 요소는 유사하다고 보겠다.

효석은 특히 도시의 소란, 분요, 어지러움, 지옥보다 더한 수라장, 쓰레기통 같은 도시를 산문적이라고 요약했으며 그것은 <天使와 散文詩>나 <人間散文>에 잘 나타나 있다.

거리는 왜 이리도 어지러운가.

---

20) Lèon L. Titche, Jr., *Döblin and Dos Passos : Aspects of the City Novel*, MFS, Vol.17, 1971, Spring, pp.125~135 참고.

거의 삼십년 동안이나 걸어본 사람의 거리가 그렇게까지 어수선하게 눈에 어리운 적은 없었다. 사람의 거리란 일종의 지옥 아닌 수라장이다. (신경을 실다발같이 헝클어놓자는 작정이지.)

문오는 차라리 눈을 감고 싶었다. 눈을 감고 귀를 가리우고 코를 막고-모든 감각을 조개같이 닫쳐버리면 어지러운 거리의 꼴은 오관 밖에 떨어지고 마음속에는 고요한 평화가 올 것 같다. 쓰레기통 속 같은 거리. 개천 속 같은 거리. 개신 개신하는 게으른 주부가 채 치우지 못한 방속과도 거리는 흡사하다. 먼지가 쌓이고 책권이 쓰러지고 휴지가 흐트러진-그런 어수선한 방속의 거리다.

사람들은 모여서 거리를 꾸며 놓고도 그것을 깨끗하게 치울 줄을 모르고 그 난잡한 속에서 그냥 그대로 어지럽게 살아간다. 깨지락 깨지락 치운다 하더라도 치우고는 또 늘어놓고 치우고는 또 늘어놓고 하여 마치 밑 빠진 독에 언제까지든지 헛물을 길어 붓듯이 영원히 그것을 되풀이하는 그 꼴이 바로 인간의 꼴이요 생활의 모양이라고도 할까. 어지러운 거리. 쓰레기통 같은 거리. ― <人間散文>

고르지 못하고 삐뚤고 두툴하고 쓰러져 가는 집, 젊은 사람의 더벅머리 같은 것, 어지럽고 어수선한 인상을 효석은 산문이라고 표현한다. 또한 도시의 산문은 혼란의 미와 난잡(亂雜)의 운치를 찬미하는 예술로 악마에게나 먹히는 미이며[21] <天使와 散文詩>에서도 을씨년스런 하숙방과 즐비한 찻집, 거리의 천사 등이 산문적 경험으로 등장된다.

효석의 도시성은 <山>과 <들>의 자연이나 <모밀꽃 필 무렵>의 장돌뱅이 허생원의 서정이 담긴 반산문적인 요소와 대립되는 밤, 유혹, 현감(眩感), 분요의 이미지를 지닌 산문적인 도시성으로 집약될 수 있는데 이것은 자연은 선이고 도시는 악이란 대립적 구조에서 고찰할 수 있는 문제성을 지니고 있다.

---

21) 金東里는 「散文과 反散文」에서 효석의 산문성을 <모밀꽃 필 무렵>의 아름다운 산과 들의 대립개념으로 보았다.

또한 식민지 사회란 시대성과의 관련성에서 도시가 상징적인 의미를 띠고 있다고 간주될 수도 있으나 1920년대 사실·자연주의 소설에서 도시소시민의 일상생활의 리얼한 묘사보다는 도시나 도회란 말을 의식적으로 사용해서 개인과 사회와의 관계나 정열을 가지고 도시를 찾지만 좌절과 실의로 다시 고향에 돌아가려고 하는 인물을 그리는 등 20년대보다 한 단계 발전한 도시에 대한 관심이라고 보겠다.

이상 15편의 작품을 대상으로 도시성을 고찰한 결과 다음과 같은 공분모를 얻을 수 있다.

첫째, 효석의 도시는 산문적이며 그것은 빈민굴, 도깨비, 유령, 쓰레기통 혼란을 상징한다.

둘째, 도시 특히 서울은 타락과 전락의 공간이며 빈민의 도시임이 강하게 나타난다.

셋째, 도시는 데카당스로 나타나고, 향수적 고향의 전원은 순수로 도시와 대조되는 이미지를 지닌다는 것.

넷째, 낙관적 정열을 지니고 상경한 주인공은 절망 속에 귀향을 결심하는 곳이 도시이며,

다섯째, 결국 도시는 악으로, 고향 즉 농촌은 선을 상징하는 이원적 대립의식을 지닌다는 것으로 요약할 수 있다.

4. 60년대 도시성-김승옥의 경우

레비는 「都市文學의 定義」에서 진정한 도시문학은 막연히 도시를 배경으로 한 도시내의 체험보다 도시의 체험이 우선하는 것으로 도시란 배경이 인물보다 주인공과 같은 레벨에 서는 문학이라고 했다. 또한 과거의 경우, 도시생활현상은 산문보다 시에 나타나는데 보드레르

경우 파리는 대단히 주관적이며 내적 의식과정에서 그려지고 있다고 했다.

빅토리아 시인인 톰슨(Jones Thomson)은 산업도시의 특징을 실어줌, 우울증, 멜랑꼴리의 개념으로 나타내며, 도시민은 격리된 미분자로 탈출구도 제공되지 않으며 광기의 정신분열적 분리가 도시를 떠나는 원인이 된다. 또한 도시는 산업쓰레기와 인간부스러기, 위험한 심리적 독으로 오염된다.

현대문학에서 도시소설은 도시의 다양한 목소리를 형성하는 능력의 재확인이며 도시영향을 내면화시키려고 시도한다.

불란서의 께노(Raymond Queneau)의 <地下鐵道안의 Zazi>와 그리예(Allain Robbe Grillet)의 <뉴욕革命計劃>은 현대 산문소설의 도시적 요소를 음미하는데 치밀한 가능성을 제공한다. 대부분의 다른 작품의 표현양식이 1인칭 또는 3인칭인데 비해 객관적 신소설형식으로 변형되고 도시의 역할은 사건의 상징적 배경에서 사건에 적극적인 요소의 역할로 발전되어 나타난다. 다시 말해서 전통적 소설의 경우, 도시는 현대생활의 리얼리티를 나타내기 위해 메타포로 이용되나, 이들의 작품은 현대사회사조를 구성하기 위한 심리적 인식론적인 도시를 보여준다.[22]

암흑기 문학을 거친 후의 우리 문학은 50년대 직후 주로 전쟁문학이 등장했음을 알 수 있고 60년대에 들어와서는 6·25 분위기 속에 작가활동을 시작한 제3세대라 이름 붙일 수 있는 작가군이 50년대 작가들과 다르게 등장하여 새로운 국면에 접어든 것 같다.[23]

도시가 단순히 배경으로서의 상징이라기보다 주인공과 같은 레벨에서 주인공의 의식에 적극 참여해서 내면화되어 나타나기 시작한 것은 60년대부터라고 보는 것이 적당할 것 같다.

---

22) Levy, op. cit., pp.66~68 참고.
23) 千二斗, 『한국현대소설론』, 螢雪出版社, 1980, p.253.

특히 30년대의 李箱과 50년대의 손창섭의 맥을 지니고 있는 김승옥의 경우, 자의식적인 인물을 내세워 '意識內部에서 조작되어 個人의 性格을 뚜렷이'24) 하며, 도시는 사건 전개에서 적극적 역할을 한다.

이제 김승옥의 작품 <霧津紀行>, <서울 1964년 겨울>, <서울의 달빛 0章>을 중심으로 도시와 인물의 내적 심리화가 어떻게 구성화되는지 살펴보고자 한다.

1) 그림자와 페르조나

<霧津紀行>은 오로지 소음과 책임뿐인 서울에서의 '나'와 책임도 무책임도 없는 '霧津'이란 곳의 '나'의 의식이 교차하는 가운데 애매한 엠비발란스 이미지를 구사해가며 소설의 시간을 연속성이 아닌 동시적 공간성으로 처리한 작품이다.

이 작품의 배경이 되는 공간은 서울과 무진이란 두 곳으로 대치된다. 돈많은 과부와 결혼해서 전무승진을 기다리는 '나'에게 무진이란 양면적인 의미를 지닌다. '나'는 서울에서의 실패로부터 도망할 때 즉 새출발이 필요할 때 무진을 찾으며, 실상 무진을 찾았을 땐 '나'의 잠재의식—수음하던 골방과 독한 담배꽁초, 편지를 기다리던 초조함—의 연상 때문에 괴로워한다.

무진은 작가가 언급했듯이 장소의 명칭 자체가 실제로 존재하지 않는 가상적 지명으로 '霧'는 글자가 마음에 들어서이고 '津'은 뭍도 바다도 아닐 때 쓰는 한자어를 의식적으로 사용해서 이것도 저것도 아닌 불투명성을 드러내고 있다. 그것은 '무진'에 대한 버스 안에서의 '농사관계의 시찰원인듯 하면서, 그렇지 않은지도 모르는' 두 사람의 대화 "바다가 가까이 있으니 항구로 발전할 수도 있었을 텐데도", "…그럴

---

24) 김현, 『김승옥小考, 自己世界의 意味』, 創美社, 1983.

조건이 되어 있는 것은 아닙니다. 수심이 얕은데다가 그런 얕은 바다를 몇 백리나 밖으로 나가야만 비로소 水平線이 보이는 진짜 바다다운 바다가 나오는 곳이니까요.", "그럼 역시 농촌이군요.", "그렇다고 이렇다 할 평야가 있는 것도 아닙니다.", "그럼 그 오륙만이 되는 인구가 어떻게들 살아가나요.", "그러니까 그럭저럭이란 말이 있는게 아닙니까?"에서 더욱 뚜렷하게 설명되고 있다.

무진의 불투명성은 애매성과 아이러니로 듀얼리즘을 나타내고 있다. 서울에서의 생활은 오로지 책임뿐인데 반해 무진은 책임도 무책임도 없는 곳이며, 그것은 마이너 캐릭터인 음악교사 하인숙의 경우, 발령이 무진으로 났기에 교편생활을 하며, 특히 그가 속물들을 위해 부르는 유행가 '목포의 눈물'은 청승맞음이 있는 유행가도 아닌 그렇다고 졸업연주회 때 부른 '나비부인' 중의 아리아도 아닌 불명료함과도 일치한다.

또한 <霧津紀行>은 심상적 예술품이라 부를 만큼 이미지로 충만된 작품이다. 무진을 둘러싼 안개 '마치 이승에 한이 있어서 매일밤 찾아오는 女鬼가 뿜어내놓는 입김과 같은' 그러나 사람의 힘으로선 헤쳐버릴 수 없고 해와 바람을 간절히 부르게 하는 안개로 그것은 단순한 소도구 이상의 의미를 지니고 있다. 안개는 신선한 밝은 햇볕과 살갗에 탄력을 줄 정도의 공기의 저온과 해풍에 섞인 소금기를 지닌 바람과 상반적인 이미지로서 무진의 듀얼리즘을 더욱 효율적으로 나타내는 공간적 이미지 역할을 하고 있다.

즉 안개와 바람의 양면 이미지가 주는 공간의식은 안개가 젊었을 적 무진에서의 어두운 의식을 되살아나게 하는 주인공 '나'의 과거의식의 상징적 이미지임에 반해 바람, 햇볕은 과거의 나를 잊으려하는 현재 '나'의 의식의 심볼이라 볼 수 있다.

결국 안개와 바람—햇볕, 소금, 별의 이미지가 혼용된—의 이미지는 '무진'이 지닌 듀얼리즘과 함께 작품 전체를 일관하는 상징 비유

이미지로서 공간과정에서 본질적으로 그 기능을 다하고 있는 것이다.

다시 말해서, '나'에게 무진은 '나'의 의식의 'Prototype'이면서도, 안주할 수 없는 아이러니를 지니고 있다. 서울에서의 실패에서 도망할 수 있는 유일한 탈출구였으면서도 '나'의 악몽에 시달리던 어두운 기억들 때문에 차라리 소음과 책임뿐인 서울로 돌아와야만 했다.

'나'에겐 결국 서울이나 시골이나 다 편안한 공간이 못되고 있다. 카프카의 <變身>에서의 잠자가 벌레로 변형되기 전이나 후에도 아무 곳에나 안주할 수 없었듯이 서울서의 '나'는 나의 생각이나 신념보다 장인과 아내의 생각이 마치 나의 생각인 것처럼 동일시되고 있다. 말하자면 융의 페르조나 Persona 개념으로서 설명될 수 있다. 내가 나로서 있는 것이 아니고 남과 타인에게 보이는 나로 진정한 자기와는 다른 환경에 대한 나의 작용과 환경이 나에게 작용하는 체험을 거치는 동안 형성되는 것으로 <霧津紀行>의 '나'는 서울에서 페르조나가 강조되는 아내와 장인, 회사 등의 환경 속에 개인의 好惡는 불문하고 무의식적으로 동일시되어 진정한 자기를 잃어버리는 상태가 되고 마는 것이다.[25] 또한 페르조나와의 동일시가 심해지면 자아는 그의 내적인 정신세계와의 관계를 상실하게 되어 자신을 돌보지 못하게 되고 존재조차도 잊어버리게 된다.

주인공 '나'는 옛날에 실의에 찬 무진행과는 달리 승진되기 전의 휴가행으로 무진을 선택하지만, 무의식적인 자기 즉 그림자를 발견하고 결국은 서울로 돌아오고 만다. 오히려 주인공은 '자아'를 잊어버리고 살 수 있는 서울이 무진보다는 안일하게 느꼈으며 현대사회의 가장 중요한 특성인 개인과 사회의 관계에 있어서 기계적인 인간생활에 의식도 기계화되어 감정, 자아가 부재하는 공간을 차라리 택하는 너무나도 현실적인 '나'가 돼버린 것이다.

---

25) 李符永, 『分析心理學』, 一潮閣, 1978, pp.66~67 참고.

2) 소외와 단절

소외란 19C 초 피이테, 헤겔 등이 철학적 의미에서 최초 사용한 용어로, 현대적인 것의 본질적 속성에서 부정적인 성격을 지닌다. 말하자면 인간은 거대한 기계의 부분품이고 군중 속에 묻힌 집단의 한 단위로서 인간관계의 상실 즉 연대성의 결핍과 사회 관계 속의 불만족 속에 존재한다는 것을 뜻한다. 흔히 사전식 개념으로선 인간간의 따뜻한 관계가 차가운 관계로 변질되어 인간관계에서 자아가 타인에게 배척되어 이방인처럼 느껴지는 과정으로 친근하고 흐뭇한 인간관계의 상실이라고 볼 수 있다. 호르크하이머는 인간이 개인 개인의 삶을 가질 때 비로소 소외에서 벗어날 수 있으며 그 방법은 경제적 생활양식과 사고에서 벗어나는 것이라고 했다.

호우에(Howe)가 지적한 바에 의하면, 19C 소설은 나선형 패턴으로 주인공이 처음에 도시에 유혹을 느끼어 이끌려 왔다가 도덕을 찾기 위해 시골로 돌아가는 패턴이 일반적이고 20C 소설은 이와 대조되게 직선상의 패턴으로 탈출을 초월한 미로이며 전원으로의 도피의 희망도 제공되지 않는다고 했다.[26] 결국 이런 류의 소설에선 자연은 아직 존재하지만 그것을 알아볼 수도 없는 것이다.

이태리의 가장 현저한 현대작가인 칼비노(Italo Calvino)의 <Marcovaldo>와 <都市와 煙霧의 季節>은 도시의 이미지를 효율적으로 보여주는 대표적 작품으로 전자는 현대도시 속에 잔재하기 위한 인간의 투쟁을 다룬 것이고 후자는 환경과의 모든 접촉을 잃어버린 인간의 얘기다.

<마르코말도>는 창고에 하루에 8시간도 짐을 나르지 못하는 미숙한 노동자다. 그는 도시만 아는 자녀들과는 달리 도시토배기가 아니고 청년시절에 도시에 왔어도 도시생활에 아직 적응을 못한다. 그는

---

26) Joann Cannon, *The Image of the City in the Novel of Italo Calvino*, MFS, 24, 1978, pp.86~87 참조.

주위의 시멘트와 아스팔트길의 방향을 잃고 망각하고 도시거리를 방황하나 아직도 도시에 남아있는 자연의 표식이 그의 눈에 띤다. 즉 그는 기적적으로 버스 정류장의 잔디에서 자라는 버섯을 보았던 것이다. 결국 그와 가족들은 버섯을 따서 많이 자란 버섯을 나누기 위해서 선의에서 군중을 불러모으는데 이것으로 비로소 정신적 연결이 군중 속에 성립되는 것이다. 전에는 결코 이루어질 수 없었던 화합이 버섯축제를 위해 다시 모여지나 병원의 보호 속에 버섯의 독을 치료해야만 했다. 말하자면 인간과 자연사이의 원초적인 관계가 도시에서는 불가능함이 시사되고 있는 것이다.

이런 경고에도 불구하고 주인공은 그의 우울하고 비참한 세계에서 탈출하려는 노력으로 자연에 계속 시선을 던진다. 휴일에 공원 벤치에서 밤을 보냄으로써 불면증을 치료하려고 하지만 잠들자 곧 교통신호의 번쩍거리는 불빛으로 방해를 받고 그 빛을 차단시키려고 노력하자 노동자들의 손수레 수리소리에 침묵이 깨져버린다. 주인공은 연못쪽으로 얼굴을 돌려 소리를 듣지 않으려고 하지만, 야채 실은 트럭에서 발생하는 냄새로 깨고 만다. 절망 속에 마르코발도는 미친 듯이 미나리아재비 향기로 코를 막으며 잠에 떨어진다.

결국 도시와 자연은 공존할 수가 없으며 도시산업은 인간자연환경의 마지막 보루까지 훼손시킴을 알 수 있다. 의사가 주인공의 류마치즘 치료에 모래찜질 처방을 내렸을 때 주인공은 해변을 찾아가나 그곳에는 곳곳마다 준설기(浚渫機)가 거룻배에 모래를 싣고 있었다. 그는 드디어 빈보트를 타고 자녀들에게 모래를 덮도록 지시하나 배가 중단된다.

시멘트와 아스팔트뿐인 도시에서 그는 자연을 찾으러 가나 자연은 존재하지 않고 그가 발견한 것은 인공생활로 더럽혀진 가짜 자연이다. 자연이 오염된 가장 충격적인 이미지는 음식으로 치즈는 플라스틱으로 만들고, 과일과 야채는 독성의 살충제로 가득 차서 그는 가족을 위

해 오염 안 된 음식을 구하기 위해 시골로 간다. 드디어 푸른산의 물
줄기를 발견해서 고기를 잡아 집으로 돌아오려 할 때 감시원이 고기
가 오염되었음을 알려준다. 물의 푸른 색은 푸른 페인트를 만드는 공
장에서 방출된 것이었다.

칼비노의 이야기는 19C 신화의 폭로일 뿐 아니라 인간이 자연에서
도 구제를 받지 못하는 탈출구 없는 독의 도시 이미지로 20C 소설과
도 일치되며 현대도시 사회생활의 리얼리티를 서술한 일종의 소품 이
야기로 환경과의 단절과 소외의식이 주제라고 볼 수 있다.

김승옥의 <서울, 1964년 겨울> 역시 외계(外界)와 소외 단절된 세
청년의 이야기이다. 도수 높은 안경 쓴 安이란 대학원 학생과 정체를
알 수 없는 가난뱅이 36세 가량의 사내, 시골 출신이고 고등학교 졸업
후 육사 지원에 실패하고 군대에 갔다 임질에 걸려 본 적도 있고 현재
는 구청 병사계에서 일하는 '나' 이렇게 세 인물이 등장하여 서로 의
미도 통하지 않는 단절된 얘기를 주고 받는다.

그들은 서로 정체가 무엇인지 별 호기심도 없고 타인에게 관심을 주
고 싶어 하지 않으며 단지 각자의 자의식만을 뇌까리고 있는 셈이다.

「안형, 파리를 사랑하십니까?」
「아니요…… 아직까진……」
「날을 수 있으니까요. 아닙니다. 날을 수 있는 것으로서 손 안에 잡아
본 적이 있으세요?」
「김형, 꿈틀거리는 것을 사랑하십니까?」
「사랑하구 말구요.」

그들의 대화는 문맥상 선뜻 이해가 안가며 마르셀 프루스트처럼 간
헐적으로 분출되는 의식을 나타내는 느낌이다. 서로 내적 의식을 토로
하면서도 대화 중간에 "무슨 얘기를 하시자는 겁니까?" 식의 의문이

오고간다.

<서울, 1964년 겨울>은 추운 겨울밤 포장집에서 우연히 만난 세 인물의 독백과 솔로로키 같은 것으로 시작된다.

마치 사무엘 베케트의 반연극(反演劇)인 <Godo를 기다리며>에서 두 주인공 디디와 고고가 나무 하나 풀 한 포기 없는 무한한 공간에서 통하지 않는 말을 계속 지껄이면서 고도가 오기만을 마냥 기다리는 그들과 그런 무대를 바라보며 기다리는 관중이 있듯이 그 분위기가 지적 독자를 요구하는 듯하다. 소위 지적인 독자가 기교를 동원해서 구성작업에 참여해야 하는 '의식의 흐름' 수법과 유사하다.

베케트적인 대화를 살펴보자.

평화시장 앞에 줄지어선 가로등들 중에서 동쪽으로부터 여덟번 째 등은 불이 켜있지 않습니다… 그리고 화신 백화점 육층의 창들 중에서는 그 중 세개에서만 불빛이 나오고 있었습니다.

'나'의 얘기다. 다음에는 '나'와 安의 얘기를 보자.

「서대문 버스 정거장에는 사람이 서른 두명 있는데, 그 중 여자가 열일곱 명이었고 어린애는 다섯 명 젊은이는 스물 한 명, 노인이 여섯 명입니다.」

「그것 언제 일이지요?」

「오늘 저녁 일곱시 십오분 현재입니다.」

「단성사 옆골목의 첫 번째 쓰레기통에는 쪼꼬렛 포장지가 두 장 있습니다.」

「그건 언제?」

「지난 십사일 저녁 아홉시 현재입니다.」

「적십자 병원 정문 앞에 있는 호두나무의 가지 하나는 부러져 있습니다.」

「을지로 상가에 있는 간판 없는 한 술집에는 미자라는 이름을 가진 색시가 다섯 명 있는데 그 집에 들어온 순서대로 큰 미자, 둘째 미자, 세째 미자, 네째 미자, 막내 미자라고들 합니다.」

단절될 듯 하다가 또 이어지는 이런 대화층은 19C 식의 인과관계가 아닌 관점의 이동으로 독자가 성공하면 코헤런스를 부여할 수 있는 구성이라 볼 수 있다. 즉 독자가 구성에 포함되어 있는 작품으로 서로 일관성 없는 일련의 미묘한 인상을 가지고 주인공의 성격을 만들어내는 방법을 쓰고 있다. 이 경우 사건이나 줄거리는 별로 중요한 대상이 되지 않고 심리의 정밀한 분석이 요구되며 인물들은 전통적・공적 관습으론 아무 중요한 의미가 부여되지 않는 소시민일 따름이지만, 개인적인 면에선 현대 영웅이라 볼 수 있다.

세 인물은 욕망으로 가득 찬 서울에서 그 욕망의 대열에 참여치 않는 글자 그대로 소시민이다. 그들의 의식은 모순과 불합리로 가득 차 있으며 사회의 중요한 위치를 거부하고 세습적・도덕적 교훈을 부정하며 전통적 영웅을 조롱하는 인물류로 일종의 사회 변두리에 존재하는 인물군이라 볼 수 있다.[27]

특히 安과 '나' 사이에 끼어 든 36세 된 사내의 경우, 일상적인 인간과 다른 느낌이다. 아내의 시체를 일금 사천 원에 팔고 돈을 매개체로 해서 우연히 만난 安과 '나'에게 같이 있어 달라고 구걸을 한다. 그들 셋은 돈 사천 원을 어떻게 써야 할지 몰랐고, 갈 곳을 정하지 못하다가 우연히 간 곳이 불구경이었고 그것도 불이 좀 더 오래 타기를 바란다. 그들 세 인물은 서로 자기의 다른 자아를 상대방에서 발견하는 공동경험의식을 갖으며 일상적 인간의 대화와 다른 엉뚱한 그들의 얘기는 세 인물 사이에서 다소나마 이해되고 있다. 그들은 서울이란 도시에서 완전히 소외를 느끼는 인물들이며 자기 주변과의 단절의식

---

27) J. Arthur Honeywell, *Plot in Modern*, Kumar Mekean. 참조.

을 지니고 있는 인물로 마치 카프카의 "나는 空虛한 空間이라는 칸막이에 의해 모든 事物로부터 分離되어 버렸다. 그리고 나는 그 칸막이의 境界地點에까지도 나아갈 수가 없게 되었다."[28]는 식의 인간의 본질적인 고독의 표현이며 인간의 실존과 본질이 부여되기 전의 자아회복에 대한 침잠이라고 볼 수 있다.

그런데 그 자아회복의 의지는 서울이란 도시와 밀착되어 인물의 의식행위에 적극적으로 참여한다.

<서울의 달빛 0章>의 경우에도 소외의식은 주인공과 가족 사이에 강하게 나타나 있다. 이혼한 주인공의 아파트를 아직도 부부가 살고 있다는 느낌을 주기 위해 어머니와 형수는 빈자리를 가구를 사서 메꾸어준다. '나'의 아파트는 형수 취향에 따라 꾸며진다.

나는 모든 他人들에게 그들이 나의 他人들임을 分明히 해두고 싶었다.
아니 그들이 나를 자기네의 他人임을 分明히 밝히고 있었다.

'나'에겐 아내도, 어머니도 모두 타인이었다. 특히 결혼을 한 후는 재산과 함께 분가하면서 완전히 관계는 단지 돈과 관련된 것 뿐 혈연관계도 현대사회구조 속에선 기계적으로 변형되고 있었다. 어머니 시점에선 아들을 아내에게 맡겼으니까 아들에게 일어나는 일은 아내가 책임져야 할 일이었다. 가족관계에까지 칸의 구분이 확실히 세워지는 데서 오는 소외, 이것은 마치 카프카의 <變身>에서 특히 가족관계와 주인공 잠자와의 관계 연구에서 잠자가 가족들에겐 단지 돈 버는 기계로만 보이고 가족들과 대화가 전혀 없는 단절감을 지니고 있었던 것과도 흡사한 분위기다.

항상 습관적으로 출동했던 잠자가 어느 날 갑자기 아침 늦게까지

---

28) 프릿츠 파펜하임, 진덕규 譯, 『현대인과 疏外』, 학문과사상사, 1977, pp.30~31 참고.

출근을 안 하자, 보통 때는 지쳐서 돌아온 잠자를 기다리지도 않고 자버렸던 가족들이 그의 상황변화에 놀래서 의사를 불러오기까지 한다.

결국 잠자가 벌레로 변한 것은 기계문명과 복잡한 사회구조 속에서 상실된 자아를 찾기 위한 몸부림이라고도 볼 수 있으나, 출근을 안 해서 이제는 무엇인가 자유로워졌다고 느끼던 잠자는 다시 가족을 위해서 변신 전의 상태로 되돌아가려고 계속 노력을 한다. 결국은 어떤 소속감에서 완전히 떠났다고 해서 진정한 자유가 될 수 없는, 또한 어떤 것에 소속되어 있다고 해도 고독한 인간실존은 베케트와 이오네스코적인 앙티 플레이와 카프카식의 표현주의에서 의미하는 소외와 단절 등으로 연결될 수 있다 보겠다.

3) 인간성의 상실

<페스트>에서 까뮈는 오랑도시를 부정적으로 그리며 사막이나 사회 경제 단체가 없는 토착민의 유목마을과 대조해서 생각한다.[29] 까뮈의 모든 소설에서 도시는 그 자체 개성을 지니고 특히 악과 비인도성이 도시의 외적 양상에 구현된다. 또한 까뮈의 도시 첫 인상은 시각적, 유기적, 사소한 것에 집중된다.

오랑은 자연과 불협화음을 일으키며 본질적으로 자연과의 친교를 파멸시킨다. 페스트의 도시인 오랑은 밀폐된 원형도시로 만(灣)에 등을 돌려 보기가 불가능한 도시로 현대 도시사회의 밀폐된 소우주로 구현되어 집단적 주인공이 된다.

도시는 집단적으로 행동하는 살아있는 유기체로 나무나 정원, 영혼도 없는 장소이며 주민의 양심과 격동도 없고 안일과 졸음의 허위적인 것에 잠든 도시다. 페스트를 통해 지옥으로 변한 오랑은 바깥에선 볼 수도 이해할 수도 없는 죽음, 추방, 고립의 상징으로 등장되고 기

---

29) Irène Finel-Honigman, *Oran : Protagonist, Myth, and Allegory*, MFS, Spring, 1978, NO. 1, pp.75~81 참고.

능이 마비된다. 편지도 오염이 무서워 배달이 안 되고 전화도 이머젠시만 통화되고 글자 그대로 지옥의 도시이다. 그러나 정작 페스트가 물러간 다음에도 도시는 시민에게 아무런 정신적 물질적 위로도 주지 못하고 해설자에 의해 거부되는 것으로 나타난다.

김승옥의 <서울, 1964년 겨울>이나 <서울의 달빛 0章>, <霧津紀行> 등은 서울이란 도시가 그 자체 뚜렷한 개성을 가지고 부각되며 까뮈처럼 시각적이거나 사소한 것에 집중되기도 하고 때로는 시골과 비교되어 시각적으로 묘사되기도 한다.

서울이 어느 거리에서고 나의 청각이 문득 외부로 향하면 무자비하게 쏟아져 들어오는 騷音에 비틀거릴 때거나, 밤늦게 신당동 집 앞의 포장된 골목을 자동차로 올라갈때, 나는 물이 가득찬 강물이 흐르고, 잔디로 덮인 방죽이 시오리 밖의 바닷가까지 뻗어나가 있고, 작은 숲이 있고, 다리가 많고 골목이 많고, 흙담이 많고, 높은 포플라가 에워싼 운동장을 가진 학교들이 있고, 바닷가에서 주워 온 까만 자갈이 깔린 뜰을 가진 사무소들이 있고, 대로 만든 臥床이 밤거리에 나앉아 있는 시골을 생각했고 그것은 무진이었다. ― <霧津紀行>

전봇대에 붙은 약광고판 속에서는 이쁜 여자가 <춥지만 할 수 있느냐>는 듯한 쓸쓸한 미소를 띠우고 우리를 내려다 보고 있었고, 어떤 빌딩의 옥상에서는 소주 광고의 네온사인이 하마터면 잊어버릴 뻔 했다는 듯이 황급히 꺼졌다간 다시 켜져서 오랫동안 빛나고 있었고, 이젠 완전히 얼어붙은 길 위에는 거지가 돌덩이처럼 여기저기 엎드려 있었고, 그 돌덩이 앞을 사람들은 힘껏 웅크리고 빠르게 지나가고 있었다. 종이 한 장이 바람에 휙 날리어 거리의 저쪽에서 이쪽으로 날아오고 있었다. 그 종이조각은 내 발밑에 떨어졌다. 나는 그 종이조각을 집어들었는데 그것은 <美姬 써비스, 特別廉價>라는 것을 강조한 어느 비어홀의 광고지였다.

― <서울, 1964년 겨울>

도시의 인상이 사소한 것에서 시작하여 시각적인 효과를 충분히 나타내며 인물의 의식행위와 일체를 이루고 있다.

특히 <서울의 달빛 0章>은 도시의 비인격적 요소가 주인공 '나'의 인간상실의 의식행위를 통해 잘 나타나고 있다. 이 작품은 여자를, 비싸게 산 차와 비교하는 서두부터 인간의 몰개성적인 면을 보여준다. 또한 이혼 후의 '나'는 3개월 간 60명 이상의 여자와 성교를 일과의 하나이듯 했다. 심지어 주인공은 비행기 안에서 공상을 하는데도 성적인 인간을 인간이라기보다 동물로 생각한다.

그러기에 '나'는 영혼이 없는 인물로 등장하여 혼이 없는 도시의 현상과 일체가 된다.

> 엠파이어 월드컵, 오비타운, 그리고 관광호텔들의 나이트클럽들…… 어제 저녁엔 딴 녀석과 벤드석 바로 앞자리에서 마셨는데 오늘은 이 녀석과 구석자리에서 마신다. 무대에서는 텔레비젼에서 본 가수들이 무식의 악취를 풍기며 슬픈 노래도 백치처럼 싱글싱글 웃으며 부르고 있고, 개그맨들은 어제밤과 똑같은 대사를 똑같은 表情으로 시부렁거리고 있다. 운동부족과 영양과다로 비만증에 걸려있는 사내들은 넥타이 매듭과 허리띠를 헐겁게 풀어놓고 헐떡이며 박주를 들이키고 나서 한 손으로는 옆에 붙어 앉아 있는 호스티스의 허리를, 한 손으로는 자기의 튀어나온 배를 슬슬 어르만지고 있다…….

메커니즘의 노예가 된 인간의 모습이 적나라하게 펼쳐져 있고, '자신'을 상실한 군중들이 주인공을 포함해서 서울의 밤홀을 누빈다. 홀의 호스티스와 손님과의 관계는 더욱 세부화 돼서 썩은 술에 의해 썩어가는 사고, 썩은 감정, 상투적 증오, 혈관 속의 피는 검은 색으로 변하고 인간은 과연 행복할 자격이 있나로 비약된다. 심지어는 발정한 개에까지 확대, 비유된다. 결국 인간에겐 미래가 없고 허물어진 남자가 여자를 지배하는, 그래서 종말에 대한 불안으로 집약된다.

특히 김승옥의 소설에서 강조되는 것은 '돈'이다. <서울, 1964년 겨울>에서도 낯설게 만난 세 인물이 잠시나마 유대를 갖는 것은 돈에 의해서였고 그들의 관계는 돈을 다 써버렸을 때, 끝나 각자 자기 갈 길을 간다. '돈'은 증오의 대상이 되면서도 필연성을 지닌 이분된 의식 속에서 냉대를 받아야만 한다고 작중인물들은 의식적으로 생각하려고 노력한다. <서울의 달빛 0章>의 아내는 성의 난무를 종말에 대한 슬픔 때문이라고 하며 돈이 인간을 지배한다는 사고를 부정한다. 그러기에 성을 돈으로 거래하려고 하는 남편을 거부한다.

남편이 생각하기엔 더러운 고기덩어리라고 생각한 아내의 영혼은 살아 있는데 비해 남편은 인간적 자아를 완전히 상실한 전형적 소시민으로 등장되고 있다. 그 점은 데뉴망에서 더욱 클로즈업된다.

> 나는 약솜을 사기 위해 주차장 건너편에 있는 약방으로 달려갔다. 그 여자를 위해서 어디론가 마냥 달리고 있다면 좋겠다고 생각했다. 달리고 있는 몸에 썩은 감정들이 달라붙을 자리는 없을 것이다. 그러나 약솜을 사 가지고 왔을 때 그 여자는 없었다. 찢어진 통장의 종이 조각들만 마음의 쓰라린 破片으로서 땅바닥에 널려져 있었다. 나 역시 그 여자와의 완전무결한 袂別을 처음으로 실감했다. 증오와 고통도 함께 찢겨져 버린 것이다.

김주연의 「個體化의 追求」에서처럼 연민을 느끼게 하는 데뉴망이지만 돈의 위력이 여지없이 무시당하는 씨니컬한 씬이 육체는 썩고 과거를 가진 한 여성에 의해 아이러니컬하게 매듭지어 지고 있다.

4) 부패와 역동성의 더블 이미지

드라이저의 <시스터 캐리>에서 시카고란 도시는 희망적 또는 비관적이든 간에 도시 지체에 모든 것이 이끌리는 거대한 자석으로 묘사되고 있다.[30] 드라이저는 1880년대에서 1920년대까지 중서부의 모든 작가[31]들을 이끈 거대한 자석이었다. 이후 이들 작가들은 시카고에서 예술의 자유를 추구하기 위해 제한된 공간인 고향이나 시골을 떠났다. 즉 도시는 작가의 글쓰는 기교를 발휘할 수 있는 원색적인 소재를 제공해 준다. 그들은 도시 건축의 경이로움을 찬양하고 사창가를 비방하기도 하고 보통사람들의 고결한 기품과 야비함을 발견하기도 한다. 즉 시카고의 부패와 역동성은 작가의 상상력을 유혹해서 작가를 매료시키기도 하고 혐오감을 주기도 한다.

벨로우(Saul Bellow)의 경우, 9세에 러시아계 부모와 함께 몬트리올에서 시카고로 와서 거의 50년간 사랑과 증오의 이분 의식 속에 도시에 대한 애착과 심한 분리감을 느낀다고 말하고 있으나, 시카고는 그의 픽션에서 대체로 빛나는 중심으로서 생동감을 느끼게 그려져 있다.

김승옥의 수필 <散文時代이야기>에 의하면 벨로우처럼 어린 소년시절에 도시에 첫발을 딛은 것은 아니었지만, 자신이 세상에 태어나서 물질적으로 완전히 독립하기 시작한 공간이 서울이었으며 낯설고 외롭긴 했지만, 특히 대학시절을 통해 이질적인 수재들 사이에서 고립을 맛보면서도 서울이란 도시에 무척 애정을 지닌 것을 감지할 수 있다. 그래서인가 그의 작품의 주인공들은 다 같이 서울의 어두운 그림자를 의식하면서도 서울이란 도시를 인정하려든다. 그것은 서울이 미로이기 때문에 탈출구를 못 찾는 것이 아니고 어쨌든 그런 서울에 적응하는 소시민들을 그리고 있다.

<霧津紀行>의 주인공 '나'와 조 세무서장의 동일시는 오히려 연민을 갖게 하며, 도시속에서 무진에서의 어두운 과거를 잊었던 부끄

---

30) Sarah Blacher Cohen, *Saul Bellow's Chicago*, MFS, V.24, NO. 1, 1978, pp.139~146 참고.
31) 인디아나의 Dreiser, 오하이오의 S. Anderson, 남부일리노이의 V. Lindsey와 E. Lee Masters, 아이오와의 F. Dell 등이다.

러운 의식에서 서울을 떠났지만, '나'는 한정된 속에서만 살기로 다짐하고 서울로 다시 향한다. 그만큼 '나'에게 서울은 부정적인 면도 있었지만, 오히려 현실적인 가치를 더욱 확고히 지니는 것으로 나타난다.

<서울, 1964년 겨울>의 경우는 서울거리를 방황하는 세 인물이 어디로 갈 것인지 방향을 전혀 정하지 못하면서 포장마차, 여관, 밤거리를 전전하지만, 자신들의 가면을 벗기 위해서 서울을 탈출하려고도 생각하지 않는다. 그것은 <霧津紀行>의 '내'가 일단 무진에 갔다가 서울로 다시 되돌아오는 것과도 같은 성격을 지닌다고 볼 수 있다.

<서울의 달빛 0章> 역시 서울의 부패가 다른 작품에 비해 심화되게 부각되지만, 그 제목이 주는 이미지는 오히려 그런 서울에 연민을 갖게 독자를 유도한다. 또는 그런 사회구조와 돈의 위력으로 섹스를 사고 팔 수 있다는 그 점이 오히려 다른 도시에선 발견할 수 없는 특성으로 느껴지기도 한다. 주인공 자신의 시점에선 자신을 포기한 채 될 대로 되라는 식의 섹스 방종주의와 물질적 충동에 자신을 내던지고 서울이란 도시에 혐오감을 느끼지만, 그런 도시에 대한 작가의 시선은 증오와 애정의 두 의식이 동시에 느껴진다.

결국 김승옥에게 있어서 서울은 부패의—정신적 물질적 양면— 근원이면서도 마치 서울은 그것을 자랑하듯이 살아있는 생동감을 주며, 서울적인 특성이 독자에게 자석처럼 어필하고 있다.

5. 맺음말

도시란 실상 르네상스 이래 근대 산업주의가 고도로 발달한 서구에서나 어울리는 용어이며, 우리나라의 경우에 특히 도시문학이란 명사

를 사용하기는 좀 이른 감이 없지 않다. 서구의 경우에도 '도시문학'
이란 용어는 도시에서 읽히고 도시에서 쓰여진 문학인지 아니면 도시
배경을 지닌 문학인가 등 개념규정이 분분하지만, 한 가지 확실한 것
은 현대소설에 있어서 도시는 단순한 배경으로라기보다 주인공화하고
있다는 점이다. 또한 문학작품 속에 나타난 도시의 기능 변화는 문학
과 사회학이나, 심리학과의 관계에서도 연구될 수 있는 흥미 있는 작
업이라고 생각된다.

본 논고에서 고찰한 바, 이효석과 김승옥을 대표로 선택하여 도시
성을 분석한 바 다음과 같은 결론을 내릴 수 있었다.

효석의 경우, 도시는 작품 속에서 어떤 의미를 지니고 있다기 보다
단지 고전적인 배경에 지나지 않으며, 또한 그가 작품 속에서 반복하
는 '도시, 도회'란 용어는 그 당시 식민지 상황과의 관계에서 고찰해
야 하는 동반자문학의 속성도 잊지 말아야 함을 염두에 두면서 그 특
성을 아래와 같이 요약할 수 있다.

첫째, 효석에게 도시는 유령과 등식으로 도깨비굴, 쓰레기통이란 이
미지를 지니고 있다.

둘째, 도시는 주로 가난이 주조를 이루고 있으며 시골에서 정열과
희망을 가지고 상경한 경우, 전락과 타락의 공간이 된다.

셋째, 도시는 농촌과 비교하여 악을 나타내며, 농촌은 선을 나타내
는 대립적 구조를 지니고 있다.

넷째, 위의 세 가지 특성을 총망라해서 효석은 그것을 산문적인 도
시성으로 규정짓고 있다.

다음 본격적으로 도시가 배경 이상의 기능을 지니고 인물의 내적
행위에 적극적인 역할을 한 김승옥의 경우, 다음과 같이 축약할 수 있
다.

첫째, 서울은 인간에게 개성을 상실하게 하는 페르조나이며, 시골은
인간의 자의식적 무의식으로 나타나고 있다.

둘째, 서울은 소시민에게 연대감을 주지 못하는 소외와 단절의 공간으로 구현되고 있다.

셋째, 서울이란 도시의 사회구조는 물질화로 충만되어 인간미가 상실된 공간으로 표상되고 있다.

넷째, 그러나 서울은 현대문명의 메커니즘적 특성이 살아있는 역동성을 지니고 있다는 점이다.

도시소설의 병리성
-성의식을 중심으로-

　도시(City)란 용어는 그 어원을 라틴어의 Civitas 즉 도시국가에 두며 시민(Cives)의 집합으로서 문명이란 말 역시 도시와 같은 어원적인 유래를 지닌다. 말하자면 도시는 고전시대부터 문화·교육 등의 중심지로서 시골이 평화, 순수, 단순의 이미지로 표상되는 데 비하여 인간의 야망을 성취시킬 수 있는 공간으로 형상화되었다. 따라서 시골이 무지, 후퇴, 제한적이란 의미를 지닌 데 반하여 도시는 세속적, 야욕적인 것과 관계되는 등 이중 이미지의 의미를 띠어 왔다.

　우리 한국 문학에서 도시에 대한 관심은 1920년대 중반 이후부터 단편적으로나마 나타나기 시작해서 1930년대에 본격화되어 도시 문학이란 명칭으로 거론되었다. 개화기 소설의 경우, 도시는 이상향의 공간으로 문화·교육의 구심점이고 부(富) 및 여권신장의 공간으로 나타나는데 이것은 개화기 소설의 공통적인 주제인 근대 개화사상을 구현하는 과정에서 필연적인 결과이다.

　반면 1910년대 현상윤, 진학문의 도시를 배경으로 하는 소설은 도시가 그 당시의 시대색 및 현실의 리얼리티를 주인공의 심리로 내면화하는 특징을 지니는데 그런 부정적, 병리적 분위기는 개화기 소설에서 거의 나타나지 않았던 현상으로 1920년대 소설에 그대로 연결된다. 도시는 고통과 절망의 안주할 수 없는 공간으로 등장하며 특히 작중인물 가치관의 반도덕성은 그 당시 우리나라만이 지녀야 했던 식민지적 특수한 상황 하에 병적이고 암울한 사회성과 시대성 및 또한 무분별하게 수용했던 세계문예사조의 영향과의 관계에서 생각할 수 있다.

1930년대 소설의 경우, 도시 소설의 특성은 특히 모더니즘과의 영향관계에서 도시의 병리적 징후가 두드러진다. 초기 모더니즘 문학에서 도시는 매력의 대상이 되어 문화의 중심지로서 이주의 초점이 되고 인구성장, 새로운 기술과 스타일, 민주적 대중적 사회로서 또는 경이와 동경의 대상으로서의 메타포를 지니지만, 차츰 문명화로 인한 부작용에서 초래되는 파괴와 가치전도에서 오는 카오스 현상에서 대부분의 작가 및 인텔리들은 도시를 혐오하는 의식을 지녔다.

대체로 도시의 소음, 도시풍경, 도시냄새, 빌딩이 개인의식의 환경이 되었으며, 단절, 소외, 탈출, 해방, 분방한 성유희 행위 등이 도시를 배경으로 소설의 주제가 되었다. 특히 심리적, 자의식의 소설형식을 즐겨 사용했던 이상의 경우, 정신분석학적 관점에서 작품분석을 해야 할 만큼 자기 기만, 불확실, 좌절, 히스테리, 비정상적인 부부관계, 현실에의 부적응에서 오는 갈등 등으로 독자는 항상 주인공 의식에 머무는 느낌을 지닌다.

이상의 <날개>, <봉별기>, <지주회시>, <환시기>, <종생기>, <실화>에 공통적으로 나타나는 도시의 병리적 징후 중 특히 남녀의 비정상적인 성적 행위가 두드러진다. <날개>에서의 작중화자이며 동시에 초점화자인 '나'와 아내와의 관계는 비정상적인 부부로 상호 구속을 받지 않는 자유로운 상황이며 창부를 직업으로 하는 아내의 자유분방한 성적 행위가 남편에게는 거의 관심 밖의 문제이다.

그것은 <지주회시>의 여급 아내나 <환시기>의 창부인 아내와도 거의 같은 상황이다. <지주회시>의 주인공 '나'는 벙어리처럼 말이 없고 타인과는 완전히 단절된 채 계속 졸린 상태로 동굴 같은 방 안에서 허무와 오열, 좌절 속에 인생을 보내며 <환시기>의 '나'는 인생의 허무와 오열 속에서 모든 사물과 아내 얼굴이 다 삐뚜러져 보인다. 또한 아내는 거미와 등식관계를 이루며 아내와 같이 기거하는 방 역시 거미로, 거미 냄새는 고약하고 후덥지근한 냄새로 사람 냄새 즉 육체 냄새와 동일하다. 거미는 세속적이고 육욕적인 인간 냄새, 돈 냄새로 상징되는데, 이것은 실상 도시 냄새를 의미한다.

이렇게 버려진 '나'는 <종생기>나 <실화>에서 한 여자를 다른 친구 둘과 함께 공유하는 성적 행위를 보여준다. 세팅 설정은 도시의 어둡고 해가 안 드는 밀폐된 방으로 주인공의 인간혐오증이 작중 주인공들을 더욱 비정상적으로 만든다. 또한 이런 무궤도적인 성의 일탈은 이상의 모더니즘적인 기교 즉 몽타주 수법, 시퀀스의 불일치, 띄어쓰기 거부, 언어유희인 펀(pun)과 조화를 이루고 있다.

> 그의눈은주기로하여차차몽롱하여들어왔다.개개풀린시선이그마음이라고는고깃덩어리를부러운듯이살피고있었다.아내—마유미—아내—자꾸말라들어가는아내—꼬챙이같은아내—그만좀마르지—마유미를좀보려므나—넓적한잔둥이푼더분한폭,幅,폭을,세상은고르지도못하지—하나는옥수수과자모양으로무럭무럭풀어오르고하나는눈에보이듯이오그라들고—보자어디좀보지—인절미굽듯이부풀어오는것이눈에보이었다.

위의 인용은 <지주회시>에서 동경의 애인 마유미와 서울에 있는 아내를 동시에 떠올리는 듀얼리티 방법의 반영으로 <실화>에서 주인공 '나'가 동경의 C양과 이야기하면서 서울의 일을 동시에 그려보는 것과 동일한 수법이다.

30년대 당시 이상이 다방 '69', 즉 식스나인이란 에로틱한 다방을 낸 점이라든가 다방 '제비'를 제멋대로 자유분방한 기생 금홍이와 동거하면서 차린 점, <날개>와 <봉별기>를 쓸 당시 수하동에서 임이란 여인과 동거한 일 등 그의 여인편력은 28세 젊은 나이에 폐결핵으로 영면할 때까지 그의 작품에 반영된 것처럼 현실의 고뇌와 연결된 정신적 관점에서 관찰할 수 있는 여지를 보인다.

결국 이상의 소설에 나타난 무궤도한 성적 행위는 모더니즘적 관점에서의 전위적 예술운동의 한 표현으로 문학에 혁명적 변화를 가져오려는 시대정신이 배경이 됨을 간과할 수 없으며 또한 1930년대 그 당시 식민지 사회에서 개인과 사회 사이에 생겨나는 갈등과 긴장의 의식을 반영하는 실존주의적 표현이라고 생각된다. 특히 마이너캐릭터로 등장하는 여성인물의 경우, 기생이나 여급 등의 창부행위가 무능한 남편 때문에 생활을 영위할 수 없는데서 오는 것이 첫째 관건이지만, 남녀가 오다가다 만나 아무렇게나 살다가 내키지 않으면 나가버린다든지 하는 식의 자유분방함이 1920년대 도시 소설에서 보여준 반도덕적인 남녀관계보다 더욱 모더나이즈됐음을 느낄 수 있다.

그러나 성의 문제가 도시의 병리적 징후로서 그려지기 시작된 것은 전후소설부터이다. 전쟁이란 프로이드처럼 인간의 본능이나 생물학적 관계에서 언급하기보다 인간의 신념, 의견, 습관, 정서적 태도, 즉 사회적 습관과 태도가 사회환경의 변화에 어떻게 작용하고 어떻게 반응을 보이는가에 따른 것으로 본다.

김학준이 『한국전쟁』에서 언급한 것처럼 우리 한국의 6·25 동란은 민족내부의 이념적 쟁점의 최초 전쟁으로 한반도의 분단구조가 내쟁형화하고 불안정형화로 자기 전개하여 한국전쟁의 중요한 원천을 제공하게 된 것이다. 실상 동족 상쟁이란 미증유의 비극은 기존 문화의 파괴를 통한 새로운 문화건설의 성격이기보다 전쟁의 잔학성과 참혹한 황폐가 그대로 드러난 전쟁 그 자체였다. 그러나 전쟁의 의미는 실상 전쟁 자체보다 전후의식에서 찾아야 함이 옳다. 구미의 경우, '비트 제너레이션', '로스트 제너레이션', '앵그리 영맨 문학'이 전후의 공통된 문학의식으로 대두되었듯이 우리의 전후문학 역시 한국 전쟁이 현대 한국사회에 끼친 막대한 영향의 반영이라고 생각할 수 있다.

사회학자 김경동은 한국 전쟁으로 인한 사회적 충격과 변동양상을 인구변동, 계층구조변동, 사회조직의 교란과 변질, 가치체계의 혼란 등으로 나누어 설명하고 있는 바, 특히 1950년대 소설과 관련지어 볼 때 가치체계의 혼란과 가장 밀접한 관계가 있다고 볼 수 있다. 소위 '아프레 게에르(Apres-Guèrre)'라는 말에서 파생된 '아프레 걸(Après-Girl)'의 등장은 1930년대의 성의식과 다른 변모를 느낄 수 있다.

스카레트 우먼(Scarlet Women)의 처절한 비극이 전쟁의 희생양으로 많이 등장하지만, 전후여성을 주인공으로 한 전후여성의 대담한 성의식이 두드러진다. 대상 작품은 최인욱의 <밤거리를 혼자서>(『문학예술』, 1955, 11), 임옥인의 <피에로>(『문학예술』, 1956, 1), 이호철의 <무궤도 제2장>(『문학예술』, 1956, 9), 이종환의 <어떤 창부>(『문학예술』, 1956, 10), 박용구의 <이도>(『문학예술』, 1957, 5), 강신재의 <해방촌 가는 길>(『문학예술』, 1957, 8) 등 6편으로 특히 『문학예술』을 선택한 이유는 문학예술이 1954년 4월에 창간되어 1957년 12월에 종간된 순수 문예지로 비록 통권 32호로 끝났지만 1950년 중반의 전후문학적 경향을 대변한다는 평가를 받고 있는 잡지이기 때문이다.

위 6편의 작품 중 <무궤도 제2장>만 부산의 타락된 혼탁한 거리를 배경으로 했을 뿐 다른 5편은 환락과 광란이 춤추는 서울이란 도시가 소설의 공간이 된다. 이 작품들 중 사치와 향락이 지상천국을 이루는 명동을 배경으로 한 것이 2편이고 그 외는 매춘가인 종삼, 판자집이 즐비한 해방촌 등이 배경으로 등장한다. 또한 6편 작품의 초점화자는 다 여성으로 내일이 없는 자유분방한 남녀관계에 어떤 부담을 갖지 않는 인물들이다. 연상의 여인으로서 연하의 청년과 성적 관계를 갖는 <밤거리를 혼자서>의 양장점 여주인 안숙자 마담과 <무궤도 제2장>의 33세 과부아주머니의 경우, 두 남녀는 우연히 마주쳐 신선함과 경이감 속에 서로 부담을 느끼지 않는 관계로 설정된다. 여주인공에게 청년의 등장은 심심풀이이며 남자를 노리개로 생각하는 여성의식이 우선으로 혼자 사는 여인의 고독을 지우기 위한 하나의 방법으로 남자를 먼저 유혹하기도 한다.

또한 <이사>의 혜경이나 <피에로>의 연희는 남녀관계에서 성행위의 대상은 상대가 유부남이든 남편의 친구이든 전혀 개의치 않는다. 특히 연희는 남편의 탈선을 복수하는 방법으로 요부같은 자유부인이 되어 남편의 친구인 준호에게 하룻밤만이라도 남성이 되어주길 바란다. 혜경 역시 유부남인 준호와 아무런 두려움이나 부담을 느끼지 않는 관계를 지속한다. 이들 여주인공들에게는 전쟁 때 죽은 남편에 대한 절개는 없으며 상대가 상습적인 탕아이고 자신이 타락한 여인으로 느껴져도 자신의 고독을 메꾸는 방법으로의 그런 관계를 쉽사리 청산하지 못한다.

위의 네 작품에 비해서 <어떤 창부>의 박순자의 매음이나 <해방촌 가는 길>의 기애의 소위 양공주 행위는 생존의 방법으로 어쩔 수 없이 택한 길이다. 기애의 경우는 사변 후 생활이 안 되는 가족을 위해 걸머진 멍에가 주위 사람들의 따가운 시선을 받는 존재로 전락되는 계기가 된다. 그것은 남편의 부재나 남자의 배반, 또는 전후의 부작용과 관련을 갖는다. <어떤 창부>의 경우, 양공주 박순자는 6·25 후 고향을 떠나 철없이 여성동맹에 나갔다가 1·4 후퇴 무렵 산중 행렬에서 탈출하여 올 데 갈 데가 없어 창부가 되어버린 경우이다. 어떤 확실한 이데올로기도 없이 단지 여맹에 나갔다는 사실이 여인의 일생을 좌우하게 된다. 그러나 여주인공들이 작품의 데뉴망에서 결국 택하는 길은 도덕적인 죄책감에 자살을 택하거나 청년을 더 이상 자신의 성의 도구로 이용하지 않을 것을 강한 의지로 결심하는 것이다.

그런데 부인물로 등장하는 남성인물의 경우는 위의 6편이 다 일률적으로 무력하고 타락된 인물로 이들의 인물의식은 특히 전쟁을 분수령으로 무력한 절망형의 인물이 된다. 특히 <무궤도 제2장>에서 과부아

주머니의 상대인물인 20세 청년은 전쟁 후 고향포기의 죄의식을 지닌 인물이다. 피난 후 화차살이에서 뛰어나와 바라크술집을 경영하는 연상의 여인에게 고향의식을 느낀다. 세상을 포기한 채 여인의 치마폭에 얼굴을 묻고 넋두리를 하며 서럽게 우는 청년에게 연상의 여인은 대모신의 대지의 품 안이다.

<해방촌 가는 길>의 근수는 양공주 기애의 고향친구로 전쟁 후 제대하고 난 뒤 완전히 변모한다. 낙천적인 성격이 사라지고 기애가 보기에는 마치 고뇌의 실체를 보는 듯하다.

> 기애, 기애가 알 듯이 나는 여러 가지 것을 잃어버렸어. 생각도 전과는 달라져서 어떤 신념에 따라 한 노선을 간다는 일도 못하고 있는 형편이야. 말하자면 비참한 지리멸렬이지.

절망을 이기지 못해 결국 자살을 택하는 데뉴망의 남주인공에게 남성성이 상실되어 있다. 전쟁으로 인한 남성의식의 변모는 상대적으로 여성에게는 무궤도적인 방법이나 끈질기게 강한 삶을 이어가게 한다. 위에 예시한 6편의 경우, 전쟁은 남성인물에게서 남성성을 빼앗아 갔으며 여성인물은 스케이프고트라는 멍에와 분망한 성의식을 보여주면서도 여성 속에 내재한 아니무스의 발현을 보여주는 계기가 되었다.

도시 소설의 병리적 징후가 특히 성의식에서 본격적으로 나타나기 시작한 것은 70년대 산업화에 들어서이다. 사회학자들에 의하면 산업화란 사회적 · 집단적 · 정책적인 것으로 개인의 윤리생활의 차원에서 보다 확대된 공동체의 문제, 정치체제와 경제구조의 문제로서 논의되는 것이라고 한다. 특히 산업화 과정이란 인간 욕망의 충족을 증대화하는 과정으로 긍정적으로 보면 빈곤으로부터의 해방을 의미하고 생의 질을 향상하기 위한 수단으로 볼 수 있으나 반대로 산업시대의 물신화경향, 가치관 전도에서 정신의 고갈과 인간성상실, 기계의 노예가 된 인간의 고뇌와 공업화에서 초래된 각종 공해, 소득분배의 불균형에서 오는 계층간의 대립 등 부정적인 부작용이 불가피하게 된다.

특히 우리나라의 경우, 60년대 말에서 시작된 산업화는 서구처럼 시민문화의 근거 위에서 성취한 것이 아니고 식민문화와 미국의 천박한 문화와의 혼융에서 급격하게 전개되었으므로 소위 아노미 현상을 초래하였다고 본다. 그 결과 부정적이고 병리적인 징후가 도시 사회에 특히 만연하게 되어 상업주의 팽배, 생명 경시풍조, 이기주의, 빈부의 극심한 차, 근로 노동자의 소외, 환경오염 등 너무나 많은 문제를 야기시킨 것으로 알고 있다. 또한 여기에 따른 도시의 비대화는 소비문화의 번창과 함께 병리적인 징후가 두드러진다.

70년대 소설의 경우, 급격한 산업화에 따른 병리적 부조리 현상을 고발하는 식의 작품의 등장이 조선작, 조해일, 윤흥길, 황석영, 조세희 등에 의해서 현저하게 나타난다. 이들 중 조선작의 장편 <미스 양의 모험>은 작가가 책의 서문에서 언급한 것처럼 산업화 도시화에 따른 도시의 비대화에 도시의 한 서민으로서 느끼는 소외감과 열등감에서 쓴 작품이다. 일명 '호스테스 문학'이라고도 명명한 바 있는 <미스 양의 모험>은 도시의 암적인 존재이며 독버섯이라 할 수 있는 창부들의 밑바닥 인생을 도시의 향락적인 소비문화와의 관계에서 적나라하게 그린 소설이다. 특히 물신주의와 산업문명에 대한 저항이 본능의 해방으로 나타나는 프리섹스는 마르쿠제 식으로 설명한다면 산업문명에서 느끼는 소외를 본능적 쾌락으로 해결하려고 한 점을 인지할 수 있다.

<미스 양의 모험>은 현대판 로맨스적 탐색모험으로 여고를 중퇴한 18세 소녀인 미스 양이 막연한 희망과 호기심, 가능성을 갖고 야반도주, 고향을 떠나 서울에 입성해서 도시화되어 결국은 국내의 창부에서 일본의 창부로까지 진출하기 위하여 수속을 기다리는 과정까지의 이야기이다. 본소설에서 서울이란 도시는 물신화로 인간영혼은 부

재하고 향락과 소비문화에 만연된 병리적인 공간으로 등장한다. 작중 인물들은 미스 양을 비롯해서 기수, 명의, 천미자, 이경혜 등 다 막연하고 충동적이고 우발적인 계기로 가출한 소년, 소녀들이다. 나기수의 경우는 고향에서 가출한 양은자를 잊을 수 없어 그를 찾기 위해 따라온 인물이다. 그러나 몇 년이 지난 후 은자를 찾았을 때의 나기수는 사랑 같은 것은 남아 있지도 않은 의미 없는 사람이 돼 버린다. 시골에 있을 때의 나기수와는 전혀 딴 사람이 되어 버린다.

또한 시골의 구멍가게집 딸이었던 이경혜는 사십 평이 넘는 아파트에 호화로운 생활을 하는 창녀로 변모, 낮에는 자고 밤이면 호텔 나이트클럽을 전전하는 불가사의한 생활을 하는 여인으로 변모한다. 주인공 양은자 역시 처음에는 경혜의 무분별한 생활태도를 이해할 수가 없었지만 결국 같은 길을 택하고 만다. 그것이 서울이란 도시의 암담하고 막막한 곳에서 살아남기 위한 유일한 길이기 때문이다. 그래도 야반에 도주하여 서울역에 도착했을 때는 꿈을 가졌지만 신문에 난 모집광고의 직업알선은 몸을 파는 일 이외의 그 어떤 것도 없는 상황이었다. 단지 한 끼의 식사와 편한 잠을 잘 수 있는 공간마련이 꿈의 전부였고 살롱의 남자손님에게 억지 추파를 던져야만 살 수 있는 여건이었다.

이런 서울이란 비대한 도시의 거창한 허구는 저질적인 소비문화와 관계가 있다. 매머드 빌딩 뒷골목에 곰팡이처럼 서식하는 요정이나 룸살롱은 고갈된 정신을 가진 남자들의 '편리한 배설기관'과 같다. 유령회사, 유령직업소개소, 또 이런 곳을 기웃거리는 가출청소년들의 하루살이 인생양상은 산업화 과정의 역기능적인 문제라고 보아야 한다.

이와 같은 병리적 부정적 역기능은 산업화 과정에서 불가항력적인 것으로 특히 성윤락 행위는 산업화 과정에서 오는 단절과 소외를 치유하는 일시방편적인 하나의 방법이기도 하다. 결국 도시산업화의 역기능은 시골서 서울로 무작정 상경한 철없는 군상들의 허구와 맞물리게 된다. 그러나 <미스 양의 모험>에서 주인공 양은자가 창녀라는 직업을 어쩔 수 없이 선택했어도 함부로 몸을 팔지 않으려는 끈질긴 노력이 고향 친구 나기수의 순정을 다시 찾으려는 결말부분의 양은자의 노력과 조화를 이루고 있다. 산업화 과정의 메커니즘에서 오는 단절과 소외는 시골에서 부풀은 희망을 갖고 상경한 가출소녀에게 내면의 고독이기에 앞서 사회와의 상대적인 관계에서 느끼는 열등, 낙오, 좌절을 가져다주므로 창녀라는 직업의 소외집단 속에 동참하기가 더욱 손쉬운 것이다. 조선작의 <미스 양의 모험>은 <영자의 전성시대>와 함께 산업화 과정에서 소외되어 가는 밑바닥 인생들의 병리적 징후를 리얼하게 드러낸 작품이라고 볼 수 있다.

우리 문학에서 도시 소설의 병리성은 1920년대부터 본격화되어 1930년대 모더니즘 소설에서 특히 실존주의적 측면과 시대사적 의미를 반영하는 무궤도적인 성행위로 나타났다. 전후 문학의 경우 전쟁 후 남녀의식의 정신적 변모에서의 아프레 걸의 등장, 또한 70년대 소설에서는 급격한 산업화 배경 속에 단절과 소외를 해결하는 말초신경적인 하나의 방편으로서 성행위의 사고파는 행위의 난무가 특히 도시 소설의 병리적인 징후로서 나타났다고 생각된다.

2부 일반문학적 연구

노블과 로만스의 지양
-이인직의 〈鬼의 聲〉 연구-

1. 머리말

와트(Ian Watt)는 18C 영국소설의 발흥을 대중독자와의 성장과의 관련에서 연구했다.[1] 영국 근대소설의 선구자라 볼 수 있는 데포우(D. Defoe)와 리차드슨(S. Richardson), 피일딩(H. Fielding)의 경우, 그 시대 독자의 변화에 영향을 받았음은 물론 18C 독자가 공동으로 나누어 가졌던 도덕경험과 사회의 새로운 풍조에 심오하게 조정(調整)되었던 것이다.

우리 문학사의 경우, 신소설은 자주의식을 표방하면서도 그 당시 어쩔 수 없는 정치 및 사회적 상황 밑에 식민지적 문학관을 지닌 이중구조[2]를 지니고서 완전히 서구문학과의 수용 관점에서만 보는 부정적 입장이나 또는 前代小說과의 변증법적 구조라고 보는 긍정적 측면에서 그것을 문학장르로서 보다 우리나라만이 갖는 특수한 문학사적 관점에서 이해하려고 하는 경향이 농후하다.

그것은 특히 신소설의 개념 규정에서 더욱 두드러진다.

---

1) Ian Watt, *The Rise of the Novel*, Univ. of California Press, 1957, p.7.
2) 金永琪는 「開化期小說의 兩面性」(『現代文學』 1975. 6月)에서 특히 두 얼굴을 지닌 菊初 이인직에 대해 개화기 문학사의 선구적 위치에 대해 모순성을 지적했다.

安自山의 「朝鮮小說史」3)에 의하면,

　　從來의 勸善懲惡主義의 小說과 異하여 人情을 주하니 主人公과 其圍繞
　　人物의 必格을 描하고 其心理狀態를 寫함이 極히 精妙의 境에 至한지라
　　此가 從來小說에 不見하든 바 新文學의 始이라.

라고 하여 신소설의 신기성(新奇性) Novelty에 역점을 두었으며, 金台
俊은 「朝鮮小說史」에서4)

　　社會가 많은 古代的 遺制를 包含한 채 近代的 構成을 일러 이것이 아
　　니라 社會의 特性을 일운 만큼 이도 市民의 單純 娛樂과 消遣에서 市民
　　들의 부르짖는 新文化의 啓蒙的 精神이 澎湃한 理想主義였고 이는 舊小
　　說 卽 이야기冊에서 春園, 東仁, 想涉 諸氏가 쓰기 시작한 現代的 意義의
　　小說에 닐으기까지의 橋梁을 일워 니른바 過渡期的 混血兒라 니약이 책
　　에서 대번에 現代小說이 나온 것이 아니라 이러한 過程을 밟아서 現代小
　　說은 發達하여 온 것이다.

라고 하여 특히 과도기의, 신소설을 구소설과 현대소설의 교량적 역
할을 한 혼혈아라는 점에 대해 강조를 했다.
　　林和 역시 「朝鮮新文學史」5)에서

　　新文學은 過渡期 文學으로서 어느 하나의 時代가 沒落하고 다른 하나
　　의 時代가 發興하는 中間時期로 過渡期란 이미 沒落하면서 있는 舊時代
　　나 혹은 發興하면서 있는 新時代와 같이 確然한 內容과 獨者의 形式에
　　의하여 統一된 個性 있는 한 時代라 일컫기는 자못 困難하다.

---

3) 安自山, 「朝鮮小說史」, 韓一書館, 1922, p.125.
4) 金台俊, 「朝鮮小說史」, 靑進書館, 1933, p.247.
5) 林和, 「朝鮮新文學史」, 『朝鮮日報』, 1939.

는 견해로 신소설에 대한 네가티브한 자세를[6] 보이고 있음을 알 수 있다.

白鐵은 신소설을 내용이나 형식면에서 모순을 지닌 것으로 단정하기까지 한다.[7]

新小說은 轉形期 文學으로 內容 形式上 矛盾을 지니며 그 影響은 두 方面으로 誕生된다. 메로 드라마적 要素의 新派 및 通俗小說에로의 흐름과 春園·東仁으로의 正統的인 發展이다.

그러나 宋敏鎬 교수는 「菊初 李人稙의 新小說 研究」에서 '새문학의 要請은 舊文學의 形式과 內容을 前提로 한 辨證法的 變化를 거쳐 發展한다'[8]는 전통계승의 문제를 제시함으로써 신소설은 구문학의 계승임을 밝혔다.

趙東一 교수의 「新小說의 文學史的 性格」[9] 역시 '新小說은 前代小說의 肯定的 繼承과 否定的 繼承關係를 지니고 있다'는 명제에서 시작하여 신소설이 서구문학의 수용관계에만 의존한 전통의 단절이 아니고 그 뿌리는 전통문학에 있음을 역설했다.

전통과의 관련에서 부정적인 관점도 있으나 결국 상기한 이론을 집약시킨다면 신소설은 교량적 역할로 과도기적 산물이긴 하나 고대의 전통 위에 그 당시 한국의 근대적 특징을 지닌 문학이라고 봐야 할 것이다.

바꿔 말해서 신소설은 노블적 요소와 로만스적 요소를 공유하고 있는 것이다. 즉 신시대의 전초적인 소설로서[10] 서구 근대소설의 효시

---

6) Genre란 개념보다 문학사적 입장에서만 취급하는 것을 의미한다.
7) 白鐵, 『新文學史』, 新丘文化社, 1961, p.258.
8) 高大文理論集 제 5輯, 1962.
9) 趙東一, 『新小說의 文學史的 性格』, 한국문화연구소, pp.7~12.
10) 全光鏞, 『韓國小說發達史下』, 한국문화사大系 V, 1967, p.1170.

(嚆矢)라 볼 수 있는 리차드슨의 <Pamela>나 피일딩의 <Joseph Andrews>가 등장하기 직전에 교량 역할을 한 데포우의 <Robinson Cruesoe>나 세르반테스의 <Don Quixote>처럼 소위 전소설(前小說) Pre-Novel 또는 Proto-Novel[11]과 같은 위치라고 볼 수 있겠다.

그러므로 신소설은 서구 스타일의 소설기법에 도달하지 못했다고 해서 미숙성, 애매성을 지적받기도 하지만, 이것이 전통의 단절이 아니고 계승이란 측면에서 조감(鳥瞰)된다면 로만스적 특징과 근대의 노블적 특징을 공유한 교량적 소설로서의 그 진가를 재평가 받아야 할 것이다.

위와 같은 의도에서 필자는 신소설 <鬼의 聲>에 나타난 로만스와 노블적 특징을 살펴보고자 한다.

2. 〈鬼의 聲〉의 구성

<鬼의 聲>은 東仁의 『한국近代小說考』에서도 극찬을 받은 바 있는[12] 이인직의 장편으로선 유일한 완성작품이다.[13]

만세보(萬歲報)에 연재된 것을 단행본으로 낸 상권(上卷)은[14] 20장으로 나뉘어지며 제10장은 빠진 채 9장에서 11장으로 넘어간다. 하권

---

11) Richard M. Eastman, *The Beginnings*(to about 1800), North Central College, 1965, p.90.

12) 金東仁, 「한국近代小說考」, p.175. 한국近代小說의 元祖의 榮冠은 이인직의 <鬼의 聲>에 돌아갈 밖에는 없다. 당시의 많은 작가들이 모두 작중 주인공을 才子佳人으로 하고 사건을 善人被害에 두고 결말도 惡人必亡을 도모할 때에 이 작가만은 <鬼의 聲>으로서 학대받는 한 가련한 여성의 一代를 보여주었다.

13) 全光鏞 교수의 「李人稙研究」(서울大論文集 6, 1957)에 의하면, <鬼의 聲>은 光武 10년(1906) 10월 10일 付 제92호에서 光武 11년 5월 31일까지 萬歲報에 연재하다 270호에 15장 134회로(1907) 중단했다 한다.

14) 隆熙元年(1907) 10. 3 발행, 제작자 승양산인 황성광학 셔포.

(下卷)은[15] 장의 구분이 없이 전개된다.

그 경개(梗概)를 브룩스와 워렌의 4단계 구성으로 나누어 보겠다.

1) 발단

춘천 솔개 동네에 사는 강동지 내외는 그동안 부패한 양반에게 당했던 착취와 고통을 만회하고자 그들의 외동딸인 길순이를 때마침 그 고을의 군수로 온 김승지의 소실로 들여보낸다.

그러나 주색에 탐닉하고 무능한 양반인 김승지가 서울로 좌천되어 가자 김승지의 상경(上京)하라는 전달을 더 이상 기다리지 못하고 임신한 딸을 데리고 김승지 집에 들어 닥친다.

2) 분규

춘천집 등장으로 최고의 발악을 하는 아내의 모습에 김승지는 부인의 눈치를 슬슬 보며 하는 일 없이 김승지 집에 기생해서 연명하는 박참봉 집에 춘천댁을 임시 기거하게 한다.

자신의 기구한 팔자에 춘천집은 자살의 Pattern을 두 번 행한다. 아들을 출산한 후 두 번째 기도된 자살에서는 인력거 사고로 낙성한 김승지집 침모를 만나 서로 의지하며 김승지가 따로 마련해 준 집에서 동거한다.

한편 김승지의 본처는 간교한 시비 점순의 사주를 받아 춘천집 모자와 침모까지 없앨 모의를 한다. 그 방법으로 시비 점순이는 춘천집이 우선 자신을 신임하도록 온갖 수단을 동원하고, 침모를 유혹하여 살인 계획에 이용하려고 한다. 시비

침모 역시 처음에는 점순의 계략에 휘말리나 어머니의 눈치 빠른 충고로 김승지와의 관계를 청산한다.

---

15) 隆熙元年(1908) 皇城 中央書館發行, 스토리도중 갑자기 제3이란 표시가 있다.

3) 절정

돈과 속량(贖良)이 목적인 점순이는 간부(姦夫) 최가를 하수인으로 하여 춘천집 모자를 살인한 후 김승지에게는 정부(情夫)와 달아났다고 모함(謀陷)하고 자유의 몸이 되었으나 사건의 진상이 발각되었음을 알고 간부와 멀리 도망친다.

4) 대단원

한편 강동지 내외는 불길한 꿈에 上京하여 딸이 정부와 도망쳤다는 소식을 듣고 이상한 예감에 탐정가처럼 모든 것을 추리하여 사건의 진상을 파악하고 점쟁이 판수와 짜고 점순이와 최가, 또 김승지의 본처까지 복수한다.

또한 침모까지 의심하여 살해하려고 했으나 관계없는 것을 알고 오히려 김승지와 같이 행복하게 살라는 당부의 편지를 남기고 어디로인지 종적을 감춰버린다.

플로트란 광의로는 사건의 시퀀스를 말한다. 즉 인과관계(Causality)가 있는 사건을 의미한다.[16) 스탠튼(R. Stanton)에 의하면 이런 사건은 외적 환경에서 발생하는 사건 즉 말이나 행동 같은 것만을 포함하는 것이 아니라, 인물 태도의 변화나 결정, 즉 사건의 경로를 변경하는 어떤 것을 말한다. 그러므로 훌륭한 스토리란 거의 부적절한 사건을 삽입시키지 않는 것이다.

<鬼의 聲>은 이인직의 다른 작품과는 달리[17) 구성면에서 비교적 사건이 인과관계를 이루고 있으며, 주제를 향해 유기적인 유니티를 이루고 있다.

프리드맨식으로 얘기하면[18) 사건의 구성 Plots of Fortune(Action), 성

---

16) Robert Stanton, *An Introduction to Fiction*, Univ. of Washington, 1965, p.14.
17) <血의 淚>나 <雉岳山>

격의 구성 Plots of Character, 사상의 구성 Plots of Thought 세 가지 중[19] Plots of Fortune에 속하며 세부적으로는 사건의 구성 가운데 애상적(哀傷的) 구성 The Pathecic Plot[20]에 속한다고 볼 수 있다.

무엇보다 전대(前代)소설과 현저하게 다른 점은 시간과 공간에 있어서 현시점 위에 사건이 묘사되고 있는 것이다.

특히 시간의 경우 Chronological Progression이 아닌 해부적 구성법[21]은 소설의 주요구성 요건인 환경 Setting에 역동성을 부여하는 효과를 지닌다. 소위 와트가 노블의 가장 근본적인 특성이라고 지적한 'Formal Realism'[22]의 표징(表徵)을 보이고 있다. 그 구체적인 예가 시점에서 작가의 전지적 개입이 前代小說에 비해 감소되는 느낌이며 특히 작가의 요약 해설 Summary Narrative보다 직접적인 장면 Immediate Scene을 많이 보여 주고 있는 점이다. 씬 Scene이란 독자에게 사건에 강렬하게 참여하는 느낌을 주므로[23] 사건의 진실성 Plausibility을 더욱 믿게 하는 구성 요건으로서 결국 인과관계의 유기성을 보여주는 하나의 기교인 것이다.

문학 장르상 Novel이란 복합된 형식으로서 특히 프라이(N. Frye)는 Novel을 fiction의 한 형식으로 간주하며 fiction을 형식적 시점에서 살필 때 노블 Novel, 고백 Confession, 분석 Anatomy, 로만스 Romance 등

---

18) Norman Freidman, *Forms of the Plot*, (The Theory of the Novel, Stevick), The free Press, 1967, pp.145~165.

19) Ibid., Plots of Action (Fortune)은 주인공의 명예, 지위, 명성, 재산, 사랑, 건강과 관련된 것이며 Plots of Character는 주인공의 모티브, 목적, 습관, 의지와 관련된 것이고, Plots of Thought는 주인공의 마음상태, 태도, 정서, 신념, 지식과 관련된 것이다.

20) 대표적인 예가 T. Hardy의 <Tess of the D'Ovbervilles>로 의지가 약하고 순수한 주인공이 특별한 잘못도 없이 계속 불행을 겪는 고통의 구성임.

21) 全光鏞, 앞의 책, p.1177, 고대소설의 '종합적 구성'법과 대칭되는 개념이다.

22) I. Watt, op. cit., pp.10~11. 원래 불란서 미술의 Realist파와 관계있는 것으로 'Idèalité Poètique'의 반대개념인 'Véritè Humaine'를 말한다.

23) Bentley, *Use of Scene*, (Staevick, the Theory of the Novel) pp.52~54.

네 요소의 복합체[24]라고 주장한다. 예를 들어 <Pamela>는 노블, 로만스, 고백의 특질을 공유하고 있으며, <Don Quixote>는 노블, 로만스, 분석의 특성을 소유하고 있다고 보는 관점이다.

그만큼 소설이란 본질적으로 여러 특성의 복합체라는 것을 전제하고 볼 때, 신소설이 특히 로만스와 노블의 아우프헤붕(Aufhēbung)이란 것은 절대 타당성을 지니게 되는 것이다.

3. 노블적 요소와 로만스적 요소의 분석

로만스[25]란 원래가 12C 불란서에서 발전된 이야기 형식으로 로마어인 라틴어(Lingua Ratina)의 방언인 Lingua Romana에서 발전된 불어로 쓰여졌으며 주제는 기사시대(騎士時代)의 정중한 예의와 궁정연애(宮廷戀愛)이며 보통 구성은 모험과 탐색 여행 quest으로 기사도(騎士道)의 이상주의 Idealism와 명예와 환타지, 귀족적 양식으로 쉬로더(Shroder) 식으로 얘기하면 노블이 수축적 Deflationary인데 비해 로만스는 팽창적 Inflationary인 특성을 지니고 있다.[26]

노블(Novel)이란 로만스가 환상적인데 비해 개연성(Probability)과 필연성(Necessity)을 추구하며 사회서민계층에 뿌리박은 모티브를 지닌 복잡한 인물이나 그런 인물의 일상 경험양식의 표현으로 본질적으로 Ironic Fictional Form[27]이다.

이제 소설 요소 중 주요하다고 생각되는 Action과 인물설정(Characterization),

---

24) Northrop Frye, *The four forms of fiction*, pp.31~44. 강인숙 편저, 『한국근대소설 정착과정 연구』, 박이정, 1999, pp.3~14에서 참고함.

25) M.H. Abrams, *A Glossary of Literary Terms*, Cornell University, 1978, pp.220.

26) 주뒤 소재로는 ① 브리튼(아아터왕 궁정이야기) ② 로마(고전, 고대를 근거) ③ 불란서(샤를마뉴대왕과 그의 기사이야기)

27) M.H. Abrams, op. cit., p.112.

주제(Theme)의 세 가지 면에서 <鬼의 聲>에 나타난 노블과 로만스적 특징을 분석해 보겠다.

1) Ironic Manner 구성의 예시와 비유적 표현의 패턴

노블에서 구성이란 서술의 구조적 원리이다.[28] 구조적 원리가 없다면 이야기는 마치 가시가 없는 생선과 같은 것이다. 환언하면 노블은 단절된 에피소드의 나열이 아니라, 시작, 중간, 끝을 가진 총체성으로서 인과관계를 지닌 사건의 시퀀스인 것이다.

<鬼의 聲>은 비교적 주제를 향한 사건 전개가 인과관계를 지니고 있다. 주인공 춘천댁의 불행을 중심으로 한 김승지 본처와 모사(謀士)꾼인 시비(侍婢) 점순의 악랄함, 무능하고 어릿광대 같은 김승지의 축첩(蓄妾)행위 등의 사건은 양반 무능의 폭로나 속량의식(贖良意識)의 목적과 유니티를 이룬다.

무엇보다 로만스적 특징과 다른 점은 로만스는 보통 Happy End로 끝나는데 비해서, 선량한 주인공인 춘천댁이 Tess처럼 어이없이 파멸로 끝나는 점이다. 그리스 비극의 경우, <Oedipus 대왕>이나 <안티고네>는 위대한 주인공이 죽음으로 파국 Catastrophe을 맞이해도 그 죽음이 더욱 승화되고 위대해지며 보고 듣는 사람이 소위 카타르시스를 느끼는데 비해, <鬼의 聲>에서는 춘천댁이 악의 교사자(敎唆者)에 여지없이 일고의 저항도 없이 허물어져 비극적 결말을 갖는데 그것은 공허한 환멸에 지나지 않는 노블적 특징으로 Ironic Manner의 예시라고 볼 수 있다.

결국 <鬼의 聲>의 구성은 로만스의 거의 양식화된 ① Agon ② Pathos ③ Sparagmos ④ Anagnorisis의 4단계 구성[29]과는 이질적이다.

---

28) Richard M. Eastman, *A Guide to the Novel*, North Central College, 1965, p.8.
29) Northrop Frye, *The Mythos of Summer Romance*, Princeton Univ. Press, pp.192~193.

첫째, Agon은 갈등으로서 로만스의 원형적 주제가 되며 경이로운 모험의 계기가 되는 것이다.

둘째, Pathos 또는 죽음(Catastrophe)은 주인공과 앤태고니스트인 괴물의 죽음으로 그것이 승리이든 죽음이든 비극의 원형적인 주제이다.

셋째, Sparagmos는 주인공이 사라지고 육체가 지해(肢解)되어 때때로 주인공의 추종자에 의해 나누어지거나 자연에 뿌려진다.[30]

넷째, Anagnorisis는 주인공의 환생으로 승리 속에 상승된 신생사회의 발견으로 코미디의 원형적 주제이다.

위에 언급한 Frye의 견해는 신화와의 관계에서 취급되고 있으나, 로만스의 구성은 고귀한 탄생에서 시작하여 고통스런 모험을 겪은 후 행복한 결말을 맺는 것이 거의 양식화되어 있으므로 <鬼의 聲>은 일단 로만스적 구성에서 벗어난 것이라고 봄이 타당하다.

단 등장인물이 꿈의 Pattern[31]을 통해 사건을 예시함은 신비성과 초월적 스타일을 생명으로 하는 로만스의 전형적 방법이다.[32] 프로이드에 의하면 픽션은 본질적으로 꿈에 근거를 두는 것으로 '소위 용인되지 않는 인정'이란 역설적인 언어로 표현됐듯이 꿈과 로만스의 관계는 로만스가 구태여 인과관계에 구애 될 필요 없는 환상에서 초래하는 필요불가결한 요소인 것이다.

특히 <鬼의 聲>에서의 동물소리[33]로 사건을 암시하는 비유적 표현 Metaphorical Explanation 같은 것은 노블의 경우 특히 언어에서 최소한 줄이려고 시도하는 점이다.[34]

---

30) N. Frye에 의하면 Eucharist Symbolism(主의 잔치), Orpheus, Osiris 신화가 좋은 예로 아이로니와 Satire의 원형 주제이다.
31) 점순, 침모, 춘천댁과 그 어머니의 꿈 등.
32) Patrick Brantlinger, *Romances, Novels and Pschoanalysis*, Wayne State Univ. Press, 1976, pp 220~224
33) 까치, 까마귀, 픠꼬리, 암탉소리.
34) Patrick Brantlinger, op. cit., p.31.

그런데 문제는 독자의 입장에서 <鬼의 聲>을 읽을 때 서두부분만을 제외하고는 포스터(E. M. Forster)가 스토리와 플로트와의 관계에서 지적한 바 있는[35] why란 느낌보다 And then식 스타일의 연속이란 생각에서 벗어날 수 없다는 점이다. 이것이 로만스적 특징에 뿌리를 두고 있는 것으로 사려된다.

2) Iago적인 악의 개성과 히로인의 양식화된 전형성

인물설정에 있어서 노블과 로만스의 본질적 차이는 인물설정의 개념에 있으며 주인공을 귀족계급 High Mimetic Mode이 아닌 천인 또는 일상인 Low Mimetic Mode으로 설정하는 점이다. 말하자면, 로만스는 실재인물을 창조하려는 시도보다 심리적 원형을 펼칠 양식적 인물을 창조하려 하므로 꿈으로 이상화된 인물을 다루어 융의 리비도, 아니마, 그림자를 발견하기가 쉬우며 항상 알레고리를 지니는데 비해 Novel은 개성을 다루며 인물은 사회의 마스크 즉 Persona를 쓴다.(N. Frye)

주인공 춘천댁은 상민(常民)인 강동지의 딸이다. 그것은 마치 영국 근대소설의 경우 'Pamela'가 하녀이고 'Joseph Andrews'가 남자 하인인 것과도 마찬가지다. 로만스가 항상 특별한 경우에 처한 특별한 인물만을 대상으로 해 온 관습을 과감히 깨뜨림으로써 소설에 일대 변혁을 가져옴은 수용미학적 관점에서 독자의 관심을 불러일으키는 큰 자극제라 할 수 있다. 특히 하녀인 파밀라가 귀족집 부인이 되는 구성과 남자 하인인 'Joseph Andrews'가 주인 마님의 유혹을 뿌리치는 스토리는 그 당시 일반 대중 독자들에게 굉장한 인기를 끌 수 있는 요건으로 파밀라의 결혼을 축하하기 위해 교회종(敎會鐘)까지 친 에피소드는

---

35) E.M. Forster, *Aspects of the Novel*, 1979, pp.85~101. 스토리는 '왕이 죽자 왕비가 죽었다'이고 Plot는 '왕비가 죽었다. 그 이유는 왕이 죽은 슬픔 때문이었다'와 같은 것이라는 것.

널리 알려진 얘기다.[36]

그런데 <鬼의 聲>의 경우 성공적이라 볼 수 있는 것은 악의 교사자인 시비 점순이의 개성이다. 돈과 속량을 목적으로 한 점순의 마키아벨리즘적인 성격묘사는 셰익스피어의 희곡 <오델로>에서 아름답고 순수한 데스데모나와 용기는 있으나 조급한 오델로와의 사이를 이간(離間)시킴으로써 질서 있는 조화를 깨뜨린 이아고의 철저한 악과 유사하다. 주인공을 점순이라고 생각해도 좋을 만큼 시비 점순이가 차지하는 비중은 무력하고 어수룩한 양반을 꼭두각시처럼 조종할 만큼 악에 민첩하며 <鬼의 聲>에 등장하는 어떤 인물보다 근대적 자각의 개인성을 지닌 인물로 부각되고 있다. 점순의 리얼리티는 자유의 몸이 되려는 개인의식을 통해서 진행되었으며 김승지의 본처나 침모, 춘천댁의 심리를 정확한 관찰로 잘 포착한 성공적인 인물설정이라고 볼 수 있다.[37]

또한 김승지란 인물을 통한 그 당시 사회현실의 가정에서의 아내와 남편 사이의 가치전도는 상민인 강동지와 자근돌이 그들의 아내에 대한 태도와 아이러니컬한 대조를 보여주고 있다.

강동지가 임신한 딸을 데리고 뜻밖에 상경했을 때 김승지의 태도는 아내의 눈치를 살피느라고 어쩔 줄을 모른다.

> 김승지가, 춘천집이 왓다ㅎ는 말를 드를쩌에 겁에 씌흔 마음에 제말만 ㅎ느라고 강동지의게 즈셰흔말은 뭇지도 아니하엿는디, 춘천집의 교군은 디문밧게 잇는줄만 아랏쩐지, 강동지를 보니면서, 그 눈치를 그 부인의게 보히지 아니홀 작정으로 시침이를 뚝, 쩌이고 안으로 드러가다가 사랑중문밧게, 강동지가 션거슬 보고
> (김승지) 왜 아니가고 거긔셧느
> 그러흔 정신업는, 쇼리ㅎ는 중에 안중문짠으로 스람이 들락날락ㅎ며,

---

36) Ian Watt, op. cit., pp.7~8.
37) Richard M. Eastman, op. cit., pp.90~91 참고.

수군수군ᄒᆞᆫ는거슬 보고 강동지의게 눈짓을 쏙ᄒᆞ면서 안중문으로 드러가
다ᄀ 보니 교군은 안중문짠에 노혓ᄂᆞᆫ디 안더청에셔ᄂᆞᆫ 그 부인이 넉두리ᄒᆞ
ᄂᆞᆫ 쇼리가 들리고 교군속에셔ᄂᆞᆫ 춘천집이 모긔쇼리갓치 우는쇼리ᄀ 들리
ᄂᆞᆫ디 김승지의 두루막이 자락이, 우름쇼리나는 교군을 시치고 지ᄂᆞᆫᄀ 다.
　가만이ᄂᆞᆫ 지ᄂᆞᆫ갓스면 조흐련만 그 못싱긴 김승지가, 츈천집 교군엽흐
로, 지ᄂᆞᆫ면서, 왼, 헷기침은 그리ᄒᆞ던지 너가 여기 지ᄂᆞᆫ간다ᄒᆞᆫ는, 통긔하
듯, 헷기침두세번을ᄒᆞ고 지ᄂᆞᆫ가니……

위의 인용문에서는 마누라에게 들볶일 생각에 짐짓 시침이를 떼며
허둥대는 김승지의 바보스런 모습이 잘 묘사되어 있다. 양반의 체모
와 권위는 생각조차 할 수 없다.

아내에 대한 외경심과 자신의 의사를 전혀 관철시키려고도 하지 않
는 김승지의 무능하고 무력한 성격은 모녀간의 대화에서 더욱 잘 나
타나고 있다.

　　<로파> 아셔라 그리도ᄆ 라
　　김승지가 그런 몰을 듯고, 일, 죠쳐를 잘한 사람갓ᄒᆞ면, 몰을 하다쑨이
깃ᄂᆞᆫ냐ᄆ 는, 정녕 그럿치 못할것갓다.
　　그 말을 내고 보면 그 흉악한 부인과, 고, 악독한 졈순의 솜씨에, 네게
만 밀고, 별일이 만히, 싱길거시다.
　　세상에 허다한 사람에 눔의, 잘잘못이야, 다, 말할것업시, 네몰이ᄂᆞᆫ하자.
　　네가 시집을 가고시 푸면, 막버리ᄭᅮᆫ이라도, 사람만 착실한, 홀익비를 구
하야, 시집을 가는거시, 편하다 하던사람이, 엇더케ᄆ 암이 변하야. 게집이
둘식이ᄂᆞᆫ되ᄂᆞᆫ, 김승지와 상관이 인ᄂᆞᆫ거ᄂᆞᆫ, 네힝셜이 그르니라, 만일 네 입
으로 무슨 몰이, 나고보면, 네취졸만 드르ᄂᆞᆫ고, 그런 몹슐 일은, 네가, 뒤
집어 쓸만도하니라.

자칫하면 점순의 간교에 **빠질** 뻔했던 침모가 어머니의 눈치 **빠른**
충고에 자신의 실책을 깨닫는 장면이다. 또한 점순과 김승지 본처의

모의를 김승지에게 알리려고 하는 침모의 결정에 어머니가 정색을 하는 장면이다.

그런 김승지에 비해 강동지의 마누라에 대한 남편의 위치나 종인 자근돌이 아내 점순에 대한 남편의 권위는 자못 대조적이다.

그때 자근돌이가, 오부억문엽혜, 셧두가, 쥬먹으로 부억문설쥬를 짝, 치고 부억으로 드러가면서

이런 경칠

나갓흐면 싱……

자근돌의 입에서 무슨 말이 ᄂ올듯, ᄂ올듯ᄒ고, 말을 못ᄒᄂ, 모양인디, 상젼의 일에, 눈골이 잔득 틀려서, 졔계집을 노려보ᄂᆫ디, 참 싱벼락이 ᄂᆡ릴듯ᄒ더라.

부억압혜 기러기ᄂᆞ려셔듯한, 게집죵총중에서, 이마ᄂᆫ 슐붓고, 얼골빗은, 파르족족ᄒ고, 눈은 가슴치례훈 게집이, ᄂᆞᄒᆫ 스물이, 되얏거ᄂᆞ, 말거ᄂᆞ, ᄒ얏ᄂᆫ디 부억에로, 뛰여드러오며, ᄌᆞ근돌이를 향ᄒᆞ야, 손을 ᄂᆡ—쑤리면셔

여보, 마루에 들리면 엇지ᄒ려고, 그거슨, 다, 무슨 소리오

ᄒᄂ거슨 ᄌᆞ근돌의게집, 점순이라

(ᄌᆞ근돌) 남, 열ᄂᆞᄂᆫ디, 왼 방졍을 그리 쩌러

ᄂᆞᄂᆫ, ᄂᆞ하고시푼디로, ᄒ지, 너ᄒᆞᄂᆫ디로홀 병신갓훈 놈 업다 남의 비우 건듸리지 말고, 가ᄆᆞ이 잇거라. 한 쥬먹에 마저 뒤여질라

계집이 사흘을 ᄆᆡ를 ᄋᆞ니 마지면, 여우되ᄂᆞ니라.

이런 양반과 천민의 가정에서의 가치전도는 몰락해가는 양반상의 폭로임과 동시에 가장중심제도 Patriarchism의 동요를 예시하고 있는 것이다.

그러나 막상 초점을 두어야 할 주인공 점순은 완전히 원형적인, 전형적인 인물로 그려져 있다. 'Pamela'나 'Clarissa' 같은 근대적 자유의식을 지닌 여주인공이 아니라 심리적 원형으로 확충된 양식화된 인물로[38] 애정의 유무 여부도 없이 한 남자에 맹목적으로 종속된 한 여성

의 윤리의식을 고수하고 있다.

또한 강동지의 경우는 성격묘사가 양면성 Double을 띠고 있다. 프로이트(J. Freud)와 랜크(O. Rank)에 의하면 로만스는 노블보다 double적 요소가 더욱 강렬하게 나타난다는 것이다. 그것도 노블처럼 상징적 투영이 아니라, 다른 정신적 속성을 대신해서 나타나는 것이다.[39]

강동지의 성품은 강하고 힘은 장사라 하늘에서 떨어지는 벼락도 무섭지 아니하고 삼학산에서 내려오는 범도 무서워하지 않는데 오직 그가 겁내는 것은 양반과 돈이다. 그래서 군수의 소실로 들여보낸 딸 덕분에 양반 세력을 이용하여 그 동안 가렴주구(苛斂誅求)로 빼앗긴 재산도 찾으려고 한다.

그런 강동지가 사건의 전모를 파악한 뒤에 딸의 복수를 차례차례 행하는 것은 정의감에 사로잡히고 소신이 있는 인물인 것 같으면서도 김승지가 산에 매장된 춘천댁의 시체를 발견한 후, 박참봉에게만 은밀히 보낸 편지를 뜯어보고 났을 때 돌변하는 강동지의 태도는 전혀 다른 인물의 태도이다.

> 강동지의 마누라가, 박춤봉의, 부인말을 듯고, 다힝히 녀겨서, 편지를 들고, 건넌병으로, 드러가며 강동지를 부르느, 강동지는 아무더답업시, 눈만 쩌서 보거눌, 마누라가 그 편지를, 북북 쯧어서 들고 강동지를 보희는디, 편지속에셔, 엄지 하나히, 쩌러지는지라.
>
> 강동지의 마암은, 쳘석갓치 강흐느, 돈을 보면 슉녹비갓치 부드러지는 사롬이라, 김승지가, 쪼돈이느 보니쥬는줄로 아랏던지, 부스스, 이러느, 안지며 편지를 바라보더라.

---

38) N. Frye, op. cit., p.304. Jung의 리비도, Anima, 그림자는 양식화된 인물인 여주인공이나 악한에 투영된 로망스이다.
39) Patrick Brantlinger, op. cit., p.33. 강동지의 경우는 내적인 갈등이라기보다 인물묘사의 미숙성에서 오는 것이다.

이런 강동지가 마지막 해결에서 침모를 자신의 딸인 춘천댁으로 생각하고 재혼하라는 급전(急轉) Reversal의 편지를 남기고 종적을 감춰버린다.

이른바 <지킬박사와 하이드>나 <파우스트>가 보여주는 Double 이미지를 발견하기는 힘들며,[40] 인간의 내적 양면성 역시 유기적인 유니티를 보여주지 못하고 있다.

<鬼의 聲>은 분명 가정소설이다. 그러나 신소설이 근대성을 배경으로 하고 있다는 전제에서 볼 때 인물과 사회와의 관계가 거의 나타나고 있지 않다는 것이다. 그것이 가정에서 일어난 사건이라 해도 <오델로>의 경우는 흑인인 무어인이 영국 상류 귀족계급의 딸인 데스데모나를 아내로 맞이함에 있어 열등 콤플렉스가 내적으로 잠재하고 있으며 그 약점을 이아고(Iago)가 이용하는 것이다.

그러나 <鬼의 聲>의 주제가 근대의식을 표방하면서도 외계사회와의 갈등이 전혀 존재하지 않았던 것은 로만스적 요소가 더욱 두드러졌기 때문이다.

3) 근대의식의 자각과 흑백의 원형적 투쟁

근대의 개념은 신소설을 다루는 서론부분에서 항상 제기되어 온 문제였다. 자유의식을 지닌 민중의식의 발아(發芽)인가, 아니면 완전히 서구문화의 수용관계에서만 근대성이 거론되어야 할 것인가에서 근대의 기점 설정에 혼란이 야기되고 있는 실정이다.

서구의 경우는 근대성은 개인의식과 저널리즘의 발흥 관계에서 설명되고 있다.[41] 특히 노블은 중산계급이 융성해졌을 때 발달된 장르

---

40) 파밀라의 경우, Double은 잘 나타나있다. 플레이보이인 B를 잘 설득시켜 결혼은 했으나 결혼 후에 파밀라의 태도는 항상 남편 앞에서 황송해하고 하녀로서 복종했던 습관을 버리지 못한다.

41) I. Watt, op. cit., pp.142~143.

로 중산층의 교양, 연마에 기여가 됐고 혁신 Innovation과 새로운 환경에 대한 적응 Reorientation이 모토로 돼 있다.

<鬼의 聲>의 주제는 형식이나 내용상의 성실성을 분석하기 이전에, 어쨌든 근대의식이란 자각아래 천민의 속량의식(贖良意識)과 양반계급의 부패 폭로가 여실하게 전개되었으며 침모 모녀를 통한 여성의 재혼관이 전대소설과 다른 주제를 보이고 있다.

> <침모> 령감, 그럿케 감츄실 것, 무엇 잇슴닝가 느는 지금보면 다시는 못볼 사람이올시다. 내가 오늘, 우리 집에, 갓더니 왼 숀님이, 와 안졋는더, 언졔부터, 물이 되얏던지, 우리어머니가, 사위감으로 졍하엿다고, 눌를 권하는더, 낸들 령감을, 이길길이, 잇젓슴닛가마는, 녕감게셔는 마님도 게시고, 춘천마마도 잇는더, 내가 쏘 잇고보면, 녕감게셔 걱정이, 아니됩닛가. 느도 식파라케, 졀문년이, 혼자 살슈도, 업는터이오, 우리 어머니는 압 못보는 뉴십로인이, 느하느만 밋고, 잇는터에, 내가 하로밧비, 셔방이느 어더셔 우리 어머니를, 다려가다가 삼슌구식을 하더러도, 한집에셔 지너는 거시, 닉도리가 아니오닛가, 오늘이 혼인이 집에셔들, 기다리고 잇슬터이니 오리안졋 슬수업슴니다.

위 침모의 말은 여성의 수동적이고 피동적인 구각을 벗어난 자세이며 '막버리꾼이라도 사람만 착실하면 홀애비를 구해서라도 시집을 가는 것이 편하다'는 진보적인 사고를 지닌 재혼관이다.

또한 사건의 발단에서부터 데뉴망에 이르기까지 계속 불가분리의 관련을 맺고 있는 것이 '돈' 문제다. 강동지가 외동딸을 양반의 소실로 판 것도 돈 때문이고 점순이가 악에 탐닉하게 된 것도 돈 때문이다.

물질에 대한 탐욕은 노블적 특징의 불가결한 요소이다. 그것은 서구적 의미에서 근대 시민사회의 발흥과 보조를 같이한다. 특히 영국에선 18C 여성이 결혼할 때 지참금의 여부에 따라 남편선택의 권리가 주어졌다는데 이것은 결혼의 상업성[42]을 의미하는 것이며 <鬼의 聲> 역시 돈 때문에 한 여인이 불행한 고통을 계속 겪어야만 했으며 끝내는 죄의식을 전혀 느끼지 못하는 인물에 의해 죽음을 당해야만 했던 것이다. 그리고 그런 여인의 불행은 어떤 한 여인의 진실성 Authenticity을 추구하게 한다.[43]

그러나 <鬼의 聲>은 구성상 흑백의 원형적 투쟁이란 점에서 로만스적 요소를 지니고 있으며 시간과 공간은 비록 현재 일어나고 있는 사건일지라도 그 당시 사회에선 불가능한, 즉 본처와 소실 관계의 가치 전도[44]라든지, 어릿광대에 지나지 않는 양반의 무력, 일개 시비가 조작한 흉계에 양반이 놀아난 양상 등은 작가나 또는 독자들의 잠재적인 소망을 허구화한 데서 온 것임을 부인할 수가 없다.

4. 맺음말

이상 <鬼의 聲>에 나타난 노블과 로만스적 특징을 분석해 본 결과 다음과 같은 결론을 내릴 수 있다.

첫째, <鬼의 聲>은 전대소설과의 관계에서 단절이 아닌 연계로서 로만스와 노블의 아우프헤붕 Aufhēbung이란 관점에서 출발해야 한다는 것.

둘째, 그 두 가지 공존관계를 사건, 인물설정, 주제면에서 살펴보면 다음과 같다.

○ 시간이나 공간상 인물의 현재 시점에서 사건을 다루고 있는 점과 단절된 에피소드의 연속이 아니란 점과 선량한 주인공이 파

---

42) Ibid.
43) 이상화된 소망성취 Wishfulfillment인 로만스가 아니다.
44) 본처는 착하고 첩이 간교한 성격인 인물관계.

멸로 끝맺는 비극인 점은 노블적 요소이다.

○ 그러나 꿈의 Pattern과 동물소리를 통한 비유적 표현과 And then 식의 서술은 로만스적 특징이다.

○ 상민의 딸을 주인공으로 설정한 점과 시비 점순의 개성적인 악의 묘사와 상민과 양반의 여성에 대한 각 태도에서의 가치전도는 노블적 요소이다.

○ 그러나 주인공 춘천댁의 원형적 전형적인 여인상은 심리적 원형으로 확충된 양식화된 인물로 로만스적 특질이라 볼 수 있다.

○ 양반 계급의 무능과 부패 폭로와 천민의 속량의식, 돈에 대한 집착, 각본에 짜여진 강동지의 판수와의 공모에 의한 복수전에서 엿볼 수 있는 미신에 대한 불신, 침모의 진보적 재혼관 등의 주제는 어쨌든 근대 노블적인 요소이다.

○ 그러나 그 당시 상황으로선 실상 불가능한 독자 및 작가의 잠재적 소망을 픽션화한 점에서 로만스에 뿌리를 두고 있다고 보겠다.

결국 신소설은 어느 한 곳에도 정착할 수 없는 혼혈적 위치로서 잠정적인 가치를 지니는 것이기 보다, 고대와 근대―로만스와 노블―를 이어주는 가교로서 서구의 전소설(前小說) Pre-Novel 또는 Proto-Novel과 같은 것으로 평가해야 할 것이다. 그것은 마치 로마가 로마 자체의 값진 문화적 특질은 지니지 못했으나 그리스 문화를 중세기까지 전달해 준 교량으로서 중요한 역할을 했던 것과 유사하다고 볼 수 있다.

〈淑英娘子傳〉의 그리스 신화적 패턴

1. 머리말

신화란 원시민족이나 원시국가의 신념에 뿌리를 둔 초자연적 얘기로 자연계에 관한 얘기를 설명하는 수단이며 인간의 특유한 인식이나 우주관을 구체적이고 특별하게 만들려는 노력에서 이루어진 것이라고 볼 수 있다.[1] 신화는 태고적부터 변형되어 왔으며, 현재도 다양한 목적과 의미에서 인용되기도 하는데, 어떤 면에선 넌센스로 간주되기도 하며, 또는 의도적인 반계몽주의로, 때로는 인간의 심오한 지혜로 의미되기도 한다.[2]

특히 신화와 양식, 신화와 종교와의 불가분한 관계는 말할 것도 없고 드라마, 시, 역사, 철학과의 유사 공생 관계는 문화인류학 연구에 초석이 되며 로하임(Róheim)식으로 얘기한다면 신화란 리얼리티와 환타지를 연결하려는 노력이므로 인간의 원형을[3] 발견할 수 있는 첩경(捷徑)이라고도 볼 수 있다.

---

1) C. Hugh Holman, *Literature, A Handbook*, 1980. 참고.
2) Francis Fesgusson, *Myth and the Literary*, edited by John Vickery, Oniv. of Nebraska Press, 1966, p.139.
3) M. Eliade는 「영원회귀의 신화」에서 원형을 예시적 모델, 또는 패러다임과 동의어로 언급했다.

더욱이 문학의 경우, 신화연구는 불가피한 것으로 카프카(F. Kafka)의 <변신>(Metamorphosis)이나, 멜빌(H. Melville)의 <모비·딕>, 셰익스피어(W. Shakespeare) 비극 등에서 추적할 수 있는 작가의 잠재의식은 신화문학을 연구하는 학자들에게 신화에 대한 새로운 해석 및 문학과의 관계성을 조명하게 하며, 신화분석에 따른 작가의 독특한 개성의 심리적 분석도 가능하게 함은 호머시대에서 현대작가에 이르기까지 결코 잃어버릴 수 없는 중요한 이유이기도 하다.

특히 융기안이 주장하는 '집단무의식'은 신화의 원형이 일반적으로 인간정신의 어떤 집단적 구조적 요소와 일치한다는 융 개념의 출발로 실제 존재하는 것에 대한 언급이 아니고 의식되어온 것을 묘사한 작품에 나타나는 중심되는 원형에 한계를 정한 것이다.[4]

위의 관점은 신화는 근본적으로 의미가 깊은 것이고 특히 문학에서 신화가 의식적 또는 무의식적으로 변형되어 뜻 깊은 목적으로 사용되고 있는 신화의 본질을 설명하는 것이라고도 볼 수 있다.

머린노우스키(Malinowski)는 Trobriand 섬 주민의 문화를 연구한 결과, 특히 문학에서 발견되는 신화의 유형을 다음의 세 가지로 분류했다.[5]

첫째, 전설로서 과거에 관한 얘기이며, 그 과거를 진실이라고 믿고 섬 주민의 역사에 어떤 의미 깊은 개념을 부여할 수 있는 것.

둘째, 민담이나 옛날이야기로 단지 재미로만 얘기되고 진실여부는 언급할 필요가 없으며 단순히 오락을 위해서 모아진 것.

셋째, 종교신화로 신앙, 도덕의 기본적 성분과 사회구조를 나타내는 것.

이것은 소설을 이야기라고 볼 때 광의의 개념에서 소설의 기원이라

---

4) Charless Moorman, *Myth and Medieval Literature*, p.171.
5) Trobriand 섬 주민들의 연구에서 얻은 결론이므로 다른 민족과 공통성을 지니는가에 대해선 이론이 있음.

고 할 수 있으며 역사적으로 소설의 발달과정을 살펴볼 때, 소설이 신화에 주로 근거를 두고 있으며 신화의 반향임을 간파할 수 있다.

프라이의 경우, 픽션을 소설 Novel, 고백(告白) Confession, 해부(解剖) Anatomy, 로만스 Romance 네 형식의 컴비네이션[6]으로 논하는 경우도 있듯이, 소설의 기원을 광의의 개념인 신화로 설정하는 것에 별 무리가 없을 듯하다.

특히 중세 로만스는 신화에서 유래한 서사시 양식의 변형으로 귀족이나 영웅적 인물을 대상으로 하고, 에피소딕한 구조에 모험의 연속이며 주제에선 전쟁보다 사랑이 더 중요성을 띄고 있다. 그러므로 서사시 구성과 다른 점은 역사보다 전설에 더욱 근거를 두며 소재는 대부분 경이로운 창조의 결과로서 특히 기사(騎士) 로만스가 그 대표적인 예로 로만스란 주로 사랑과 모험을 꾸며낸 이야기로 볼 수 있다.[7]

본격적으로 소설이 대두되기 시작한 16C 조선조 소설의 경우도 서구의 로만스 개념과 유사하다고 볼 수 있다.

최근 작품구성과 발달과정에서 고소설을 간단명료하게 삼대계(三大系)하는 경향을 보면[8] 로만스와 노블의 차원에서도 해석이 가능한 분류방법이라고 생각된다.

특히 18C 근대적 성격을 띤 소설 Novel 이전의 경우, 이상적·영웅적 인물을 주인공으로 하거나 천상과 지상의 이원세계를 자유롭게 넘나들 수 있는 신성을 그리는 것은 거슬러 올라 가보면 신화의 미메시스이며 모든 인류에게 공통적으로 잠재된 원형의식이라고 생각된다.

원형의식은 엘리아데식으로 언급하면, '본보기가 되는 모델' Exemplary Model, 또는 '패러다임' Paradigm이며 융식의 설명으로는

---

6) N. Frye, *The Four Forms of Fiction*, pp.31~43.
7) Danzigter Johnson, *An Introduction to Literature Criticism*, pp.68~69 참고.
8) 황재군, 「朝鮮後期 擬人本 說話小說의 近代的 性向」, 『近代文學의 形成過程』, 문지사, 1983. ① 전근대적 성격인 신화적 소설 ② 신화·설화의 가교역할인 신화·설화적 소설 ③ 근대적 성격인 설화적 소설의 삼분류이다.

'집단무의식'으로 과거 인류의 종합적인 기억이며, 이런 무의식적인 인류의 기억은 조상의 반복된 경험으로 형성되는 최초의 원시적 이메저리 Primordial Images라고 설명될 수 있다.[9]

<淑英娘子傳>의 경우, 김태준이 「조선小說史」 잡고(雜考)에서 "시대는 춘향전보다 앞선 肅・英宗 사이에 안동 사람 혹은 안동을 잘 이해하는 작가의 손으로 구래(舊來)의 전설을 기록한 것이 아닐까" 한다고 추정한 것에 의한다면 <淑英娘子傳>의 제작년대는 17C~18C 정도로 생각해 봄직하다. 이것은 실학파(實學派) 소설을 근대소설의 발아(發芽)라고 보는 관점에서 英・正祖 이전의 과도기적 소설로 위에서 언급한 고대소설의 삼분류 중 신화・설화적 유형의 소설 속에 넣어도 무방할 것 같다.

주인공이 신(神)적인 특성만으로 점철되지 아니하고 신과 인간의 특성을 공유한 점에서 16C 김시습류의 전기소설에서는 일보 발전한 소설 양식으로 중세 로망스와는 동일선상이라고 볼 수 있다.[10]

앞에서도 원형의 정의를 언급한 바, 원형이란 심볼이나 이미지로서 주로 문학에선 하나의 총체적인 인간경험의 요소로서 문학적 경험요소로 인식되며 작품 속에서 그것의 모색은 개인이 지배할 수 없는 무의식적 태도나 반응에 존재하는 인류의 생각이나 개념 즉 집단무의식[11]까지도 추적할 수 있는 것으로 특히 인간욕망의 환상도(幻想圖)라고 일컬을 수 있는 고소설에서 그것을 해부, 분석해 보는 작업은 매

---

9) C. Huge Holman, *A Handbook Literature*, Univ, of North Carolina, 1980, p.34. N. Frye는 원형을 외연상 모든 인간경험의 역할로 심볼, 이미지로 문학에서 총체적으로 인간의 문학적 경험요소로 인식되는 것이라고 했다.

10) 정규복 교수는 「고소설의 역사적 전개」에서(한국고소설연구, 이우출판사, 1983. 9. 23) 한국고소설의 발전사적 구분을 대중 6기로 분류하고 이 여섯 시기에 나온 500여 편의 고소설이 유사성으로 혹평을 받으나 역사적 안목을 통해서 보면 서구의 소설사가 황당한 로망에서 근대적 현실주의로 발전해 내려온 것과 같이 비현실성에서 현실성으로 발전해 내려온 흔적을 엿볼 수 있다고 했다.

11) Hugh Holman, op. cit., p.87 참고.

우 흥미롭고 타당성 있는 작업이라고 생각해서 시도해 보고자 한다.

본 논고에서 대상으로 한 <숙영낭자전>은 경판본(京板本) <숙영낭자전> 영인본(影印本) <숙영낭ᄌ전단>(梨大韓國古代小說叢書)과 활판본(活版本) 특별 <숙영낭자전>(昭和三年 十月 十八日 發行 太華書館) 두 본으로 김태준의 『조선소설사』에 의하면 "본서는 한문본 '재생연(再生緣)'과 한글본 '숙영낭자전'과의 이종(二種)이 있으니 그 양자의 차이를 보건대 '재생연'에는 '이선근(李宣根)이 옥연당(玉蓮堂)에 가서 천녀(天女)를 만났다는 것이' 숙영전(淑英傳)에는 '백선군(白仙君)이 옥연동(玉妍洞)에서 낭자(娘子) 숙영(淑英)을 만났다.'고 하고 그 재생연은 장회(章回)가 있는데 <숙영낭자전>은 육회(六回)로 장회(章回)소설이라고"한 바 필자가 조사한 바에 의하면 한글본도 활판본은 회장(回章)소설임에 비해 경판본 <숙영낭ᄌ전>은 회장소설이 아님을 밝혀둔다.

2. 로맨틱 미소스 Romantic Mythos 구성

구성이란 에센스, 이야기, 명백한 사건, 공식, 골격, 유기성, 책략[12] 등으로 이야기가 존재하게 되는 이유이며, 얘기하고 싶은 것을 전달하는 수단으로서 사건의 순수한 구조라 볼 수 있다.

크레인(R. S. Crane)은 『구성의 개념』에서 소설이나 드라마의 구성은 사건, 인물, 사상의 일시적 종합으로[13] 세 가지는 불가분리의 종합적인 요소로서 구성을 사건의 구성, 인물의 구성, 사상의 구성으로 나누어 세 요소의 독특한 콤비네이션임을 밝힐 만큼 소설에서 구성이란

---

12) Philip Staevick, *Plot, Structure, and Proposition*, The Free Press, 1967, p.139.
13) Noman Friedman 역시 세 요소가 복합적으로 얽혀(Forms of the Plot에서) 사건, 운명, 사상의 세 구성이 분리될 수 없다고 했다.

가장 복합적인 특질을 지닌 골격이라고 볼 수 있다.

가장 기초적인 이론을 제공했던 아리스토틀의 경우 구성은 첫째 원리로서 '사건의 모방(模倣)'이나 '사건의 정리(整理)'이며 또한 모방된 사건은 총체적이어야 한다고 주장했으며 인과적 필연성에 의한 어떤 것이 따르지 않는 시작과 다음에 자연스럽게 어떤 것이 오는 중간―어떤 다른 일이 중간을 따르는 것―이 그리고 결말―아무 것도 따르지 않는 것―로 유기적인 유니티를 지녀야 하는 것이라고 정의내리고 시퀀스나 인과관계가 구성의 기본적인 특성임을 강조했다. 그러므로 개연성이 없이 에피소딕한 것은 나쁜 구성임을 지적했다.14)

특히 아리스토틀의 3단계 구성방법에 근거를 두고 구성이론을 확립한 프라이는 아리스토틀처럼 시작과 결말관계 구성에 접근하여 이야기 시작에서의 사건의 상태와 결말에서의 사건의 상태에 근거해서 구성의 유형을 분류했다.15)

구성분류의 근거는 사건의 상태가 바람직한 것과 바람직하지 않은 두 영역 사이에 분별을 두어 로맨틱 Romantic, 아이러닉 Ironic16), 비극적 Tragic, 희극적 Comic의 네 가지 기본구성을 제시했다. 또한 바람직한 영역은 사건이 현재보다 호전되며 이상화되는 것이고 바람직하지 않은 영역은 보통보다 나빠지는 나쁜 영역으로 사실적이다.

그래서 Frye는 시작과 결말의 상황이 둘 다 이상화되거나 좋아 사건이 좋게 머물 때는 로만스라 하고 시작과 결말이 다 리얼리스틱한 것 즉 바람직하지 않아 나쁘게 머물고 실망을 주는 구성은 새타이어, 시작의 상황이 결말의 상황보다 좋으며 점점 타락되는 것은 비극, 결말이 시작보다 좋으며 개선되는 것은 코메디라고 했다.

---

14) C. Carter Colwell, *A Student's Guide to Literature*, Washington Square Press, 1968, pp.3~9 참고.
15) Ibid.
16) 또는 Satiric이라고도 한다.

특히 로만스와 새타이어에 대해 부가해서 구분하기를 새타이어는 시작의 상황으로 돌아오려는 경향이므로 개선의 여지가 결핍함을 강조하며 로맨틱 구성은 다양성과 신기성이 덧붙여진 모험의 연속이므로 에피소딕하다고 하였다.

이어서 콜웰(Colwell)은 구성에 관해 아래와 같은 문제를 제기했다.

① 사건은 시작부터 결말까지 인과관계를 지녀 왔는가?

② 주된 사건이 아닌, 부차적인 사건이 있는가?

③ 인과적 계속성에서 사건이 나타나는가?

④ 결말이 앞의 사건과 상황에서 논리적으로 발전됐는가?

⑤ 다음 사건의 발전이 어떤 지점에서 결정적으로 결정되는가?

⑥ 필요한 배경의 설명은 어떻게 전달됐는가?

⑦ 의도의 전도가 있는가?

⑧ 어떤 발견이 일어났는가?

⑨ 파국이라도 있는가?

⑩ 어떤 인물이 서로 대립되는가?

⑪ 극복해야 할 자연스런 장애물이 있는가?

⑫ 인물 중 불확실성이나 양면성을 보이는 인물이 있는가? 그 인물은 어떤 위험에 처하는가?

⑬ 시작에서의 사건의 상태와 결말에서의 사건 상태를 바람직한 영역과의 관계에서 비교하라.

위 13가지 항목은 소설 구성의 기본적인 분석 요건으로 적용해 볼 만한 문제들이다.

<숙영낭자전>은 시작부터 결말까지 비교적 인과관계를 지니며[17] 에피소딕할 정도의 부차적 사건은 존재하지 않는 고소설로 주인공 숙영을 중심으로 한 선군(仙君)과 숙영의 애정의 절정을 그린 애정소설

---

17) 인간과 신의 넘나듦은 인간화하는 신화·설화류 소설의 과도기적 과정에서 필수적인 것으로 보고 제외한다.

이라 볼 수 있다.[18] 특히 백선군이 과거(科擧)보러 떠난 후 숙영이 그리워 두 차례나 다시 돌아와 월장(越墻)했음은[19] 두 남녀의 애틋한 애정이 전후 상황의 전개과정에서 자연스럽게 인과적 시퀀스를 지녔음을 알 수 있다.

아리스토틀은 『詩學』에서 그리스 드라마를 예로 들고 인물의 상황이 전도(顚倒)될 때 드라마 구성은 '급전(急轉) Peripeteia → 발견(發見) Anagnorisis → 고통(苦痛) Pathos'의 과정이며 급전은 발견을 동반할 때 훌륭한 구성이 된다고 했다.

<숙영낭자전>은 그리스 드라마의 3단계 구성과 순서는 다르나 유사한 양상의 구성을 지니고 있다. 백선군과 숙영이 만나 행복하게 살다가 과거를 보러 떠난 백선군이 두 번 집에 돌아옴이 시부(媤父) 백공(白公)에게는 외간남자의 월장으로 오해됨에서 행복이 전도되지만 진실은 급전과 동시에 명백하게 발견되지 않고 숙영이 죽음이란 고통을 스스로 선택하고 난 후, 선군이 장원(壯元) 후 돌아와 비로소 진실이 명약관화(明若觀火)하게 드러난다.

그리스 드라마의 경우 아리스토틀이 『詩學』에서 가장 훌륭한 구성이라고 계속 예로 들은 <오이디푸스 렉스>는 주인공 오이디푸스가 부왕 라이오스를 살해하고 어머니 이오카스테와 근친상간을 범한 범인이란 진실이 완전히 드러난 후 스스로 보상의 방법으로 파토스의 길을 걷는다.[20] 그것은 서구문명의 중추적 맥이 되는 헬레니즘적인 특성이기도 하다.

---

18) 김기동 교수는 『한국고전소설연구』에서 플롯으로 보아서 전기소설의 구성법은 조금도 벗어나지 못하는 범속성을 지니나 남녀주인공의 애정생활에 대해서는 비교적 절실하게 표현하였다고 했다.
19) 김기동 교수는 3차나 밤중에 되돌아 왔다 했으나 경판본, 활판본 두 편이 모두 2차 되돌아 온 것으로 되어 있다.
20) 현대비평가에 의해 고통의 선택 내지 죽음은 일종의 승화 내지 정화라고 보는 견해가 지배적이다.

주인공에게 전개되는 불행이 주인공 자신의 성격의 결함이 되기보다 소위 '비극적 결함 Hamartia'에서 온 인간으로선 불가항력인 신조차 지배할 수 없는 운명에서 초래된 것일지라도 스스로 비극에 대한 책임을 지고 형벌을 감수하며 고통을 결코 두려워하지 않는 것이 그리스 비극의 특징이다.

그러나 <숙영낭자전> 경우는 그 전개과정에서 그리스 드라마와 다르다. 숙영이 억울한 누명을 쓰고 자결한 후 꿈을 통해 신원(伸寃)을 알린다. 또한 명백한 진실이 드러나게 되는 것은 죽음을 택한 후며 그것은 미리 어떤 대가를 치러야만 그것에 응분한 결과를 가져온다.

또 상호 반목되는 인물이 등장하는 것은 더욱이 권선징악적 소설에서 필수적 요건이므로 <숙영낭자전> 역시 예외일 리 없으나 무뢰한 도리와 공모하여 시부 백공의 숙영에 대한 의혹을 사실로 만든 시비(侍婢) 매월의 간계(奸計)는 사실상 프로타고니스트인 숙영에 대한 앤태고니스트의 입장이기보다 소설 구성상 작자의 의도적인 각본이라고 볼 수 있다.

특히 모험 중심의 로맨스에서는 외적인 갈등이나 환경 또는 주인공에 대항하는 포일 캐릭터나 앤태고니스트와의 갈등이 두드러지나 두 인물의 순수한 애정을 클로즈업하려는 애정소설의 경우 구태여 반목되는 인물에 비중을 크게 둘 필요는 없는 것이다. 결국 극복해야 할 장애물은 자연스럽게 설정된 셈이나 사건 전개 과정에서 외적 또는 내적인 갈등으로 인한 딜레마라고 생각되긴 어렵다.

<숙영낭자전>은 에피소드를 아래와 같이 7회로 나눌 수 있다.[21]

1 회 : 백선군과 숙영낭자와의 만남
2 회 : 과거길 백선군이 두 번 집에 돌아옴과 시부 백공의 오해

---

21) 6회로 나눈 활판본의 회장소설을 참고로 한 것임.

3 회 : 매월의 간계로 인한 숙영의 누명

4 회 : 숙영의 자살과 선군 장원 후 귀향

5 회 : 선군의 임씨녀(林氏女)와의 약혼과 숙영의 원수를 갚아줌

6 회 : 숙영의 회생

7 회 : 선군부처(仙君夫妻) 3인, 선군, 숙영, 임씨녀의 승천

위 7회의 에피소드를 더욱 간략히 축소시켜보면,

① 두 연인의 만남

② 누명의 계기가 마련됨

③ 누명을 씀

④ 낭자는 자결하고 선군은 돌아옴

⑤ 선군, 임녀와 약혼, 숙영의 신원설치(伸怨雪恥)

⑥ 회생

⑦ 승천

으로 프라이식 구성방법에 의하면 로맨틱 미소스라고 볼 수 있다.

시작에서 사건의 상황과 결말에서의 사건상태를 바람직한 영역과 바람직하지 않은 두 영역에서 살펴보면 시작은 두 연인이 만나 일남 일녀를 얻고 금슬지락(琴瑟之樂) 8년을 행복하게 사는 이상화된 바람 직한 좋은 상태에서 시작된다. 결말 역시 억울한 누명을 쓰고 자결했 던 숙영이 회생하여 승천으로 끝나는 것은 숙영의 원래 상태로 돌아 가는 즉 선인의 바람직한 이상적인 상황으로 귀환하는 로맨틱 미소스 구성이라 볼 수 있다. 이것은 결국 싸이클적 이동을 강조하는 구으로 영원불멸의 자연신화적 특성을 발견할 수가 있다.

3. 〈숙영낭자전〉의 원형심리학적 분석

원형비평은 다른 과학적 비평보다 미학적인 만족의 내적 가치를 인간적으로 파악할 수 있는 방법이며 기본적 문화패턴 위에 사회학적이고, 문화적, 과거 사회에 관한 연구에서 역사성도 지닌다.

또한 그것은 특정한 어느 시대와 독립돼서 어떤 기본적인 문화양상을 보여주며 문학의 영원한 가치인 인간애의 절실한 호소를 감지할 수 있는 방법에서 심리학과도 관련을 지을 수가 있다.[22]

<숙영낭자전>에 대한 원형심리학적 비평방법의 시도는 인간의 기본적, 일반적 패턴의 연구이며 우리 민족의 인간적이고도 미학적인 만족의 내적 가치와 문학의 영원한 가치에 대한 모색이기도 하다.

1) 올피즘과 엘레우시스적 제의

그리스 원시종교는 크레테와 미케네의 자연신화에 근거를 두었다. 초기에는 자연숭배에서 시작되어 신화·전설 시대를 거쳐 호머의 영웅적 올림피안 시대, 그리고 BC 5C의 페리클레스 황금기에는 신비적 윤리적 요소의 결합으로 변형되었다.[23]

초기의 자연숭배는 계절마다 주기적으로 나타나는 동식물의 생식적 현상 즉 수태(受胎), 성장, 죽음, 환생의 싸이클을 의미하는 것으로 수확과 인간생활의 관계에서 풍요와 직접 관련이 있으며[24] 그것과 관련된 엘리우시스 비의(秘儀)를 들 수 있다.

올피즘은 BC 5,4C 간 제사(祭祀)가 현저한 시대에서 로마 시대까지

---

22) Wilbur Scott, *Five Approaches of Literary Criticism*, Collier Books, 1962, pp.247~251 참고.
23) Rod W, Horton · Vincent F. Hopper, *Background of European Literature*, New York University, 1975, pp.50~75 참고.
24) 크레테, 미케네의 가장 주요신은 여성으로 대지의 모신인 퀴벨레이다.

계속된 의식으로 오르페우스 전설에서 온 알레고리이다.25) 사랑하는 아내 에우리디케를 하데스까지 방문해서 만나고 온 음유시인 오르페우스와 아내 에우리디케를 부르는 간곡한 수금(竪琴)소리에 신들이 감동해서 에우리디케를 환생시키는 말하자면 죽음과 재생의 윤회로 곡물 수확의 주기를 표현하는 자연신화일 뿐만 아니라 영혼불멸의 신념이며, 구인화(具人化)의 알레고리이다.

즉 인간의 불멸요소는 영혼이며 죽으면 영혼은 지하에 돌아오고 돌아온 영혼은 지하에서 정화(淨化)되며 그 뒤에 다른 몸으로 환생되어 지상에 돌아오는 것이다. 말하자면 인생은 수레바퀴로 일부는 생명의 밝음에서 또 일부는 죽음의 그늘인 어둠에서 순환하는 바퀴이나 이런 일정한 운동에서 결국은 해방되어 영원한 평화를 추구하는 것의 구현이라고 볼 수 있다.26)

엘레우시스 비의(秘儀) 역시 아테네의 공식적인 종교로 올피즘보다 더 중요성을 띄고 있으면서도 비밀이 보장되어왔기 때문에 명백한 내용은 알 수 없으나 그 양식과정이 대단히 인상적이고 경외감을 준다는 점이 기록에 의해 전해지고 있다. 그것은 그리스 서정시인 핀다르 (Pindar)에 의해 "이 의식을 보고 지하에 가는 자는 축복을 받는다. 또한 이 양식을 본 자는 인생의 종말을 알며 생명은 신이 준 영원불멸과 관련이 있을 거라고 추측할 수 있는 것이다."27)

---

25) Handbook of Classical Mythology의 경우는 뱀에 물려 죽은 아내 에우리디케를 애도, 하데스에 내려가 그를 다시 데려오려고 지하로 내려가 하데스와 페르세포네의 냉정한 마음을 음악으로 녹여서 지상입구까지 데리고 나왔으나, 지상에 도착할 때까지 에우리디케를 돌아보지 말라는 약속을 지키지 못해 결국 에우리디케는 그림자로 사라진다. 오르페우스는 하데스에 다시 들어가려고 노력했으나 수포로 돌아가고, 디오니소스로 인해 광적이 된 광포한 여인들인 maenads에 의해 찢겨 에우리피데스에게 돌아갈 수 있었다고 돼 있으며, Edith Hamilton의 「My thology」 역시 마찬가지 결말이나 Horton과 Hopper의 「Greek Religion」 경우는 결말부분에서 에우리디케를 다시 잃고 슬피 부는 수금(竪琴)소리에 신들은 측은히 생각해 사랑하는 에우리디케를 다시 환생시켰다고 맺어있다.
26) R. Horton · V. Hopper, op. cit., pp.68~70 참고

<숙영낭자전>은 선군과 숙영의 만남에서부터 시작하여 숙영의 죽음과 회생 및 삼 부처(夫妻)의 승천과 같은 운명의 변화과정을 겪은 후 행복한 결말을 얻는 구성이다.

기몽(奇夢)을 얻고 출생한 남주인공 선군은 세 번이나 꿈에 나타난 천상천녀에 대한 일편단심으로 병이 고황에 든다. 그러나 네 번째 꿈을 계기로 숙영과 선군은 운우지정(雲雨之情)을 나누고 같이 하강하여 수금지락(竪琴之樂) 8년을 나눈다. 그러나 시부 백공은 선군이 학업을 전폐한 것에 선군에게 과거시험을 권유하나 낭자와의 이별 때문에 선군은 거부한다. 하지만 숙영의 간곡한 청으로 길을 떠난 선군은 두 번이나 되돌아와 월장을 한다. 시부 백공은 외간남자로 오인하여 통간이라고 생각하여 시비 매월을 시켜 낭자를 감시케 한다. 매월은 무뢰한 도리와 공모하여 백공에게 허위로 모함을 한다. 결국 숙영은 옥잠으로 결백이 표시가 됐으나 백학선(白鶴扇)을 자식에게 남기고 자결하고 만다.

꿈에 숙영이 나타나 원수를 갚아줄 것을 호소함에 선군은 장원 후 집에 돌아와 숙영 가슴의 칼을 빼고 신원(伸寃)해준다. 숙영은 6번째 현몽하여 회생할 것을 예언, 재생하여 백공이 주선하여 성례했던 임녀 등과 일가화락(一家和樂)하며 가세요부(家勢饒富)하다 80세 된 해에 삼인이 승천한다.

즉 숙영은 옥연동 산봉우리에서 인간계로 하강하여 구천지하(九泉地下)로 다시 지상의 인간계로 그리고 천계상승(天戒上昇)의 과정을 밟는데 이것은 오르페우스의 '지상 → 지하 → 지상 → 지하 → 엘레

---

27) 또한 엘레우시스 양식은 곡물 여신 데메테르와 그 딸인 페르세포네와의 관계에서 데메테르 여신숭배양식으로 숭배되기도 한다. 그리스 종교에서 영혼불멸은 올림픽교의 영향을 받은 피타고라스파와 플라토니즘, 아리스토틀, 스토아학파, 영지주의(靈知主義)(Gnosticism), 마니파(manichaeism)에도 나타나며 특히 BC 333년 헬레니즘과 헤브라이즘이 혼용될 때 헬레니즘적 영혼불멸이 그리스도교 내세관에 지대한 영향을 끼쳤다.

시안 들 Fields'로의 자연신화의 윤회과정과 유사하다. 즉 숙영이 천계에서 지상 또는 지하, 그리고 지상으로 돌아옴을 반복하다가 다시 천상으로 귀의함은 인생을 하나의 수레바퀴로 해석한 오르페우스 전설처럼[28] 인생의 일부는 밝음에서, 일부는 어둠에서의 순환의 불변적 작용에서 떠나 영원히 순수한 평화와 안식을 얻고 싶어 하는 인간 갈망의 알레고리라 볼 수 있다.

더욱이 <숙영낭자전>에서 뜻하는 지상은 천계에서 죄를 진 천녀와 선군이 형벌을 받는 장소이며 지하는 지상의 인간이 죄를 범한 후 나쁜 영혼을 정화시키는 곳으로 정화가 되면 공과(功過)에 따라 다음의 화신(化身)을 기다리는 곳인 양 생각되는 공간이다. 그렇게 해서 구인화된 영혼은 다시 파라다이스인 낙원으로 돌아가 순수한 행복을 지닌다.[29]

이것은 결국 올픽교와 피타고라스, 플라톤, 스토아학파류의 영혼불멸성과도 일치하며 결국은 낙원으로 돌아가고 싶은 인간욕망의 구현이라 볼 수 있다.

2) 모이라 Moira 거역의 휴브리스 Hubris

휴브리스란 거만(倨慢)에 대한 그리스 용어로 과도한 자만심이나 자아 확신을 의미한다. 특히 그리스의 비극적 영웅과 관계를 지니는 것으로 지나친 우월감에서 오는 하마르티아 Harmartia나 비극적 결함의 일종으로서 인간이 신의 특권을 동경하여 자신을 신과 같은 수준에 놓으려고 시도하면 신의 벌을 받아 파국을 불러일으킨다. 그런 것

---

28) 작품 속에서 일원론적이긴 하나 그것은 반복을 나타낸다고 볼 수 있다.
29) 그리스 종교의 경우 지하는 죽음의 영역일 뿐 아니라 형벌의 장소로 사악한 영혼은 타르타로스의 불구멍으로 정화되기 위해 보내지고 죄가 좀 적은 영혼은 다음의 화신을 기다리는데 공과에 따라 축복, 또는 불행에 머물러 하데스에 보내지는 것이 결정되며 위대한 영혼은 엘리시안 들 Elysian Fields로 보내지는데 그것은 완전히 정화된 영혼으로 축복의 최고형식이다.

의 가장 대표적인 예가 아트레우스가로 가계 전체가 몇 대에 걸쳐 저주가 내린다.30)

특히 그리스 비극은 디오니소스를 존경하는 국가적 행사이면서도 그 내용은 아폴로 원리의 구현으로31) 관중에게 드라마를 보여주는 것은 절제(節制) Sophrosyné와 겸양(謙讓)을 기르도록 권장하는 일종의 도덕적 설교와 같은 성격을 띠며 이런 아폴로 원리의 위반은 개인의 불행과 파멸을 초래, 가족이나 나라 또는 대대로 저주가 내리는 Até까지 가져오게 된다. 그러므로 그리스인들은 신탁이나 운명 Moira에 도전해서는 안 된다. 또 모이라는 신도 제어할 수 없는 신보다 더 높은 힘인 것처럼 나타난다. 그런 의미에서 그리스 신은, 유일신이며 절대적인 신인 히브리 신보다 상대적인 신이며 인간적인 신이기 때문에 모이라에 대해 무력하다.32)

구성상 숙영낭자전은 옥황상제(玉皇上帝)의 명에 의해서 조종되고 있음이 나타난다. 옥황상제의 명령은 절대적이며 그의 명이 곧 운명이다. 그러므로 선군에게 잠시 시중을 들었던 시비 매월이란 인물설정도 숙영이 상제(上帝)의 명을 거슬린 휴브리스에 대한 형벌을 자연스럽게 실천하기 위한 절대적 배경의 역할이라 볼 수 있다.

숙영은 현몽(現夢)하여 선군과 만날 운명에 있음을 예시한다.

그디는 나을 몰나보시나니가 이제 오남 다름 아니라 과연 턴상연분이 잇기로 추겨왓나이다. 션군이 갈오더 나는 인간속긱이오 그디는 쳔상션녀 여늘 엇지 연분잇다 ᄒᆞᄂ요. 낭지 갈오더 낭군이 본더 하늘의 비맛튼 션

---

30) 제우스가 가장 사랑했던 인간 아들 탄달로스에서 시작하여 펠롭스, 니오베, 아트레우스와 튀에스테스, 아가메논, 엘렉트라, 오레스테스까지에 이른다.
31) '너 자신을 알라', '너무 지나치지 말라'가 아폴로신을 모시는 델포이 사원(寺院) 벽에 새긴 좌우명 중 가장 대표적인 말이다.
32) 제우스는 트로이가 함락될 때 그의 인간아들인 사르페돈의 죽음을 방지 못했으며, 요정 테티스와 정사를 벌리면 그 사이에서 난 아들이 아버지보다 강해진다는 모이라를 알았으므로 테티스와의 간곡한 정사를 실행하지 못한다.

관으로 비그릇 쥰 죄로 인간의 너려왓스오니 일후 즈연상봉홀쩌 잇스리
이다 하고…… (띄어쓰기는 필자에 의한 것임)

또한 선군 역시 원래는 신선으로 비를 그릇 준 죄에 대한 벌로 인
간계에 하강했음이 드러나고 선군과 숙영이 장차 만날 운명이 암시된
다. 선군의 경우 상제의 명을 어긴 휴브리스의 결과에서 온 하강으로
그리스적 차원에서의 인간과 신의 직접적인 관계는 아니라도 지고한
상제와 하위적 위치에서의 거리는 유사한 관계에서 다룰 수 있다고
본다.

> 션군이 날을 싱각ᄒ야 심려ᄒ미 이러틋하니 엇지 안연 부동ᄒ리오 ᄒ
> 고 션군의게 현몽ᄒ야 왈 낭군이 첩을 싱긱ᄒ야 셩병ᄒ얏스니 첩이 가장
> 감격ᄒ온지라 낭군딕 시녀 미월이 가히 낭군의 건질을 쇼임홀 만ᄒ온지
> 라 아직 방수를 졍ᄒ야 격막ᄒ 심회을 위로ᄒ쇼셔 ᄒ거눌……

또한 숙영이 시비 매월을 미리 알고 있음은 매월의 인물설정 의도
가 분명히 드러나는 경우로 운명적으로 미리 마련된 과정이라 볼 수
있다. 이것이 작품 후반부에 가서 숙영에 대한 순전한 질투에서 매월
이 숙영을 모함했다고만 볼 수 없는 이유가 된다.

> 우리 아직 긔약이 머럿기로 각리ᄒ얏더니 낭군이 져러틋 노심초스ᄒ미
> 첩은 심이 불편ᄒ온지라 낭군이 나를 보랴ᄒ시거든 옥연동으로 차져오쇼
> 셔 ᄒ고……

드디어 낭군의 병에 백약이 무효하게 되자 옥황상제가 기약해 준
한계시간(限界時間)[33]을 위반할 징조가 보인다. 드디어 선군이 옥연

---

33) L. Higdan의 Barriers Time으로 시간을 넷으로 나눈, 4시간 중(그외 회상시간, 과
정시간, 다면적시간) 하나로 어떤 사건이 이행되는 동안 정확한 시간의 거리가(距

동을 찾아 갔을 때,

> 우리 만날 긔약이 삼년이 격ᄒ얏스니 그 씨 쳥조로 미파를 슴고 샹봉
> 으로 류례를 매져 빅년동락ᄒ려니와 만일 오날날 몸을 허ᄒ즉 텬긔를 누
> 셜ᄒ미 되어 텬앙이 잇스리니 낭군은 아직 안심ᄒ야 씨를 기다리소
> 서……

라고 숙영은 말하나 '일각이 여삼추라 일시인들 견디지 못해 죽어 황
천객이 될' 거라는 선군의 간절한 호소에 침석에 나아가 운우지락을
일운다.

> 이에 낭지 굴오더 임의 몸이 부정ᄒ얏스니 이에 머물지 못ᄒᆯ지라 낭군
> 과 ᄒᆫ가지로 가리라……

휴브리스 때문에 고통을 달게 받을 마음의 준비까지 엿볼 수 있다.
또한 삼 년 후에 매파(媒婆)를 통해 맺어질 운명의 백년동락(百年同
樂)을 지키지 않은데 대한 천앙(天殃)이 있을 거란 예시도 강조된다.
특히 운명은 옥황상제의 명령에 의해 조정되는 것이 아닌 것 같다.
숙영이 상제에게 인간세상에 환생하여 선군과 미진한 인연을 맺게 해
달라고 애걸했을 때 상제는 염라왕에게 숙영을 즉시 환토인생(環土人
生)하라고 하교(下敎)하나 염왕은 숙영이 속죄하는 기한이 아직 안 되
었다고 상제의 명을 거부하고 상제 역시 그것에 쾌히 응한다. 정해진
운명은 상제도 제어 못하는 불문율인 점에서 그리스의 경우와 같은
궤를 걷는 것 같다.
결국 숙영낭자전의 구성은 옥황상제가 숙영에게 부여한 운명의 시
간을 지키지 않은 휴부리스에서 온 결과의 진행이라고 볼 수 있다.

離佳)를 규정하는 것으로 규정된 시간이 안 지켜지면 무서운 결과가 기다린다.

3) 인간과 신의 프로메테우스적 하모니

프로메테우스는 진흙으로 인간을 만든 신 또는 인간에게 불을 줌으로써 인간의 자아발전을 위한 기교와 기술을 창조하는 지혜를 길러준 인간의 원조자(援助者)다. 신에게 제사지낼 공여물(供與物) 선택에서 신을 속이게 하여 인간 편을 들은 점과 문명의 이기를 모르는 인간을 동정하여 신의 불을 훔쳐 준 프로메테우스는 결국 제우스의 분노를 사서 코카사스 산에서 독수리에게 간(肝)을 파먹히는 고통을 받지만, 인간자손인 헤라클레스의 중재로 프로메테우스와 제우스 사이의 긴장관계가 완화된다. 또한 미리 앞일을 예기할 수 있는 능력을 지닌 프로메테우스에게서 지혜를 얻어 테티스와의 계획된 사랑을 하지 않음으로써 왕위를 보유할 수 있었던 프로메테우스와 제우스 간의 알레고리는 신에게 인간속성을 부여하는 것이며 신도 인간처럼 경험으로 배울 수 있고 지혜 속에 성장할 수 있다는 하나의 모랄제시로 신과 인간의 하모니라고 볼 수 있다.

<숙영낭자전>의 인간세계는 양면 이미지를 지닌다고 볼 수 있다. 선인이 죄를 지면 하계(下界)하는 곳이 인간세계이면서도[34] 인간세계는 신선세계인 낙원의 무료함을 달랠 수 있는 곳으로 신이 인간세계를 동경하는 면모를 살필 수 있다. 단군신화에서 환웅(桓雄)이 인간계(人間界)를 내려다보고 하강하고 싶음을 느꼈듯이 속계(俗界)는 죄를 저지른 선인이 하강하는 곳이란 느낌보다 내적으로 인간적인 것에 대한 갈망이 잠재하고 있는 듯하다. 결말에선 신선세계로 영원히 돌아가는 것이지만 사건의 전개는 인간으로서의 세속적인 사건이 거의 대부분이며 그 세속적인 즐거움을 공유하고 싶은 잠재력이라고 볼 수 있다.

선군이 과거에 급제 후 숙영의 빈소(殯所)에서 불을 밝히고 탄식하

---

34) 인간이 죄를 저지르면 구천으로 가고 구천은 천계와 통하는 듯하다.

다 잠이 들었을 때를 보면 다음과 같다.

낭군의 도량으로 쳡의 원수를 갑하주시니 그 은혜 결초부은ᄒᆞ야도 갑
지 못ᄒᆞ리소이다. 작일 옥제 됴회 바드실시 쳡을 명초ᄒᆞᄉ 쑤지져 궐ᄋᆞ사
대 네 션군과 ᄌᆞ연 만눌 긔훈이 잇거눌 능히 참지 못ᄒᆞ고 슘년을 견긔ᄒᆞ
야 인연을 밋잣ᄂᆞᆫ고로 인간에 ᄂᆞ려가 이미ᄒᆞᆫ 일노 비명횡사ᄒᆞ게 홈이니
장차 누를 흔ᄒᆞ리오 ᄒᆞᄉᆞ미 쳡이 사죄ᄒᆞ얏고 옥제쩨 역명ᄒᆞ온 죄ᄂᆞᆫ 만사
무셕이오나 그런 익을 당ᄒᆞ오미 쥬증이 되고 ᄯᅩ 션군이 쳡을 위ᄒᆞ야 죽
고자 ᄒᆞ오니 바라건디 다시 쳡을 세상에 내여보니ᄉ 션군과 미진ᄒᆞᆫ 인연
을 밋게ᄒᆞ야 주옵소셔 천만 익걸ᄒᆞ온즉 옥제 긍측이 녀기ᄉ 디신다려 하
교 ᄒᆞᄉ왈 슉영의 죄ᄂᆞᆫ 그러ᄒᆞ여도 족히 증계될거시니 다시 인간에 ᄂᆞ여
브니여 미진ᄒᆞᆫ 연분을 잇게 ᄒᆞ라ᄒᆞ시고 염나왕에게 햐교ᄒᆞᄉ 왈 슉영을
밧비 노와 환토인생ᄒᆞ라 ᄒᆞ시니……

위의 인용은 구천지하에 간 숙영이 선군에게 현몽하여 그 간의 사
정을 애기하는 장면이다. 상제에게 인간계에 환생하게 해달라고 하는
애걸은 상제의 엄격한 신적인 마음을 완화시킨다. 상제 역시 인간에
대해서는 절대적이기보다 헤라클레스적 매개체의 역할을 한다.

인간계가 단지 저지른 잘못을 보상받는 공간만이 아닌 것은 결말
부분에서 더욱 두드러진다.

일일은 대연을 배셜ᄒᆞ고 자녀부손을 다리고 삼일을 질기더니 홀연 샹
운이 사면을 둘너 드러오며 룡의 소리 진동ᄒᆞᄂᆞᆫ 곳에 일유 션관이 ᄂᆞ려
와 불너 왈 션군은 인간자미 엇더ᄒᆞ뇨 그대 삼인의 샹텬홀 긔약이 오날
이니 밧비 가자ᄒᆞ거눌 (밑줄 부분은 필자가 한 것임)

인간재미가 어떠냐는 물음은 신선들의 평소 관심사의 구현이며 신
선계와 다른 인간적 향락이 신선도 경험하고 싶은 매혹적인 욕망의

대상임을 내포하는 듯하다.

유선사(遊仙詞) 87수를 읊은 허난설헌의 시에서도 신선세계의 지나친 한가로움에 대한 무료함이 엿보인다.

> 新詔東妃嫁述郎
> 紫鸞煙蓋向扶桑
> 花前一別三千歲
> 却恨仙家日月長[35]

벽도화 앞에서 헤어진 지 삼천년 된 것이 인간의 세월에 비해 선계의 세월이 너무 길음을 한스러워 하는 마음이다. 비록 구슬로 꾸며진 마을과 구슬처럼 아름다운 연못에 용이 서려있고 오색찬란한 구름이 부용봉(芙蓉峰)에 드리워있고 동자(童子)는 난(鸞)새를 타고 신선은 금호(金虎)를 타며 옥제(玉帝)는 삼청궁(三淸宮)—옥청(玉淸), 상청(上淸), 태청(太淸)—에 계시는 등 낙원의 세계로만 그렸지만 그 분위기는 오히려 인간세계를 갈망하는 듯 했다.

4) 아니마 발현과 푸쉬케로의 변형

융의 경우, 아니마는 남성심리에만 국한해서 남자의 의식이 약하고 취약성을 보여주며 여성 열등감 같은 내적인 반대성의 특징을 나타내는 것으로 보통 실수를 잘하며, 흐느껴 울기도 잘하는 것으로 설명되고 있다.

그런데 이 아니마는 사람을 통해 푸쉬케가 된다.[36] 모든 아니마는 푸쉬케가 잠재적이고 푸쉬케로 가는 통로이며 이런 아니마 경험은 심리적 창조를 위한 입문의 길이다.

---

35) 『蘭雪軒詩集』, 오해인 역주, 해인문화사, 1980, p.203.
36) James Hillman, *The Myth of Analysis*, North Western University Press, 1972, p.38.

아니마가 푸쉬케와 혼합되면 정서적이 되고 특성이 없어지는 무정형이 되지만 개인 자신에 대해선 크게 가치 있는 살아있는 존재가 된다. 그러므로 아니마는 푸쉬케로 깨우치기 위해 긴장하고, 아니마 매력의 중심에 항상 푸쉬케의 저항할 수 없는 미(美)가 있으며, 아니마의 에로틱한 욕망은 항상 미를 향해 있다.[37]

특히 남자의 꿈에서 아니마는 주술적이고 불가해한 것이며, 마치 사춘기 입구에 서있는 어린애 같아지며, 때때로 탐닉하고 불타며 얼어버리기도 하고, 바보 같아지거나 주접이 들고 왜소해지며 심지어는 매독에 걸린 것 같이 되기도 한다.

또한 매력적인 여자는 이교(異敎)문화에서 오며 모르는 외국어로 말하거나 남성을 역사적 과거로 이끌어가고 에로틱하게 만들고는 사라져 버리며 남자는 나날이 감정과 환상의 희생이 돼버린다. 또한 푸쉬케의 미는 이니시에이션과 어떤 보상을 치루어야만 얻을 수 있는 운명을 지닌 미다.

<숙영낭자전>은 특히 백공과 선군의 경우 소위 융이 의미하는 아니마가 강하게 나타난다.

백공은 성급하고 판단이 지나치게 경솔하다. 선군이 과거를 보러 떠난 후 숙영을 만나러 다시 야밤에 월장했을 때 숙영의 방에서 남자의 목소리가 은은히 나는 것에 외간남자와 정을 통한 것으로 크게 의심을 한다. 평소에 숙영이 빙옥지심(氷玉之心)과 송백지절(松柏之節)이 있다고 생각하면서도 아들 음성을 파악하지 못한 것은 백공의 성급한 실수라 볼 수 있다.

그런 백공에 비해 부인의 태도는 오히려 의연하다.

부인 왈 상공이 잘못 드러 계시도다. 현부의 힝실은 빅옥갓으며 그러홀

---

37) 플라톤의 「심포지움」에서 사랑이란 육체와 정신에서 미를 발생시키는 것이라고 정의내렸다.

일이 업스리이다 이런 말을 다시 마르소셔

백공은 결국 숙영의 방 밖에서 두 번 남자의 음성을 엿들은 후 숙영을 힐문할 정도로 조바심을 가진다. 또 시비 매월이 무뢰한 도리와 간계를 꾸며서 숙영을 모함했을 때,

> 빅공이 듯 기를 다 못ᄒᆞ야 분긔대발ᄒᆞ야 칼을 가지고 문을 열며 닉다르니 과연 엇던 놈이 문득 낭자에 방으로셔 문을 열고 뛰어 닉다라 장원을 너머 도망ᄒᆞ거놀 공이 불승대로 ᄒᆞ야 도젹을 실포ᄒᆞ고 홀일업셔 쳐소로 도라와 밤을 시울시 미낭에 비복등을 불너 좌우에 세우고 ᄎᆞ례로 엄문ᄒᆞ야……

와 같이 경솔함은 숙영이 옥잠으로 결백을 표시하는 장면에서 더욱 두드러진다.

> 옥잠이 나려오며 셤돌에 히는지라 그져야 상히 다 대경 실식ᄒᆞ야 크게 신긔히 녁이며 낭자에 원악ᄒᆞᆷ을 알더라. 빅공이 ᄎᆞ경을 보고 부지불각에 나라라 낭자의 손을 잡고 비러 왈 늙으니 지식이 업셔 착ᄒᆞᆫ 며느리를 모로고 망녕된 거조를 ᄒᆞ얏스니 그 명졀을 모르고 이러틋 ᄒᆞ미라 내 허믈은 만 번 죽어도 속지 못홀빈니 바라건대 현부는 나의 허믈을 용셔ᄒᆞ고 안심ᄒᆞ라.

시부모로서의 체면이나 진중성이 결핍되어 있으며 시비의 말만 듣고 즉각 반응을 나타낸 점이나, 숙영이 결백을 표시하는 옥잠에 대한 즉각적인 대응 등은 백공의 아니마적 요소라고 볼 수 있다. 그 외 과거 급제 후 돌아온 선군에게 임진사댁 규수와 성혼하기를 촉진하는 것이라든지[38] 혼사에 대한 선군의 의사 여부는 묻지도 않고 미리 임

---

38) 그것도 노복의 충고에 따라서다.

진사에게 성례(成禮)를 다짐 받는 것 등은 일 처리에서의 백공의 연약성이나 경솔, 실수 등이 현저한 예라고 볼 수 있다.

선군 역시 마찬가지다. 지나치게 감정적이고 개성이 없다. 숙영과 운우지정을 나누고 수금지락 8년에 일남일녀를 얻은 후 학업을 전폐한다. 백공은 선군에게 과거를 권유하나 선군은 물질적 부의 만족과 낭자와의 이별 때문에 거부하지만 낭자의 간곡한 청으로 작심을 할 만큼 수동적이다. 과거보러 떠난 후에도 두 번이나 다시 찾아왔을 때 낭자의 애절한 만류로 돌아간 것은 선군의 아니마의 표현이라 볼 수 있으며 꿈 속에 만난 선녀 때문에 식음을 전폐하고 무정형, 무기력을 보여 준 것은 시작부터 전개된 4번의 꿈에 잘 나타나고 있다. 첫 현몽에서 선군은 병을 얻고, 두 번째 현몽에선 '병입골슈'고, 세 번째는 병이 고황(膏肓)에 든다. 이것은 아니마가 사랑으로 인해 입문경로를 거쳐서 개인인 선군으로선 가치 있는 삶을 가지는 것이다. 즉 아니마가 사랑을 통해 푸쉬케로 변형된 전이로 볼 수 있다.

특히 선군의 꿈에서 아니마는 주술적인 면과 사춘기 소년의 어린애와 같은 연약성이 두드러져서 남자에 잠재돼 있는 여성성의 노출을 감지할 수가 있다.

5) 앤티 판도라

헤시오드의 신통기(神統期)에서는 인간을 다섯 시기로 나누고 있다. 첫째 황금(黃金)시대, 둘째 은(銀)시대, 셋째 청동(靑銅)시대, 넷째 반신(半神)시대, 다섯째 철인종(鐵人種)시대로 특히 황금시대에는 영원한 봄의 세계에서 전쟁은 전혀 존재 안하고 몇 시대가 경과함에 따라 앞의 시대보다 열등해져서 철인종시대에 와서는 인간이 사악해지고 약탈하거나 돈과 권력에 대한 열망에 사로잡혀 헤브라이즘의 인간 파멸 교리와 일치했다는 것이다.

판도라는 인간에게 악을 가져다 준 최초의 여자로 여러 신이 각종

의 사악한 특성을 부여하여 만든 '모든 선물(膳物)'이란 의미를 지닌
다. 결국 판도라가 지상에 오기 전까지 인간은 악, 슬픔, 병을 모르는
존재였으나 판도라에게 여성의 부정적·파멸적 요소가 생성하여 여
자는 게으름뱅이고, 남자의 본질을 소멸시키는 존재이며 분별력 있는
여자를 소유하는 남자래도 선과 악의 혼합을 얻는다는 것이다. 특히
매력으로 남자를 교사(敎唆)하므로 낭비적이고 오히려 여자가 없으면
더 좋다는 것이다.

아리스토틀은 여성의 열등성에 관해 정교히 논한 바 있다.

여자의 본체는 남자에게 종속되어 있어서 여자 자신에게는 에센스
를 생산할 인자가 없다. 여자는 밝고 희귀한 정액(精液)의 속성이 부
족하고 열성인 종자를 지녔으므로 지혜도 영혼도 없다. 또 여성의 경
도의 붉은 색은 남성의 정자의 흰색에서 오는 위대한 열과 빠른 열성
에 비해 불완전을 나타내며 소화 안 된 피가 부패해서 붉은 색을 가지
는 것이다.

히포크라테스 학파에 의하면 남아는 36일에 형성되고 여아는 42일
만에 형성되므로 남태아가 여태아보다 빨리 성숙되고 우수하며 여아
를 가진 어머니는 다리가 무거운데 남아를 가진 어머니는 얼굴빛이
좋다고 한다. 또 남자는 지배를 뜻하는 오른쪽이며 여자는 열등인 왼
쪽으로 왼손의 힘은 비논리적이고 불가사의하며 공포와 혐오를 불어
넣는다.

힐맨에 의하면 창세기의 아담과 이브의 경우도 마찬가지다. 아담은
신의 모습에서 형성되나 이브는 아담의 물체(物體)를 통해서다. 남자
는 여자보다 먼저 신의 모습에서 창조되었으므로 시간상 여자보다 앞
서고 우수하다. 또 남자는 의식에서 우성인데 이브는 아담의 깊은 잠
인 무의식에서 추출된 것으로 원래 아담은 항상 깨어있는 상태였는데
이브에서 잠이 온 것으로 이브는 아담의 잠이다. 아담이 본질적으로
우수한 것은 처음부터 완전하며 신 자신의 완전한 거울 이미지라 볼

수 있으며 이브는 아담 전체의 부분에서 만들어졌으므로 열성이라고 볼 수 있다.

숙영의 경우는 위에 언급한 것과 상반된 양상을 보인다. 선군은 숙영에 주도되어 움직이고 마치 숙영의 지배를 받는 듯한 화자의 어조를 느낄 수 있다. 말하자면 여성의 약한 면에 내재된 아니마가 선군에 나타나는데 비해 숙영은 내재된 이미지인 긍정적 아니무스의 발현 양상이라 볼 수 있다. 그것은 또한 융의 긍정적인 모성애 본능이라고도 할 수 있다.[39] 즉 삶의 감동적이고 잊을 수 없는 기억 중의 하나이며 성과 변화의 신비로운 뿌리가 되고 보호의 기능을 지닌 모성애적 본능인 것이다.

꿈을 통해 만나는 씬에서의 초췌하고 참을성 없는 선군에 비해 상제가 기약해준 날을 기다리자고 권고하는 숙영, 물질적 부의 만족과 낭자와의 이별 때문에 과거보기를 사양하는 선군에게 과거를 간곡히 청하는 행위, 외간남자와의 간통에 대한 혐의가 해결됐는데도 자결을 결심하는 의연함이라든지, 자결하면서 백학선을 자식에게 남기고 죽는 여유 등은 판도라적 특성이다. 이것은 야슨의 황금양털 탈취를 도와준 마녀 메디아적 이미지나, 밤의 무서운 여신인 헤카테적 이미지와는 전혀 다르다고 볼 수 있다.

숙영이 회생 후 임소저와의 혼례 응락과 삼인이 화락하게 동거동락(同居同樂)한 것 등은 구성상 옥제(玉帝)가 삼인동일승천(三人同一昇天)을 상기한 것이기도 하나, 우리 고소설에 일정한 패턴으로 나타나는 여인상의 원형으로 전처의 소생인 히폴리토스에게 정사를 거부당한 자존심에 못 이겨 젊은 청년을 강간(强姦)이라 외치며 자살한 페드라적 특성과는 상반된다.

---

39) James Hillman, op. cit., pp.215~232 참고

4. 맺음말

소설에 비해 로만스는 보통 욕망의 환상도라고 한다. 그것은 순수에서 경험으로의 변화과정이 아닌 인간본연의 환타지이다. 그러므로 리얼리티 소설의 본령인 냉소주의도 없으며 풍자도 없다. 단지 직선상의 연대기적인 상상의 전개이며, 포스트가 의미하는 원형적 인물과 평판적 인물 중 나중에 들어도 쉽게 이해되고 기억될 수 있는 평판적 인물만 등장한다. 사건 위주의 이야기이므로 인물의 다양성을 필요로하지 않는 것이다.

<숙영낭자전>은 앞에서 언급한 바, 일종의 싸이클 구성을 보여주는 자연신화의 원형을 발견할 수 있으며, 숙영의 재생과 승천에서 인간의 영혼불멸성을 나타내고 있는 반면 결국은 헤시오드의 황금시대나 히브리즘에서의 에덴동산과 같은 낙원으로 돌아가고 싶은 인간욕망의 구현이라고 볼 수 있다.

이것은 곧 신화나 전설을 모태로 하는 이야기의 로만스적 특성이며 로만스와 밀접한 관련이 있는 신화적 패턴에서의 고찰을 가능하게 한다.

특히 그리스 신화적 패턴에서 <숙영낭자전>을 살펴 본 결과 다음과 같이 정의내릴 수 있다.

첫째, 숙영의 재생과 승천은 올피즘과 엘레우시스 비교(秘敎)에서 의미하는 영혼불멸과 풍요와 관련된 인간재생을 의미하는 자연신화의 원형과 유사하다 할 수 있겠다.

둘째, 옥황상제의 명을 거스른 결과로 벌을 받는 숙영의 시련은 운명의 선결권에 종속하지 않고 신을 초월하려고 한 데서 오는 '휴브리스'라고 해석될 수 있다.

셋째, 선인인 숙영이 속계에 하강해서 인생을 즐겼음은 인간과 신의 프로메테우스적 하모니라고 말할 수 있다.

넷째, 선군의 무개성적이고 감정적인, 어린애 같이 연약함이 네 번의 현몽과정을 거쳐 사랑을 얻었음은 아니마가 사랑을 통해 푸쉬케로 변형된 전형적인 예로 볼 수 있다.

다섯째, 선군에 대한 숙영의 긍정적인 모성원형은 최초의 여자로서 인간에게 악을 알게 해준 판도라의 파멸적 요소와 상반된다.

유미주의와 사타니즘의 아이덴티티
-동인의 〈狂畵師〉와 谷崎潤一郎의 〈刺靑〉-

1. 한·일 문학 비교를 위한 하나의 전제

문학이란 인간의 내적 생활을 표현할 뿐 아니라 다른 인간과의 관계에 대한 원대한 감각을 지닌다고 볼 수 있다.[1] 곧 문학이란 개인체험에서 깊은 리얼리티의 세계적 의미를 인식하게 하며 국경을 초월해서 인간상호간을 이해하는 하나의 방법이라고 볼 수 있다.

소위 괴테가 즐겨 사용한 '세계문학'[2]이란 용어는 방 티겜(Van Tieghem)이 그 영역을 좁혀 '비교문학'이란 개념과 관련시켜 생각해 왔다.

웰렉(Renė wellek)이

比較文學은 世界文學 歷史와 學問이 서로 疏遠한 理想에 直面한 國際的인 觀點을 意味하며 比較文學은 國家의 偏見이나 프로방셜리즘을 克服해야 한다. 그러나 나라마다 다른 伝統의 生命力을 無視하거나 矮小化시켜서는 안 된다. 즉 우리는 國民文學과 一般文學 그리고 文學史와 批評을

---

1) Armand Martins Janeira, *Japanese and Western Literature A Comparative Study*, Charles E. Tuttle Company, 1970, p.20.
2) 미국 비교문학 학파에선 '세계문학'이란 용어가 막연한 감상적인 언어이므로 '일반문학'이라 명명함.

必要로 하며 比較만이 줄 수 있는 廣範圍한 觀點이 必要한 것이다.[3]

라고 말한 것도 결국은 세계문학 개념이 어떤 어려움이 있든지 간에 문학을 언어의 구별로 보지 않고 전체로 생각하고 문학의 발전과 성장을 추적하여 문학 역시 일종의 문화의 부분으로 생각하는 것이 바람직하다는 논리로까지 비약이 되고 있는 것이다. 웰렉이 말하듯이 문학이 역사적 연구의 미래성을 지니고 있는 것도 바로 이 때문이다. 즉 다양한 문학연구의 이해를 통해서 각 국가의 특성 추출이 가치 있는 결과를 지니게도 된다. 그래서 동양과 서양과의 비교연구가 더욱 활발히 진행되고 있으며 동서의 유니티를 문학의 비교연구에서 찾으려고 시도하고 있는 것이다.

특히 우리 문학의 경우, 특수한 역사적 여건 하에 일본문학이 우리 근대문학에 미친 지대한 영향은 서구, 일본, 한국의 세 나라 입장에서 연구돼야함이 절실하며 서구문학의 이입현상이 생성되기 시작한 처음부터 매개체인 일본을 통해서 직접이 아닌 간접적 방법으로 어떻게 변이(変移), 수용되었는가를 실증적 차원에서 천착함이 우리 근대문학의 본질을 파악할 수 있는 첩경이라고 생각한다.

그런데 실제로 그 영향 관계는 그 당시 신문이나 잡지 등에서 그것에 대한 기록이 거의 나타나지 않고 있는데, 아마 이것은 그 시대 작가들이 일본문학을 자국적인 입장에서 수용했기 때문에[4] 구태여 밝혀야 할 필요성을 느끼지 않았나 생각된다.

그러나 근대 서구문화 및 사상의 도입이 전적으로 일본을 매개로 해서 이루어졌다는 것은 주지의 사실이거니와 실지 기록에는 나타나 있지 않더라도 그 전제하에서 추정, 연구하는 것이 타당시된다 생각한다.

---

3) René Wellek, *Discriminations*, Yale Univ. 1971, p.36.
4) 金澤東, 『韓國開化期詩歌硏究』, 詩文學社, 1981, p.335.

그 시도의 하나로서 본고는 일본의 서구문화 및 문학의 수용양상을 우리나라의 수용양상과 비교하여 특히 그 이질성을 고찰하고, 춘원의 공리주의문학에 도전하여 20년대에 등장했던 동인문학 이론의 주요 모티브였던 유미주의를 일본문학의 유미주의와의 관계에서 살펴본 후 그 대표적 작가라고 생각되는 <刺靑>의 작가 谷崎潤一郞과 동인과의 관계에 대해서 그 영향을 받았으리라고 상정되는 작품 <狂畵師>를 대상으로 비교 분석하고자 한다.

필자가 조사한 바에 의하면 동인의 유미주의를 谷崎潤一郞과의 영향 관계에서 구체적으로 현시한 것은 1961년 당시 奈良 천리대학 한국어 한국문학 강사로 근무중인 현창하의 <狂畵師>에 있어서의 <刺靑>과 <도리안 그레이의 肖像>을 비교, 발표한 것이 있으나 그것은 1960년 십일월 동경에서 개최되었던 비교문학회의에서이고[5] 그가 「金東仁의 眈美主義」라고 해서 『自由文學』에 발표한 것은[6] 谷崎潤一郞의 <刺靑>과 와일드의 <도리안 그레이의 肖像>이 일치되고 있는 것이 분명하다고 전제하고 구체적인 비교분석은 없이 두 작품의 경개에서 단편적으로 보여주고 있음을 첨기하는 바이다.

2. 일본에서의 서구문학 수용양상

일본역사의 새 시대의 개방은 봉건적인 덕천막부(德川幕府) 정권이 무너진 1868년 명치유신(明治維新) 때부터이며 개화되기 이전의 약 250여 년간은 세계와 완전히 고립상태에 있었다.

일본과 서구세계의 첫 접촉의 문화영향에 대해 간단히 언급하면[7]

---

5) 『自由文學』 6권 제2호의 편집자 주에 의해서이며 필자는 아직 그 논문을 구해보지 못했다.
6) 『自由文學』 2월호 6권 제2호 (1961년)

1543년 폴튜갈인이 타네가시마 남쪽 섬에 상륙한 때부터 그리스도 선교와 무역을 시작했으나 그 뒤를 이어 스페인 독일, 영국 등이 무역으로 거래를 시작함에 따라 과다한 경쟁 때문에 전쟁으로 번지자 모두 축출되고 1641년 후는 독일상선만 남게 되어 데지마섬에 억압되었으며 1853년 미국인 페리 함장이 미 대통령 친서를 가지고 올 때까지 독일 선교사는 은밀한 접촉을 일본인들과 계속하고 있었다.

서구문화가 일본에 대량으로 소개된 것은 수학, 천문학, 지리, 해양과학, 조선술 등으로 본격적으로 서구의 놀라운 과학기술을 도입하게 된 것은 1853년 서구와의 두 번째 접촉에서이다.

그러나 일본이 서양에 완전히 문호를 개방한 것은 명치유신 시대로 유신 후 첫 20여년은 정치사상으로 지배되어 주요 지적인 활동은 오로지 발전되는 사회건설과 근대국가 건설에 초점을 둘 뿐, 정신적 혁명이나 인간혁명, 예술 또는 문학창조가 일어나기 시작한 것은 정치혁명 후 즉 명치 20년 후부터였다.

특히 문학의 경우, 덕천가강(德川家康) 정권하의 오랫동안 밀폐된 상태에서 일본작가들은 고대소설만 천박하게 모방하며 방탕아와 매춘부의 김빠진 얘기식의 도색문학에만 열중하였으며 근대소설을 위해서는 보여줄 만한 것도, 읽을 만한 가치도 거의 없는 실정이었다.

Donald Keene은 그 당시 문학에 대해

> 日本文學은 最下의 水準으로 떨어졌다. 詩는 傳統的 主題와 形式의 反復 속에 퇴색되어 미이라처럼 되고 單調로운 小說은 活氣와 想像力을 잃고 社會의 리얼리티와 人間生活과는 遊離된 主題를 찾고 있었다. 卽 慣習的이고 枯渴된 文學이 空虛한 形式으로 滿足되고 있는 形便이었다.[8]

---

7) Almand Maritans Jeneira, op. cit., p.120 참고.
8) Armands Martins Janeira, *The Greatest Revolution in Japanese History : Contact with the West*, 1970, p.128.

라고 말할 만큼 일본문학은 구습의 답보상태에 놓여 있었으나 서구세계와의 접촉으로 오히려 구세주를 만난 격이었다.

우리나라의 경우 문호개방은 1876년부터이나 1894년 갑오경장을 기점으로 하는 것은 주지된 바이거니와[9] 일본보다 30여년 뒤늦게, 그것도 자의에 의한 것보다 일본의 사주에 의해서 시작되었다는 것이 일본과는 근본적으로 다른 문제를 안고 있다.

개화란 성격이 전통적 규범체제를 근대화하고 산업과 경제 근대화를 실현하려는 계몽주의이며 동시에 실천적 이념[10]이라는 것은 한국이나 일본이나 동일하나 상호 다른 여건하의 출발이라 할 수 있다.

1) 직접수용과 간접수용

일본이 오랫동안 외부와의 외교에서 폐쇄되었던 것이 오히려 그들에게 서구화를 더욱 강력하게 흡수하려는 계기가 되었다. 그 당시 일본은 서구문화에 완전히 매혹당했으며 일본 지식층들은 일본을 서구화하는 것에 목표를 두고 있었다. 그들은 서구 것이면 무엇이든지 좋게 보았다. 기계, 학문, 사상, 의·식·주 등이 일본인에게 채택되는 노력이 계속 이루어지고 있었다.[11] 독일 물리학자 발츠(E. Von Bälz)가 일본을 방문한 후 "일본은 역사가 없다. 일본역사는 지금부터 시작한다."라고 일기에 쓸 만큼 일본인은 서구문화에 열을 올렸다.

특히 교육에서 의무교육은 아니래도 소년 50% 정도가 근대교육을 받고 있었으며,[12] 서구문화의 정열은 대학에서 일본어와 미국문학을

---

9) 劉載天의 「개화사상의 사회학적 의미」에 보면 李光麟教授는 開化思想發生時期를 1870년으로 보고, 또는 實學派까지 거슬러 올라가는 경우, 李弘稙은 1876년 丙子 수호조약 이후로, 李基白은 英正祖 北學論 이후로 보는 등의 견해가 있다.
10) 劉載天, 「개화사상의 사회학적 의미」, 새문사, 1981, p.Ⅱ-105.
11) *An Invitation to Japan's Literature, published by Japan Culture Institute,* 1974, p.33.
12) 그 당시 영국의 경우는 어린이 4,5인 중 1인이 학교를 다닐 때였다.

같이 가르칠 정도였으며 어떤 대학은 일본사 대신 영문학사를 가르친 곳도 있었다.13)

특히 문학의 경우 일본이 진실로 근대를 맞이한 것은 자연주의 이후로 이 시대 작품은 거의 모두가 강한 서구의 영향으로 활기를 띄어 스타일과 내용면에서 지난 천년의 역사를 통해서 보다 깊은 변화를 초래했으며 구어체 확립과 표현이나 사고의 정확, 인생에 성실한 문학적 태도 설정 등이 주요 모토임과 동시에 일본문학의 지도정신이 되었다.

근대 일본소설 발전에 중요한 계기가 되었던 평내소요(坪內逍遙)의 『小說神髓』(1885)는 새로운 시대 첫 주요 비평서일 뿐만 아니라 일본소설의 첫 이론 연구서다. 그것의 상당한 부분은 서구 문학이론에 비추어 일본소설의 흐름을 비평하는 관계에서 "로만스 같은 유의 소설이 우리나라에서 많이 창작되고 善만이 그런 경향의 작품 밑에서 신음하는 어리석음을 범하고 있다"고 언급하며 그 해결은 일본문학을 근대화해서 근대 서구소설의 심리적 리얼리즘의 노력을 일본작가도 채택해야 한다고 주장한 것이다.14)

부언하면, 소설가의 임무는 권선징악의 명시가 아니라 인간을 존재하는 그대로 또 행동하게 하는 강조된 정열을 묘사하는 것이라고 했는데 『小說神髓』는 명치문학의 큰 성과로 1900년에서 1912년에 걸쳐 절정기에 오른 자연주의문학 등장의 예시이기도 하다.

한국의 개화기는 역시 일본처럼 오랫동안 고수해 온 쇄국주의 정책이 붕괴되고 난 후에 출발한 점에선 동일하나 그것이 일본이나 서구의 강요에 의해서 이루어졌다는 사실이다. 또한 일본은 개화기 주도 세력이 대부분 지식층인데 비해 우리는 소위 나라의 지도층 대부분이

---

13) Armands Maritins Janeira, *The Universal of Literature*, 1970, p.127.
14) Ivan Morris, *Modern Japanese Novels, Edited by Ivan charles E. Tuttle Company*, 1972, p.13.

존주양이정신(尊周攘夷精神)과 화이사상(華夷思想)에 깊이 침윤되어 있어[15] 서구와의 관계에서 폐쇄적 자세를 취한 점이다.

결국 우리는 소위 개화기 시대의 모토인 '文明, 啓蒙, 自主獨立'을 부르짖으면서 그것이 영토의 확장을 꾀하려는 야욕을 지닌 일본과 서구세력에 의해 강요되고 주도당한 아이러니를 지니게 된 것이다.

우리는 일본처럼 오랫동안 침체되었던 도구가와 정권의 붕괴와 함께 새로운 활력소의 등장이 절대 필요한 여건 하에서의 지식층 지도에 의한 수용이 아니다. 자주의식을 부르짖는 주도개화 세력이 식민지적 성격의 이중구조를 지닌 점[16] 그것이 제대로 정상적인 개화가 이루어질 수 없는 비극성이라고 볼 수 있다. 즉 일본문학은 서구세계의 영향이 비교적 도구가와 정권의 고갈상태에서 구출되는 계기가 되었으나, 우리나라의 경우는 개화의지의 진면목인 '自主・獨立・民權'은 좌절된 채 형식뿐인 개화를 초래했다.

2) 전통의 재창조와 서구적 편향

일본에서의 구세대 붕괴와 새것의 교체는 일본문학에 즉시 반영된 것은 아니다. 원래 일본 명치정부의 목적은 일본인 정신은 그대로 고수한 채, 서구기술을 도입해서 물질면에 발흥을 꾀하는 것이었다. 즉 그들이 서양문화 도입에 급급했던 것은 서구와 동등해지기 위한 군사력과 산업력을 기르기 위한 것이었으며 보수파들까지도 자기 나라의 부국강병을 위해서는 과학, 의학, 천문, 지리, 무기 등에 대한 지식을 서구에서 흡수해야 한다는 근대의식을 지니고 있었다.[17]

모리스(Ivan Morris)는 「近代日本小說 紹介」에서 일본의 전통과 외

---

15) 金容稷, 「개화기문인의 의식유형」, 『한국文學硏究入聞』, 지식산업사, 1982, p.476.
16) 후기 신소설의 경우, 특히 친일파적 양상을 띤 것도 그 한 예이다.
17) A. M. Jeneira, *Japanese Western Literature*, p.125. 승리는 안에서 거대한 죽음은 밖에서란 식이었다.

국 영향문제에 대해 명치유신은 어떤 면에선 거의 완전한 단절과 파괴이며[18] 또 다른 면에서는 부분적 단절[19]이며, 그러나 어떤 면에선 전통이 상당히 계속성[20] 있음을 역설했다. 작가들의 경우 대부분 맹목적으로 서양문화 또는 문학에 심취하기보다 일본의 중요 핵심은 그대로 지닌 채였다.[21]

그 대표적인 작가로 명치와 대정(大正)시대에 걸쳐 활동했던 森鷗外(1862～1922)와 夏目漱石(1867～1916)을 들 수 있다. 森鷗外는 오히려 일본전통을 다시 돌려받기 위해 유럽문학의 형식과 내용을 수용한 작가다.[22]

그의 첫 작품 <춤추는 少女>(1890)는 일본학생과 독일 댄서 사이의 불행한 사랑 사건을 다룬 것이며 다음 작품 <無常한 人生記錄>역시 일본화가와 독일모델을 주인공으로 독일 낭만류의 멜로드라마적 스토리이다. 그러나 그는 사무라이 가정에 태어나 유교와 중국 고전 연구의 가르침을 받은 전통교육으로 되돌아간 작가다. 이를테면 그는 근대의식을 지니고 과거로 돌아온 대표적인 작가이다.

夏目漱石 역시 동경대에서 영문학과 문학비평을 강의하고 하이쿠시와 중국시를 쓴 작가이다. 특히 근대일본문학에 큰 감명을 준 <나는 고양이다>란 작품은 고양이를 회상기(回想記)의 친근한 내레이터로 등장시켜 일종의 고양이의 자서전적인 일기를 썼다.[23] 그러나 그는 비평에서 일본식 불교형식인 선(禪)[24] 사상과 도교철학을 연구하

---

18) 軍事階級, 儒教를 신봉하는 官權社會에서 말한다.
19) 衣·食·住 중 食과 官僚構造.
20) Nö 연극과 시골의 가족체제
21) 즉 서구에 대한 매력과 동양정신에 뿌리를 둔 사이에서 작품활동을 추구했다.
22) *Modern Japanese Novels and the West*, Univ. of Virginia, 1961, pp.25～29 참조. 그는 독일에서 4년간 수학하고 전공은 의학으로 독일어로 논문도 쓰고 '파우스트'를 번역하는 등 유럽관습과 문화에 익숙한 작가다.
23) Jeneira에 의하면 고양이가 Narrator로 登場하는 手法은 E. T. A. Hoffmann이 「Cat Murr」에서 쓴 技巧라고 했다.

여 전통과 근대의 연결로 고전문학과 근대문학의 다리를 세운 작가로 알려져 있다.

森鷗外와 夏目漱石뿐만 아니라 대부분의 일본작가들은 서구문학 수용을 오히려 고전전통의 재창조란 의식을 지니려고 노력하는데 반해 우리 한국 개화기 문학의 경우 우리는 우리 것을 왜소화하고 비하시키는 경향을 나타내는데 그것은 신소설에 가장 잘 나타나 있다.

> 여보, 영감이상, 내가 영감을 원망하는 것이 아니라 내 팔자가 한탄이요. 나같이 어림없고(馬塵), 나같이 팔자 사나온 년이 어디 또 있겠소? 영감이 내지에 있을 때에 얼마나 풍을 쳤소? 조선에 있는 사람은 아무것도 모르는 병신 같고, 영감 혼자만 잘난 듯 조선에 돌아가는 날에는 벼슬은 마음대로 할 듯, 돈을 마음대로 쓰고 지낼 듯 그런 호기적은 소리만 하던 그 사람이 조선을 오더니 이 모양이란 말이요? 일본 여편네가 조선 사람의 마누라 되어온 사람이 나 하나 뿐 아니언마는 경성에 와서 고생하는 사람은 나 하나 뿐 이구려. 남편의 덕에 마차 타는 사람은 말할 것도 없거니와, 머리 위에 금테를 두셋씩 두르고 다니는 사람의 마누라된 사람은 좀 많소! 나는 마차도 싫고 금테도 부럽지 아니하고 돈 얼굴을 한 달에 한 번씩만 얻어보고 살았으면 좋겠소. 여보, 큰 기침 그만 하고 어디 가서 한 달에 이삼십 원이라도 생기는 고용(雇傭)도 못얻어 한단 말이요. 내가 문밖에 나가면 혹 내지 아이들이 등 뒤에서 손가락질을 하며 요보의 오가미상(朝鮮人 女房)이라 하니, 옷이나 잘 입고 다니며 그런 소리를 들으면 어떠할지, 거지꼴 같은 위인에 그 소리를 들을 때면 얼굴이 뜨뜻.[25]

일본인 처가 남편을 따라 조선에 와서 고생하는 것에 대해 푸념하는 소리다. 제목 자체도 <貧鮮郎의 日美人>으로 조선인 남편의 自

---

24) Jeneira, *The Tragic Sense of Life*, 1970, p.278. 일본인의 근본적 경험주의와 일맥상통하는 것으로 리얼리즘에서 합리적 분석적인 것을 거부하고 계몽이란 언어가 아니고 마음에서 마음으로 직접 도달된다고 가르친다.
25) 李人稙, <貧鮮郎의 日美人>, 乙酉文庫 5, p.334,

國에 대한 비하감을 감지할 수 있다.

다음 <血의 淚>에서 옥련과 구완서의 대화를 보면,

(구) 너는 나더러 종시 해라 소리를 아니하니 나도 마주 하오를 할 일
이로구, 허허허. 그러나 말 대답은 아니하고 딴 소리만 하여서 대단히 실
례하였다. 내가 우리나라에 있을 때에 우리 부모가 내 나이 열두서너 살
부터 장가를 들이려 하는 것을 내가 마다하였다. 우리나라 사람들이 조혼
하는 것이 옳은 일이 아니라. 나는 언제든지 공부하여 학문지식이 넉넉한
후에 아내도 학문있는 사람을 구하여 장가들겠다. 학문도 없고 지식도 없
고 입에서 젖내가 모랑모랑 나는 것을 장가들이면 짐승의 자웅같이 아무
것도 모르고 음양에 합의 낙만 알 것이다. 그런고로 우리나라 사람들이
짐승같이 제 몸이나 알고 제 계집 제 새끼나 알고 나라를 위하기는 고사
하고 나라 재물을 도둑질하여 먹으려고 눈이 벌겋게 뒤집혀서 돌아다니
는 것이 다 어려서 학문을 배우지 못한 연고라. 우리가 이같은 문명한 세
상에 나서 나라에 유익하고 사회에 명예있는 큰 사업을 하자 하는 목적
으로 만리타국에 와서 쇠공이를 갈아 바늘 만드는 성력(誠力)을 가지고
공부하여 남과 같은 학문과 같은 지식이 나날이 달라가는 이때에 장가를
들어서 색계상에 정신을 허비하면 유지한 대장부가 아니라. 이애 옥련아,
그렇지 아니하냐.

라고 한 것처럼 짐승과 같다느니, 도둑질로 눈이 벌겋다느니 하는 식
의 현실폭로적인 면도 볼 수 있으나 고아가 된 옥련을 보살펴주는 일
본인 양부모의 휴머니즘에 비추어 볼 때 그 표현이 열등의식에서 오
는 자기비하이며 왜소화라고 생각된다. 신소설 주인공들의 대부분이
일본이나 서구에 가서 학문을 공부하고 수석(首席)으로 돌아오지만,
우리의 전통은 무조건 버려야하고 나쁘다는 식의 사고는 근대문화의
새로움을 전통문화에 연결시키려고 했던 일본의 개화의식과는 다른
차원이다. 이것이 서구화가 정상적으로 이루어질 수 없었던 또 하나
의 주요한 원인이 되었다고 생각한다.

3) 전통소화의 융화와 소화불량성

케네(Donald Lowrence Keene)는 *Modern Japanese and Novels and the West* 에서 근대일본소설은 객관적인 시점에서 관찰하면 서구세계에 무척 접근되었음에도 불구하고 거리감을 느낀다고 말했다. 그것은 다른 말로 표현해서 서구문화를 일본전통 위에서 소화하려고 노력했던 흔적이라고 볼 수 있다. 근대문학은 분명 서구사상 수용에 근거를 두고 있으면서도 일본작가에 적합한 주제선택에 유의했던 것이다. 아무리 정치, 경제에 광적인 젊은 인텔리가 서구소설을 탐독한다 하더라도 그들의 진정한 사랑은 일본문학이라고 고백한다는 것이다.

결국 그들은 오랜 끈질긴 전통의 개성을 지니고 세계문학이란 나무의 한 가지로서 주체성을 보유하고 있으므로 유럽학설을 인용해도 그대로의 복사가 아니고 인용구도 일본작품을 위해 도움이 될 수 있는 것을 선택하며, 평내소요(坪內逍遙)가 24세에 『小說神髓』를 발간했을 때에 희구했던 것은 일본소설이 질면에서 유럽소설을 능가하고 세계 최고를 차지하기 위한 하나의 시도였다는 것이 그들이 서구문학수용을 로고스적 요소를 무시하고 파토스적 입장에서만 받아들이지 않았음을 증명하는 것이다.

우나무노(Unamuno)는 "필요한 것은 스페인을 유럽화하는 것이 아니고 유럽을 스페인화하는 것"이라 했고, 지드(A. Gide)는 "문학이 휴머니티에서 자리를 유지할 수 있음은 그 나라 고유의 전통을 지닐 수 있음에 의해서다… 세르반테스보다 더 스페인적인 것이 있는가, 또 볼테르나 데칼트보다, 파스칼보다 더 불란서적인 것이 있으며 도스또예프스키보다 더 러시안적인 것이 있는가?"라고 했다.[26] 즉 그 민족의 고유한 성격을 보유한 채, 세계화가 이룩되는 경우라 보겠다.

그러나 일본 역시 전통과 서구문학을 연결하는 방법의 모색으로 일

---

26) Armands Martins Jeneira, *Western Influence on Contemporary Japanese Writers*, 1970, p.142.

본 지식인들은 갈림길에서 진통을 겪었다. 國木田獨步가

> 내 마음에 두 가지 다른 思想이 征服을 위해 鬪爭하고 있다. 하나는 내
> 가 물려받은 東洋이고 다른 하나는 敎育을 통해 받은 西洋이다. 아침무지
> 개를 向해 Wordsworth의 詩를 暗誦할 때 나는 崇高함을 느낀다. 그러나
> 晩種이 울릴 때 過去의 탄가詩[27])에서 말할 수 없는 感動을 느낀다.[28])

라고 한 것으로 보아도 내적 갈등을 겪은 동서양의 융화임을 인식하
게 된다.

어느 나라 어느 사회나 이질적인 것의 도입은 반대나 호의의 두 감
정으로 깊이 동요되는 것이나 일본은 서구를 모방하려는 광풍 속에서
나마 고대전통을 던져 버리지 않고서 대부분의 작가들은 가능한 한
신중하게 그들에 친근한 스타일과 주제에 집착했다.[29])

그런데 우리나라의 경우, 일본과 달리 맹목적인 광적인 모방이었다.
자기전통에 대한 투철한 의식도 없었으며 우리 것과 서양 것에 대한
내적 갈등을 지닐 여유도 없었다. 소화불량, 중도 유산의 악순환이 여
기에서 비롯되었다.[30])

상술한 바와 같이 신소설의 경우 주인공이 부르짖는 개화사상이 한
낱 형식적인 구호로만 부르짖을 뿐 주제와 유니티를 이루지 못하고
실질적인 내용면에선 구호가 관철되지 못하는 시츄에이션 설정은 그
당시 시점에서 개화의 진면목을 완전히 소화하지 못한 상태라고 볼
수 있다. 오늘날 신문학을 새로운 서구스타일의 문학을 도입시킨 공
직으로만 생각할 수 없는 이유가 여기에 있는 것이다.

---

27) 고전일본 시형식으로 선사시대부터 전해 내려오는 서정시.
28) Janeira, op. cit., p.143.
29) Donald Ieene, op. cit., p.24.
30) 千二斗, 「開化期 文學에서의 한 反省」 II, 새문사, 1981, p.113.

3. 일본에서의 유미주의 수용양상과 그 특징

일본에서 서구문학 번역이 시작된 것은 1860년대부터이나 정작 읽을 만한 가치가 있는 작품이 거의 없었으며, 서구문학이 대량으로 성실하게 번역된 시기는 1880년대에서 1890년대라고 본다.[31]

서구의 완전한 소설이 최초로 번역된 것은 1878년 리톤(Bulwer Lytton)의 <멀트라버즈 Ernest Multravers[32]>이며 이어서 디스레일리, 벤쟈민의 정치소설 및 Jules Verne[33]의 과학소설 등이 특히 일본 독자들의 큰 흥미를 끌었다.[34]

셰익스피어가 일본문학에서 중요한 위치를 차지하게 된 것도 이때이며 이어서 디포우(Daniel Defoe)의 <로빈손 크루소>(일본어 제목은 '영국인 로빈 크루소가 쓴 방랑기록')[35]와 스위프트(J. Swift의 <걸리버 여행기)>, 반세기이상이나 기적적인 성공을 가져온 작품으로 스마일(Samuel Smile)[36]의 <自助論 Self Help>이 있다.

투르케네프, 레싱, 칼데론, 호프만, 도스토예프스키, 입센 등이 어떤 특별한 문학의 경향이나 저명한 작가의 선택이 없이 번역되었으며 그들의 서구문학에 대한 첫 접촉이 예술적 문학성을 지닌 작품보다 정치적 사회적 과학적 요소를 지닌 작품에 관심이 집중되었다는 것이다.

그것은 우리나라의 이입과정과도 마찬가지 양상을 띠고 있다. 우리의 개화기 번역문학은 그 시발점이 1895년[37]이며 본격적인 것은 1900

---

31) 처음보다 체계적으로 번역작품이 채택되고 원본에 비교적 충실하던 시기이다.
32) 영국에선 1937년에 간행되었으며 리튼은 영국 정치가이며 소설가다.
33) 불란서의 공상과학소설가(1828~1905)로 특히 <海底二萬마일>, <八十日間의 世界一周>가 유명하다.
34) 1868년 이래의 일본역사를 가늠하게 된다.
35) 에도시대에 번역되어 1872년 발간, 명치시대에 재번역되었다.
36) 영국의 사회개혁가(1812~1904)로 개성의 존엄성을 나타낸 것.
37) 金秉喆, 『韓國近代 飜譯文學史 硏究』, 乙酉文化社, 1975, p.154. 일본보다 20여년 가량 늦는 셈이다.

년 이후부터이다.

최초의 번역작품은 김병철씨에 의하면 1895년의 <유옥역전>(아라비안나이트)으로 번안(J. Bunyan)의 <텬로력뎡>과 거의 같은 시기로 95년 이후에 나온 다른 번역서와는 공분모를 찾을 수 없으나[38] 개화기에 출간된 번역물의 거의 전부는 정치적 사회적 효용성을 띤 번역물로 일본명치시대 번역 상황과 동일하다 하겠다.

1) 유미주의와 오스커리즘의 이입과정

1920년대 동인이 기수가 된 유미주의는 일본에선 그보다 10년 일찍 1909년경 일본 자연주의[39]에 반발해서 생긴 문예사조를 말한다.

모리슨(John Morrison)에 의하면 일본 번역가들에 의해 가장 많이 선택된 영국의 세 작가는 셰익스피어, 와일드, 코난 도일로 유미주의의 대표적 작가로 알려진 와일드(O. Wilde)가 일본 비평가 및 독자들에게 개심(開心)의 대상이 되어 있었다는 것이다. 소화(昭和) 팔년(1933)에 간행된 木村毅齊藤昌三의 서양문학번역연표에 의해 와일드의 번역된 작품 및 와일드에 관련된 시서를 보면 다음과 같다.[40]

작 품 명	역 자	출 처 및 간 행 일	
悲劇サロメ	小林受雄	新小說3月	明治42 (1909)
サロメ	森鷗外	坪伎 (9月)	明治42 (1909)
鶯と薔薇	MK	太陽 (二月)	明治43 (1910)
悲劇	金子健二	心の花 (4月)	明治43 (1910)
皇子と燕	田波御白	東亞の光 (6月)	明治43 (1910)
我儘な巨人	田波御白	帝國文學 (7月)	明治43 (1910)

---

38) 金秉喆氏는 기독교 전파를 위한 공리성이라고 했는데, 이것은 개화기 선교사에 의한 것이란 사실과 연관시키면 수긍이 간다.

39) John Morrison, op. cit., p.7.

40) 미흡한 자료이나 다른 번역문학연표를 구하지 못해 부족한 상태이나마 고찰했다.

작 품 명	역 자	출 처 및 간 행 일	
親　　友	田波御白	東亞の光 (10月)	明治43 (1910)
喜劇 手提鞄	森 皚峰	時事 (2月)	明治45 大正元年 (1912)
秘密のない スフインクス	小澤愛閑	黑耀 (10月)	大正元年 (1912)
模範金滿家	矢口 達	聖杯 (12월)	大正元年 (1912)
戲曲 寶玉に句ま れたる女	貞一	秀才文壇 (1월)	大正2年 (1913)
秘密のない怪女	貞造	帝口文學 (3월)	대정2 (1913)
脚本サロメ	中村吉藏	南北社 (11월)	대정2 (1913)
架空の頹廢	矢口 達	新陽堂	대정2 (1913)
遊蕩兒	本間久雄	新潮社	대정2 (1913)
皇女の誕生日	岡 榮一郎	帝國文學 (8월)	大正4 (1915)
魚夫とその魂	岡 榮一郎	帝國文學 (12월)	大正4 (1915)
脚本フロインス の悲劇	本間久雄	早稻田文學 (二月)	大正5 (1916)
秘密な持たぬス フインクス	淸見陸郎	處女 (2月)	大正5 (1916)
ウインダーミセ 夫人の扇	谷崎潤一郎	天祐社 (4月)	大正8 (1919)

<시서(詩書)>

① オスカア・ワイルド(評傳) 和氣律次郎 春陽堂 大正2 (1913) 와일드의 전기를 요약, 서술하고 간단한 저작목록을 실었다.

② 惡魔主義の思想と文藝(평론), 岩野泡鳴 天弦堂 大正4 (1915), ボウ, ヰヨン, ゴオテイエ, ルコント, ドリイル, フロオベル, ボオドレエル, ユイスマン, ワイルド 등 악마주의 작가를 논했음.

③ 近代十八文豪と其生活(평전), 西宮藤朝, 新潮社, 大正8년(1919), マテルリンク, ワイルド, ダマンツイオ, ボウ 등이다.

④ 白孔雀(譯詩集), 西條八十尙文堂, 大正9년(1920), 「愛蘭詩抄」에 イ

エエツ, シグ, ハイド, クイルド, シガアスソ 등.

⑤ ワイルド전집 第四卷(시집) 日夏耿之介天佑社大正9 (1920), 二十
頁許りの解題とワイルドの全詩篇을 실었다.

위의 연표를 필자가 석사논문에서 조사한 한국의 와일드 이입과정
과 비교하여 보면, 두드러지는 공통점이 있다.

첫째, 와일드의 많은 작품 중 특히 희곡 사로메가 반복되어 번역되
었다는 점.[41)

둘째, 와일드의 유미주의는 곧 악마주의라는 용어로 대용되고 있다는
것.

셋째, 와일드의 유일한 소설인 <도리안 그레이의 肖像>의 번역은
우리나라나 일본의 경우 거의 안 나타나는 점.[42)

결국 유미주의는 1910년에서 1915년까지 흥미를 끌었던 일본보다
10여년 늦게 우리나라에 이입되었던 것이다.

그것은 춘원의 「우리 文藝의 方向」[43)에 잘 나타나 있다.

　　그러면 道德的敎訓은 文藝의 存在理由가 되지못하는가 新文藝에 從事
하는 이들은 흔히 이것을 否認한다. "藝術은 道德을 超越한다"하는 것이
그네의 信條다. 이 信條대로 보면 藝術은 道德을 顧慮할 것이 아니다. 오
라비가 누이를 戀愛하는 것을 讚美하거나 지아비잇는 안해가 안해잇는
남자와 密通하는 것을 자세하게 그리거나 相關없다. 오직 美하면 藝術의
能事는 畢한 것으로 본다. 이런 藝術觀을 가리켜 藝術至上主義 또는 耽美
主義라고 부르니 푸란스에 發하야 前世紀末本世紀初에 한번 世界를 풍미
하엿고 이 「藝術을 위한 藝術」이라는 예술지상주의가 한걸음을 돌려 人

---

41) 두 번째 많이 된 번역은 <秘密없는 스핑크쓰>이다.
42) 木村의 연표에는 아직 나오지 않으며 우리나라의 경우는 일본인이 쓴 梗槪만을
　　소개했음.
43) 『朝鮮文壇』2 : 10, 1925. 11. 1.

生의 不道德한 方面 醜惡한 方面에서 美를 찻게 될때에 그것이 니른바 惡魔主義(Diabolism)가 된 것이다. 이 藝術至上主義는 朝鮮에도 들어왔다.

소위 와일드의 악마주의는 일본을 통해 그대로 이입된 것임이 확실한 것 같다.

2) 사타니즘적 유미주의

유미주의가 우리나라에 소개된 것은 소월 최승구의 「情感的 生活의 要求」와 「美」에서 비롯된 것이 아닌가 생각된다.[44]

「情感的 生活의 要求」에서는 '와일드의 本能的 色情主義'란 단편적인 논급이 있을 뿐이고 '美'는 시작품으로 그 제목 밑에 '와일드 觀'이라고 규정해서 와일드의 예술관에 입각해서 '美'의 개념을 규정한 것이다.[45]

일본의 경우, 유미주의는 자연주의문학의 우울하고 자극적인 성향과 절망적인 운명관에 반발해서 일어난 일종의 '悠悠派'를 일컫는다.[46] 그들은 소위 '悠悠自適'이란 명칭이 의미하듯 자연주의파가 인생에 직접 참여해서 오는 모순을 보고 인생에 대해 거리를 두고 관찰하는 초월적 태도를 채택하는 이른바 내적 하모니를 목적으로 한다.

절망적인 운명에서 유유(悠悠)한 것을 끌어내어 뉴앙스와 정서 속에 기뻐하는 딜레땅띠즘 태도를 의식적으로 택한 유유파는 긍정적, 부정적인 두 가지 작가군으로 나누어진다.[47]

긍정적인 면에서의 유미주의자는 자연주의자들의 비참한 니힐리즘

---

44) 金澤東, 『한국近代詩人연구』(1), 『學之光』 3号.(1914. 12. 3. 刊) p.39.

45) Ibid., p.39.

46) H. Read나 M. H. Abrams의 *A Glossary of Literary Terms*에 지적한 바와 같이 Realism이나 Romanticism에서 시대마다 존재하는 성분이 있듯이 유미주의 역시 일본의 전통적 유미관인 'Tea Party'와 '이께바나'가 있다.

47) John Morrison, The Leisure School and Esthetics, Natsume, Mori and their followers, pp.62~75 참고.

과 좌절의 늪에서 인간정신을 고양시키는 것은 그들 국민 전통의 재고찰이라 느끼고 서구문학경향에서 탈피하여 동양정신의 재생을 희구하는 작가군이다.[48]

夏目漱石는 英文學에 대한 知識에도 不拘하고 그의 精神, 趣向, 哲學에서 大端히 東洋的이었다. 그의 根本思想은 부디즘으로 自然主義가 全盛하는 時期에 그들의 作品만이 正統이라고 主張하는 것에 대해 그들이 人生과 죽음의 좁은 分野만을 보는 範圍만으로 制限된다면 자연주의자의 리얼리티는 絶對的이겠지만, 그러나 人間은 그것을 超越할 世界에 到達할 수 있다는 것을 想像해야 한다.

는 설명은 자연주의자가 단지 인생문제에서 좌절과 공허만을 인식하는 환멸적인 아이디얼리스트라고 비난하며 그들의 허점을 미학적이고 전통적인 가치를 발견하는 존재를 추구하는 것으로 메꿀 수 있다고 생각했다는 점을 알 수 있다.

또 하나는 유미주의의 부정적인 측면으로 애초에 의도했던 미학적 원리의 한계성에 방랑하여 데카당스[49]의 길로 들어선 경우이다.

전자는 소위 신낭만주의적 경향인데 비해 후자는 데카당스의 대표적 유미주의작가인 와일드[50]에게서 영향을 받은 악마주의적 탐미주의를 의미한다.

岩野泡鳴의 『惡魔主義の思想と文藝』[51]라는 저서의 서문에서 岩野泡鳴는 "니체의 초인주의나 O. Wilde의 악마주의는 유미주의의 원천이 되었다. 그 대표적인 작가는 谷崎潤一郎으로 그의 초기작품을

---

48) 夏目漱石와 森鷗外를 주축으로 하는 그룹이다.
49) M. H. Abrams, *A Glossary of Literary Terms*, Dornell Univ. 1971, p.2. 불란서의 경우는 1884의 J·K Huysmans, Gautier, 영국은 1890년대의 Wilde임.
50) Beaudelaire, Poe의 영향도 항상 같이 등장한다.
51) 大正4년 2월 발행, 1916년, 岩野泡鳴, 中央公論社, 世界文藝大辭典 第一卷, p.61.

222   한국현대도시소설과 비교문학

들 수 있다."고 명시했다.

결국 유미주의는 夏目漱石과 森鷗外에서 시작된 자연주의에 대한 반동이 1910년 후 즉 대정(大正) 초기에 전통을 찾으려는 신낭만파와 힘의 예술을 관능적인 애욕에서 찾으려는 사타니즘으로 분리되어 그 당시 일본문단을 지배하였던 것이다.

우리나라의 유미주의는 1910년대 춘원의 '道德을 위한 藝術'에 대한 도전으로 등장된 것이며 동인이 처음에 '예술을 위한 예술'을 시도할 때에는 '문학을 위한 문학'이며 '도덕성의 배제' 등을 표방하는 순수예술지상주의적 덕트린이었으나, 그 당시 우리나라 특유의 시대성—삼·일운동 후에 온 우울과 좌절과 절망—과 동인의 유아독존적 성격, 谷崎潤一郎의 초기작품이 일대 센세이션을 일으켰던 당시의 동인의 일본유학 등은 동인과 谷崎潤一郎의 작품과의 접근을 더욱 가능하게 했으리란 추측을 간과할 수 없다.

3) 악마주의의 사도 谷崎潤一郎[52]

谷崎潤一郎은 명치(明治)시대에서 소화(昭和)시대에 이르기까지 작품활동을 계속한 작가로 일본작가 중 드물게 발견되는 힘 있고 깊이 있는 작가이다. 그는 도쿄대학에서 영문학을 전공하여 서구의 마력 밑에 문학을 시작했다.

청년시절부터 와일드와 포오, 보오드레르에 열중했으며[53] 특히 와일드에 심취하여 1919년에는 「ウインターミセ夫人の扇」[54]을 번역까지 했다.

谷崎潤一郎은 원래 자연주의에서 출발하여 반자연주의적인 탐미

---

52) 明治19년~昭和40년(1886~1965) 東京日本橋蠣殼町에서 태어났다. 부친의 사업 실패로 빈궁에 빠져 가정교사를 하며 불행한 생활을 했다.

53) A. M. Jeneira, *Western Influence on Contemporary Japanese Writers*, p.153.

54) 충분한 자료에 의하면 더 있을 것으로 추정된다.

적 경향으로 전환한 永井荷風[55]의 영향을 받았다. 永井荷風의 「あめりか物語」[56]가 谷崎潤一郎의 문학의 출발에 큰 역할을 했다는 것과 선배 永井荷風의 반자연주의적 탐미주의경향이 후배 谷崎潤一郎에게 계승됐다고 주장하는 것은 일본 평론계의 공통된 견해이다.[57]

그 예로 谷崎의 「靑春物語」[58]를 보자.

　　내가 대학 2, 3學年 때 심한 神經衰弱에 걸려 當陸의 國助川에 있는 偕樂園 別莊에 轉地療養하고 있었을때 처음으로 나에게 힘을 내게 한 것은 荷風先生의 「アメリカ物語」였다. 이 荷風보다 훨씬 앞에 漱石先生의 「草枕」이나 「虞美人草」 등과 같이 非自然主義的 傾向의 作品이 나온 것도 있으나, 아직 이 冊의 作者처럼 自然主義에 反對하는 態度를 明白히 한 作家는 없었다.…… 나는 일찌기 이사람에게 親和로움을 느껴 自身의 藝術上의 血族의 한 사람이 빨리도 나타난 것 같은 감을 느꼈다. 내가 만일 文壇에 데뷔한다면 누구보다 荷風에게 認定받고 싶었다.

또 野口武彦氏의 「谷崎潤一郎論」을 보면,

　　谷崎는 文學의 主題를 惡으로 意識하고 있어서 「あめりか物語」와 谷崎의 初期 短篇과는 確實히 共通的인 主題를 다루고 있으며 그 紐帶關係에서 審美感覺이 惡으로 表現되었다.--------(略)----------
　　問題는 그 당시 谷崎의 內的 狀態가 混沌과 不安 속에 있었다는 것과 그런 混沌과 惡의 感覺 속의 緊張關係 가운데 谷崎의 惡魔主義 誕生의 秘密이 숨겨져 있는 것이다. 즉 谷崎의 豫感은 谷崎 自身의 內面에 있어서 자신의 混沌을 逆으로 明白히 認識한 것이다.[59]

---

55) 미국과 불란서 유학을 한 경험에 근거를 두어 작품을 썼으나 '교토쿠事件' 후에 모든 정치에 등을 돌리고 관심을 오로지 데카당한 美에 집중시킨 작가다.
56) 明治 41년, 8, 4. 傳文舘. (1908年)
57) 中島國彦, 「作家의 誕生邂逅」, (『國文學』 8月, 23卷 10号), 學燈社.
58) 昭和 7,8월, 中央公論社.
59) 昭和 48년, 8월, 中央公論社.

라고 한 것은 谷崎의 「青春物語」 얘기와 동일한 것임을 알 수 있다.

谷崎가 1910년 <刺青>[60]으로 데뷔했을 때 그는 정신과 육체의 악의 화신으로 에로티시즘을 표현했다. 같은 종류의 작품으로 1912년 <사탄>, 1913년 <모트슈아의 殺人>, 1919년 <휴미꼬의 발>, 1924년 <癡人의 사랑>을 들 수 있으며 주로 단편의 응축된 형식에 와일드, 포우, 보오드레르 등의 서구적 요소가 현저했다.

그러나 그는 후기에 와서 노련한 서구적 기교로 일본전통에 대한 향수에 몰입하여 '大河小說'[61]을 쓰는 것으로 작품의 방향을 바꾸었으나 '惡'의 감각은 움직이지 않는 그의 주지였다. 말하자면 그는 악의 작자가 탄생했다는 실감을 언제까지나 지니려고 했으며 그 책임감이 오히려 작가로서 쾌감을 느끼게 되고 영원히 악의 작가로서의 谷崎로 알려지게 된 것이다.

東仁은 우리 현대문학사에서 예술지상주의이론을 과감히 실천한 유일한 유미주의자로 알려져 있다. 谷崎와 그 동기에 있어서는 기저를 달리 하나 谷崎의 악마주의가 동인에게 큰 영향을 주었으리라고 상정하는 것은 동인의 자유분방한 성격과 생활, 그 당시 사회환경에서이다.

동인이 일본에 유학했던 시기는[62] 谷崎의 단편이 일본독자들과 비평계에 일대 센세이션을 일으켰을 뿐만 아니라 사타니즘적 유미주의가 1909년~1914년간 자연주의가 퇴색해가는 일본문단을 풍미했던 시기로 그 당시 일본에서 수학했던 동인이 谷崎의 영향을 받지 않을 리가 없다.

또한 동인의 향락주의적인 방탕적인 생활이나 모처럼 착수한 사업

---

60) 『新思潮』, 明治 43년, 11월, 發表.
61) <姉妹들>(1943~1948)이 있다.
62) 蔡壎 교수의 『1920年代 韓國作家研究』에 의하면 東仁은 15才(1914)에 東京學院 中學部에 입학했다 한다.

실패 후에 오는 허탈을 메꾸기에는 谷崎의 와일드적 다이아볼리즘이 최적이 아닐었을까 한다.

비록 동인이 그 영향 관계에 대해서는 전혀 언급하고 있지 않으나 그의 작품이나 좌절과 불안의 상황에서 谷崎와의 영향 관계에서 온 악마주의적 굴절을 추정할 수 있는 것이다.

4. 사타니즘과 탐미주의-〈刺靑〉과 〈狂畫師〉

자연주의에 대한 반발에 악에서 육욕적인 에로티시즘을 느꼈던 谷崎의 <刺靑>63)과 춘원의 계몽과 설교를 위주로 한 문학관에 정면으로 도전하여 '문학을 위한 문학', '도덕성의 배제' 등을 표방했던 동인의 <狂畫師>(1930)를 비교 분석해 보겠다.

1) 액자, 소도구-형식면

가. 액자형식과 낭만적 분위기

이 일은 人生이 오늘날처럼 殘忍한 鬪爭이 아닐 때, 지금은 賤하게 생각할지도 모르는 것을 高尙한 美로 尊敬할 때의 일이다. 아주 悠悠自適한 時代로 名士나 젊은 貴族들이 明快한 유모어로 입가에 항상 웃음이 감돌아 生氣에 차고 궁녀가 게이샤의 웃음이 결코 떠날 때가 없는 時代였다. 정말 人生이 平和스럽고 기쁨에 가득찬 때였다. 그 時代에 敍述되는 浪漫的인 小說이나 가부기 劇場에선 사다구로나 지레이야같은 거칠은 男主人公이 女性으로 변하기도 했고, 모든 美와 힘이 하나가 됐던 때였다. 육체적인 美는 眞實로 人生의 主要 目的이었다. 육체미 추구로 사람들은 그들

---

63) Ivan Morris (1972)의 英譯과 Berkley Medallion Book (1963)을 선택했음.

몸에 文身을 했다. 그들 육체에 빛나는 線과 色彩가 춤추듯이 그려졌다. 에도시대의 快樂的인 이곳을 訪問할 때 그들은 技巧있고 섬세하게 文身된 교군꾼을 가진 賣春婦를 選擇했다. 요시와라와 타츄미의 賣春婦들은 肉體가 아름다운 文身을 자랑하는 男子를 사랑했다. 노름꾼, 소방수, 商人, 또한 사무라이까지도 모두 文身師의 藝術을 尊敬했다. 때때로 文身은 陳列되었다. 參席者들은 그들의 섬세하게 장식된 육체를 벌거벗은 채 보여 주었고, 자랑스럽게 서로 어루만지며, 高尙한 技巧의 精巧함을 자랑하고 서로의 功過를 批評했다.……

아주 재주있는 淸吉이라고 부르는 젊은 文身師가 있었다.

위의 글은 본격적 얘기가 시작되기 전 <刺靑>의 서두 부분의 인용이다. 해설자의 서두설명으로 시작되는 액자소설 형식을 취하고 있다.[64] 또한 서두부터 낭만적인 홍취를 자아내는 분위기는 소위 森鷗外가 사용한 '아소비'[65] 즉 유희, 오락, 쾌락의 유유한 인생관을 보여준다. 谷崎가 항상 내재적으로 간직해 왔던 에도시대에 대한 노스탤지어가 가미되어 신낭만적 분위기로 미와 힘은 분리될 수 없다는 그의 유미관을 독자에게 도입시킨다.

仁王…… 바위 위에 잔솔이 서고 잔솔 아래는 이끼가 빛을 사랑한다…… 여의 등뒤에도 이십장이 넘는 바위다. 그 바위에 올라서면 무학재로 통한 커다란 골짜기가 나타날 것이다. 그 계곡이 끝나는 곳에 소나무위로 비로소 경성 시가의 한편 모퉁이가 보인다. 길에는 자동차의 왕래도 가맣게 보이기는 한다. 여전한 紛擾와 소란의 세계는 그곳에 역시 전개되어 있기는 할 것이다.…… 본시 이 도회는 심산중의 한 계곡이었다. 그것을 오백년간을 갈고 닦고 지어서 오늘날의 경성부를 이룬 것이다.

등위 바위에는 암굴이 있다.……

이 암굴을 무엇에 이용할 수가 없을까.

---

64) Frame Story, 또는 Robert Stanton이 의미하는 Subplot 형식을 취하고 있다.
65) John Morrison, op. cit., p.62.

음모의 도시. 공상 ! 유수한 맛에 젖어 있던 여는 이 암굴 때문에 차차 불쾌한 공상에 빠지기 시작하려 한다.……

샘물 !

저 샘물을 두고 한 개 이야기를 꾸며 볼 수가 없는가?……

한 화공이 있다.

화공의 이름은? 지어내기가 귀찮으니 신라 때의 화성의 이름을 차용하여 솔거라 하여 두자.

시대는?

시대는 이 안하에 보이는 도시가 가장 활기있고 아름답던 시절인 세종 성주의 때쯤으로 하여둘까.

위의 인용문은 동인의 <狂畵師>의 서두부분이다. 신라시대 화가인 솔거를 주인공으로 설정하기 전에 작자의 낭만적 흥취와 공상으로 유유한 분위기를 이끌어 간다. 또한 현대와 옛시대의 대비가 나타나며 역시 옛 것에 대한 향수에서 시작된다.

결국 두 작가의 서두 부분을 비교해 보면 아래와 같다.

	刺　　青	狂畵師
시　　대	에도시대	세종시대쯤
작품속의 시대 상황	평화스럽고 기쁨이 가득하여 생기에 차 있던 때	활기있고 아름답던 시절
작가의 현 위치	치열한 생존경쟁 시대	분요와 소란의 세계
주인공이름	淸吉	솔거
직　　업	문신사	화가
시　　점	작가의 3인칭 해설로 시작	'余'란 1인칭 해설로 시작

나. 두 폭의 그림과 용궁의 여의주

淸吉이란 젊은 문신사는 문신을 해줌으로써 생계를 유지했지만 문신사가 되기 이전에는 화가로서 명성이 높았다. 그는 문신일에 종사하면서도 아름다운 피부와 골격을 가지고 있는 인물이 아니면 부탁을 받아도 문신을 해주지 않을 정도로 기발한 구도와 요염한 선을 특징으로 하는 아직도 예술가만이 갖는 정신을 지니고 있었다.

문신하는 사람들은 한 두 달 동안 淸吉의 바늘이 주는 고통을 참아야 했다. 그런데 그의 큰 욕망은 미인의 아름다운 피부에 그의 영혼을 새기는 것이었다. 미인을 찾은 지 5년째 되는 어느 날 드디어 미인을 찾은 淸吉은 그녀에게 그림 2장을 보여 주었다.

하나는 고대 중국의 폭군 주왕(紂王)의 총비(寵妃)를 그린 것으로 그가 난간에 힘없이 기대인 채, 화려한 가운을 정원에 느려뜨린 모습으로 장식된 유리빛 산호컵을 들고서 그녀가 서있는 아래쪽 정원에 이제 막 처형당하기 직전의 눈을 감고 머리숙여 기다리는 묶은 죄수를 보고 있는 그림이었다. 이 장면은 너무나 정교하게 잘 그려져 있었고 특히 왕비와 사형 받을 남자의 표정이 너무나 잘 표현된 그림이었다.

다른 하나는 '먹이'란 제목을 붙인 그림이었는데 젊은 여인이 벗나무에 기대어서 그의 발 밑에 딩굴어져 있는 남자들의 시체를 보고 있는 것이었다. 그의 창백한 얼굴에는 만족과 자만이 확연했고 새떼가 시체 사이를 즐겁게 지저귀며 날아다니는 그림이었다.

淸吉은 후자의 그림이 소녀의 미래를 상징한다고 얘기하며 소녀가 문신을 하도록 하는 자극제로서 두 그림의 소도구를 이용하고 있다.[66]

동인의 <狂畵師>는 소녀에게 미를 일으키게 하는 소도구가 여의주다. 솔거 역시 미인의 생동하는 표정의 얼굴을 그리려고 십년간 세

---

66) 또한 소녀의 운명을 예시해주는 전주곡으로서 이용되고 있다.

월을 보냈다. 어머니의 표정과 같은 것이다. 그러나 사라진 기억 때문에 미녀의 아래 모습만 그렸고 얼굴은 그리지 못한 채 헤매던 날 17·8세로 보이는 미인 소녀를 발견한다. 결국 10년 만에 발견한 셈이다. 마지막 미인의 얼굴을 그리기 위해 동인은 용궁이야기로 처녀의 아름다운 표정을 유도한다. 아름다운 표정이 처녀 눈에 어른거린다. 눈동자만 제외하고는 솔거는 10년 동안 희구해온 미인의 아름다운 표정을 다 그릴 수 있었다.

淸吉의 두 폭의 그림이 소녀를 전율되게 하며 문신대 위에 오르게 했듯이 용궁 속의 여의주 얘기는 솔거가 숙원하는 그림을 그릴 수 있게 하는 모티브가 된다. 단지 소도구가 바뀌었을 뿐 그림과 여의주란 소도구의 설정은 같은 극적 효과를 내고 있다.

2) 주제와 내용의 비교

가. ID적 요소의 발현

프로이트는 「정신특성의 분석」과 「정신분석학입문」에서 의식과 무의식에 관련해서 세 가지 전제를 내세웠다.[67]

첫째, 개인정신 과정의 대부분은 무의식이라는 것.[68]

둘째, 모든 인간행위는 소위 성적 행위에 의해 결국 동기가 유발된다는 것.[69]

셋째, 성적 충동에 대한 강력한 사회의 타부 때문에 인간의 욕망과 기억이 억압된다는 것.[70]

위의 세 가지 전제에서 프로이트는 3가지 정신영역인 ID와 Ego,

---

67) Wilfred, *The Psychological Approach*, Louisiana State Univ. 1979, pp.120~131.
68) 직접 인식할 수 없는 것이나 어떤 때는 적극적으로 활동한다.
69) 프로이트의 제자인 융(Carl Jung)과 에들러(Alfred Adler)까지도 반대한 그의 이론으로 즉 리비도, 성적 에너지의 주요정신에너지를 지적하는 것이다.
70) 즉 의식에서 완전히 제외되는 것이다.

Superego의 정신관계를 열거하고 있다.

ID란 모든 정신에너지의 주요 근원인 리비도가 머물러 있는 곳으로 쾌락원리라고 생각되는 원시적 생활을 성취하려는 기능을 가진다. 의식이나 합리적인 질서 없이 거대하고 무질서한 생명력의 특징을 지닌 것이다. 이것은 일종의 카오스로 본능적 욕구에 만족, 달성을 얻기 위한 충동일 뿐 통일된 의지나 조직이 없는 것이다.

다시 말해서 쾌락을 위한 충동을 만족시키기 위해 인간을 끌어들여 파멸까지 초래하는 것으로 이 힘은 프로이트가 인간본성의 내적인 힘에서 추구할 때까지는 초자연적이고 외적인 힘이었다. 프로이트는 ID를 신학자들이 정의내리는 악마라고 불렀다.

Ego란 ID의 위험한 잠재력에 대해 개인과 사회를 보호하는 정신기능이다. ID처럼 강한 생명력은 부족하지만 파괴적인 행위가 안 되도록 조정하는 기능이다. 즉 이성과 신중을 대신하며 ID가 길들이지 않은, 오직 쾌락에 의해서 지배되는 것임에 비해 리얼리티의 지배를 받는다. 결국 자아는 내적 세계와 외적 세계의 매개체 역할을 하는 의식이다.

Superego는 주로 사회를 보호하는 또 하나의 다른 조정하는 무의식적 기능이다. 즉 양심과 자존심이 머무는 장소로 도덕적으로 단속하는 기능이다. 인간생활에서 차원이 높은 것으로 ID의 활동을 억압하거나 금지시키는 역할을 하며 사회가 허용하지 않는 쾌락에의 충동을 무의식으로 밀어 넣거나 봉쇄해 버리는 것이다. 그러나 지나치게 활동적인 초자아는 무의식적 죄의식을 초래한다.[71]

결국 ID는 인간을 악마로 만드는 것이며, 초자아는 천사처럼 행동하게 만들며, 자아는 이 반대되는 두 힘 사이에서 밸런스를 유지함으로써 건강한 인간이 되게 하는 것이다.

---

71) 범죄 콤플렉스라 한다.

<刺靑>의 淸吉은 Ego도 Superego도 전혀 존재하지 않는 절대 ID 의 발현이다. 와일드의 <도리안 그레이의 肖像>에서와 같이 악이 선 으로 변형할 수 있는 여지가 없다.[72]

　엘르만(R. Ellmann)은 <도리안 그레이의 肖像>에서 악의 교사자인 헨리는 페이터적 요소이며 화가인 홀워드는 도덕적인 면에서 러스킨 을 구현한다고 했다. 결국 쾌락주의자인 헨리 편에 가담하여 악마주 의를 과감히 행위로 옮긴 도리안을 파멸로 이끈 것은 와일드의 자아 와 초자아가 작용했기 때문이라고 생각된다.

　淸吉은 자기에게 찾아 온 고객을 바늘로 오륙백 번 찌르고 나선 색 채가 분명히 드러나도록 뜨거운 탕 속에 들어가게 한다. 그러면 그들 은 淸吉의 발 밑에 초죽음이 되어 넘어진다. 그들이 거의 움직이지 못할 때 淸吉은 만족한 웃음을 띠며 "정말 아프냐"고 묻는다. 그들이 고통에 못 이겨 비명을 지르며 이를 으깨는 소리를 낼 때면 "당신은 진정 용감한 교또 사람인데 제발, 참으시오, 내 바늘은 유난히 아픈 것이오."하며 눈물에 젖은 그의 희생자의 눈자위를 바라보면서 그것 에 개의하지 않고 일을 계속한다.

　반면 고통을 잘 참는 사람이 고객이 되면 "보기보다 당신은 용감하 군. 그러나 잠간 기다려요. 아무리 참으려고 해도 참을 수 없게 될거 요."하며 그의 하얀 이를 잔인하게 드러내 보이며 웃는다.

　이런 淸吉의 ID적 요소는 5년 동안 찾아 헤매였던 미녀를 찾음에 서 완전히 사디즘적 마조히즘으로 전이된다.

　<狂畵師>의 경우 화공 솔거의 용모부터가 원시성[73]을 나타내고 있다.

---

72) Richard Ellmann, *Oscar Wilde, A Collection of Critical Essays*, Yale Univ. 1989, pp.73~91 참고.
73) 그리스에서 善과 美가 공통되는 것처럼 醜와 惡은 공통적이라고 생각한다.

이 화공은 세상에 보기 드문 추악한 얼굴의 주인이었다. 코가 질병자루 같다. 눈이 퉁방울 같다. 귀가 박죽같다. 입이 나팔통 같다. 얼굴이 두꺼비같다. 이런 醜한 얼굴은 보통 健康한 사람이 지닐 수 없는 순연한 惡魔의 얼굴이나 마찬가지다.[74]

그가 열망하는 미녀를 찾는 것은 자신의 추악한 용모에 대한 열등감의 보상이라고도 볼 수 있다. 그가 그리고 싶은 미녀상은 실상 그의 어머니의 모습이 반영된 아내로서의 미녀상이었다. 그는 항상 곤충이나 날짐승도 갖는 짝이 자기에게는 주어지지 않는 것에 대해 세상 사람을 증오했다. 결국 그가 그림을 그리게 되는 모티베이션은 세상이 주지 않는 아내를 자기 붓끝으로 그려서 그 그림보다 못한 계집을 아내로 맞고 좋아하는 사내를 보복하려는 심리에서였다. 그 욕망 때문에 솔거는 자신을 억제하지 못했다.

이런 악마의 ID적 요소는 <狂炎쏘나타>의 경우 더욱 강렬하게 부각된다. <狂炎쏘나타>는 <狂畵師>와 같은 수법인 작자의 해설로 시작된다. 천재음악가 백 성수의 광폭스런 야성은 불지르고 난 후의 쾌락의 감정을 멜로디로 나타내는 것이고, 살인을 하면서 죄의식도 없이 야성이 충일된 예술을 창조하는 것은 예술을 위해선 어떤 희생이라도 감수해야 된다는 악의 발현이다. 또한 그것은 악은 미란 등식 관계의 유미주의관의 발로이지만 그 저변에는 사디즘적이고 마조히즘적인 요소가 배태되어 있는 것으로 인식된다.

나. 사도-마조히즘 Sado-Masochism적 요소
谷崎의 <刺靑>은 동인이나 와일드의 악보다 더 절대적이다. 또한 발단에서 데뉴망까지 사도-마조히즘적인 데카당적 분위기에 휩싸여

---

74) Folklore Dictionary Vol.2, 앞이마에 뿔, 뾰족한 귀, 어깨에 박쥐날개, 뾰죽한 꼬리 등 식.

있다.

淸吉은 미녀에게 최면약을 먹이고 그의 파리한 피부 위를 바늘로 찌른다. 그가 신음할수록 淸吉은 묘한 쾌락을 더욱 크게 느꼈고, 특히 살이 부풀어 오르고 자주빛 피가 흐를 때는 더욱 전율됨을 느낀다.

마치 淸吉의 영혼이 문신하는 피부에 스며들어가는 것처럼 느꼈고 자색빛 피가 떨어짐은 소녀의 신체를 통해 자신의 피를 떨어뜨리는 것이라고 생각한다.

그는 심혈을 기울여 미녀의 등 뒤에 검은 큰 거미를 그린다. 악마 같은 모양의 큰 거미가 소녀 등에서 살아있는 양 활짝 펼친 것 같이 윤곽이 선명해진다.

　　너에게 美를 주기위해 내 靈魂을 이 文身에 퍼부었어. 이제 日本에서 너를 당할 女子가 없다. 너는 이제 두려움을 모를거다. 모든 男子가 너의 미끼가 될 것이다.……

즐겨 소녀의 먹이가 되고 싶은 淸吉의 마음가짐이다. 신음소리가 나며 소녀가 움직이자 그의 눈동자는 찬란하게 빛나기 시작했다. 등의 채색을 더욱 빛나게 하기 위하여 뜨거운 탕에서 나온 후 마루 위에 눕는다. 어린 소녀임에도 불구하고 문신의 고통을 겪고 난 후 그의 눈에는 차가운 빛이 돌며 원숙된 여자로 변모되었다. 그의 시선은 마치 노래하는 새 속에 쌓여 딩굴어져 있는 시체를 보고 쾌감을 느꼈던 그림 속의 여인과 유사했다.

승리의 느낌이 淸吉의 마음을 뒤흔들었다. 상대방에게 정신적, 육체적으로 고통을 줌으로써 쾌감을 느끼는 잔인성과 식인적 욕정이 혼합된 사디즘에서였다.

또한 악의 화신이 돼버린 그의 모습이 그림 속의 여인과 같아지듯이 淸吉 역시 그림 속에 묶여서 여자 앞에 처형을 바라고 꿇어앉은

포로처럼, 또 시체를 보고 기쁨을 느끼는 여자의 발 밑에 딩굴어져 있는 시체처럼 그 분신으로 상징되고 있다.

온몸이 묶인 채, 아름다운 여자 앞에서 죽음을 맞는 남자의 그림은 분명히 마조히즘적 요소이다. 드디어 문신이 완성되고 소녀가 문신을 그리기 전의 淸吉과 소녀와의 관계에서 역전되어 소녀가 악의 화신이 된 것에 웃음을 짓는 것은 상대방으로부터 신체적 정신적 고통을 받음으로써 성적 만족을 얻는 철저한 마조히즘이라고 볼 수 있다. 결국 여자의 먹이가 되는 것, 이를테면 노예같이 되는 것에서 더욱 심한 쾌감을 느끼는 것이다.

澁澤龍彦는 "자연히 선택한 부분적 상징적인 고통을 가지고 더한층 근본적이며 전체적 초월적 고통 즉 사를 선취하고 그 예행연습을 하여 그것을 일종의 관능적 쾌락에 결합시키려는 것"[75]이며 이것이 마조히즘이라고 하는 성도착이라고 했다.[76]

그런데 마조히즘의 가장 기본적인 성격은 환상으로서 비현실과 초자연을 음미하는 것이 아니라 관능적 흥분과 결탁하여 머리 속에서 확대하고 있는 상상세계인 것이다.[77] 그 상상세계가 극화되어 양식화된 형체를 취하면 계약에[78] 근거를 둔 환상과 같이 된다는 것이다. 또한 서스펜스와 시위적 행위[79], 도발적 요소 등은 삽택(澁澤)이 데오도루 라이구의 마조히즘의 기본특성을 빌어 설명하고 있는 말이다.

동인 역시 삽택이 인용한 바와 같이 마조히즘의 기본적 특성에 부합된다고 할 수 있다.

---

75) 澁澤龍彦, 「谷寄潤一郎とマアヒズム」, 『國文學』 8月号(1978) 23卷 10号, 學燈社, p.6.
76) 사도侯爵은 죽음을 친근하게 익히려면 음탕의 관념을 죽음과 결합하는 것 이상의 좋은 방법이 없다고 말했다 한다.
77) 澁澤龍彦, op. cit., p.8.
78) 자물쇠나 끈으로 묶여있는 것이 아니라 자기의 말로써 속박되어 있으며 희생자의 동의를 필요로 하고 있는 것이다.
79) 보여주는 데몬스트레이션이다.

<狂畵師>는 余가 처음부터 특수한 의미를 띤 공상 즉 환상으로 시작되어 환상으로 끝나는 작품이다. 또한 미녀의 초상화는 다른 사내에게 보여주기 위한 시위적 도발적 요소가 강렬하게 풍기고 있다. 특히 <狂炎소나타>의 데몬스트레이션은 더욱 잘 나타나 있다.

谷崎가 마치 실생활에서 마조히즘 생활[80]을 한 것의 체험을 작품에 재현했듯이 동인 역시 유아독존적인 성격과 방탕벽이 사도-마조히즘의 내재적인 근원의 가능성을 지니게 했으며 그 당시 우리만의 특수한 시대환경의 외재적 원인의 영향이 자연히 그를 사디즘적 마조히즘적인 방향으로 나가게 한 것이 아니었나 생각한다.

다. 풋-페티시즘 Foot-Fetishism의 발로

케네(Donald Keene)에 의하면 일본근대 소설의 대부분이 인물설정에 있어서 남자는 의지가 약하고 부정적인 인물로 그려져 있다는 것이다.[81] 谷崎의 대부분의 작품 역시 여성의 초상화와 관련되어 남성이 여성에 대한 고착과 여성의 노예로만 등장되고 있음을 볼 수 있다.[82]

그것도 여성의 특별한 신체부분에 대한 도착이 두드러진다.

淸吉이 미인 모델을 찾아 방황한지 3년째 되는 어느 날, 그는 가마밑에 쳐진 커텐밑으로 보일 듯 말 듯한 눈부시게 하얀 여성의 발에 매혹을 느낀다.

  발은 얼굴처럼 多樣한 表現을 나타낸다. 이 하얀 발은 淸吉의 가장 진

---

80) 谷崎가 젊은 시절, 돌연 이유 없는 불안이 엄습해 와서 냉한이 흐르며 심장이 괴로워진다고 한 것은 악마적 분위기 조성에 근거가 되었다는 것이다.

81) 1920년대 우리 단편작품에서도 대부분의 남성은 무능한데 비해 여성이 생활이나 의지면에서 강한 인물로 등장하고 있다.

82) 그가 존경하는 여인에 의해 고통을 받는 것이 큰 쾌락으로 즉 여성에 대한 마조히즘적인 존경이다.

기한 寶石과 같다. 完全하게 調和된 形體를 이룬 발가락, 또 진주빛 나는 발톱, 동그스름한 발뒤꿈치, 피부는 마치 淸凉한 시냇물에 오래동안 씻은 것처럼 윤이 났고 그런 모든 것은 男子의 마음을 뒤흔들고 그의 靈魂을 짓밟는 絶對 完全한 調和를 이룬 발이었으며 그가 오래동안 追求하고 있었던 女人의 발임을 알았다.

그러나 1년 늦게 그 수레를 탔었던 주인공을 다시 찾게 될 때 역시 그 미인의 섬세한 발을 봄으로써 알게 된다.

이런 谷崎의 발에 대한 성욕도착은 <휴미꼬의 발>[83]에서도 나타나 노인이 그의 어린 하녀의 아름다운 발에 얼이 빠져 발이 가장 잘 보이는 자세로 그의 초상화를 그려줄 것을 젊은 화가에게 청한다. 노인은 병약해서 휴미꼬의 발을 애무할 수가 없기 때문에 청년 화가가 휴미꼬의 발을 핥게 하고 자신은 하녀의 발로 그를 짓밟게 한다. 노인이 임종하는 순간, 휴미꼬의 발이 노인의 앞이마를 짓밟고 있기 때문에 노인은 쾌감을 느끼며 행복하게 죽는다.

谷崎의 많은 작품이 여성의 발에 뇌쇄당함을 나타낸다.

<만도린을 가진 男子>에서도 주인공은 소경인데 아내가 잠든 동안 그 아내의 발을 그가 애무할 수 있도록 아내를 끌어당긴다.

<션킨의 肖像畵>에서는 여인의 발을 남자 얼굴이나 가슴에 댐으로써 따뜻하게 느끼려고 하고 남자는 잔인한 여인의 발의 무게를 필사적으로 느끼려고 한다.

그런 여성에 대한 남성의 뇌쇄는 여인의 배설물에까지 연결된다.

<시게모토 大將의 어머니>[84]에서 헤이쥬는 그를 거부하는 궁녀를 미친 듯이 사랑한다. 그가 그 정열의 치료방법으로 결정한 것이 그의 방의 변기를 갖고 오는 것이었다. 즉 그 내용물이 보통 다른 사람

---

83) 1919년 작품.
84) 1950년 작품.

의 배설물과 같다는 것을 알게 되면 환멸을 느낄 것이라고 생각했기 때문이다. 그러나 정작 변기를 갖고 왔을 때는 뚜껑을 열지 못했다. 혐오를 느낄까봐 두려워서가 아니라 쾌락을 맛보게 될까봐였다.

> 그는 그것을 손에 안았다. 그리고 올리고, 쳐다보고, 내려놓고, 돌려보고 內容物의 무게가 얼마나 되나까지 推測해 보려고 했다. 드디어 주저하면서 뚜껑을 열었을 때 향기롭게 스미는 냄새가 그를 刺戟했다. 그는 內容物을 자세히 吟味하고 微妙한 香氣냄새에 놀래면서 幻滅 대신 그 女人과 더욱 親密하게 되는 것을 느꼈다. 歡喜에 견디다 못해 그는 容器를 끌어 약간의 液體를 마시기까지 했다.

여인의 배설물에까지 도취되는 谷崎는 소설뿐만 아니라 <陰地激讚>이란 에세이에서 전통적인 일본 화장실을 서구 것보다 더 유쾌하고 근본적인 것이라고 예찬했으며[85] <化粧室의 모든 것>[86]이란 다른 수필에서, "어떤 달콤한 향수에 대한 기억이 화장실 냄새를 동반했다. 이를테면 오랫동안 집을 떠났다가 오랜만에 느끼는 돌아온 후에 포근한 진실 같은 거였다."는 그의 고백은 여자의 발뿐 아니라 배설물에까지 Fetishism을 느끼는 일종의 성도착인 것이다.[87]

프로이트는 아동은 유아기와 아동기에 강렬한 성경험 의식을 지닌다고 했다.[88] 아동은 특별히 성욕이 자극되는 성감대를 세 가지 즉 입, 항문, 생식기인데 이것은 자극에서 쾌락뿐만 아니라 활기찬 욕구 희열과 관계가 있다는 것이다.[89]

결국 谷崎의 Fetishism은 사디즘적 마조히즘 및 사타니즘과 연결이

---

85) 일본건축에서 가장 우아하게 건축된 것이 화장실이라고 했다.
86) 1935년 작품.
87) Donald Keene, op. cit., pp.171~185 참고.
88) Guerin, op. cit., p.129 참고.
89) Donald Keene은 Fetishism에 대한 Freud설을 이용하여 어머니에의 固着과 어머니와 동일시하려는 강한 욕망이라고 했다.

되고 있다.

<刺靑>에서의 여인의 발 대신 <狂畵師>는 소녀의 눈에 초점을
둔다. 거의 그림이 완성되었을 때에도 눈동자만이 잘 그려지지 않는
다. 그러나 욕정을 알고 난 후의 여인의 눈은 그가 갈구하는 심미적인
눈이 아니었다. 결국 예술에 대한 야성적인 집착 때문에 솔거의 노염
이 동기가 된 소녀의 죽음 결과는 그가 십 년 동안 그리고 싶어 했던
완전한 미를 성취했으나 그것은 원망의 눈동자였다.

동인의 <狂畵師>는 데뉴망 처리에서 谷崎보다 와일드에 가깝다.
미인 소녀를 설정한 것은 谷崎와 동일하나 초상화의 눈에 접점을 둔
것은 와일드의 <도리안 그레이의 肖像>에서 도리안이 범죄를 저지
를 때마다 초상화의 입에서부터 시작한 잔인한 표정이 얼굴 전체로
파급되는 것과 같은 유형이다.

즉 범죄가 초상화에 나타나는 수법의 묘사에서 동인은 와일드쪽을
택한 것 같다.

결국 谷崎의 Fetishism은 케네가 말한 것처럼 서구소설에서도 결코
발견할 수 없었던 특이한 환상에서 온 이미지라고 볼 수 있다.

5. 악과 미의 등식관계

와일드나 谷崎, 동인의 미는 곧 악을 의미한다. 미 그것은 본질적으
로 악과 연결되어 있으며 미와 악은 상호 보완관계에 있다.[90]

그런데 그 악은 방탕과 관능 육욕, 무기력, 나태 등의 외재적인 것
에서 발현되므로 데카당화하는 경향을 면하기가 어렵다.

그러나 와일드의 경우는 谷崎와 동인의 주인공이 갈등이 없는 철

---

90) 松田修, 「惡의 構造」, 『韓國學』 23卷 10号, pp.28~32 참고.

저한 악인데 반해 파우스트적 내적 투쟁에서 악이 선으로 변형할 수 있는 여지를 지니고 있다.

원래가 서구의 유미주의란 1750년경 바움가르뎬에서 비롯된 것으로 그 용어가 1880년대에 적용되면서 절정을[91] 이루어 오다가 1890년대에는 쇠퇴하여 김빠진 아이디얼리즘에 대한 매너리즘으로 전락, 보헤미안적이고 데카당적인 것과 관련되어 일종의 mania적 기괴성을 발휘하여 어떤 자극을 위해서는 예술과 결부된 일상생활까지도 서슴지 않았다. 이 시기의 가장 대표적인 인물이 바로 와일드이다.[92]

谷崎는 명치(明治) 43년 <刺靑>을 데뷔작으로 대정(大正) 15년간과 소화(昭和) 40년까지 활동을 한 작가로 자연주의에 반발하여 생성된 서구적 유미주의의 선구적 기수이다. 그는 특히 와일드에 심취, 그의 청년시절에 앓았던 신경쇠약증과 혼란, 불안의 요소는 보오드레르와 포오적 특색이 가미된 와일드의 퇴폐적 악마적 유미주의가 최적이었던 것이다. 그러나 谷崎의 유미주의는 더욱 사타니즘에 탐닉되어 극단의 사디즘적 마조히즘으로 줄달음쳤고 또한 Fetishism이란 谷崎 특유의 환상을 띠게 된 것이다.

동인은 공리성이 배제된 데서 출발하여 스스로를 예술지상주의로 자처하고 '문학을 위한 문학'만의 순수성을 처음으로 역설한 작가였다. 동인은 谷崎의 악마주의가 일본에서 관심을 불러일으키고 획기적인 선풍을 일으켰을 당시 일본에 유학하여 미술 내지 문학을 수학하였다. 그의 유아독존적인 성격과 그 당시 1920년대 우리나라의 사회환경과 그의 불행했던 가정생활과 방탕생활들은 일본을 왕래하면서 와일드적 요소의 谷崎의 영향을 받을 수 있는 가능성을 절대 배제할

---

91) 이때는 厭惡, 僞善, 自己充足, 實利主義時代에 生氣를 불어넣는 役割을 했다. 즉 美에 대한 純粹한 探究였다.
92) 이 당시 상황은 A. Beardsley의 삽화와 그 시기 1894년에 창간된 계간지인 「The Yellow Book」에 잘 나타나 있다.

수 없다고 생각한다. 谷崎의 악의 이론과 수필, 평론분야까지 확대시켜 고구한다면 동인과의 영향관계가 명백해지리라 믿으며 그 자세한 연구는 다음의 과제로 남겨둔다.

분명 와일드, 谷崎, 동인 트로이카의 연구는 비교문학적 견지에서 연구할 만한 가치가 있으며 세 인물이 딜레땅띠즘에서 데카당스로 전락한 동일성을 지니고 있는 점이 아이러니컬하다.

본 논고에서 필자가 특히 谷崎의 <刺靑>과 동인의 <狂畵師>를 중심으로 비교분석해 본 결과 다음과 같은 결론을 내릴 수 있다.

첫째, 자연주의에 대한 반동에서 일어난 일본의 유미주의는 전통회복과 악마주의의 두 분파로 나뉘어 있었으며 특히 보헤미안적이고 데카당적인 와일드의 영향을 받은 谷崎의 악마주의가 그 당시 비평가와 독자들의 비상한 관심을 집중시켰다는 것이다.

둘째, 우리나라 역시 서구문학 이입과정의 실증적 연구 결과 악마적 유미주의가 이입되었으며, 일본 번역문학사의 이입에서처럼 악마주의의 대표적 작가인 와일드의 희곡 <사로메>의 번역이 특히 많았음은 우리의 수용환경과 동일하다는 것이다.

셋째, 그 당시 동인이 일본에서 미술과 문학을 수학했다는 것과 남보다 두드러지려는 동인의 성격, 생활, 그 당시 우리나라의 사회적 환경으로 미루어 보아 谷崎의 동인에 대한 영향은 절대적이라고 추정할 수 있다는 점이다.

넷째, 谷崎의 악마주의적 유미주의의 처녀작인 <刺靑>과 동인의 탐미주의적인 대표적 작품인 <狂畵師>를 비교해 본 결과 다음과 같은 유사점을 발견할 수가 있었다.

① 본격적인 얘기가 시작되기 전에 작자 해설로 시작하는 액자소설식 기교라는 것.[93]

---

93) <刺靑>은 3인칭해설이고, <狂畵師>는 1인칭 해설인 차이는 있다. 또한 谷崎의 다른 작품을 보면, 때때로 얘기 도중에 작자가 삽입되며, 1인칭 고백체 방법을

② 와일드의 <도리안 그레이의 肖像>의 모델인 미소년 도리안이 谷崎나 동인에서는 17·8세된 미인소녀로 바뀌었다는 것.

③ 미의 자극적 요소로 보이는 소도구가 谷崎에서는 두 폭의 그림이고 동인에겐 여의주로 쓰여졌다는 것.

④ 谷崎는 미를 발에 집중시키고, 동인은 주인공의 범죄가 초상화에 나타나는 와일드적 데뉴망을 선택하여 초상화의 눈동자에 초점을 두었다는 점이다.

⑤ 谷崎나 동인의 악마주의적 유미주의는 사디즘·마조히즘적 요소로 전락되었으며 동인은 谷崎처럼 Fetishism으로까지는 변형되지 않았다 해도 외적 요소인 육욕적인 관능에 머물러 데카당화한 오류를 지녔다는 것이다.

많이 쓰는데 東仁 역시 같은 수법을 자주 사용한다.

〈狂畵師〉의 초상화법 분석
-방법론 소개와 그 적용-

1. 이미지의 기본개념과 초상화법 Iconology 분석

한 시인이 자신의 초상화로 보이는 그림을 그리며 畵架 옆에 서있다. 門의 노크소리가 나자 잠시 門 쪽을 보다 그림을 向해 다시 돌아섰을 때, 肖像畵의 입이 단단한 이를 내보이고 있음에 놀랐다. 살아있는 입을 닦아 버리려고 必死的으로 시도한 後, 친구에게 門을 열어 주려고 손을 내밀었을 때 친구는 그의 손을 보고 공포와 놀람 속에 계단에서 굴러 떨어졌다.

시인은 이해할 수 없다는 듯이 어깨를 으쓱해 보이며 손을 씻으러 갔다. 그때 세면기에서 거품 이는 소리가 나며 詩人의 오른쪽 손바닥에 붙어있는 입에서 거품이 나오는 장면이 클로즈업되었다. 그는 상처난 것 같은 입을 손에서 떨치려고 했으나 그 입이 공기 중에 대고 고함을 치므로, 창유리를 깨고 그의 팔을 바깥으로 밀어 내려고 했으나 헛수고였다. 드디어 詩人은 그 입에 자신의 입술을 대고 정열적인 키스를 했다. 카메라는 그 입을 따라 청년의 목 아래로 비춘다. 어깨를 애무하며 가슴과 몸전체로 미끄러져 내려가면서 축축한 흔적을 남겼다. 조명이 차츰 흐려지면서 詩人은 색정적인 환희에 몸을 떤다.

이튿날 아침에 일어났을 때 입은 아직도 그의 손에서 점잖게 코를 골며, 속삭이고 있었다. 그는 살아있는 듯한 느낌을 주는 女人의 彫像으로 다가가 살아있는 입을 彫像의 얼굴에 억지로 밀어 넣으려고 하는데 彫像은 눈을 뜨고 詩人에게 말을 걸었다. "傷處를 單純히 그런 式으로 없애려고 하느냐?"라고. 카메라는 門이나 또는 창문이 없는 방을 비춘다. 門이 있던 곳에는 큰 거울이 서있다. 詩人이 門을 열라고 소리치자 彫像은 거울을 통해서 나가라고 대답한다. 詩人이 人間은 거울을 통해서 걸을 수 없다고 거절하자, 詩人이 거울로 들어가는 것이 可能한 作品을 쓴 적이 있음을 냉소적으로 상기시킨다. 詩人은 신경질적으로 잠시 머뭇거리다가 반지로 거울의 유리를 세 번이나 조심스럽게 두드려본 후 거울의 틀 위로 올라가 彫像의 권고대로 거울 속에 몸을 던져 마치 호수에 몸을 던지듯 사라졌다.[1]

위에 인용한 부분은 곡토(Jean Cocteau)의 <詩人의 피>란 영화의 장면 요약이다. 곡토는 <詩人의 피>에서 밝힌 바 이미지를 따라서 쓴 작품이기 때문에 영화에 대한 어떤 해설을 거부했지만,[2] 이 영화는 평론가들에 의해 다음과 같이 해설되고 있다.[3]

활성화된 입은 창조된 비활성적 물질을 초월하려는 예술의 힘을 나타낸 것으로 지고한 진실을 표현하기 위해서이나 이런 힘에 저주를 받은 시인은 그의 음성이 상처받은 것 같은 발견에 당황해서 그 상처를 고대 조상예술에 붙임으로 인해 오명을 제거하려고 시도한 것이라든지, 또는 거울은 비유적으로 현대예술을 대신하며 시인 자신의 세계를 반영한 것이든가, 자서전적 해설에 의하면 거울 뒤의 세계는 시인의 과거 즉 곡토의 과거로 그의 초기작품에서 그렇듯 거울 속에 들어감으로 인해 과거를 되찾는 그런 장면과 동류라는 점 등 곡토가 언급한 대로 이미지를 따라서 얻은 작품이라 명확한 주해가 무시된다. 하지만 활성화된 초상화나 얘기하는 조상 또는 주술적 거울 같은 이미지는 어떤 개념에서부터 시작된 것인지 그 기본적 정의를 음미해

---

1) Theodore Ziolkowski의 *Disenchanted Image* 서문에서 인용, 참고함.
2) 곡토는 이미지를 강조한 것이므로 지적인 명확한 개념의 설명을 할 수 없다고 주장했다.
3) 앞에 언급한 서문을 요약, 인용한 것임.

볼 필요가 있다.[4]

러시아의 형식주의자인 쉬클로프스키(Victor Shklovsky)는 '이미지는 시대, 국가, 시인에 따라 거의 불변'이라고 주장하며 창조되는 능력보다 기억해서 개작하고 매만지는 능력이 훨씬 중요하며 시인은 특히 전자보다 후자와 관련이 깊다고 했다.

실상 이미지란 용어는 문학에서 널리 자주 사용되어 왔지만, 그 정의를 명확하게 내리기가 어렵게 생각되어 왔다.

사전식 정의에 의하면 이미지의 첫 번째 주요 의미는 어떤 물체의 외적 형식의 모방, 재현, 조상, 사진 등으로 특히 인간과 관계된 초상, 조상, 그림[5]을 의미한다. 두 번째 주요 의미는 거울의 영상처럼 물체의 시각적인 대응물로 곡토가 의미한 주술적인 거울이나 활성화된 초상화, 걷는 초상 등으로 위의 두 의미를 동시에 내포하는 것이라 볼 수 있다.

오늘날 이미지는 문학에서 혼란되게 사용되고 있으나, 결국 공통적인 요소를 추출해 보면, 세 가지로 널리 원용되고 있음을 알 수 있다.[6]

첫째, 비현실적인 사상과 감정을 나타내는 구체적 형상으로 공간을 차지하고 이름도 갖는 실제 지각되는 물체로 즉 초상으로서의 이미지다.

둘째, 언어비유와 관련된 즉 메타포로서의 이미지.[7]

셋째, 심리학과 관련되어 확대된 심상이미지.[8]

그러나 본 논제에서 다루고자 하는 이미지는 인물의 형상을 표현한 첫째 이미지와 관련된 기본개념으로 작품 그 자체에서 구체적 대상을

---

4) 곡토는 이미지가 '人間肉體의 깊은 어둠에서 生成'된다고 했는데 이것은 융학파가 주장하는 원형인 집단 무의식의 개념과 관련지을 수 있다고 Ziolkowski는 말했다.

5) Icon, Statue, Painting을 말하며, 어원상 라틴어 'Imitari'(模寫)와 관계된 것임.

6) Theodore Ziolkowski, *Disenchanted Images-A Literary Iconology*, Princeton University Press, 1977, pp.7~11.

7) 17C말과 18C초 수사학의 확장에서임.

8) 18C 이후부터 이미지의 원래 의미가 문학비평에서 많이 상실됐다고 함.

설정하고 표현하는 초상의 이미지가 문학작품 속에서 어떤 기능을 하고 있는 지에 대한 관심 및 모색이다.

우리 문학의 경우, 위에 언급한 초상화법 관점에서 연구해볼 수 있는 가능성을 지닌 작품의 탐색 및 그 기능의 분석 또한 흥미로운 작업일거라고 항상 생각해 왔기 때문에 평소에 관심을 두어왔던 동인의 <狂畵師>를 그 일익으로서 초상화법 관점에서 살펴보고자 한다. 이것은 어디까지나 하나의 시도로서 지올로우스키(Theodore Ziolkowski)의 '문학에 나타난 초상화법' 이론에 근거를 두고, 해석학적 관점에서 고찰해 본 가설임을 명시하는 바이다.

2. 초상화법의 이미지 기능분류

지올로우스키는 이미지의 기능을 주제, 의장, 상징의 세 영역으로 분류했다. 주제는 특히 최근 영국, 독일, 불란서에서 신화적, 역사적 인물의 명백한 특징을 지녔거나, 그런 인물과 관련 있는 원형적, 상황 속에 신화적 또는 역사적 인물과 동일시되는 경향의 이미지를 뜻한다. 또한 의장 Motif은 민속학자들이 관찰하는 의미에서 소위 주제의 기저가 되는 일반적 상황에서의 이미지며, 상징은 구체적 행위에서 물체까지 유사한 속성의 구체적 다양성에서의 이미지 기능일 때를 뜻한다.

1) 주제로서의 이미지

인물을 통해 구체적으로 묘사되는 것으로 살아있는 影像과 관련된다. 12C 「비너스와 반지」[9]에서 시작, 살아있는 비너스 초상기능은 물

---

9) 12C 영국 윌리암 왕조의 역대기에 실려 있는 얘기로 중세기 가장 유명했던 얘기 중의 하나이다. 결혼피로연이 끝난 신랑이 비너스 소상(影像)의 뻗친 손에 본 결혼반지로 인해 비너스조상은 자신과 결혼한 것이라고 주장한다. 드디어 마법에 능

론 시대와 상황에 따라 변형되어 왔으나 이교의 원시성을 표현하는 것으로 중세기와 독일 낭만주의시대에는 이미지가 주로 종교적 상황에서 기독교에 대항하는 이교신성이나 악마로 표현되는 강한 부정적 의미를 지녔다.

특히 낭만주의 시대 이후로는 보편적·문화적 상황으로 확대되어서 비너스 초상은 문명의 불모성과 상반되어 원시적 정열의 힘을 구현한다. 또한 이미지는 작가의 관점에 따라 부정적인 측면과 긍정적인 면으로 관찰되기도 한다. 예를 들어 제임스(Henry James) 경우, 초상은 19C 사회 질서에 대한 위험한 침입으로 질서와 문명에 대한 도전으로서의 기능을 하지만, 하이네와 메리메에게는 유약하고 유연한 사회에 생기를 불어넣은 자극제로 나타난다.[10] 결국은 조상이 초기의 지나치게 주술적인 단계에서 차츰 벗어나서 탈주술성의 과정에 오기까지 현저하게 네 단계로 나눌 수가 있다.

첫째, 중세기에서 르네상스와 바로크시대로 내려오기까지 이미지는 대단히 주술적으로 살아있는 조상이 악, 또는 이교도, 사탄의 목적으로 그리스도교의 성자의 공인된 기적에 대한 대립으로 등장된다.

둘째, 18C 말과 19C 초에 가서 이런 이미지의 양상은 변모되어 양면적 입장을 취한다. 한 가지는 합리적, 상식적인 면에서 조상이 살아날 수 없다는 논의와 다른 것은 낭만적 자연철학자의 측면에서 비활성물질이 활성화되는 것을 이론상으로 정당화하려는 것이다.[11]

셋째 단계는 낭만시대 후기로 이성과 묵계의 균형이 깨지고 모든

통한 사제가 시키는 대로 악마에게 사제의 편지를 전하자, 비너스는 신랑에게 반지를 도로 주고 청년은 신부를 다시 맞을 수 있었으나 사제는 신에게 고발한 악마 때문에 속죄로 다리를 자르고 교황에게 전례 없는 죄를 고백하게 된다는 얘기다.

10) 대개 조상(彫像)의 외형은 유혹적인 흰 대리석, 괴상한 검은 청동, 석고이며, 땅에 매몰돼 있거나, 황폐한 사원에 서있거나, 향락적인 정원을 장식하고 서있다.

11) 이 시대 대다수 작가들이 주술을 문학의 묵계로 만족스럽게 수용해서 기본적 낭만적 신념을 표현하는데 <비너스와 王>의 주제를 편리한 메타포로 이용했다.

주술은 내면화되어 조상에서 관찰자의 마음으로 전이되며 조상은 희미하게나마 살아나지 않고 다만 꿈속에서만 살아나는 듯이 보인다.[12]

넷째 단계에선 개인의 모티브가 공포소설의 징후를 보인다 해도 그것은 단지 희문(戱文)이나 시적 환타지에서일 뿐이다.

결국 위의 네 단계는 사실상 또는 관습적으로 주술을 인정하는 것에서부터 시작해서 합리화와 심리적 내면화, 그리고 희문이나 환타지일 뿐인 조상의 탈주술에 이르기까지 기본적인 모델로 제공돼 왔다.

2) 상징으로서의 이미지

거울은 초자연적 능력을 지니는 주술적 거울의 경우를 의미한다. 즉 주술적 거울은 다른 세계의 상징으로 두 가지 요점을 지닌다.

첫째, 거울을 넘어선 세계가 선, 악 또는 다른 세계이든, 대부분은 원시민족으로 귀환하는 영원한 영성(靈性)으로의 특성을 지니는 것이다. 즉 카인이 아벨의 살인을 계속하는 왕국이고 신화의 영웅이 거주하는 세계이다.

둘째, 관통할 수 있는 거울은 탈주술성의 과정에서 여러 면모를 보여준다는 것이다.

상징적인 환타지로 돌아감으로 인해 마술적 거울의 주술성을 재발견한 맥도날드(George Macdonald)[13], 거울세계의 환상을 창조하는 상상력보다 논리적으로 외관상 초자연적인 것을 이성과 중재하는 합리적 방법을 사용하는 카롤(Lewis Carroll)[14], 서언에서 언급한 바 있는 조

---

12) Leopold Von Sacher-Masoch의 <Venus in furs>(1870)와 H. James의 <The Last of the Valerü>(1874)가 대표적인 경우로 주술성을 심리적으로 내면화하는 예다.

13) <Phantastes>(1858), <Lilith>(1895) 등이 있다. 독일 낭만주의작가인 Novalis의 <Twelve Spiritual Songs>(1851)도 번역한 바 있는 영국의 신비적인 최초의 작가임.

14) <Through the Looking Glass>(1872), 거울이 일상적 리얼리티를 역으로 비추는 원리에서 출발, 환상적인 얘기가 주인공 앨리스의 단순히 잠에 떨어져서 모험을 꿈꾼 것으로 할 만큼 논리적이다.

상을 시적으로 반어적으로 표현한 곡토, 주술적 거울의 원래 상태인 신화적, 종교적 영역으로 돌아간 싱어(Isaac Bashevis Singer) 등, 특히 싱어는 초자연에 대한 공포가 모든 사람에게 존재하며 항상 마음속에 내재하므로 사람들은 초자연적 요소를 믿는다고 주장했다.

3) 모티브로서의 이미지

이미지가 주제구성의 적은 유니트로 큰 사건이나 일반 상황에서 한 요소로 충당될 때 모티브로서의 기능을 한다.

유령이 나오는 초상화의 상황으로 아동문학의 유령얘기서부터 대중소설에 걸쳐서 그 상황은 깊은 변화과정을 거친다.

월폴올(Horace Walpole)의 <오트란토의 城>15)(1764)에서 바렡 (William E. Barrett)의 <幻想의 모습>16)(1972)에 이르기까지 과거의 초자연적이고 주술적인 것에서 깨어나 초상화가 단순히 죄의식을 투영할 수 있는 이미지로 변형하여 유령출몰의 초상화가 현대식 각색으로 인간화되는 특징을 지닌다.

그런데 모티브로서의 이미지는 세 가지의 주요 카테고리로 분류된다.

첫째, 유령출몰 Genius Loci로 고딕 로만스17)의 지배적인 카테고리이다. 초상화는 특정 장소에 고정되어 걸려 있고 그 초상화에서 유령이 나타나는 경우이며 대부분 가족 또는 집에 악의나 심술을 품은 초상화의 얘기로 고딕 로만스에서 19C 고전 유령얘기까지 변형되어 나

---

15) 12C 이태리를 배경으로 해서, 결혼식을 앞두고 죽은 병약한 왕자대신 왕이 그 신부와 결혼하려는 것에 대해 할아버지 초상화가 역겨운 표정을 나타내는 등 액자틀에서 초상이 활성화되는 류의 얘기이다.

16) 오스카 와일드의 <도리안 그레이의 肖像>식 방법을 따라 주술성은 벗어나고 그림이 단순히 인간의 죄의식을 투영하는 초상이 되는 것이다.

17) M. H. Abrams의 *A Glossary of Literary Terms*에 의하면 중세기를 배경으로 土窟監獄이 있는 음침한 성에, 지하통로, 움직이는 版畵, 유령을 많이 이용하는 감각적이고도 초자연사건을 다룬 작품으로 주요목적은 비밀, 학대, 공포를 이용하여 냉기흐르는 두려움을 일으키려는 것이라고 함.

타나는데, 특히 악의를 지닌 초상화의 경우는 눈이 살아 있는 것 같은 빛에 역점을 두는 특징을 지닌다.[18]

둘째, 예시 Figura로 과거에 그려진 초상화가 현재나 미래에 발생할 사건을 예시하는 낭만적 관점을 얘기한다. 대표적인 작품의 유형은 독일 낭만주의의 시작이라 볼 수 있는 노발리스(Novalis)의 단편적인 작품으로 구약(舊約)의 사건과 인물이 신약(新約)의 사건과 인물을 예시하듯 과거에 그려진 초상화가 주인공의 인생을 기적적인 방법으로 예기하거나 미리 언급한다.[19]

예언적 초상화에 낭만적 시점을 취하는 Figura는 차츰 심리적 차원으로 변형되어 <지킬박사와 하이드> 같은 정신분열 현상과도 관련이 되며[20] figura의 마지막 예로는 19C 호프만(E.T.A. Hoffmann)의 <조언자 Krespel>로 초자연적 요소를 제외하고 예술과 병과의 상호작용을 나타낸 작품이다.

셋째, 영혼의 확대인 Anima로 Genius Loci와 Figura가 창조된 과거 속의 초상이 남녀 주인공에게 작용되는 것에 비해 아니마는 현존하는 주인공 영혼의 확대를 구현한 것으로 허구적 현재 속에 그려진 초상화가 모델과 주술적 관계에 설 때를 뜻한다. 아니마는 특히 미국에서 19C 사진술이 급속히 발전함에 따라 대중의 소망이 초상화와 절대적으로 닮음을 요구함에 처음에는 정확하게 재현하려는 모티브에서 시작되어 차츰 화제에 대한 주관적인 설명을 의식적으로 첨가하게 되어 심리학적으로 내면화된 변모를 보인다.

아니마의 가장 대표적인 작품은 와일드의 <도리안 그레이의 肖像>으로 모델과 초상화인 아니마 사이에 나타나는 신비한 관계에 예

---

18) 최초의 예는 H. Walpole의 <오트란토의 城>이며 마지막 작품은 C. Maturin의 <彷徨者 멜모스>를 예로 들고 있다.
19) 그 외 Gérald de Nerval의 <惡魔의 肖像畵>, Dante Gabriel Rossetti의 <祈禱하는 聖아그네스> 등이 있다.
20) B. L. Stevenson의 <Olalla>(1887).

술가 자신도 얽히는 특징을 지닌다.21)

이상 언급한 이미지의 기능 즉 이미지가 특별한 인물에 고착되어 그 인물의 얘기가 구체적으로 묘사되는 주제로서의 기능, 이미지가 그 자체가 아닌 다른 어떤 것을 음미하는 상징으로서의 기능, 이미지가 주제구성의 유니트로 단지 큰 사건이나 일반상황의 한 요소로 충당되는 모티브 기능 등 이 세 가지 기능은 상호 중복되기도 하며 작품 속에서 모티브로 시작된 이미지가 상징 또는 주제로 넘나드는 여지를 가진다.

3. 〈狂畵師〉의 이미지 기능분석

동인의 <狂畵師>는 <狂炎쏘나타>와 함께 동인 문학의 여러 특성 중 유미적 경향으로 단연 손꼽히는 작품이며 그 유미성이 실증적 차원에서 확연하지는 않아도 항상 영국의 유미주의 작가인 오스카 와일드와의 관계에서 자주 논의되어 왔던 것은 주지의 사실이다.

또한 이것은 상호관계를 전제한 국민문학의 연구란 '비교문학'적 연구에만 편중될 것이 아니라 언어국경에 관계없이 문학연구란 '일반문학' General Literature적 관점에서도 연구해 볼 필요성을 지니고 있다고 생각한다. '세계문학' World Literature 또는 Welt Literature라고 불리는 '일반문학'적 관점은 타국가의 전통파악도 되며 유사성의 고찰은 물론 상호 보족될 수 있는 각종 문학간의 교환에도 기여하는 바가 크다고 볼 수 있다.22)

졸고 東仁小說에 나타난 唯美主義 硏究에서 논한 바, 동인이 영

---

21) 그 외 GoGol, Hawthorne, Poe 등이 있다.

22) S.S. Prawer, *Comparative Literary Studies*, University of Oxford, 1973, p.3 참고.

국 유미주의의 사도인 와일드와의 영향관계에 대한 논의가 전혀 없다 하더라도 유미적 특성인 향락주의, 관능주의 및 악마주의, 예술지상주의 등에 의해서 살펴 본 바에 의하면 두 작가의 유사성을 발견할 수가 있으며 설령 그것이 발신자에 대한 수신자적 입장이 아니라 해도 유미적 구호를 내걸고 문학을 출발했던 동인과는 비교할 만한 가치가 있으며 와일드에게 적용되는 방법론이라면 동인에게도 시도해 볼 수 있다고 상정된다.

와일드의 인생관 및 예술관이 완전히 투입된 유일한 소설인 <도리안 그레이의 肖像>은 로디티(Edouard Roditi)에 의하면 와일드의 인척 작가인 머터린(Charles Robert Maturin)[23]의 텍스트를 변형시킨 것이라고 구체적인 증거를 제시하기도 했다.

그런데 1820년에 발표된 <彷徨者 멜모스>는 18C 레드클리프(Ann Radcliffe)와 월포올(H. Walpole)을 출발점으로 하여 19C 초까지 성공적으로 유행했던 고딕 로만스의 절정을 이룬 작품으로 머터린의 소설이 1892년에 재인쇄 됐을 때 와일드와 어머니 스페란자(Speranza)는 머터린의 생애에 대해 서문에서 세부적인 면까지 진술했었다.

와일드는 또한 리딩감옥에서 출옥 후 불란서에서 은퇴생활을 하면서 사망할 때까지 맬머스(Sobastian Melmoth)란 익명으로 행세할 만큼 머터린을 존경했다.[24] 뿐만 아니라 와일드가 <도리안 그레이의 肖像>을 쓴 당시는 주술성을 지닌 고딕 로만스 양식이 유행했던 시기로 와일드 역시 그로테스크하고 초자연적인 고딕 로만스적 특성을 배경으로 그의 유미적 예술관을 전개했음을 감지할 수 있다.

동인의 <狂畵師>는 오로지 예술에 탐닉한 화가 솔거가 예술을 위해서 어떤 희생도 감수하는 예술도착욕을 주제로 하고 있음에는 별

---

23) 와일드의 어머니인 여류시인 Speranza의 아저씨로 와일드에겐 外從祖父가 된다.
24) Edouard Roditi, *Fiction as Allegory: The Picture of Dorian Gray*, 1969, pp.47~55 참고. (Richard Ellmann, *Oscar Wilde*, A Collection of Critical Essays)

이의가 없는 것 같다. 그러나 작품의 구체적 분석에 있어서 초상화란 소도구의 상황설정에 주요한 의미가 부여될 수 있음을 의식하면서 지올로우스키의 초상화법과 관련하여 음미해 보고자 한다.

1) 고딕 로만스적 배경설정

고딕 로만스란 특히 중세기에 속한 것을 재생시켜 야만적이고 조야함을 특징으로, 우울하고 음침한 배경에 격렬하고 괴기한 사건, 또는 퇴락, 붕괴 등의 분위기를 지닌 인물설정의[25] 소설을 의미하며 환타지가 리얼리티를 지배하고 순수하고 독창적인 신화인 낭만주의에 대해 공헌을 해 온 장르다.[26]

지올로우스키는 고딕 로만스가 독자에게 특히 흥미를 일으켰던 그 이유를

지적 미학적인 면에서 질서와 이성의 新古典理想에서 감정과 상상력의 새로운 낭만적 신념으로의 점차적 이동을 예기하는 것이며,

철학적으로 소위 버크(Burke)가 숭화의 경험을 향한 방법으로 적절하다고 생각한 공포의 새로운 음미를 개발한 점으로 인간이해에 한계가 있다는 칸트의 '순수이성비판' 문학의 대응물이며,

도덕적으로 단순한 두 얼굴 Double에서 선과 악의 더욱 복합적인 상호관계를 지닌 매력으로의 변형을 표시하는 것이며,

정치적으로 혁명시대를 특징짓는 새로운 자유감의 구현이고,

심리적으로 통합된 사회모습의 묘사에서 고독하고 죄로 고통받는 국외자의 분석으로의 전환 표시이며,

문학적으로 Richardson과 Goldsmith식 방법 후[27] 본질적, 보수적, 도덕적인 성조에서 모험과 자극의 갈망을 예시한 것

---

25) Harry Shaw, *Dictionary of Literary Terms*, McGraw-Hill, 1972, p.175.
26) Ellen Moers, *Female Gothic*, 1974, pp.77~87. (Essays on Mary Shelley's Novel) 특히 18C말에서 19C초에 유행함.
27) 센티맨탈한 가정소설류를 의미한다.

이라고 설명했다.

<狂畵師>는 작품 서두부터 괴기한 공상으로 시작된다. 또한 작중 해설자인 余의 시점과 허구 속의 화공 솔거의 삼인칭 시점의 교차는 독자에게 공상의 미스터리를 중단하는 로맨틱 아이러니도 지니고 있다.

余는 余가 서있는 등 뒤 바위에 있는 암굴로 인해 불쾌한 공상에 빠지려 한다. 음모, 살육, 모함, 방축 등 이조(李朝) 5백 년간의 추악한 모양이 余로 하여금 불쾌한 공상에 빠지게 한다. 그러나 샘물을 보고 余는 아름다운 얘기를 꾸미려고 한다.

오뇌의 표정을 띄고 있는 화공 솔거란 인물 설정부터 余의 환상은 시작된다. 인가(人家)를 떠난 외딴 숲 속 오막살이에 살고 있는 솔거는 세상에 보기 드문 추악한 얼굴을 가지고 있다. 코가 질병자루같고, 눈은 퉁방울같고 반죽같은 귀에 나발통 모양의 입, 두꺼비같은 얼굴 등 余가 애초에 의도했던 아름다운 얘기는 낭만적인 환상 속에 그로테스크한 분위기로 전환되고 있다.

너무나 추악한 얼굴 때문에 두 번이나 여자에게 버림을 받고 심산유곡(深山幽谷)에 은둔생활을 시작한 지 30년이나 된 솔거의 등장과 이조 세종(世宗) 때란 중세기적 배경은 리얼리티가 부재한 환상 전개에 효율적일 수 있으며 예술가란 범속한 인물이 아니라는 괴기성의 강조가 더욱 두드러질 수 있는 시간적 공간적 개연성을 지닌다.

또한 괴상한 여인의 화상을 들고 수년간 방황하다 눈보라치는 날 내력을 알 길 없는 이상한 화상을 소중히 품에 안고 죽은 것으로 처리한 결말부분 역시 미완성된 눈동자에 점이 찍히는 초자연적 사건과 조화를 이루고 있다. 더욱이 구성의 단순한 전개는 독자의 측면에서 부조화28)—기대하는 것과 실제 경험한 것 사이의 갈등—를 느낄 수가

---

28) Paul Lewis, *Mysterious Laughter: Humor and Fear in Gothic Fiction*, Genre Vol. XIV, Num. 3. 1981, pp.309~327 참고. Fall. Lewis는 고딕의 특성을 부조화

있는데 이것은 고딕 로만스적 속성과 유사하다 볼 수 있겠다.

스티븐슨(R.L. Stevenson)의 <올라라>에서의 산 속에 인적 없는 외딴 집과 무표정한 가족들, 네르발의 <악마의 초상화>에서의 폐허가 된 교회, 월포올의 <오트란토의 城>의 황폐한 성, 머터린의 <放浪者 멜모스>나 와일드의 <도리안 그레이의 肖像>에서의 초상화를 감추어둔 다락방 등 우울하고 황폐하며 퇴폐적인 분위기의 설정은 고딕 로만스가 갖는 전통이며 범속한 인간생활을 초월한 예술가 문제에 침잠할 수 있는 배경설정이기도 하다.

<狂畵師>의 배경을 낭만적, 공상적, 환상적 분위기에서 출발한 것이라고 가정한다면, 속세를 떠나 오로지 화도에만 정진하는 화공 솔거의 등장이나, 이조 세종 때란 시간 설정은 그로테스크하고 개성적이고 광적인 예술가의 스토리를 시작하려는 즉 작가의 의도에서 고딕 로만스적 배경의 속성과 유사함이 두드러진다 보겠다.

2) 모티브 기능의 〈狂畵師〉

모티브란 확산되는 이야기의 기저 역할을 하는 단순한 요소를 의미하며 또는 관습적인 상황이나 의장(意匠), 흥미, 사건을 말한다. 특히 문학의 경우, 모티브는 작품 전체에 일관된 반복되는 이미지 대상, 언어, 어구(語句)를 지칭한다.[29]

<狂畵師>는 액자 내부의 余의 공상이 화공 솔거가 간절히 희구하는 초상을 그리는 상황을 설정해 놓고 모델과 초상화와 솔거와의 관계인 아니마적 특성과 초상화의 눈에 강조를 한 Genius Loci적 특성을 공유하고 있다 보겠다.

/신비에서 출발하여 공포와 유머와의 상호 변형관계에서 고찰하였다.

29) C. Hugh Holman, op. cit., p.244, p.278 참고.

가. 예술가 영혼의 확대-아니마

아니마란 허구적 현재에서 그려진 초상화가 초상화의 모델과 주술적인 관계에 놓이는 관계로 그 관계에 예술가 자신의 심리적 주관적 설명을 의식적으로 첨가해서 화제를 변형하는 상황을 의미한다.

솔거는 화도(畵道)에 발을 들여 놓은 지 40년 후 얼굴에 움직임 즉 표정이 있는 얼굴을 그려보고 싶은 것이 그만의 절실한 소원이므로 작심한 후 10년간은 사람의 표정만을 그리면서, 평범한 표정이 아닌 색채 다른 것을 추구한다. 그것은 다름 아닌 희세(稀世)의 미녀였던 솔거 어머니의 사랑이 담긴 아름다운 표정이었다. 그러나 환영으로만 나타났다 사라지는 그 표정을 붙잡을 수 없어서 그는 한 개의 미녀상을 그리기로 작정한다. 그렇게 변화된 심리의 이면에는 자신의 추한 얼굴 때문에 소유 하지 못한 세상 남녀의 환락에 대한 울분과 불만에서 온 강박관념이 크게 작용하고 있다. 그래서 차츰 미인상은 단지 어느 아름다운 표정을 지닌 미녀를 그리고 싶은 마음에서 아내로서의 미녀상을 그리고 싶은 욕망으로 전이된다. 여기에는 세상의 어느 아내보다 가장 아름다운 절색을 그려 세상 사람들을 비웃어 주기 위한 내적 동기가 크게 작용한다.

결국 솔거가 염원하는 것은 어머니와 환상적인 아내의 혼이 담긴 초상화이므로 쉽게 그려질 리가 없다. 우선 수년 동안 미녀의 아래 부분만 그렸다. 그러나 화공의 생각에 벽에 걸린 얼굴 없는 초상화는 마치 어서 미완부분을 그려 주기를 기다리듯 화공을 힐책(詰責)하는 듯한 느낌이다. 그것은 솔거의 내적 반영인 미완성 초상화와 화공 사이에 심리적 주술적 관계가 성립되는 것과 유사하며 힐문(詰問)하는 듯한 초상화를 보기가 거북해하는 화공에게 얼굴과 목을 완성하기 위한 모델 탐색을 재촉하게 한다.

솔거의 모델을 찾으려는 집착은 광적이다. 미와 진실을 보유한 미인을 찾으려고 방황한 한 달 후, 솔거는 드디어 갈망하던 표정을 지닌 미녀를 발견할 수가 있었다. 모델의 발견은 여러 해 완성되기를 기다린 여인초상의 몸체조차 기꺼이 맞는 듯 느껴질 정도로 초상화는 살아있는 듯한 생명력을 지니고 있으며 그것은 예술가의 아니마가 투입된 것을 입증하고 있다.

드디어 눈동자만 제외하고는 오랜 세월 동안 집념을 가졌던 얼굴 부분이 모델의 생명력으로 완성되며 초상화가 솔거의 영혼이 투영된 모델의 정신적 이미지와 유사해진다. 그러나 모델과 화가의 육체적 결합이 눈동자의 표정만을 남긴 초상화를 완성시킬 수 없는 결정적 요인이 되는 것은 예술이란 물질적, 육욕적 리얼리티의 요구로 부식(腐蝕)돼서는 가능할 수 없음을 보여주며 그런 물질력, 육욕력이 예술가의 예술을 파멸시키는 동인임을 상징함과 동시에 항상 그런 강박관념에 예술활동이 저해받고 있음을 암시하는 것이라고 볼 수 있다.

그것은 마치 Gogol의 <肖像畵>(1833~34)에서 물질에 탐닉했던 청년화가가 예술감각과 수법이 고갈되어 고통 속에 죽는 것과도 같은 경우라 볼 수 있으며 와일드의 <도리안 그레이의 肖像>에서 미남청년 도리안이 진정한 미를 발견했던 여배우 시빌 베인에게서 육욕적 쾌락을 맛본 후의 애욕적 표정을 읽은 후 여우(女優)를 학대한 것이 그를 죽음으로 몰고 가게 된 것과 같은 성격이라고 볼 수 있다.

그것은 모델의 일시적 순간보다 그 영혼의 본질을 파악하려는 몸부림이며 예술에 대한 강박관념은 인간을 단지 예술의 수단으로만 보는 관점이라 볼 수 있다. 또한 예술이란 인간의 세속적인 생활을 초월해야 하며 예술가의 이기성은 인간생명을 희생하면서까지 예술을 완성해야 하는 성격을 나타내고 있다.

포오의 <楕圓形 肖像>(1842)의 경우, 예술과 결혼한 것이나 마찬가지인 화가는 그의 아내를 설득해서 그가 환상적으로 꿈꾼 소녀의 모습을 그린다. 탑 모양의 음침한 방이 아내의 건강과 정신을 쇠약하게 해도 단지 자신이 그리는 초상이 아내의 모습인 오리지널과 근사

해짐에 난폭해지기만 한다. 그러나 마지막 시도에서 그가 그리던 초상화가 완성되었을 때 아내는 그 순간 죽었는데도 '이것이 정말 생명이다'라고 외치며 경이로움에 전율한다.

이것은 솔거의 경우와도 마찬가지다. 모델을 살인하면서까지 자신이 희구하는 예술에 도달하려는 욕망은 예술가의 무자비한 탐구력을 의미하며 인간의 생명을 고갈시키면서까지 그 생명을 초상화에 투여하는 말하자면 예술가를 악마적 색다른 신비한 힘을 지닌 파우스트적 관점에서 보는 것과 맥락을 같이 한다고 볼 수 있다.

나. '눈'의 강조-Genius Loci

초상화에서 가장 문제가 되는 것은 언제나 '눈'이다. 고골(Gogol)의 <肖像畵>에서 청년화가 체르코프가 공포를 느껴 고통 속에 죽게 된 것도 이상한 매력을 발휘하는 쏘아보는 눈을 가진 초상화를 상점에서 구입했기 때문이며 와일드의 <도리안 그레이의 肖像>에서 도리안이 쾌락에 탐닉해서 관능과 방탕의 행위를 저지를 적마다 초상화의 입에서는 위선의 주름이 나타나고 눈에는 교활한 표정이 깃드는 것은 초상화에서 '눈'은 영혼의 본질로서 초상화가 인간영혼의 반영이라고 생각하는 관점에서 나온 것이라고 할 수 있다.

소경소녀가 죽은 후 초상화에 그려진 원망의 눈은 초상화란 영혼을 저장하는 곳으로 죽은 후에도 그 영혼이 초상화에 계속 생명을 준다고 생각하는, 즉 살아있는 초상화 현상으로 초자연적 요소를 허구에 도입시킨 고딕 로만스적 특징의 일례라고 볼 수 있다.

특히 초상화의 눈이 저주스런 표정으로 가득 차 보이는 사실은 죄의식의 투영으로 예술가는 역시 도덕적 책임을 져야 한다는 윤리의식을 강력히 반영한 것으로 인간적 세속적 생활을 무시하고 인간을 예술의 창조물로만 생각하는 격렬한 파우스트적 예술관과 도덕적 책임 사이에서 내적 분열을 갖는 두 얼굴 Double을 주인공 솔거에게서 느낄 수가 있으며 이것은 과거에 주술적이고 초자연적인 상황의 초상화가 단순히 죄의식을 투영할 수 있는 이미지로 변형된 심리적 아니마라고도 해석할 수 있는 것이다.

4. 맺음말

이상 지올로우스키의 문학의 초상화법과 관련된 '탈주술적 이미지' 이론을 근거로 동인의 <狂畵師>를 분석한 결과 다음과 같은 결론을 내릴 수가 있다.

문학에서 의미하는 초상화법은 이미지의 본질적인 기본개념인 초상을 의미하며 구체적 대상의 재현인 초상화와의 관련에서 문학작품을 비평한 것이라는 점.

그런데 작품 속에서 이미지의 기능은 역사적 또는 신화적 인물을 통해서 구체적으로 묘사되는 주제로서의 이미지와 유령이 출몰하는 초상화로 특히 초상화가 생명력을 지닌 상황을 갖는 모티브로서의 이미지와 거울이 초자연적 능력을 지님에서 시작되는 상징으로서의 이미지 등 세 기능으로 나뉜다는 것.

특히 모티브로서의 이미지는 과거에 그려진 초상화가 현재나 미래에 일어날 사건을 예시하는 Figura와 과거에 그려진 것으로 눈에 생명력을 지닌 초상화가 남녀주인공에게 작용하는 Genius Loci와 현존하는 주인공 영혼의 확대를 나타낸 것으로 초상화가 모델과 주술적 관계에서는 아니마 등 세 가지로 나뉜다는 것.

동인의 <狂畵師>는 예술가의 영혼확대(靈魂擴大)를 모델에 투입해서 초상화에 재현하려는 아니마로서, 색채 다른 표정 → 어머니의 표정 → 미인상 → 아내로서의 미인상으로 전이되는 예술가 자신의 심리적 주관적 영혼의 투영이라 볼 수 있다.

또한 예술을 종교로 생각하는 와일드적 유미관(唯美觀)처럼 예술을 위해서는 악도 불사하는 예술가의 파우스트적 이기심과 윤리의식의 갈등 속에 도덕적 책임을 눈에 나타내는 Genius Loci적 특성을 띄고 있으며 소위 낭만적 유미적 속성이 리얼리즘 작가인 동인에 의해 심리적으로 내면화된 작품의 예라고 볼 수 있겠다.

위의 분석방법은 <狂畵師>란 작품이 갖는 기괴한 환상과 비합리성이 고딕 로만스적 특성과 유사성을 지닌 점에서 적용해 본 시도로 새로운 방법론의 소개도 아우른 것이다. 또한 우리 문학에서 주술적, 초자연적 요소가 어떤 변형과정을 거쳐서 현대소설에 이르게 됐나 하는 문제의식의 제시일 수도 있겠다.

왜곡된 노라형과 여성의식
-1920년대 소설의 경우-

　노르웨이작가 헨리 입센의 <인형의 집>이란 희곡은 여성의 자기발견이며 자아의식이라고 볼 수 있다. 여주인공 노라가 남편 헤르멜이나 아버지한테 단지 인형이나 애완동물처럼 취급받는 집을 박차고 뛰쳐나간 것은 노라가 아내 또는 아이들의 어머니이기 이전의 한 인간으로서 존재하기 위한 투쟁이었다. 또한 그것은 인격적으로 대등관계가 아닌 주종적 관계에 대한 항변이었고, 가족들에게 하나의 노리개감에 지나지 못했던 자신의 실체를 발견하였기 때문이며, 아내를 진실로서보다 환상으로 착각한 남편 헤르멜에 대한 도전이었다. <인형의 집>은 인간으로 살고 싶은 노라의 외침이다. 다시 말해서 <인형의 집>은 인간천부의 권리는 어느 누구에게도 소중하며 인권의 신성불가침에 대한 자각을 심어 주는데 자극제가 된 작품으로 결혼생활의 진정한 의미를 음미하게 한다.

　그런데 우리 현대문학의 1920년대 소설에서 주인공의 인물 설정이 여성인 경우, 특히 여주인공의 거주공간이 도시일 때, 공통적인 문제의식으로 제기되는 점이 있는데 그것은 왜곡된 여성의식이다.

　김동인의 처녀작 <약한 자의 슬픔>에서의 여주인공 강엘리자베트는 이름짓기부터가 서구화된 명명법으로 왜곡된 노라형의 대표적인 인물이다. K남작집의 가정교사인 강엘리자베트의 연애관은 고전적인 정신적 연애관이 아닌 관능적인 섹스와의 관계에서 전개된다. 유부남인 K남작과 엘리자베트의 애정관계는 플라토니즘이 아닌 육욕적인 육체관계에서 본능적으로 시작된다.

K남작과의 첫 번의 만남에서 K가 강엘리자베트의 육체를 요구했을 때 엘리자베트의 반응은 "부인이 알으시면?" 하는 불안이었다. 그러면서 그녀의 독백은 "부인이 모르면 어찌한 단 말인가?……모르면…… 이것이 허락의 의미가 아닐까? 그러면 너는 그것을 싫어하느냐? 그래도……" 하는 식으로 자신에게 대하여서도 놀랄 만큼 쉽게 몸을 허락한다.

일주일에 2회 정도 강엘리자베트는 K남작과 정사를 가졌다. 그것도 한집에서 남작부인의 방과 별로 멀지 않은 방에서, 오히려 K남작이 자기 방에 찾아오지 않으면 질투를 할 정도로 그녀의 마음은 비약한다. 그녀는 같은 여성으로서 남작부인에 대한 도덕적 자책감이나 양심의 괴로움은 전혀 느끼지 않는다. 단지 그녀에게 중요한 것은 육체적 쾌락이었다. 또한 그녀가 내심 애정을 지녔던 애인 이환과의 관계도 '고전적인 신비로운' 사랑은 아니다. 이환과 연결 지어 그녀가 공상한 것은 결혼, 신혼여행, 노후안락 등의 성숙기에 있는 여성의식에 대한 눈뜸의 과정 같은 것이었다. 그만큼 그녀는 애정을 순수한 정신적 이미지에서보다 육욕적, 관능적, 쾌락적 관계에서 음미하였다. 그것은 이환과 남작을 저울질하는 데서 더욱 명확히 나타난다. 육체관계 이후의 남작이 이환보다 더 친밀하게 생각되었기 때문이다.

그녀가 육(肉)으로의 사랑에 쾌락을 느낌은 의사의 진찰장면에서도 나타난다. "이성의 손이 살에 와 닿는 것은 엘리자베트와 같은 여성에게 대하여서는 한 쾌락에 다름없었다. 엘리자베트가 이 쾌미를 재미있게 누리고 있을 때 의사는 진찰을 끝내고 의미 있는 듯이 머리를 끄덕거리며 남작에게로 향하였다."처럼 그녀는 육체적 즐거움에 탐닉하여 있었고 유산이라는 말도 서슴없이 나올 만큼 개방적인 도덕관을 지니고 있었다. 그런데 그녀의 대담성은 임신 후 배반한 K남작에게 재판까지 걸게 된다. 물론 그 결과는 증거가 없다 해서 원고의 청구가 기각된다.

또 낙태가 됐을 때의 그녀의 태도는 모성애를 지닌 여성의 태도가 전혀 아니다. 겁적하고 흐늘거리는 핏덩어리를 만져 보면서 "어디가 응덩이구 어디가 머리편인가"하는 식의 냉철한 과학적인 태도로 이십여 년의 자기 생을 음미, 정리하여 본다.

> 표본생활 이십 년(그는 생각난듯이 웃으면서 중얼거렸다.) 나는 참 약했다. 일 하나라도 내가 하고 싶어서 한 것이 어디 있는가? 세상 사람이 이렇다 하니 나도 이렇다. 이 일을 하면 남들은 나를 어찌 볼까? 이런 걱정으로 두룩거리면서 지냈으니 어찌 이 지경에 이르지 않았으리요.
> 하고 싶은 일은 자유로 해라. 힘써서 끝까지! 거기서 우리는 사랑을 발견하고 진리를 발견하리라. 그렇지만 강한 자가 되려면은?……

약한 자가 아닌 강한 자의 웃음으로 결말을 맺은 점은 <약한 자의 슬픔>이란 제목에 대한 반어적 내용으로, 실제 사건 전개상에서 엘리자베트는 약한 여성이 아니다. 강엘리자베트는 이광수의 <무정>에서 청교도적인 정절관에 고착된 구여성 영채라는 인물과는 너무나 현격한 대조를 보이고 있다.

이렇게 오도된 여성의식은 김동인의 다른 단편 <무능자의 아내>에서도 나타난다. <무능자의 아내>는 방탕한 남편이 지겨워 자식을 두고 출분한 아내 영숙의 이야기로 작품에서 느껴지는 내포저자의 어조는 자못 비판적이다.

영숙의 가출원인은 무엇보다 무능한 남편 때문이다. 무능한 남편은 남편으로 생각할 수 없다는 관점에서이다. 가출 후 동경에서 공부를 시작하는데 그 이유는 직업을 구할 지식을 얻기 위해서다. 그러나 중도에서 포기하고 공부보다 중요한 것은 역시 가정주부가 되는 것이라고 생각, 남편에게 정식으로 이혼을 청구한다. 그러나 그것도 마음대로 잘 안돼서 드디어 서울에서 여성해방운동의 한 거두가 되려고 결심하게 되는데 가장 큰 이유는 소설가인 남편보다 큰 명성을 얻기 위해서이다.

영숙의 친구들은 그런 영숙을 조선의 '노라', 인습을 때려부순 용사, 가정과 남편을 뒷발로 차버린 용사라고 명예 있는 이름을 붙여 맞아준다. 영숙 자신도 자기를 조선의 노라라고 자처하며 후회나 미련 없이 자신에 만족한다. 그래서 서울이란 도시에는 영숙이와 같은 종류의 여성그룹이 확대되기 시작하며, 그 그룹은 심지어, 아무 불평과 불만 없이 가정생활을 하는 친구들까지 찾아다니면서 그 친구들이 가정에서 뛰쳐나오기를 권하는데 앞장을 선다. 그러나 조선의 '노라'라고 자처한 영숙이 결국 선택하게 된 길은 한 남자에 만족하지 못하는 창녀생활이었다.

작가 김동인의 입장에서 영숙의 이런 행위는 왜곡된 노라이즘에 대한 비판의식의 표명이라고 볼 수 있다. 노라와 영숙의 공통점은 두 여성이 가정과 남편을 버리고 달아난 것 뿐, 영숙이는 노라를 정확하게 이해하지도 못했으며 단지 추상적이고 막연하게 노라의 출분에만 통쾌함과 공감을 느꼈던 것이다. 자신을 입센이 <인형의 집>에서 보여준 이상적인 여성 노라와 같은 사람으로 착각한 영숙의 여성해방운동 역시 기성인습의 무조건 타파 및 남편에게 반기들기 식의 자아의식이 없는 무모한 여성 선각자 의식이었다.

이런 여성의 반도덕성 및 분에 넘치는 자유분방행위는 1920년대 작가의 소설에서 흔하게 발견된다. 동인의 <유서> 역시 남편 있는 아내의 탈선에 남편의 친구가 분격해서 탈선 아내에게 유서를 쓰게 한 후 자살한 것처럼 끝을 맺은 작품이다.

염상섭의 경우에도 <출분한 아내에게 보내는 편지>, <잊을수없는

사람들>, <제야> 등은 여성의 자유화 물결에 오도된 비도덕성을 주조로 하고 있다. <출분한 아내에게 보내는 편지>의 출분한 아내, <잊을수없는 사람들>의 소녀과부댁, <제야>의 1인칭 화자인 '나' (정인)에게 공통으로 나타난 점은 서구화 물결의 영향과 함께 신여성으로서의 열려진 자아가 육욕적인 타락과 자유분방성에 초점을 맞추고 있다는 점이다.

<출분한 아내에게 보내는 편지>에서의 가출한 아내는 집의 전 재산인 5000원을 갖고 자식도 버린 채 종적을 감춘 아내이다. 도망친 아내가 처해졌던 상황은 21살이나 연상인 남편에, 게다가 연거푼 남편의 사업실패로 인한 파산과 불성실한 생활로 처갓집 식구들까지도 이혼하기를 바랄 정도이다. 그러나 1910년대 소설만 해도 기혼한 여주인공이 열악한 환경에 처해 있다고 해서 어려움에 봉착한 가족을 버리고 떠나지는 않는다.

또한 처갓집 식구들이 불륜의 관계를 맺은 딸의 비호세력으로 등장하는 것은 상상할 수도 없다. 이렇게 비도덕적인 여주인공이 등장하게 되는 주요 이유를 작가는 사회세태와 고등교육을 받은 여인이기 때문이라는 데에 둔다. 말하자면 배웠다는 신여성의 소위 왜곡된 노라의식을 지적한 것이다.

<잊을수없는 사람들>의 동생 소녀과부와 언니 주인마님 역시 마찬가지이다. 오입쟁이 남자를 사이에 두고 언니와 동생이 감정의 유희를 벌인다. 물론 작품의 배경은 술집이지만 물질과 관능에 대한 환락이 '흥청망청'한 세태와 조화를 이루고 있다.

1910년대까지 명맥을 유지했던 개화기소설에서 <화의 혈>이나 <명월정>, <화세계>의 경우, 여주인공들이 고등교육을 받은 신여성이면서도 특히 남녀관계에 있어서 유교적 윤리관이 지배적이다. <화의 혈>의 여주인공 선초는 권력층인 이시찰에게 자신의 정조를 바친다. 그것은 아버지에 대한 권력층의 박해를 막기 위해서이다. 그러나

일단 심신을 바친 선초는 그녀를 일시적으로 노리개감으로 원했던 이 시찰의 의도와는 관계없이 일단 남편이 된 사람에게 일편단심이다. 거기에 자신은 죽어도 이씨댁 사람이라고 생각하며 그를 사위로 대접해야 된다고 아버지를 설득시키려 한다. 그러나 유흥의 대상으로 선초를 원했던 이시찰이 그녀와 돈으로 관계를 끊으려 하자 선초는 아편을 먹고 자살을 한다. 이처럼 <화의 혈>의 여주인공 선초는 신교육을 받은 여성이면서도 사랑의 유무와는 전혀 관계없이 일부종사란 굴레에 완전히 지배당한 경우라 볼 수 있다.

<명월정>의 채홍이도 고등교육을 받은 여성으로서 <화의 혈>의 선초처럼 여자의 덕은 절개이며 여자의 절개가 없으면 금수와 같다고 생각한다. 또 절개를 잃으면 죽음으로써 보상을 하는 것이라 생각, 집안이 망해서 어쩔 수 없이 허주사의 첩으로 들어간 것이 문벌에 누를 끼치는 것이라 생각하여 한강에 투신자살을 한다. 아무리 신학문을 배워도 오랜 세월 고수해 오던 전통에서 쉽사리 벗어나지 못함을 알 수 있다.

<화세계>의 주인공 수정도 같은 유형의 인물이며 <모란병(牡丹屛)>의 금선 역시 정동여학교에서 수학한 여학생이지만 인습에서 전혀 벗어나지 못하는 전형성을 보여 주고 있다.

그러나 1920년대 소설에 오면 본격적인 식민지시대라는 환경과 과학적·합리적·결정론적인 사상의 영향 하에 청교도적인 윤리관은 급전되어 반도덕성을 주요 특징으로 한다.

소설의 인물설정 역시 예외일 리가 없다. 특히 염상섭의 <제야>는 20년대 월간종합잡지인 『개벽』에 5회로 연재되었던 단편이다. <제야>는 타락과 본능적인 육욕의 최후가 결국 무엇인가를 보여준 작품으로 25년간의 회한에 찬 여주인공 '나'(정인)의 생애를 이혼한 남편 C에게 고백하는 형식의 편지소설이다.

정인은 여학교를 졸업하고 6년간이나 동경에서 유학을 한 후, 모교에서 교편을 잡은 인텔리 신여성이다. 그런데 동경이란 도시공간은 1920년대 소설에서 남녀주인공에게 긍정적인 가치관을 심어주는 곳이기보다 남녀 유학생들의 일종의 자유분방한 연애장소로 자주 등장되고 있다. 동경은 대개 유학생이 남성일 때는 전문여학교나 대학을 나온 여성과의 만남의 장소로 남성유학생은 조강지처를 버리게 되고 유학생이 여성인 경우는 환락적 자유를 맛보는 곳으로 분방한 정열을 부모의 간섭 없이 마음껏 불태우는 곳으로 등장한다. 유학생의 주된 공간인 동경이 단지 연애하는 장소 이상의 다른 기능을 별로 지니고 있지 않은 점이 아이러니컬하다. 그래서 정인에게 동경이나 서국(西國) 등의 유학은 일정한 목적도 없이 단지 지명인사(知名人士)를 만날 수 있다는 허영심의 만족을 위한 것이며 배우자의 선택도 유학 역시 가능한가의 여부에 중점을 둔다.

또한 정인에게 결혼은 성욕의 만족을 위해서이다. 극단적인 것은 정조를 생활이나 학자금을 얻는 수단으로 사용하면서 여러 남자와 수욕(獸慾) 만족에 급급한 점이다. 그녀가 생각하는 현대적 선각여성(先覺女性)이란 것은 노예생활에서 벗어나기 위해 남자에게 선전포고를 하는 것이며, 그런 의식을 지닌 여성예비병을 전력을 기울여 양성하는 여성이다. 또 교회에 나가는 목적 역시 진정한 신앙생활을 위해서라기보다 분방한 정열을 불태우기 위한 상대를 만나기 위해서다. 그녀가 사랑하는 남자의 타입은 두 형(型)인데 하나는 여자에게 추종하는 의지가 약한 남자이고, 다른 하나는 오만하고 냉정한 형이다. P씨는 전자의 경우이고 E씨는 후자의 경우로 두 남자 사이를 전전하다가 결국 결혼하게 된 남성은 동경여행이 가능한 C씨이다. 그러나 남편 C씨의 진솔한 사랑이 정인에게 양심의 내적 소리에 귀를 기울이게 한다.

<제야>에서의 문제는 소위 고등교육을 받은 그 당시 인텔리여성들의 분수를 모르는 선각자 의식이다. 물론 <제야>의 결말은 남편에

게 자신의 분방한 성적 유희 및 복잡했던 남자관계를 고백하고 용서를 구하면서 남편 C씨가 여주인공을 관대하게 포용하는 것으로 끝나지만, 소위 강연회나 토론회에서의 여성의 선각자 역할을 하는 조선의 '노라'가 얼마나 희화적인 인물인가를 남성작가의 시각에서 냉소적인 어조로 해부한 작품의 예가 곧 <제야>라 볼 수 있다.

비단 이런 여성인물은 김동인이나 염상섭뿐만 아니라 나도향의 경우에도 마찬가지다. <전차차장의 일기 몇 절>에서 쪽진 머리에 수줍음을 타던 시골처녀가 서울에 올라와서 구두신고 금반지 낀 신여성으로 변화되어 자유분방한 남녀의 환락행위에 한 몫을 담당하는 것도 설익은 여성의식의 표현이라고 볼 수 있다. 여주인공이 비록 인텔리로 설정은 되지 않았어도 왜곡된 여성의식이 문명의 중심지인 서울에 팽배하고 있는 세태의 한 모습이라 볼 수 있다. 도시의 속물적인 세태가 시골서 올라온 한 여성의 한 달 후의 놀라운 변모를 통해서 구현되는 것도 남성 작가의 시점에서 여성의식을 긍정적인 차원에서 보는 것은 아니라고 생각된다.

이처럼 1920년대 소설은 때마침 수용된 입센의 영향과도 무관하지 않게 성급한 서구화의 부작용과 함께 특히 여성주인공의 경우, 노라이즘의 본질을 제대로 파악하지 못하고 충동이나 본능에 지배받는 인물 설정의 등장이 대부분이다. 그것도 대부분의 남성작가에 의해서 비판적인 어조로 일관되는데 그것을 남성우위의 보수적인 사고방식이라고 탓할 수만은 없는 것이다.

20세기의 대표적인 정신분석학자 지그문트 프로이드는 여성의 주요한 특징을 소극성, 개발되지 않은 감상을 지닌 연약한 자아, 활동적인 목적과 야망을 거부하고 추상적 사고능력의 무능한 내적 행동과 환타지 등 여성을 주로 음성적이고 부정적인 이미지를 지닌 것으로 보았는데, 그것은 실제 가부장제도 하에서의 여성이 현실이나 허구에서 남성과 동등한 하나의 인격체라기보다 맹목적·헌신적·희생적인 여성으로 존재해 왔기 때문이다. 그러나 현대적 의미에서 여성의식이란 진정한 자아의식과 자아발견인데 20년대 소설의 경우, 노라이즘의 본질적인 의미를 정확하게 파악하지 못한 신여성이 많이 등장하면서 그것의 부작용 현상이 빈번하게 소설의 제재로 되었던 것이다.

1930년대 한국문학의 비교문학적 연구
-번역미국소설의 수용양상-

1. 1930년대 번역미국문학 수용개관

1930년대는 해방이전의 우리 현대문학사에서 서구문학의 이입이 최대로 전성기를 맞이했던 시기로 비로소 전문적인 외국문학전공자에 의해 활발하게 번역작업이 행해졌던 시대이다. 1927년 외국문학연구회의 기관지인 『해외문학』지의 등장은 외국문학전공자에 의해 외국문학이 번역, 소개된 최초의 잡지로 기존번역이 중역(重譯) 또는 삼중역식의 간접역(間接譯)인 것을 직접 번역, 소개하며 어느 일국에 치우치지 않고 두루 여러 나라 문학을 번역소개한 점[1]이 중요의의인 바 그 당시 문학인들의 외국문학수입 및 연구의 필요성 절감을 감지할 수 있다.

미국문학의 경우, 기독교선교사를 통하여 개화사상에는 많은 영향을 끼쳤으나,[2] 정작 미국문학의 이입은 1910년 중반부터 눈에 띄기 시작한다.[3]

미국문학이 본격적으로 이입되기 시작한 1930년대 이전의 미국문

---

1) 『海外文學』 創刊號 特大號(1927). 김근수의 「『海外文學』誌에 대하여」에서 인용.
2) 김현실, 「1920年代의 飜譯 美國小說研究」, 이대석사논문, 1981, p.147.
3) 김병철, 『西洋文學 飜譯論著年表』, 을유문화사, 1978. 참고.

학 이입현황을 통계적으로 살펴보면4) 미국문학번역의 빈도가 희소했음을 알 수 있다. 1899년 역사물인 <中東戰記>(상·하)의 최초번역 시작에서 30년대 이전까지 총 105편의 번역 중 시가 63편으로 가장 많고 소설 27편, 수필 13편, 전기 5편, 논설 2편, 희곡 2편, 평론 1편, 역사 1편으로 시번역이 압도적이다. 원작자는 휘트먼(W. Whitman)이 19편, 롱펠로우(H. W. Longfellow)가 5편, 어어빙(W. Irving) 10편, 티이즈데일(S. Teasdale)이 6편, 포우(E. A. Poe)가 5편, 헨리(O. Henry) 4편 순이다. 전신자(轉信者) 겸 번역자의 번역회수는 해몽생이 13회, 오천석5) 11회, 김석송 7회, 시온성 4회, 김명정 3회, 리대위 3회, 육당 3회로 나타나 있다.

시의 경우, 휘트먼이 지배적인 것은 일본에서의 왕성한 휘트먼부움6)의 영향과 관계있다고 볼 수 있으며 휘트먼이 빈한층 출신으로 민중의 피가 흐르는 민중시인이란 점이 그 당시 우리나라 문학에 수용된 주요 이유인 것 같다. 다른 시인에 비하여 빈도가 많은 롱펠로우 역시 19세기 미국의 국민시인으로서 낭만적 색조와 시의 대중화 및 도덕성7)이 우리 문학에 어필한 것 같다.

소설에서의 포우와 헨리의 등장 역시 미국의 대표적 단편작가로서 20년대 한국소설사에서 단편의 확립문제에 그 영향을 추정할 수 있다. 이처럼 휘트먼이나 롱펠로우, 포우 등의 작품번역은 그것이 중역이든 직역이든 미국문학사에서 1850년 전후의 미국문학의 문예부흥기를 장식했던 대표적인 작가로 이들의 세계적 인기도가 번역작품 선택에 중요한 영향을 끼친 것 같다. 또한 수필부문에서 두드러진 어어

---

4) 김병철, 위의 책.
5) 에덴, 바울은 오천석의 필명임.
6) 김병철, 『한국 近代飜譯 文學史硏究』 제1권, 을유문화사, 1978, pp.428~434. 재인용, 1919年(大正 8年)부터 1921年(大正 10年) 사이에 걸쳐 일본에서는 휘트먼 시 번역의 부움을 이루었다 한다.
7) 김병철, 『改橋美國文學史』, 한신문화사, 1983, pp.98~101.

빙 수필의 번역은 그가 지향한 이국주의와 낭만적 성향이 20년대 한국문학과 호흡이 맞는데 동인(動因)이 있는 것 같다.

30년대에 번역 이입된 미국소설의 수용양상을 고찰하기 전에 30년대 전체에 걸쳐서 번역된 미국문학을 개괄적으로 고찰해 보겠다.

30년대의 미국문학번역은 20년대와 비교할 때 잡지 게재본은 압도적으로 많으나 단행본은 별로 많지 않다.[8] 30년대는 서양문학 이입상을 단지 이입, 소개하는 데만 그친 것이 아니라 서양문학사조의 한국 토착화라는 고차원의 경지를 개척하였다는 단계적 발전을 인정하지 않을 수 없다. 미국문학이입, 소개 역시 마찬가지이다.[9]

30년대에 이입된 번역 작품 총수는[10] 190편으로 시가 119편, 소설이 41편, 평론 10편, 희곡 10편, 전기 5편, 수필 3편, 논설 2편으로 20년대에 비하여 시와 소설의 번역회수가 늘어났고 수필은 줄어들고 평론과 희곡에 대한 관심이 높아졌음을 알 수 있다.

원작자가 시인인 경우, 20년대에는 번역회수가 많았던 롱펠로우시는 단 4편만이 번역됐는데 비하여 시인 휘트먼이 아직도 명맥을 유지하고 있었으며 새롭게 등장한 시인은 샌드버그(C. Sandburg)로 번역된 작품이 16편이나 된다. 휘트먼의 직계 제자인 샌드버그는 가난한 스웨덴계 이민출신으로 온갖 노동에 종사하며 강렬한 사회주의적 투지를 갖은 일종의 민중파 시인[11]으로 왜 그의 시가 그처럼 많이 번역이 되었는지 가늠할 수 있다. 또한 흑인시인으로 갖가지 노동에 종사했던 휴우즈(L. Hughes)의 등장 역시 샌드버그와 같은 맥락을 지닌 시인이라고 볼 수 있다.

여류시인으로서 작품 <戀愛詩集>으로 퓨울리처상을 수상한 티이

---

8) 김병철, 앞의 책 『한국 근대 번역문학사 연구』, p.692.
9) 김병철, 「美國文學의 移入과 우리文學에 끼친 영향」, 『광장』101호, 1982, pp.42~52.
10) 김병철, 『西洋文學 飜譯論著年表』에 의해서 조사했음.
11) 김병철, 앞의 책, pp.224~226.

즈데일(S. Teasdale)의 20년대 이후 30년대에 이른 꾸준한 명맥유지는 그의 시가 섬세한 감수성에 특히 생에 대한 공포와 정열 사이의 갈등 속에서 방황하는 특성과 무관하지 않은 것 같다.

번역된 미국시 이입의 현저한 특성은 가난을 겪은 시인으로 민중을 대변하고 노래하는 시인의 작품이거나 절망과 고통 속에 정신적으로 방황하는 시인의 작품 등 30년대 프롤레타리아 문학과의 접목을 필연적으로 추정할 수 있다.

소설에 대해서는 다음 항목에서 상론(詳論)하기로 하고 희곡에서 특히 오닐(E. O' Neill)이 소개, 이입된 것은 현대성의 두드러진 성격—기성(旣成) 도덕관의 부정과 기계물질문명에 대한 역설과 심리적·정신분석학적 성격—의 도입이라 볼 수 있다.

번역자의 경우, 한흑구가 23편의 시번역으로 압도적이고 이하윤이 16편, 노자영 15편, 박용철 12편, 김태선 6편, 이종수 5편, 오천석이 4편, 양주동·이광수가 각각 3편 등이다.

이상 30년대에 번역, 이입된 미국문학을 전체적인 시점에서 개관해 볼 때 주로 카프문학과 긴밀한 관계에서 원작자의 작품이 번역되었으며 세계적으로 명성을 떨치거나 노벨상, 퓨울리쳐상 수상을 한 작가를 선정, 번역했다는 점이 두드러진다.

바이스슈타인(U. Weisstein)에 의하면 특별한 종류의 수용이란 작품의 운명으로 대중성 즉 인기도를 저울질할 수 있는 계기가 되며 그것은 일시적 시대적 유행이나 외적 사건에 의존된다[12]는 것이다.

우리 문학사의 경우, 20년대 중반부터 일본을 통해서 수용된 프로문학은 초기에 빈궁(貧窮)문학 일변도에서 인물설정은 노동자, 피고용인 같은 빈한층(貧寒層)을 주인공으로 무산계급을 위한 사회주의계열의 문학이란 점에서 30년대에 번역, 이입된 노동계층의 가계(家系)출

---

12) U. Weisstein, *Comparative Literature and Literary Theory-Survey and Introduction*, Indiana University city, 1973, pp.48~49.

신 작가나 민중대변시인의 다수등장이 시대적 조류에 편승하는 징후라고 볼 수 있다. 두리친(D. Durisin)식으로 설명하면 문학현상의 상호관계 및 문학적 공생상태의 두 가지 요인은 수용하는 문학현상과 수용되는 문학현상 두 가지로 나누어지는데 문학현상을 받아들임이란 수용하는 측에 있어서의 어떤 반동·사고방향·유사환상상(類似幻想像) 등을 전제로 하고 있다는 것이다. 따라서 영향받는 대상인 즉 수용하는 현상은 자극하는 능동 요인이 되며 수용된 현상의 분석 역시 그 나라의 고유한 문학상황을 배경으로 현상의 특성을 규정하고 있는 문학사적인 의미가 연구될 수 있다는 것이다.[13]

2. 번역미국소설의 이입양상과 이입태도

20년대 미국번역소설은 포우, 헨리, 런던(J. London)의 작품이 주류를 이루고 그 밖에 트웨인(M. Twain)과 스토우 부인(H. E. Stowe)의 소설 각 한 편과 몇몇 장편 및 단편의 통속소설을 합쳐 총 24편이 된다.[14] 또한 연구자가 번역작품의 개별 고찰을 통해 얻은 특성을 인용해 보면 내용에서 죽음과 인생의 내면적 고찰을 다룬 것, 일상의 단면을 구성의 묘법(妙法)으로 흥미 있게 스케치한 것, 기독교적 이상주의를 비유형식으로 형상화한 것, 계급문학적 경향을 띤 것이 주를 이루고 있다. 또한 형식면에 있어서는 내면심리의 묘사와 치밀한 구성을 보인 포우의 단편과 반전수법 구성의 묘를 보인 헨리 단편의 특징 외에 냉정한 객관적 시점의 등장 등 그러나 무엇보다 20년대에 번역된 미국소설이입의 가장 큰 영향은 단편소설의 개조(開祖)인 포오의 다

---

13) 두리친, 김숙희역, 「受容하는 文學現象과 受容되는 文學現象」, 『比較文學Ⅱ論文選』, 중앙출판, 1980, pp.222~232 참고.
14) 김병철, 앞의 책, pp.147~149.

양한 소개와 기교면에서의 영향을 간과할 수 없다는 것이 본 연구자
가 얻은 결론이다.

　30년대에 번역된 미국소설을 김병철의 『서양문학번역논저연표』에
의해서 도표로 작성해 보면 아래와 같다.

작 품 명	원 작 자	역 자	출　　　처	간행년월일
사무엘	미카엘 골드	주요섭	大潮1:2	1930.4.15
읽엇든말(語)	헤드리 벤다익	노피도	新生3:12	1930.12.1
하博士의 實驗	호-소온	이하윤	朝鮮日報	1931.6.7~16
黃金蟲	앨런 포	이하윤	朝鮮日報	1931.6.17~7.17
일ㅅ자리잇소	크루덴	이종수	新興3:2	1931.7.5
屠殺者	어니스트 헤밍웨이	夢 甫	東亞日報	1931.19~31
十月과 六月	오 헨리	欠	新東亞1:2, 12:1	1931.
실업자의 아내	크루덴	이종수	新興3:3	1931.12.20
魔女의 빵	오 헨리	양주동	新東亞2:5	1932.5.1
O;i	씽크레아	유용대	우리들2:8~?	1932.8.1~?
菊花의 言約	래프캐리오 허-ㄴ	安在左	新東亞2:10	1932.10.1
밥, 잠짜리	쁘르스·쁘리벤	주요섭	東光5:1	1933.2.3
도롱속의 淑女	아네스트쑤트	주요섭	조선문학1:2	1939.1~11.1
水車가 잇는 敎會	오·헨리	이홍노	긔독신문	1933. 10.22~11.4(4)
二十年後	오·헨리	권명수	新世界3:11	1933.11.1
電氣廣告	폴·짜드빅	欠	新女性7:12	1933.12.1
크리스마스 선물	오·헨리	이해남	新家庭1:12	1933.12.1
하누님의 힘	쉬어우드·앤드슨	권명수	新東亞4:5	1934.5.1
人生에　눈뜨는 時節	쉬어우드·앤드슨	권명수	中央2:10	1934.10.1
巡査와 讚美歌	오·헨리	장영숙	新東亞5:1	1935.1.1
잃어버린 小說	쉘우드 앤더슨	한흑구	朝鮮文壇4:12	1935.4.11

작 품 명	원 작 자	역 자	출 처	간행년월일
黑女와 白女	랭스톤 휴-스	이종수	新家庭3:5	1935
어머니와 아들	랭스톤 휴즈	이종수	新興5:1	1935.5.18
聖林爆擊(梗)	업톤 씽클레어	欠	新東亞5:9	1935.9.1
제퍼슨街의 殺人 事件	도로시 캔필드	MGM	西海公論1:9	1935.9.1
벤후르	레위 왈라스	나갈도	카토릭靑年3:12, 4:11	1935.12.25~ 1936.11.25
盜難된 편지	에드가 알란 포우	김광섭	朝光2:4	1936.4.1
大地	파알 뻑	심 훈	西海公論2:4~9	1936.4.1~9.1
어머니의 叛逆	메리 월컨 푸리먼	김태선	우라키7	1936.9.8
잃어버린 小說	쉘우드 앤더슨	한흑구	우라키7	1936.9.8
왕자와 거지	마-크 트웬	최병화	朝鮮日報	1936. 10.28~12.27(47)
再生	오 헨리	양주동	三千里9:11	1937.1.1
老處女의 사랑	오 헨리	춘 해	웃음판1:1	1937.9.15
女學生日記	앨리스 웹스터	전유덕	東亞日報	1937. 10.21~12.17(37)
바람과 함께 가 버리다	마가렛 밋젤	欠	三千里10:12~?	1938.12.1~?
마즈막잎새	오 헨리	양주동	文章14	1939.5.1
魔術師	아더스 추링거	임영빈	文章1:5	1939.6.1
避難群	펄 벅크	임학수	人文評論1:2	1939.11.1

이상 위에 열거한 바 30년대에 번역, 이입된 미국소설은 총 38편[15]으로 오 헨리는 20년대에 3편의 작품만이 번역된데 비하여 30년대에는 7편이나 된다.[16] 반면 20년대에 가장 많이 번역되었던 포우는 30년대에 와서 번역회수는 줄었으나 20년대와는 다른 작품이 번역되어 그에 대한 관심의 폭이 넓어졌음을 알 수 있다. 그 외 싱클레어(Upton

---

15) 20년대의 24편보다 현저하게 번역이 늘어났다.
16) 동일한 작품의 반복된 번역대상 작가는 제외했음.

Sinclair), 휴우즈(Langston Hughes), 벅(Perl Buck), 앤더어슨(Sherwood Anderson) 등은 30년대에 새롭게 등장된 작가이다.

번역자의 경우, 양주동이 주로 오 헨리 단편을 번역하였고 권명수와 한흑구가 앤더어슨을, 휴우즈는 이종수[17]가 그 외 임학수, 심훈, 김광섭, 이하윤 등이다.

30년대에 소개된 문학논저 역시 위 여섯 작가에 관한 번역과 이입이 집중되어 있음을 알 수 있다. 김병철의『서양문학번역논저연표』에 의하면, 미국문학에 관한 문학논저 총 90여 편 중 51편의 논문이 위의 작가와 관련된 것이다. 그런데 30년대에 번역, 이입된 소설의 원작자는 헨리, 앤더어슨, 싱클레어, 휴우즈, 벅, 포우 순인데 비하여 문학논저는 싱클레어가 23편, 포우가 15편, 앤더어슨 8편, 휴우즈와 펄벅이 7편, 헨리는 2편으로 30년대에 논문수와 번역회수 등 관심도가 가장 지대했던 작가는 업톤 싱클레어라고 볼 수 있다. 또한 미국문학에 관심을 보인 문학논자는 전무길, 이하윤, 김상용, 김광섭, 한흑구 등으로 이 중 전무길이 단연 미국문학에 대하여 관심을 많이 보인 논자이다.

전무길[18]은 1929년경부터 1935년에 걸쳐 그가 주재한『大潮』와 조선일보에 중·단편을 많이 발표한 바 있고 초기에는 특히 폭로(暴露)소설가로서 경향적인 작품을 쓴 작가였다. 이런 점이 그가 싱클레어에 대해 집중적인 관심을 갖은 이유가 된다.

위에서 개괄적으로 고찰해 본 바 30년대 미국소설의 이입양상에서 현저한 특징은 민중의식이 뚜렷한 작가 및 작품이 소개되고 있는 점이며 불우한 인생을 체험하였거나 서민 쪽을 대변하는 작가 및 그런 작가의 작품이 이입되었다는 점이다. 이것은 당시의 시대상황과 긴밀히 관련된 것으로 문학사회학적·문학심리학적 연구의 관점에서 연구의 필요성을 가능케 한다.

---

17) 춘해 이홍노란 별칭을 지님.
18) 백철,『신문학사조사』, 신구문화사, 1982, pp.402~403.

이제 30년대에 가장 많이 소개된 여섯 작가의 논저 및 작품에 대한 수용태도를 개별적으로 고찰해보고 전신자 전무길에 대해서 다음 항목에서 상론하기로 한다.

1) 오 헨리의 이입과 수용태도

1930년대에 오 헨리를 소개한 대표적인 전신자는 양주동을 들 수 있다. 번역된 작품 8편 중 3편이 양주동의 번역이고 나머지는 이홍노, 권명수, 장영숙, 이해남 등이 각 1편씩 번역을 했고 춘해의 <노처녀의 사랑>은 오 헨리의 <마녀의 빵>을 번안한 것이다. 양주동은 20년대에 이미 번역했던 <마녀의 빵>을 30년대에 다시 번역하였으며 그 외 <十月과 六月>, <再生>, <마즈막 잎새>를 번역했다. 그 외 다른 역자에 의하여 번역된 작품으로는 <水車가 있는 敎會>, <20년후>, <크리스마스선물>, <순사와 찬미가> 등으로 오 헨리의 단편이 집중, 소개되었음을 알 수 있다. 오 헨리에 대한 논문소개는 별로 없으나 20년대부터 50년대에 걸쳐서 그의 작품이 꾸준히 소개된 것은 그의 단편기교 즉 급전의 결말—Surprising Ending—과 착상의 기발함, 유우머와 위트, 인간적인 페이소스 등이 번역자나 독자들의 취향에 적절하였기 때문이라고 추측된다. 물론 오 헨리의 297편이나 되는 방대한 양의 단편 중 지극히 일부가 번역되었지만 <크리스마스선물>이나 <마즈막 잎새> 같은 것은 1953년에 미국에서 옴니버스 영화로도 각색된 유명한 작품이다.

오 헨리의 경우, 작품번역은 많은데 비하여 그의 문학이론이나 작가연구 등의 독자적인 수개(修改)는 거의 눈에 띄지 않는다. 단지 이하윤의 「亞米利加短篇小說考」[19]에 '토—웬'의 재생이라고 칭하는 '오·헨리'[20] 정도의 소개가 있으며 전무길의 「前科者 포터의 変名

---

19) 『大衆公論』2:7, 1930.9.1.
20) 김병철, 앞의 책 2권, p.230.

오·헨리와 人氣」라는 제목으로 오 헨리의 우울했던 폐쇄적인 과거의 전과가 짤막하게 소개됐을 뿐이다.

2) 셀우드 앤더어슨의 이입과 수용태도

앤더어슨의 소설번역은 4회[21]로 오 헨리 작품보다 적게 번역, 소개되었으나 앤더어슨에 대한 문학이론 및 작품소개는 오 헨리보다 무게있게 다뤄졌으며 앤더어슨을 부수적으로 이입, 소개한 경우는 허다하다.[22]

전신자의 경우, 권명수가 3편을 번역하였고 2회 번역은 한흑구로 특히 후자는 30년대 번역이입사에서 전신자 역할이 매우 두드러진다. 주로 미국시번역[23]에서의 활동이 활발하나 소설번역에도 참여하였다. 권명수는 朝鮮文藝年鑑(1939)에 의하면 소설가로 新東亞에 <朴春甫>上下[24]란 단편을 발표한 바 있고 그 외 <車票>[25], <금비녀>[26], <四年間>[27] 및 수필 등이 있다. 또한 권명수는 앤더어슨 외에도 오·헨리의 <二十年後>도 번역한 바 있다.

한흑구는 쉘우드 앤더어슨의 <잃어버린 小說> 서두의 역자의 말[28]에서

쉘우드 앤더슨(Sherwood Andesion)은 업톤 씽클레어와 같이 米國無産

---

21) <하누님의 힘>, <人生에 눈뜨는 時節>, <잃어버린 小說>이며 이중 <잃어버린 小說>은 한흑구에 의해 『朝鮮文壇』과 『우라키』7에 반복되어 게재되었다.
22) 김병철씨에 의하면 16회나 된다.
23) 김학동교수의 『한국 近代詩의 比較文學的 硏究』에서 韓·美詩의 關聯 樣相에 나타난 것처럼 1945~50년도까지 한흑구는 휘트먼시를 번역 소개한 대표적 전신자이며 30년대 역시 클랭, 휘트먼 등 그의 시 번역활동은 두드러진다.
24) 『신동아』35호(1934.9.1), 38호(1934.12.1)
25) 『조광』4·8호, 1938.8.
26) 『조광』4·11호, 1938.11.
27) 『조광』5·2호, 1939.2.
28) 『조선문단』, 1935.4.

文學運動의 巨將이다. 「오하요 윈스먹」, 「貧寒한 白人」 등의 傑作을 發表
한 以來 數十篇 短篇과 長篇을 發表하였다. 이곳에 번역하는 「잃어버린
小說」은 특히 貧寒한 小說家를 主人公으로하야 藝術家의 變態的 生活面
을 描寫한 것이다

에서처럼 앤더어슨을 싱클레어와 동류의 무산(無産)문학운동의 거장
으로 소개하였으며 『우라키』[29] 7호에서는 "그의 소설은 거의 농촌과
공장 등을 배경으로 하고 현대사회를 분석하는 것으로 저작되였다."
고 원작자에 대한 필자의 전신태도를 표명하였다.

이하윤의 「現代世界文壇總觀-米國, 純粹藝術로」[30]에서는 앤더
어슨을 주로 도시빈민과 농가생활을 대상으로 정신분석학적 방법을
구사한 작가이며 다소 작가의 사회의식이 강해졌다는 전신자적 태도
를 보여주었다.

전무길은 앤더어슨을 아메리카의 프로문학운동이란 범주 안에 집
어넣고 무려 육회에 걸쳐서 미국의 프로문학운동을 상세히 설명하였
다.[31] 미국의 프로문학운동은 자본주의의 극단적인 발달에 따라 사회
조직 내에 계급적 균열이 일어나 그 반영으로서 일어난 것이라고 전
제하고 프로문학운동의 초보자는 노리스(Frank Noris)이며 선구자는
런딘(Jack London)이고 그 외 프로문학의 역군으로서 싱클레어, 드라이
저(Theodore Dreiser) 앤더어슨, 파소스(Dos Passos) 등을 들고 있다. 또
한 4회에서는 앤더어슨과 루이스(Sinclair Lewis)를 비교, 대조하였다.
두 작가가 다 중서부 출신이고 인격적 배경이 상사(相似)하나 목적과
방법이 상이하다고 지적하였다. 즉 루이스가 표면과 평면을 그린다면
앤더어슨은 인내성 있는 탐구자로 자연주의자면서 신비적 경향을 띤

29) 김병철, 앞의 책 2권, p.308에서 인용함.
30) 『동아일보』, 1933.6.18
31) 『조선일보』, 1934.11.30~12.7

작가로 하층민 비애를 체험하고 묘사하는데 유물사적 경제론 입장이 기보다 냉정한 태도로 물질문명 속의 농민과 노동자의 생활상을 객관적으로 충실히 묘사한 작가라고 평가하고 있다.

앤더어슨에 대한 이들 전신자들의 이입태도를 결합하여 보면 앤더어슨은 미국프로문학계통의 작가이지만 유물론적 입장에서의 목적적인 작가이기보다 가난을 몸소 체험한 작가로서 현실을 객관적으로 냉철하게 고찰한 심리주의적 작가라고 소개하는 듯하다.

3) 랭스톤 휴우즈의 이입과 수용태도

휴우즈는 니그로 시인[32]으로서 소설가라기보다 실상 시인으로서 30년대에 더욱 많이 소개되고 있다. 그의 소설은 <黑女와 白女>, <어머니와 아들> 두 편만이 번역, 소개되었으며 휴우즈 개인에 대한 논문은 이종수의 <어머니와 아들> 번역에 부친 서설에서의 작자소개 뿐이다. 그러나 휴우즈에 대한 부수적인 소개는 비교적 많은 편이다.

　서　효 : 「아메리카 文壇의 신전망」(『彗星』2:2, 1932.2.15)
　최정건 : 「세계 文學의 動向」(『新東亞』3:11, 1933.11.1)
　김시민 : 「美國文壇의 左翼文學과 其成長」(『우라키』7호, 1936.9.8)
　이현수 : 「作家同盟과 大會一代表作決定의 消息을 듣고 米國作家大會 上下」(『동아일보』1937. 上 7.7, 下 7.9)

　이종수는 <黑女와 白女> 번역의 원작자 소개에서

　「랭스톤・후-스」씨는 흑인(黑人) 청년작가로 현 미국좌익문단의 중진이다. 씨는 시인(詩人)으로 이름이 높지마는 소설가로도 상당한 지위를 가지고 있다.[33]

---

32) 한세광은 「미국니그로시인 硏究」(『東光』4:2, 1932.2.1)에서 휴우즈를 로맨틱하고 현실과 미래를 바라보고 노래하는 시인으로 소개하고 있다.

라고 언급하였으며 같은 해 <어머니와 아들>을 번역한 《新興》8
호[34]에서는 "나는 氏를 미국프로레타리아 작가로 소개하고저 하거니
와 그가 최근에 미국프로레타리아 시인으로 대활약을 하고 있는 것은
물론이다"라고 전신태도를 표명하였다.

부수적으로 소개된 휴우즈의 특성을 열거하여 보겠다. 우선 휴우즈
는 진정한 미국프로레타리아기관지인 『뉴맛세즈』[35] (The New Mases)
문예잡지에서 활동한 최우수작가라는 점이다. 그런데 『뉴맛세즈』는
20년대의 씨니시즘 문학과 신휴머니즘 문학의 극복을 위해서 등장한
잡지로 미국의 경제공황의 심각성에 대응하여 일어나는 사회문제 즉
계급대립에 대하여 미국의 프로레타리아트를 대표하고 또한 그들의
근본적인 지지하에 운영되는 특성을 지닌다.

다음 김시민은 「米國文壇의 左翼文學과 其成長」[36]에서 휴우즈를
좌익작가부류 속에 넣고 좌익문학의 개념을 감상적이지도 않고 사실
주의를 위하여 지어진 문학도 아니며 작품을 전적으로 인성화하여 어
떤 목적 즉 혁명적 사상을 고취하여 그 목적을 감오자득(感悟自得)하
는데 본의가 있다고 하였다. 말하자면 목적의식의 강조 또한 푸로 문
학의 가장 본질적 요체라 볼 수 있는 혁명사상고취 또한 그것도 중산
층의 지식인작가가 관심을 지니고 있다는 것을 지적하고 있다.

이현수는 「米國作家大會上―作家同盟과 大會」라는 논문에서 휴

---

33) 『신가정』3:5, 5.1. 1935.5.8刊
34) 김병철, 앞의 책, p.288. 재인용
35) 秦曉의 「아메리카 文壇의 新展望」에 의하면 뉴맛세즈의 내력은 1910.5. 뉴-욕 사
    회주의학교에 속하는 식당의 쿠끄·벳트·부라-구라는 사람의 편집으로 우수한
    투고가들의 지지 하에 운영되어 왔으나 1917에 미국의 區州戰亂參戰反對 때문에
    발행이 불가능하게 되었다가 1918.3月 '리벌레이터'라는 이름으로 회생, 1924년
    워커-즈 맨쓰리로 개제 속간되었다가 1926.5월 '뉴맛세즈'란 이름을 갖게 되었다
    한다.
36) 『우라키』제7호(1936.9.8), 김병철의 『西洋文學移入史硏究』 제2권, pp.306~307. 재
    인용

우즈를 코뮤니스트이나 반파시스트이고 진보적 자유주의작가로 규정하고 있다. 즉 휴우즈는 문화를 파괴하는 파시즘을 반대하고 1937년 6월 6일 뉴욕에서 개최된 작가동명소집에 저명한 작가로 작가란 직업적 견지에서 반파시즘 운동을 강화하고 확대하는데 한 몫을 하였다. 이 경우 휴우즈를 진보적 자유주의작가로 규정한 것은 휴우즈를 단순한 코뮤니스트로 간주해 버릴 수 없는 상황에서이다.

4) 펄 벅의 이입과 수용태도

펄 벅은 30년대 후반에 비로소 이입소개된 작가다. 그의 작품으로는 단 2편만이 번역, 소개되었으나 1938년에 노벨상을 받는 즉시 그에 대한 논문이 7편이나 소개되었다.

모윤숙, 「歐美現代作家群像—女性作品과 그 生命性—大地의 작자 파알 팍 女史를 말함」 동아일보사. 下. 1938.2.10~11(2회)
김광섭, 「공동적 창조의식을 發顯 昨年度 美國文壇에 나타난 新傾向」 東亞日報. 1939.1.7
月坡역, 펴욱스 「38년도 노벨문학상 수상자 펄벅 女史」『文章』1:1, 1939.2.1
쟈니누·델펙크, 「世界的인 人氣作家-팔백 會見記」『女性』4:2, 1939.2.1 (역자미상)
이준숙, 「팔빽 作 <어머니>의 女主人公 이야기」『女性』4:3, 1939.3.1
작자미상, 「퍼얼·빽수상의 공식이유발표」, 동아일보, 1939.3.30
인정식, 「大地에 反映된 亞細亞的 社會」『文章』1:8, 1939.8.1

6인의 전신자 중 두 명이 여성이며 두 편 밖에 안 되지만 게재잡지 또한 『女性』인 점이 다른 작가와 다른 특성이다.

모윤숙은 펄 벅에 대한 논문에서 그가 다른 아메리카 여성과 너무나 나른 인생관 즉 통양석인 성격을 시니고 있으며 언제나 삭품의 중심점을 가정에 두고 가정 내의 아내의 정신을 통해 전통과 도덕에 얽매이며 자신을 잃고 사는 여성상을 제시하면서도 그 비애 속에 감추어진 생명을 느끼게 하는 펄벅의 능력을 과대평가하였다. 또한 펄벅이 동양여성의 불행한 현실을 자신의 불행처럼 받아들여 대중의 고민처럼 절실하게 느끼는 성실성을 높이 평가하였다.

이준숙 역시 펄 벅이 여성작가인 점과 <어머니>의 여주인공 어머니가 특히 여성작가가 그린 여주인공이라는 데에 큰 호감을 갖는 듯하였다.

번역자 미상의 델펙크의 펄 벅 회견기(會見記) 전기(前記)를 보면,

> 昨年度 노벨像受賞者로 팔·뻑의 이름은 實로 全世界에 宣揚되었다. 그의 「대지」 三部作과 「어머니」, 「어머니의 肖像」 等은 全世界 讀書界를 풍미하였고 그 中에서도 「大地」의 映畵는 坊坊谷谷를 通하여 모든 「인테리」의 가슴을 한 번 뒤흔들어 놓았다.

라고 회견한 것처럼 펄 벅의 작품은 대단히 인기가 있었고 파리, 뉴욕에 있는 잡지에서도 펄 벅과의 회견기를 실었으며 그것은 세계의 중심이 된 지나(支那)의 현실을 알기 위한 것도 한 이유가 된다고 하였다.

회견기는 펄 벅에 대해서 동양인만이 가지는 예지와 정밀이 보이며 주로 인텔리의 생활보다 중국의 민중생활에 흥미와 기이를 느끼고 특히 민중생활 가운데서도 음모로 가득 찬 중국의 비밀을 통찰한 점이 뛰어나다고 하였다.

번역자가 위의 회견기를 소개한 것은 우리와 가장 가까운 문명이라고 느껴지는 중국의 문명과 중국 문학, 철학, 관습에 펄 벅이 정통해 있기 때문이며 또한 여류라는 점이 더욱 관심을 모은 것 같다.

펄 벅과 교분이 있는 梨專文科 교수 라욱스의 「一九三八年度 노벨 文學賞 受賞者 펄벅 女史」를 월파(月坡)가 번역한 부분 중 편집

자 주를 보면,

> 펄 벅은 慧星과 같이 나타나 세계 最高의 文學賞 노벨 賞을 받았다는
> 것. 인간 벅은 지나 民衆들의 現實을 직접 체험하고 그 眞相을 파헤쳐 支
> 那人에게는 오히려 反感的 批評을 받았다는 점

을 명시한 후 펄 벅의 글쓰게 된 동기와 심성을 언급하였다.

김광섭은 「1938년도 미국 문단 정세 소개」(동아일보, 1939.1.7)에서
벅의 등장을 미국문단에 나타난 신경향이라고 하고 역시 노벨 문학상
수상자이며 인기작가라고 소개하였다.

인정식은 「大地에서 反映된 亞細亞的 社會」에서 '1. 아름다운 부
부적 협조 2. 대지의 사회사적 배경 3. '王龍'의 아세아적 성격 4. 물
(水)의 의의'란 항목으로 분류해서 대지를 상세히 분석하였다. 인정식
의 전신자적 태도는 대지를 문학적 작품으로서보다 사회사로서 숨김
없는 중국사회의 현실을 알려주는 훌륭한 작품으로 독자에게 권하고
싶다고 하였다. 다시 말해서 대지는 현대 지나사회의 가장 정확한 거
울이며 지나(支那)사회사 그 자체에 대한 반사경과 등식을 이룬다고
하였다.

펄 벅에 대한 이들 전신자들의 공통점은 펄 벅이 38년도 노벨상을
수상한 여류작가로 동양적 아세아적 성격을 지닌 인기작가라는 점,
또 무지한 중국의 민중 편에 서서 그들의 생활을 절실하게 나타낸 작
가라는 것, 구래(舊來)로부터 현재까지의 동양관습에 대해 메스를 댄
작가라는 점에서 30년대 후반 우리 문학사에서 그의 수용이 압도적이
었던 것 같다.

5) 에드가 알런 포우[37]의 이입과 수용태도

---

37) 김현실에 의하면 포우에 대한 단편은 3편이 번역되었고 논문수는 4편, 부수적으로

포우는 20년대에 이어 30년대에도 그의 유명한 작품이 2편[38) 소개되었고 그에 관한 논문이 부수적으로 소개된 것까지 합하면 26편 여나 된다.

　　　「애너벨·리-」의 역자의 말의 poe 소개문 김상용, 『신생』 4:1, 1931. 1.
　　　「포오와 探偵文學」 김영석 『延禧』 8, 1932. 12. 22
　　　「에드가 알란 포의 數奇한 生涯와 作品」 전무길, 『조선일보』 1934. 2.
　　23~3. 2 (6회)
　　　「세계 文學列에 처할 미국문학의 특수성」 전무길, 『동아일보』 1934. 9.
　　3~4 (2회)
　　　「포-에 대한 私考-그 환경과 예술과의 接觸面」 유치진, 『조선일보』
　　1935. 11. 13~17 (5회)

　　위의 논문 집필자 중 미국문학에 대하여는 전무길의 전신자적 활동이 단연 두드러진다.
　　포우 개인과 관련된 논문 및 작품번역에서 전신자의 이입태도를 고찰하여 보면, 김광섭은 <盜難된 편지>의 부기(附記)에서 포우를 아메리카가 낳은 특이한 문인으로 째여진 문장이며 형이상학적·수학적 고찰에 대한 논리의 기술이 뛰어난 작가라고 언급하였는데, 이 경우는 포우의 탐정소설 기교에 대한 언급인 것 같다.
　　김영석은 「포오와 探偵文學」에서 포우를 근대 리얼리즘의 시조로 단편소설의 창시자이며 탐정문학의 비조(鼻祖)로 소개하고 있다. 그러나 더욱 강조하는 면은 포우의 환상적·신경질적 공포심리로부터 산출된 신비소설과 공포소설 쪽이며 탐정소설은 무산혁명이 완성된 후 갈구되는 대중형식임을 첨기(添記)한다.

　　이입 소개된 작가명 소개의 빈도는 12번이나 된다.
38) 황금충·이하윤, 조선일보, 6.17~7.17 1931(the purloined Letter) 도난된 편지 김진섭 『조광』 2:4, 4.1 the Gold Bug 1936.

주로 미국문학소개에 심혈을 기울였던 전무길은 4회에 걸쳐 「數奇한 生涯와 作品」—백이십오회 탄생제를 지나서—에서 포우의 불행했던 과거에 초점을 맞추어 고아로서 양부모와의 불화, 극도의 가난, 미국 내에서 인정받지 못하고 국외에서 인정받은 점 등을 소개하였으며 포우의 영향은 세계문학 속에 혁명을 일으켰으나 정작 미국에서는 별 반향을 일으키지 않았으며 소설보다 시에 특히 국제적 명성을 얻은 점을 지적하였다. 또한 전무길은 동년 9월 2~3일 2회에 걸친 「米國文學의 特殊性」 중 미국 소설가 점고(點考)(5)에서 포우를 단편 개척작가로 소개하고 특히 그의 작품에는 괴기와 공포가 흐른다고 하였다. 이어 본문의 전개는 앞에 소개한 것처럼 포우의 일생을 다시 재정리해서 언급한 것을 보면 환경결정론에 역점을 두는 듯하다.

유치진은 5회에 걸쳐서 「포-에 대한 私考」를 환경과 예술과의 접촉면에서 논급하였다. 혈통, 가정환경, 시대상, 지리적 조건과의 맥락에서 포우의 예술을 이해해야한다고 역설하였다. 그래서 포우 예술의 특징을 환경생활에 비추어 고찰하였으며 탐정소설은 포우의 이차적 특징에 지나지 않으며 그의 예술적 특징은 데카단이즘으로 우울과 공포가 부수되는 고민하는 신비주의라고 하였다.

6) 업톤 싱클레어의 이입과 수용태도

싱클레어는 30년대에 소개된 미국작가 중 최다수 작가로 작품 번역 회수는 2편뿐이라도 그에 대한 논문이나 일화, 문학이론 등의 집중 소개로 그에 대한 관심도가 지대하였음을 알 수 있다.

번역된 작품은 <Oil>[39], <聖林爆擊>[40] 두 편으로 그것도 경개(梗概)만을 소개하였고 후자의 경우는 번역자도 미상이나 그에 대한 단독논문[41]은 10편이며 부수적으로 소개된 경우 역시 10편이나 되어

---

39) 싱클레어, 柳龍大 역, 『우리들』 2:8~?, 1932.9.1
40) 聖林爆擊(梗) 업톤·싱클레어 『新東亞』 5:9, 1935.9.1

그의 작품이 실제로 번역된 회수는 적어도 그의 작품 중 <Oil>과 <Jungle>이 집중적으로 평론을 통하여 논의되고 있음을 파악할 수 있다.

A.

1. 「씽클레어의 소설·石油를 讀함-米國文明의 解剖」, 주요한, 『동아일보』, 1930.3.3~14. 9(회)
2. 「世界文壇의 巨像 압통·씽크레아 私論」, 안병선, 『中外日報』, (1930.9.27)
3. 「업톤·씽클레아 著 <石炭王>」(The King Coal)」, 丁來東, 『동아일보』, 1931.11.2
4. 「Upton Sinclair와 그 思想」, 이영진, 『新生』6:1, 1933.1.1
5. 「知事된 싱클레어」(海外文壇消息一束의 하나), 필자미상, 『東亞日報』, 1934.3.11
6. 「貧窮退治를 遊說中인 作家 업튼·씽클레어 果然 知事立候補는 成功될가?」, 김상용, 『朝鮮中央日報』, 1934.6.14~23(3회)
7. 「世界文學列에 處한 米國文學의 特殊性」(米國 小說家點考 1), 전무길, 『동아일보』, 1934.9.2
8. 「씽클레어 小傳」, 김상용, 『신동아』4:11, 1934.11.1
9. 「亞米利加의 프로 文學運動」, 전무길, 『조선일보』, 1934.11.30~12.7 (2회)
10. 「씽클레어 知事當選이 되면 - 世界文壇 뉴-쓰, 필자미상, 『신동아』4:12, 1934.12.1

B.

1. 「아메리카 文壇의 新展望」, 서효, 『慧星』2:2, 1932. 2. 15
2. 「現代世界文壇總觀—美國, 純粹藝術로」, 이하윤, 『동아일보』, 1933.6.18.
3. 「世界轉向 作家—督—右에서 左로 —左에서 右로」, (米國篇), 최정건, 『신동아』3:11, 1933.10.17~18 (2회)

---

41) 漫畵, 에피소드를 포함시킴.

4. 「世界文學의 動向—米國篇」, 최정건, 『신동아』3:11, 1933.11.1.

5. 「最近歐美文壇槪觀—極히 簡單한 아우트라인으로서」, 김광섭, 『中央』2:9, 1934.9.1.

6. 「米國文壇從橫觀」, 한흑구, 『新人文學』2:2, 1935.2.15.

7. 「批評家 캘버-튼의 唯物史文學觀」, 전무길, 『동아일보』, 1935.7.2~4. (3회)

8. 「諧謔作家 막 트웬의 米文學史的 地位」韓.黑鷗『조선중앙일보』, 1935. 12.1-4(3回)

9. 「世界文壇點考(5)—米國篇」, 記者, 『동아일보』, 1936.1.7.

10. 「米文壇漫畵」, 시습생, 『우라키』제7호, 1936.9.8.

A 부분은 싱클레어 개인에 대한 주된 논문이고 B는 부수적으로 소개된 논문으로 전신자 역할로는 미국문학이입에 정열을 쏟은 전무길이 두드러진다.

싱클레어 개인작가에 대한 주요논문을 전신자별로 요약하여 보면 싱클레어에 대한 공동관심사가 무엇인지 파악할 수 있다.

김상용의 경우, 워어즈 워어드와 바이런, 키이츠 시를 번역했다. 그의 초기시의 형식이나 주제면에서 이들과 유사성을 보인 바 있는[42] 月坡 김상용은 조선중앙일보, 신동아를 통해서 그에 대한 몇몇 외국 평론가의 소론을[43] 모아 「씽클레어 小傳」을 소개하였다. 싱클레어는 미국프로문단의 제 1인자로 사회주의문학을 세계적 존재라고 전제하고 가주(加州)의 빈궁근절 즉 에픽(EPIC-End Poverty in California) 운동을 표방, 정계에 투신했다는 것, 또한 그는 무벌(武閥)의 혈통을 이어받아 유전적으로 투쟁성을 지녀 의협에 불타 세계인류의 복지를 위하여 불의, 허위, 억압, 횡포와 싸우기를 결심한 작가라는 것이다. 그러

---

42) 김학동, 『比較文學論』, 새문사, 1984, p.52.

43) 柾不二夫氏의 「씽클레어 傳」, 프로이드델의 「심클레어 評傳」(小野認譯) 早坂二郎氏의 「씽클레어는 加州知事가 될까」 등과 씽클레어 작품 수삼을 참고하였다고 附記하였다.

나 그의 사회주의는 마르크스주의 토대의 유물사관적 사회주의가 아니라 기독교적 박애주의를 근거로 삼은 인도주의적 사회주의로, 혁명가로서가 아니라 예수의 공명(共鳴)자라는 것, 또한 싱클레어의 대표적 작품을 <장글>과 <石炭王>으로 예시, 전자는 시카고 수륙(獸肉)트러스트의 맹파(盟罷)에서 노동자와 기거를 2개월이나 같이하고 조사한 사실과 체험을 소설화한 것으로 이 작품은 싱클레어를 프로문단의 중진이 되게 한 작품이라고 소개하였다. 후자는 콜로라도주 탄광지대에 대맹파가 일어난 것을 제재로 인텔리 청년의 갱(坑)내의 참상을 천하에 알려 여론을 일으키는 것을 목적으로 한 작품이라고 하였다.

싱클레어에 대한 역자의 평가는 사회의 표면적 사실을 폭로해서 진상을 공표하려는데 목적을 두지만 그것이 보고문학이라는 데서 예술성 결여를 지적한다.

주요한의 경우, 동아일보 '讀書篇'란에 1930년 3월 3일부터 14일까지 9회에 걸쳐서 「미국문학의 해부」라는 부제 하에 싱클레어의 소설 '<石油>를 讀함'이란 제목으로 <Oil>을 비교적 상세히 소개하였다. <Oil>은 소설이면서도 소설 이상으로 일개 교과서이며 경전이라고 전제하고 <Oil>에 나타난 허위, 잔인, 고통, 타락, 불행은 미국 현대문명의 비극으로만 그치는 것이 아닌 전세계의 문제점임을 지적하였다.

또한 <Oil>에서 가장 관심이 집중되는 것은 정치배후에 움직이는 황금의 마수(魔手) 즉 정치와 금전관계, 개인으로서 움직일 수 없는 대자본의 조직과 기업가 위에 군림하는 금융자본의 위력을 파헤친 선동적인 작가라고 하였다.

정래동은 1931년 11월 2일자 동아일보 독서란에 싱클레어의 <石炭王>(The King Coal) 소개에서 그의 작품은 한국어로 번역, 소개된 것이 없어 중역(中譯)을 통한 역서임을 유감으로 생각하면서 몇 가지

유의점을 나열하였다.

> 「씽클레아」에 對하야는 더 紹介할 것도 없이 로서아의 「막씸·골키-」
> 와 世界에서 並稱하는 小說家임은 周知하는 바이다. 勿論 그들을 並稱하
> 는 것은 小說家로서만이 아닐것이요 그들이 無産民衆의 代辯者임에 그
> 意義가 있을 것이다. 筆者는 「싱클레아」의 作家的態度에 同感한 것도 아
> 니요 그의 同路者도 아니지만은 그의 作品에는 한가지 長點이 있는 것을
> 特히 記錄할 必要가 있다.

라고 하면서 그 유의점을 석탄광흑막(石炭鑛黑幕)의 폭로와 광부의
진로를 제시한 것이라고 하였다. 특히 감탄할 점은 전자로 석탄광부
의 생활 일부분만을 그리는 것이 아니고 탄광에 관계되는 일절 즉 국
부적 사건과 일반사회와의 관계, 경제적 조건이 지배하는 사회 각 부
분의 관계까지 지적하는 것이 싱클레어의 특점이라고 한다. 다시 말
해서 그의 소설 중 일부를 읽어도 미국 그 방면의 사회정황을 눈 앞에
그릴 수가 있다는 것이다. 그런데 그에게 동감할 수 없는 점은 노동운
동을 부르주아의 힘을 빌려서 전개한 점이고 또 미국사회의 암흑면을
여실히 그렸으나 노동자 내부에 발생하는 사건을 노동자 자신을 수반
하는 노서아에 못 미친 점이라고 하였다.

이상 싱클레어에 대한 전신자의 이입 태도를 종합해서 공통점을 살
펴보면, 주로 중국문 번역과 일본번역을 통해서 이입되었으며, 싱클레
어는 소설가, 무산민중대변자, 좌익평론가, 선동가, 진보적, 자유주의
적 작가, 사회비평가, 미국프로문단의 제 1인자로 소개 되었고 이 중
가장 강조된 것은 프로문학의 대표적 작가라는 점이다.

또한 그의 대표작품을 <石炭王>(The King Coal)과 <Oil>로 소개
하였고, 경개소개도 <Oil>과 <聖林爆擊> 두 편 뿐이다. 또한 싱클
레어를 한때 반쯤한 작가 즉 '뚱푸개 文學'의 직빌(摘發)문학가로 경

시하는 어조를 느낄 수 있으며 싱클레어에 대한 소개가 미국의 리얼
리즘이나 자연주의에 대한 개념파악도 제대로 되지 않은 채 단순히
번역해서 옮긴 듯한 인상이 강하다.

주로 30년대 초반에서 중반까지 소설가, 저널리스트로서 활동하였
고 특히 미국문학에 지대한 관심을 표명하였던 전무길의 경우, 싱클
레어에 관련된 그의 논문을 통해서 수용태도를 보면,

첫째, 싱클레어는 프롤레타리아작가군의 역군으로 버나드 쇼와 비
교될 정도이며 드라이저보다 본격적인 정치가, 비평가로 소개하였다.

둘째, 미국의 프로 문학은 문학시대의 현실과 인간동태 등의 확연한
반응을 나타낸 문학으로 싱클레어는 선전적 수법으로 각 방면의 사실
을 모델로 소설 대부분이 폭로전술로 무기(武器)화되어 있다는 점

셋째, 싱클레어는 건설적 작가이기보다 파괴적 작가로서 본격적인
프로작가라고 소개했다.

이상 30년대에 관심의 대상이 되었던 미국소설가들에 대한 이입과
수용태도를 검토한 결과 아래와 같은 공통점을 발견할 수 있다.

우선 위의 작가들을 두 부류로 나눌 수 있다. 헨리와 포우, 그리고
나머지 네 작가를 한 그룹으로 나눌 수 있다. 전자는 단편소설의 형식
면에서의 소설의 전체적 효과 즉 통일성이란 기교에 뛰어난 단편작가
로서 수용되었고,[44] 후자는 미국 리얼리즘의 대표적인 작가들로 주로
프롤레타리아 문학계열이라고 논란되는 작가가 수용되었다는 점[45]이
현저한 특징이라고 볼 수 있다.

또한 여섯 작가가 거의 불운한 환경에서 가난, 고독, 분방, 바가본드
의 생활을 한 작가들이란 점이다.

---

44) 포우의 경우는 여기에 기괴, 신비주의 내용을 띤 탐정소설가의 성격이 더 강하게
   수용된 듯 싶다.
45) 펄벅은 민중과 고통을 같이 하는 작가라는 점에서 포함시켰다.

작 가 명	작가의 성장환경 및 생활
오 헨리 (1862~1910)	숙부가 경영하는 약국에서 일하다 방랑생활을 함. 은행에서 공금횡령죄로 피소되어 감옥생활을 3년 3개월이나 함.
셔우드 앤더슨 (1876~1941)	부친이 馬具商하는 방랑자로 생활이 곤란했음. 모친은 일찍 작고하고 국민학교 교육만 받음. 17세에 공장노동자가 되어 페이트 공장을 경영하고 광고일에 종사하기도 함.
랭스톤 휴우즈 (1902~1967)	흑인시인, 소설가로 미주리 출신, 고향을 떠나 노동에 종사하며 여러 나라를 방랑생활함.
펄 벅 (1892~1973)	선교사인 양친을 따라 중국에서 자람. 선교사 존·벅과 결혼, 가난이 글쓰는 동기가 되기도 함. 華北과 南京에서 전란, 기근 고통을 겪음.
에드가 알란 포우 (1809~1849)	미국작가 중 가장 비참한 생활을 영위. 부모와 일찍 사별, 양부와의 갈등과 불우한 환경에서 온 고독, 우울, 빈곤, 피로에서 심신이 쇠약하고 도박 또는 알콜 중독자가 되어 길에서 횡사.
업톤 싱클레어 (1878~1968)	부친이 주류판매상이었으나 남북전쟁때 파산해서 빈궁의 고초를 겪음. 호구(糊口)를 위해 15세에 통속소설을 씀.

펄 벅을 제외한 5인의 작가가 거의 방랑생활을 했고 가난을 몸소 겪던가 또는 가난한 사람들 속에서 호흡을 같이 해 그들 편에 서는 작가들이다. 부모와의 관계도 일찍 죽거나 경제적 능력이 없어 직접 양육하지 못하는 불운한 가정환경이었다. 그래서 작품의 경향도 빈자의 허위와 탐욕, 부패를 여지없이 비판한다. 특히 휴우즈, 싱클레어, 앤더슨은 민중을 대변하는 혁명적 작가들이란 점이다. 또 이들의 공통점은 리얼리즘 계열의 작가라는 점이다. 정치, 경제, 종교, 사회면에서의 숨김없는 폭로는 광의에서 사실주의적 성향을 띠고 있다고 보겠다. 소위 일차세계대전후의 기존 전통과 식민지근성에 대한 날카로운 비판과 개혁의 욕구가 풍자와 아이러니라 土유을 동반하고 퓨리터니즘과 반성이 없는 프론티어 정신의 무지와 전후 모든 사상의 속악(俗惡)

과 부패에 대한 파혜침이 신랄하며 윤리의식이 강하다. 이것은 19세기문학운동인 리얼리즘과 동궤로 극단화되면서 자연주의적 성향으로 전락된 성격의 리얼리즘이라 볼 수 있다.

이상 여섯 작가가 불운한 환경 속에서 성장한 작가라는 점, 그러므로 더욱 빈민편에 서서 민중의 생활을 리얼하게 그릴 수 있는 민중편에 서는 작가라는 점, 현실의 리얼한 해부, 폭로 등이 우리나라 30년대 문학에 주로 수용되었다는 것은 너무나 자연스런 현상이라 볼 수 있다.

3. 전신자 전무길과 업톤 싱클레어

30년대에 번역, 이입된 미국작가 중 여러 방면에서 가장 관심이 집중되었던 작가가 업톤 싱클레어이고 미국문학을 이입, 소개한 전신자 중 전무길의 공적이 압도적임은 앞에서도 지적한 바 있다.

카레가 귀야르의 『비교문학』 서문에서 '다른 것을 섭취하는 일만큼 독창적이고 또한 자기적인 것은 또 없다. 사자의 몸뚱아리는 양을 동화하여 이룩된 것이다'라고 한 것처럼 싱클레어가 30년대 리얼리즘문학에 영향을 준 것은 확실시되나 정확한 입증자료확보에 어려움이 있는데 비하여 소설가로서 미국소설 이입소개에 선두주자였던 전무길의 경우, 항상 문학은 폭로문학이어야 하고 실제 모델을 가진 스토리어야 한다고 언급했던 바[46] 싱클레어 역시 그의 문학적 주요특성이 '머크레이커'(Muckrakers) 즉 폭로문학가, 적발문학가그룹의 리더라는 점으로 보아 싱클레어가 발신자였음을 추정할 수 있다. 그러므로 그 시대의 '머크레이커'라는 모티브 하에 전무길과 싱클레어의 대비연구를

---

46) 실제 그의 소설에 대한 비평가들의 월평이나 연평을 통해서 알 수 있다.

시도해 보고자 한다.

업톤 싱클레어(1878～1968)는 특히 1910～45년 사이 미국에서 개성 있게 활동한 소설가, 사회비평가, 저널리스트, 극작가 등 다양하게 활동한 작가로 미국국민문학사에서 다작인 작가 중의 하나이며 가장 널리 읽히고 47개 국어로 772번이나 번역되었고 39개국에서 그의 작품을 읽을 만큼 세계적인 관심을 모은 작가로 미국사회주의문학의 대표적인 작가라는 평판도 있다.47)

싱클레어는 아버지의 음주벽과 주변의 가문 좋은 친척의 그늘아래 우울한 소년시절을 보냈다. 그는 14세부터 호구지책(糊口之策)으로 삼류소설을 썼으며 콜럼비아대학시절에는 선정적인 싸구려 잡지에 창험(倡險)얘기를 쓰기도 하였다. 그에게 문학의 주요목적은 예술자체에 있기보다 사회개선 및 개혁 또는 인간생활상태의 개선에 있으므로 일종의 선전가적 자본주의비평가의 특성을 지니고 있으며 추문(醜聞)을 캐는 사람(Muckraker) 또는 사회주의해설가로 작품의 형식보다 내용에 주된 가치를 둔다. 그에게 사회주의는 생활개선의 분명한 길로 그가 사회주의로 전환하게 된 것을 확인할 수 있는 소설이 1906년에 발표된 <The Jungle>이다.

<장글>은 그를 명망 높은 작가로 만들어 준 계기가 된 작품으로 역사적인 사실에 사상적 렌즈를 통한 사실적 소설이다. 그는 이 소설로 추문을 들추어내는 사람(Muckraker)이란 선의의 별명을 시아돌 루즈벨트 대통령으로부터 얻었으며 소위 사회부조리와 부정, 불의를 적발해내는 그룹의48) 리더격이 되기도 했다.

<장글>은 싱클레어가 시카고 가축도살장과 고기통조림공장의 더

---

47) 싱클레어에 대해서는 Sandoz Young의 *Dictionarey Literature Biography, Encyclopedia of World literature* vol.4(1984)와 Wolfgang Bernard의 *Encyclopedia of World literature in the 20th Century*(N,Y 1971), Sainte Janmes J. Martine이 편집한 *American Novelists 1910~45*(1971), Sinclair의 *The Jungle* (Signet Classic, 1980)을 참고로 하였음.

48) J. London, S. Anderson, T. dreiser, J. Reed 등임.

러운 위생시설을 직접보고 노예노동자와 7주간이나 함께 살면서 2개월간 통나무집에서 쓴 일종의 현장체험기[49]로 가축도살장에서의 노동자의 투쟁을 내용으로 한 것이지만 대중의 관심을 집중시킨 것은 착취당하는 인간이야기라기보다 통조림공장에서 유해한 고기가 포장되고 수송되는 것을 사실적으로 폭로한 작품이다.

또한 이 작품은 국가의 양심을 깨우치는 발동력이 되어 미국사회조직에 철저한 변화를 일으켜 루즈벨트로 하여금 '식품위생법'(The Pure Food)과 '위생약품법'(Drug Act)을 의회에서 통과시키게까지 하는 데 계기가 되었다. 또한 싱클레어는 <장글>에서 나온 인세로 지역사회에서 유토피아를 실험하는 사회주의적인 마을 'Home Colony'를 뉴우저지주의 앤글루우드에 건설하기도 하였다.

<Oil> 역시 <장글>에 이어 그의 선전적 특성을 잘 구현한 소설로 가장 효율적인 작품이란 평을 받고 있다. <오일>은 하딩 행정부의 스캔들에 근거를 둔 것으로 캘리포니아의 석유이권을 둘러싼 추문을 적나라하게 폭로하였다. <장글>처럼 역사적 중요성은 부족하지만 <장글>이나 <오일>은 그의 대표작으로 언급되고 있다. 그런데 아이러니컬한 것은 싱클레어의 인기가 별로 없다는 점이다. 심미적 예술을 중시하는 미국의 문학적 특질에서는 그의 선전성 문학 즉 예술은 선전이란 그의 구호가 일반대중에게 어필하기가 쉽지 않았던 것 같다. 그래서 미문단에서 싱클레어는 '개혁운동가', '사회선전가', '정의를 위한 팜프레트 선전가', '머크레이커'라고 불린다. 그가 캘리포니아 주지사에 입후보한 것 역시 그의 사회이론을 실현할 기회를 얻기 위해서였다.

미국문학에서의 싱클레어에 대한 논평을 종합해보면 30년대 이입된 미국소설가 중에서 싱클레어에 대한 논문이 으뜸인 이유를 파악할

---

49) 『이성에의 호소』란 사회주의자 정기간행물에 소설화하기 이전에 가축도살장노동자의 스트라이크를 연재로 글을 쓴 바 있다.

수 있다.

첫째, 싱클레어는 미국의 사회주의문학의 한 일원으로서 폭로문학, 적발문학의 선두주자로 예술가라기보다 저널리스트적 기록자란 점.

둘째, 정의를 위해 부정과 불의를 들추어내는 '머크레이커 일파'의 선두주자라는 점.

셋째, 마르크스사상의 대변자라고도 하나 미국자본주의 색채를 띤 엘리트주의 경향을 띤 작가로 낭만적 아이디얼리즘을 기본적으로 지니고 있는 점.

넷째, 작중주인공은 스테리오타입으로 노동자는 압제받는 영웅이고 자본주의자는 인정 없는 악한으로 등장하며 구성 역시 결말에서 'Deux Ex Machina'로 개연성이 결여되어 있는 점.

다섯째, 싱클레어의 소설은 설교와 교훈에서 정복할 수 없는 욕망을 지녔다는 점.

여섯째, 싱클레어는 정치, 경제, 종교, 의약 등의 부정을 폭로하고 억압받는 하층노동자계급을 위해 문학을 일종의 개혁도구로 이용한 셈이나 그의 미국적 개성은 철저한 코뮤니스트가 아닌 인도주의적, 기독교적, 부르주아적 특성을 지닌 작가라는 점이다.

전무길은 30년대에 활동한 소설가, 비평가, 저널리스트, 수필가로 미국문학이입소개에 적극적 활동을 펴왔으며 그 방면에 관한 논문이 23편이나 되어[50] 이하윤의 13편에 비하여 최고의 공적을 지니고 있음을 알 수 있다.

전무길은 조선문학연감에 의하면 명치(明治) 38년(1905년) 1월 1일생으로 출생지는 황해도 재령(載寧)군이며 현주소는 황해도 안악(安岳)읍내로 되어 있다. 또한 그의 경력 및 이력은 휘문고보와 동경동양대학졸업이며 『조선일보』와 『朝鮮之光』 기자를 역임하고 『大潮』[51]

---

50) 전무길은 『新朝鮮』續刊 제1호 「二年間 沈黙」에서 미국문학에 큰 작품이 많으므로 연구 대상이 변함없이 미국소설임을 피력하였다.

주간을 지냈으며 『解放』과 『時代公論』 집필자이기도 하였다. 김윤식에 의하면52) 전무길은 김복진, 박노갑 등과 함께 『조선중앙일보』에 자유주제문학비평인 일평을 1935년 6월 4일부터 1936년 4월 24일까지 담당하기도 했다 한다. 또한 단편소설 10수 편과 기행문, 수필, 논평 등이 있다.53)

그가 집필했었던 『解放』이란 잡지는 무산대중계몽운동에 주력하고 사회의 흑막(黑幕)폭로와 신흥문예를 중심으로 한 것이며 그가 참여했던 『時代公論』 역시 『解放』과 거의 같은 필진으로 정치, 경제, 문예의 종합이다.

그의 평론이나 월평을 통한 문예관을 살펴보면54) 무엇보다 문예는 시대와 환경의 반영이래야 하며 시대, 환경을 정확하게 인식한 사상에서 출발해야 한다고 하였다. 또한 조선에서 가장 급무는 각자 소주관(小主觀)에만 집착하지 말고 정의와 의협을 위하여 순(殉)하는 영웅적인 정신 하에서 문학을 해야 한다는 생각 하에 예를 들어 작품제재55)로 신간회(新幹會)사건 같은 것은 조선문예사상 특기할 만한 사건이므로 작가가 특기할 만한 사건이라고 언급하였다. 말하자면 자기 신변사나 안치(安置)한 감상이 아니라 지방문화 등에 초점을 두어 평면적으로는 농촌조선을 사실대로 작품을 씀이 조선작가의 큰 임무라고 주장한 것이다. 이런 문학관은 그가 소개하였던 미국 사회주의비평가 캘버튼 (V. F. Calverton)의 유물사적 문학관—즉 문학의 존재가치는 인간경제생활 내지 사회적 환경과의 교섭에서 발견해야 된다는 —과 싱클레어의 실제 사건을 모델로 한 보고문학식 또는 폭로문학과도 일맥상통하는 것으로 문학의 시대와 환경을 정확히 인식해야 정의

51) 昭和 15年, 인문사발행.
52) 한국근대문예평사연구, 일지사, 1986, pp.510~511.
53) 필자가 조사한 바로는 소설이 16편인데 구할 수 있는 작품은 11편이었다.
54) 조선일보, 1933. 1. 6.
55) 조선일보, 1931. 10. 24.(9.10월 창작평에서)

와 의협심에 즉면하여 문학을 출발해야 됨을 의미하는 것이다.

필자가 조사한 전무길의 소설56)은 16편으로 이 중 찾아서 직접 읽을 수 있는 작품이 11편57)이었다. 나머지 5편58)은 사실상 읽지 않아도 文藝時評에 의하면 내용이 유사하고 일률적이며 작품마다 실제사실 즉 모델이 있음을 암시하는 느낌이다. 아래에 인용한 단편들은 고발적 성격을 지닌 작품들로 부정과 불의를 폭로하려는 작가시점에서 교훈적이고 설교적이며 작가자신이 실제 모델이 있는 소설이라고 부언하듯이 'Roma ā Clêf'이다.

'사실'에서 문학은 출발하지만, 소설을 허구하고 명명하는 것은 사실 그대로일 수 없는 형상화에서이다. 전무길의 단편은 실제 있었던 사건을 모델로 기자적 성격에서 이야기식으로 보고하는 그 이상의 의미를 지니고 있지 못하며 그렇다고 제대로의 적발문학도 아니다.59)

말하자면 전무길은 백철이 말했듯이 철저한 프로작가가 아닌 경향파적 속성을 보여준 작가로서 소(小)부르주아적 성격과 박애적 인도주의 차원에서 도시사회의 병리적 현상의 파혜침에 초점을 둔 듯 싶다.

그의 11 작품을 대상으로 분석한 결과를 보면,

첫째, 인물설정에서 주인공 거의가 인텔리층으로 전문학교 졸업이

---

56) 거의 단편소설이라고 볼 수 있음.
57) ① <迷路>(『朝鮮之光』 83~84호, 1929, 2~4월), ② <審判>(『朝鮮之光』, 87~89호, 1929.9~1930.1), ③ <老處女의 獨白>(『大潮』 3~5호, 1930. 5~8), ④ <善惡의 彼岸>(『동아일보』, 1930.11.14~21), ⑤ <鬱憤>(『동아일보』, 1930.12.27~29), ⑥ <逆境>(『동아일보』, 1931.2.18~3.11), ⑦ <어떤 死刑囚>(『조선일보』, 1931.7.25~31), ⑧ <시드는 꽃>(『東光』 27호, 1931.11), ⑨ <過渡期>(『조선일보』, 1932.4.12~5.27), ⑩ <無限愛>(현대조선文學全集 단편집 6, 1938.8), ⑪ <自愧>(『동아일보』, 1939.6.15~7.5)
58) ① <甦生>(『大潮』 1호, 1930.3.15), ② <土鄕의 사람들>(『解放』, 1930.12), ③ <頹廢>(『時代公論』, 1931.9), ④ <아비의 마음>(『第一線』, 1932.6), ⑤ <예치오피아 魂>(『朝鮮文學』續刊 4, 1936.9)
59) 30년대 비평가들의 평도 동일함.

상이다.[60]

둘째, 배경설정에서 서울 중심 소설이 6편으로 주로 도시의 악(惡) 현상 즉 도시의 厭惡할 인정, 향락, 위선, 가장, 에로티시즘적 야욕 등으로 여성이 주인공일 때는 황금사상과 사회주의자애인 두 가지 중의 선택에 갈등을 느끼다가 두 가지를 다 공유하는 인물로 귀결되는 편이다. 이런 여주인공의 앤태고니스트인 인물에는 필히 자본주의적 퇴폐적 속물적 파락호남성이 등장한다. 또한 남성이 주인공일 때는 도시인으로서의 인텔리 소부르주아의 이기적·변태적 개인주의가 노출된다. 그런 남성주인공은 지위, 명예중시와 인도주의와의 갈등에서 무사안일주의로 결론을 내린다.

셋째, 구성상 결과처리 부분에서 좌절 아닌 낙관주의 또는 승리를 위한 투쟁으로 끝을 맺은 작품이 9편이나 된다. 이것은 30년대 프롤레타리아문학의 '로망 개조법'을 의식한 소위 혁명적 낭만주의수법으로 개연성이 부족한 'Deus Ex Machina' 수법의 사용임을 알 수 있다.

넷째, 작가의 기교적 측면에서 인물의 평판성이나 도식성이 두드러진다. 부자는 오입쟁이이며 퇴폐적 속물인간이고 가난한 자나 사회주의자는 압박받는 인물로 특히 사회주의자는 존경받는 인격자이며 자기 자신에 충실한 인물로 그려진다. 또한 작중인물을 내세워 사회주의사상을 선전하며 작중인물은 작가의 음성으로 바뀌는 느낌이다라고 말할 수 있다.

결국 소설가 전무길은 소설은 '폭로소설'을 써야 한다고 명시하고 또한 모델 소설이 그것에 최적임을 언급하였으며 주로 철저한 사회주의자의 면모를 나타내기보다 부르주아적 속성과 사회주의사상의 두 갈래 속에서 고민한 인텔리 작가란 느낌이 든다.

싱클레어의 경우 그가 자신을 스스로 사회주의자라고 불렀지만, 미

---

60) 교사 3, 기자 1, 작가 1, 사실주의사상가 1, 전문학교 졸업의 여직공 1.

국문학에서 순수한 마르크시즘 구현의 문학작품은 거의 없으며 또 있어도 읽히지 않는다. 실제적으로 그에 대한 평가는 사회주의의 정통파 라인은 아니라는 것이며 그의 소설의 주요목적은 사회정의와 인간조건개량으로 본질적으로 낭만적 아이디얼리스트로서 비전을 지닌 인물이란 평가를 받고 있다.

특히 그의 대표적 장편소설인 <정글>은 리투아니아 농부인 유르기스 루드쿠스의 서사비극으로 주인공 외 친척, 친구 등 이주민 모두가 시카고 가축도살장에서 살고 노동하면서 죽어가는 비극적인 사람들의 이야기이다.[61] 영어도 못하는 이주민 노동자는 순경, 정치계보스, 부동산업자, 통조림업자 및 공장감독에게 착취당한다. 일을 계속 얻기 위해 감독에게 뇌물을 주어야하고 싼 임금 때문에 작업의 능률을 위해 열심히 일하다 부상으로 고통을 당하고 거기에 해고까지 된다. 유르기스는 악랄한 감독을 때린 죄로 불공정한 재판을 받고 감옥행이 되고 블랙리스트에 오른다. 이주민들은 계속 짓밟히고 여자들은 살기 위해 매음(賣淫)을 하고 유르기스 아내는 출산 후 적절한 치료를 못 받아 죽는다. 또한 노동자의 작업장인 도살장의 악취, 불결, 특히 독 있는 쥐까지 빻고 콜레라로 죽은 돼지가 최고급의 돼지기름으로 사용되고 결핵에 걸린 소를 음식시장에 팔고 하는 식의 거침없는 묘사가 독자대중의 관심을 집중시켜서 대중의 거대한 동요가 일어날 정도였다.

결말에 가서 유르기스는 뜨내기 노동자가 되고 죄인 또는 파업을 깨는 노동자의 배반자가 되어 전전하며 타락하게 된다. 그러나 우연히 사회주의자의 강연을 두 번 듣고 세계관이 바뀌어 사실상 다시 태어난다. 주인공의 의식을 상승시킴으로 인해 소시얼리즘을 구성에 끌

---

61) 다른 그의 작품 역시 소설의 유형이 거의 <정글>과 유사한 패턴으로 정치, 종교, 교육, 금융, 고기업자, 일. 광산 등 분야만 다를 뿐 흑막이나 부정적발스타일은 거의 비슷하다.

어들여 주인공으로서의 유르기스 역할이 스토리에서 사라지고 대신 새로운 세계의 낙관적 반영이 인텔리 부자(富者)인 사회주의자의 강연으로 나타나면서 노동자가 음성을 잃어버린다.

싱클레어의 <장글>은,

첫째, 멜로드라마란 느낌이 강하게 느껴진다. 그러나 미국소설에서는 좀처럼 등장하기 어려운 주인공인 빈한한 노동자와 부정양상을 묘사하는 힘찬 스토리가 실제로 일어난 사건이란 확신을 지니게 하는 점이다.

둘째, 데뉴망의 처리에서 아이디얼리스트 또는 비전을 지닌 점으로 로망스와 리얼리즘의 결합임을 알 수 있다.

셋째, 구성에서 'Deus Ex Machina'적 요소를 발견하게 된다. 노동자의 타락된 의식이 두 번의 강연으로 인해 사회주의의식으로 상승하게 되는 점이다.

넷째, 엘리트 의식주의가 강함을 알 수 있다. 분명 노동계급 편에서 소설을 쓰면서 인텔리 사회주의자나 돈 많은 사회주의자의 음성으로 바뀐 점이다.

또한 상투적 인물설정 즉 자본주의자는 무자비한 악한이고 노동자는 착취당하는 인물이란 도식성을 지적할 수가 있다. 그러나 싱클레어는 사회악을 고발하고 개혁을 주장하는 진보를 향한 신념과 개척정신을 근본적으로 지닌 미국인 특성으로서의 인도주의적 이상주의이며 자유주의의 구현이라 볼 수 있다.

이상 전무길과 싱클레어의 소설의 특성을 살펴본 결과 다음과 같은 결론을 얻을 수 있다.

첫째, 두 작가 다 폭로소설임을 명시하면서 실제 사건을 소설화하였다는 점이다. 그러나 싱클레어는 국가적·거국적 차원에서 정치, 법 개정에도 막강한 영향을 끼친 개혁주의자이고 자유주의적 진보주의자이다. 그러나 전무길은 폭로가 실질적으로 도시사회의 구역질나는 신여성의 허영심이나 부르주아인텔리 계층의 이중허위성을 비판하는데 그쳤다는 점이다. 또 싱클레어는 언론, 교육, 금융, 경제, 종교계 등의 부패, 허위, 부정을 주요사건으로 해서 각 방면의 실제 문제점을 파헤쳐 국가 양심을 각성시키는데 큰 기여를 한 데 비하여 전무길은 종교, 교육 등의 문제점[62]이 보조사건으로 그것도 필연성 없이 주요사건에 편승된다.

둘째, 두 작가가 다 부르주아적 인텔리의식 속에 좌익운동편승에 대한 회의적 태도가 감지된다. 싱클레어의 <Jimmie Higgins>(1919)는 싱클레어 생애를 구현한 작품으로 미국 좌파의 고민을 묘사한 것이고 전무길 역시 주인공의 자본주의, 사회주의 두 가지 중 선택면에서 둘 다 공유하고 싶은 저(底)의식이 엿보인다. 두 작가 다 사회주의에 철저할 수 없는 부르주아적 기질을 지니고 있다.

셋째, 구성에서 두 작가 다 멜로드라마적 요소가 강하나 싱클레어는 힘차게 파헤치는 문체에서 진지성과 사실성이 강렬하게 느껴지고 전무길은 진부하고 이완된 표현에서 사실성의 느낌이 미약하다.

넷째, 두 작가 다 인물설정의 평판성과 도식성이 동일하게 나타난다. 단 싱클레어는 아이디얼리즘적 측면에서 진보적 개혁적 확신적 성격이 나타나고 전무길은 '로망개조법'에서 경직된 도식성에 의한 어색함이 나타난다.

그러나 본질적으로 두 작가가 다른 점을 말한다면 싱클레어는 낙천적 자유, 평등을 사랑하는 기질을 지닌 미국인 풍토에서 정의와 정직, 공정, 용기를 뿌리로 하는 청교도주의와 개척정신, 민주주의 실용주의를 정신적 배경으로 한 이국적 정신을 지닌 작가라는 점에서 미국의

---

62) <노처녀의 독백>에서 기독교의 초민중적 장로의 행동을 비판하고 <自愧>에서는 형식적이고 공리를 위한 신앙을 비판하며 <심판>, <逆境>, <頹廢>에서는 교장이란 인물의 외면적 명망에 대한 표리부동(表裏不同) 등이 비판의 대상이 된다.

꿈을 성취할 수 있다는 확신의 배경 속에 개혁과 개선을 향한 고발문학의 의의를 가질 수 있다. 그런데 비하여 전무길의 고발문학은 식민지치하에서 설사 그 당시 사회에 대하여 예리한 메스를 가하고 싶어도 신랄하게 파헤칠 수 없는 한계성을 지녔다 하겠다.

全武吉과 업톤 싱클레어

1. 머리말

　문학의 영향연구 및 대비연구는 국제문학사에 기여함은 물론 인간의 원형의식탐색에 비평과 평가를 병행할 수 있는 홍미로운 작업이라 볼 수 있다. 특히 우리 문학의 경우, 개화기문학에서 30년대 문학에 이르기까지 구미문학으로부터의 영향, 모방, 번안, 심지어 표절 등이 다수 논문을 통해 실증적으로 고증된 것은 주지의 사실이다. 그러나 그것은 본 궤도에 도달되기까지의 불가피하게 거쳐야 할 하나의 여과과정으로 '사자의 몸뚱아리'를 만들기 위한 전초과정이라 볼 수 있다. 특히 해방이전 서구문학이입이 최대로 전성기였던 30년대는 전문적인 외국문학 전공자에 의해서 번역작업이 활발히 행하여졌던 시대이다. 미국문학의 경우, 이입은 1910년 중반부터이나 30년대에 오면서 미국문학사조의 한국 수용은 물론 한국토착화라는 고차원의 경지까지 개척하게 되었다.[1]

　전무길은 30년대에 활동한 소설가[2]로서 특히 미국문학 그 중에도 소설에 관한 논의 이입에 선두주자라 볼 수 있다. 그가 미국문학에 유

---

1) 김병철, 「미국문학의 이입과 우리 문학에 끼친 영향」, 『광장』 101호, 1982, pp.42~52.
2) 비평가, 저널리스트, 수필가이기도 하며 동아일보 1934년 9월 2일자에 자신의 전공은 소설이며 소설가라고 얘기하였다.

독 관심을 기울인 이유는 미국의 역사가 짧아도 사회적 성장이 왕성하며 진보한다는 점이며 또한 미국문학은 독자적 생명과 특수성을 갖고 있고 비문명을 정복시켜 문명을 변조하는 노력이 있으며 미국문학, 특히 소설에 변함없이 스케일이 큰 작품이 많다는 점이다.3) 실지로 미국문학 이입방면에 관한 논문이 이하윤이 13, 한흑구가 6편임에 비하여 전무길은 23편이나 된다.

미국소설 중에도 그가 관심을 집중적으로 기울인 부문은 프로문학운동4)으로서 소위 빈민대중을 위한 작가인 앤더슨(Sherwood Anderson), 싱클레어(Upton Sinclair), 휴우즈(Langston Hughes) 등에 관심을 보이고 있다.5) 이들 중 30년대에 논문수와 번역회수 등 관심도가 가장 지대했던 작가는 싱클레어로 특히 그가 '머크레이커' 즉 고발문학자라는 것에 초점을 둔 점이 30년대에 수용된 양상의 특성이라 보겠다.

전무길의 문학관은 '문예가 우선 시대와 환경을 정확하게 인식한 사상에서 출발해야 하는 모방론적 관점을 근본으로 하며 조선에서 가장 급무는 각자 소주관(小主觀)에만 집착해 있지 않고 민족적으로 사회적 보편적으로 공통성을 가진 의식과 원리를 수립해야 하는 것이 제일이며'6) 그가 주관한 『大潮』나 또는 그가 집필자로 참여했던 『解放』7)이나 월간잡지 『時代公論』 등은 그의 문학관과 같은 취지를 지녀 무산대중의 계몽운동에 주력할 것과 사회의 흑막폭로 즉 머크레이커적 성격을 중심으로 한다는 것이다. 실제 전무길의 소설과 희곡에 한한 창작평8)에 신간회(新幹會) 해소문제는 의식적·무의식적으로

---

3) 『新朝鮮』 6號, 1934. 10月.
4) 「세계문학열에 처할 미국문학의 특수성」, 미국소설가점고, 『동아일보』, 1934. 9. 2.
   「亞米利加의 프로문학운동」, 『조선일보』, 1934. 11. 30~12. 7(2회)
5) 김병철의 『한국근대번역문학사연구』, 『한국근대서양이입사연구』, 『서양문학번역논자연표』를 참고함.
6) 「문예인의 새해선언」, 『조선일보』, 1933. 1. 6.
7) 建設社에서 1930. 12월에 『新小說』을 개제한 것임.
8) 조선일보, 1931. 10. 24. 9·10월 창작평(一).

작가가 조선문예사상 특필할 만한 사건이라고 한 것을 보면 '머크레이커'의 근본요체인 실화소설(Roman à Clef)적 특성과 맥을 같이 한다고 볼 수 있다.

미국문학의 경우, 머크레이커란 '추문폭로가'란 뜻으로 주로 1900년대 초 사회부정과 비리, 환멸, 분노 즉 사회질환을 비판, 공격하는 문제소설 또는 주제소설, 개혁소설9)로 방법은 단순하고 직접적이며 신문기사 작성식이므로 예술표현과 구성은 미흡하다. 그러나 머크레이커의 목적은 사회양심을 되찾자는 적극적인 자세로 대중의 호응을 받아 사회여론을 환기시키는데 성공한 문학일파를 말하며 그 중 가장 대표적인 작가가 바로 싱클레어다.10)

전무길 역시 문학은 폭로적·고발적11)이어야 하며 소설가는 사회 각 방면의 사회적 관점에서 정의와 의협을 위해 순(殉)할 수 있어야 한다고 하였다. 이 점이 소위 머크레이커인 싱클레어를 전무길이 이입함에 있어 받았을 영향을 추정하게 한다. 싱클레어는 주로 '머크레이킹'이 장편이고 전무길은 단편이라 해도 '폭로문학'이란 모티브 아래 두 작가가 어떤 유사성과 상이성을 보이는지 그들의 작품을 통해 대비하여 보고자 한다.12)

---

9) James D. Hart, *The Oxford Companion to American Literature*, N.Y., 1983, ⅩⅤ.
10) 위의 책, 머크레이커의 의도는 선의이나 일부작가가 폭로를 위한 목적으로 없는 죄상을 날조하는 부작용이 있어 T. 루즈벨트 대통령이 도덕성을 거래로 삼는 일은 잔인하다고 생각해서 약간 모멸적인 말로 붙인 명칭이다.
11) 필자가 조사한 바에 의하면 그 당시 비평가—백철, 회월(懷月)—의 연평이나 월평에 의해서 전무길이 '머크레이킹'을 표방했던 것을 알 수 있다.
12) 싱클레어는 장편 <장글>(채광석 옮김, 광민사, 1979)과 <Jungle>(Signet Classic)을 대상으로 하였으며 전무길은 16편의 단편(월평을 통한 5편을 포함함)을 대상으로 하였음.

2. 머크레이커(Muckraker)로서의 대비연구

전무길은 1905년 1월 1일 황해도 재령(載寧)에서 출생, 1939년 당시의 현주소는 황해도 안악(安岳)읍내로 되어 있다.[13] 그는 본업이 소설가지만 조선일보, 조선지광(朝鮮之光) 기자를 역임하였으며 비평활동에도 무척 활발한 셈이다.[14] 그의 문학을 보는 작가안[15]은 문예를 사회성 일반에 포함시켜 보는 것이며 문예를 넓은 세상에 내놓아 대중과의 교섭을 가지게 하려면 둔피(遁避)된 국부(局部)세계에선 문인도 사회백반(社會百般)의 지식을 탐구하여 인생과 사회관을 세우고 그 시각에서 모든 것을 비판하는 역량을 길러야 한다는 것이다. 또한 그는 작품의 성향이나 그가 주간했거나 집필에 참여하였던 문학동인지의 성격으로 보아 철저한 프롤레타리아작가로는 볼 수 없으며 일종의 경향파작가[16]로서 문학은 시대와 환경을 정확하게 포착한다는 현실적 인식하에 실제사건을 모델로 정치, 경제, 사회, 문예 등 각 방면의 흑막을 철저히 파헤치고 정의를 위해서는 과감하게 펜을 휘둘러야 한다는 것이 그의 지론이다. 그러나 식민지치하에서 그의 고발폭로식의 문학은 추상같은 그의 어조처럼 각 방면에 신랄하게 메스를 가하지 못했고 단지 도시의 병적 징후로 나타나는 제현상을 교육·종교와 필연성 없이 관련시키며 소설화했을 뿐이다.

필자가 구한 그의 작품은 총 11편[17]이고 그 외 5편[18]의 작품명 및

---

13) 『文章』 1호, 1939. 2. 호는 默庵, 휘문고보를 졸업하고 동경동양대학을 졸업하였다.
14) 김윤식, 『한국근대비평사연구』, 1986, pp.510~511. 김복진, 박노갑 등과 조선중앙일보에 자유주제문학비평인 일평을 1935. 6. 4~1936. 4. 24까지 담당하기도 하였다.
15) 조선일보, 1935. 1. 31.
16) 백철, 『신문학사조사』, 신구문화사, 1982, p.403.
17) ① <迷路>, 『朝鮮之光』 83~84호, 1929. 2~4월 ② <審判>, 『朝鮮之光』 87~89호, 1929.9~1930.1. ③ <虛榮女의 獨白>, 『大潮』 3~5호, 1930. 5~8 ④ <善惡의

내용은 그 당시 박영희나 백철, 정노풍 등의 비평가의 문예비평을 통해서이며 내용 역시 다른 작품들과 유사해서 싱클레어와의 대비(對比) 연구자료 대상에 포함시켰다.

업톤 싱클레어는 20세기 미국의 소설가, 저널리스트, 수필가, 극작가로 무엇보다 그의 두드러진 특성은 '머크레이커' 적발문학자란 것이다.[19] 그는 저항의 예언자이며 사회부정의 개혁운동가인 밀튼(John Milton)과 셸리(Percy Byshe Shelley)의 영향을 받았으며[20] 미국문학사에서는 보통 토마스 페인(Thomas Pain)에 비유된다.[21] 싱클레어는 거의 구십 평생을 작품활동을 한 다산작가로 미국에서 가장 대중적으로 읽힌 작가이며 1906년 현재 49개 언어로 772번 번역되고 39개국의 나라에서 그의 작품이 읽혀졌으며 소설이 50여권, 넌픽션이 20권, 소책자 수백권, 그 외 논설, 수필, 서간(書簡), 사설 등 문학활동이 다양하다.[22]

싱클레어는 소설의 주요목적을 사회정의와 인간조건 개량에 두었으며 그런 목적을 위해 1933년 후에 캘리포니아 주지사선거에 출마하기도 했다.[23] 그가 정식 소설가로 데뷔한 초기, 스스로를 사회주의자

彼岸>, 『동아일보』, 1930.11.14~21. ⑤ <鬱憤>, 『동아일보』, 1930.12.27~29. ⑥ <逆境>, 『동아일보』, 1931.2.18~3.11. ⑦ <어쩐 死刑囚>, 『조선일보』, 1931.7.25~31. ⑧ <시드는 꽃>, 『東光』 27호, 1931.11. ⑨ <過渡期>, 『조선일보』, 1932.4.12~5.27. ⑩ <無限愛>, 《현대조선 문학전집 단편집》 6, 1938.8. ⑪ <自愧>, 『동아일보』, 1939.6.15~7.5.

18) ① <甦生>, 『大潮』 1호, 1930.3.15. ② <土鄕의 사람들>, 『解放』, 1930.12. ③ <頹廢>, 『時代公論』, 1931.9. ④ <아비의 마음>, 『第一線』, 1932.6. ⑤ <예치오피아 魂>, 『조선문학』 續刊 4, 1936.9.

19) 그 외 사회주의 해설가, 선전가, 자본주의비평가, 보고문학가라고 알려져 있다.

20) Sandoz Young, *Dictionary of Literary Biography Encyclopedia of World Literature in the 20th Century*, Vol. 4, 1984, pp.25~32.

21) <The Jungle>의 후기를 쓴 Robert B. Downs에 의하면 페인은 영국출생의 저널리스트로 미국문학사에서 벤쟈민 후랭클린 (B. Franklin)과 함께 혁명적인 투사로 특히 페인은 영국사회상에 분격해서 항상 사회부정을 고발한 19세기의 혁명적인 저널리스트이다.

22) 위의 논문, pp.343~350.

로 부르고 1900년대 초기 미국 사회주의자 주간잡지인 『이성에 호소』
(The Appeal to Reason)에 사회 각 방면에 대한 논설을 시리즈로 쓰기
도 했으나 실상 미국에서의 마르크시즘은 데브즈 (Eugene Victor Debs)
지도하에 계급투쟁의 불가피성을 받아들였어도 그 기저에는 마르크시
즘적이라기보다 민주주의적 낙관론자인 제퍼슨(Thomas Jefferson)적 요
소를 지녔다고 볼 수 있다.[24]

존스 (Howard Munford Jones)는 미국의 자연주의를 경직된 자연주의
(Hard Naturalism)와 유연한 자연주의 (Soft Naturalism)로 이분화하여
전자는 인간이 잔인한 사회제도의 힘에 의해 함정에 빠져 농락당하는
완전한 결정론을 의미하는 것이라 했고 후자는 개선론자들로 졸라
(Emile Zola)의 결정론을 받아들이지만 사회여건은 변화될 수 있다고
믿으며 사회, 정치제도의 해악과 소작농, 빈민가의 궁핍을 분석하고
들추어내어 악의 원인이 제거되기를 희구한다고 했다.[25] 업톤 싱클레
어는 후자에 속하는 작가로 존스는 싱클레어를 '젊은 정치적 아이디
얼리스트'라고 했다.

싱클레어의 대표작이며 출세작인 <장글>은 루즈벨트가 싱클레어
에게 '머크레이커'란 별명을 붙인 동기가 된 단편소설로[26] 그 당시 실
제 있었던 시카고 통조림 공장의 야만적인 위생상태의 고발과 임금노
예의 비인간적인 행위에 대한 폭로로 일종의 보고문학식 소설이다.[27]

---

23) 선거운동 표어는 EPIC(End Poverty in California)로 낙선했다.

24) Horton and Edwards, *Backgrounds of American Literary Thought*, Prentice-Hall,
   1974, pp.243~253.

25) 박영의 · 현영민, 『미국문학개관』, 한신문화사, 1987, p.326. 후자의 대표는 그 외
   가알런드(H. Garland), 런던 (J. London) 등이다.

26) James J. Martine, *American Novelists 1910~45*, Sainte Bonaventure University,
   1971, pp.229~231.

27) 1906년 출판된 지 6개월 후 유권자의 여론이 들끓어서 'The Pure food'(순수식품
   위생법)과 'Drug Act'(약품단속법)가 제정되는 식의 법률 개정에 직접적인 영향
   을 끼쳤다.

두 작가가 실제사건을 모델로 '폭로문학가'라는 구호를 내걸고 어떤 형식과 내용에서 파헤쳤는지 그 양상을 비교, 대조해 보기로 하겠다.

1) 디어스 엑쓰 매키너 Deux Ex Machina 결말구성

소설구성단계상 결말은 주제의 암시이기도 하며 작가의 인생에 대한 가치관 또는 비전을 제시하는 부분이기도 하다. 그러나 결말처리에서 필연성이나 개연성이 없이는 멜로드라마에 그쳐버리기가 쉽다.

<장글>[28]은 미국에 새로운 꿈의 성취를 위해 이주한 리투아니아 농부인 유르기스 루드쿠스의 서사비극이다. 유르기스를 위시해서 친척, 친구 등 이주민 모든 사람이 시카고 가축도살장에서 노동하고 살면서 죽어가는 비극적인 이야기이다. 영어도 할 줄 모르는 이주민노동자들은 순경, 정치계보스, 부동산업자, 통조림업자 및 공장감독에게 탈취당하고 사기당하는 등 그 당시 미국산업이나 사회, 정치계에 만연된 악이 적나라하게 들추어진다. 너무나 더러운 환경에서도 일을 계속 얻기 위해 공장감독에게 뇌물을 주어야하고 싼 임금으로 생활하기가 어려워 작업의 능률을 위해 심하게 일을 하다 유르기스는 부상을 당한다. 병 때문에 해고당한 유르기스는 악랄한 감독을 때린 죄로 불공정한 재판을 받고 감옥을 출입하게 되어 공장 쪽에서는 블랙리스트에 오른다. 산업에 짓밟히는 노동자들의 생태는 노인노동자가 폐물 쓰레기더미 위에 던져지고 여자들은 살기 위해 매음을 하는 등 노동자들의 짓밟힘은 물론 도살장노동자 혹사의 잔인함, 악취와 고기통조림과정의 불결함—콜레라로 죽은 돼지가 최고급 돼지기름으로 사용

---

28) 싱클레어가 <장글>을 쓰게 된 동기는 1904년 시카고 가축도살장의 노동자들이 일으킨 스트라이크를 조사해서 사회주의주간지에 글을 실었기 때문이고 1906년에 주간지 측에서 선금 500불을 제공받고 7주간 도살장에서 이방인들과 산 후 9개월간 쓴 작품이다. <장글>로 그는 유명해지고 그 이익금을 투자해서 이상향 마을인 Helicon Hall을 운영하기도 했다.

되고 결핵에 걸린 송아지를 음식시장에 내다파는 등—이 말할 수 없이 리얼하게 표현되었다. 무엇보다 미국인들을 분노하게 만든 것은 노동자의 비인간적인 대우나 혹사가 아니라 그들이 먹는 음식에 대한 분노 때문에 동요가 일어나 그 당시 대통령 루즈벨트가 조사위원회를 구성해서 시카고에 보낼 정도였다. 결국 결말에 가서 유르기스는 아내 오나의 출산 뒤처리를 못해 아내를 잃고 뜨내기 노동자가 되어 죄인으로 전전하거나 파업을 깨는, 즉 노동자의 배반자로 전락하게 된다. 그러나 우연히 사회주의자의 강연을 듣고 유르기스의 의식이 상승해서 세계관이 바뀌어 사실상 세상에 다시 태어나게 된다. 결말에서는 주인공으로서의 유르기스 역할이 사라지고 대신 새로운 세계에 대한 낙관론이 인텔리 부자인 사회주의자의 입을 통해 강연된다.

실상 "시카고는 노동자인 우리의 것이 될 것이다."는 주인공의 외침의 결말처리는 마치 '기계로부터 신이 나오는 식'의 앞 뒤 유니티를 잃은 구성이다. 타락해서 방황하는 유르기스가 두 번의 강연을 듣고 새로운 인물로 개조되는 것은 마치 사회주의를 구성에 끌어들이기 위해 억지로 작가가 삽입시킨 듯하며 실제로 싱클레어의 그것에 관한 부끄러운 고백29)이 있듯이 두 번 강연으로 타락된 의식이 상승됐다는 것은 무리한 구성임을 감지할 수 있다.

전무길의 소설 역시 데뉴망처리에서 발단에서 결말까지 단편의 요건인 '긴축, 독창, 교묘, 통일'이 부족하다. 직접 읽은 작품 11편과 창작평으로 결말을 알 수 있는 작품 3편 등 14편을 대상으로 작품구성을 보면, 개연성 없이 좌절 아닌 낙관주의나 승리를 위한 투쟁으로 처리한 작품이 14편 중 10편이나 된다.

---

29) William A. Bloodworth, JR., *Upton Sinclair*, Twayne Publishers, 1977, pp.44~64. <정글>은 원래 1905년에 완성되었으나 사회주의를 구성에 깊이 끌어들여야 한다는 사회주의자들의 희망에 고민하던 끝에 낭만적 로만스적인 방법으로 결말을 맺었다고 언급되어 있다.

작 품 명	결 말 처 리
審 判	사회운동자가 밀정(密偵)인 남자를 살인하고 애인과 꽃을 만진다.
甦 生	불난 문사(文士)집에 불끄러 갔다가 신문사 현상 장편소설에 응모한 작품이 광속에 처박혀 있는 것을 발견하여 신문사에 다시 이야기해서 걸작품으로 당선되어 주인공이 흡족해 한다.
虛榮女의 告白	허영에 들뜬 일개 인텔리여성이 고무공장 직공이 되어 과거를 자성한다.
鬱 憤	가난에 굶주린 신문기자 S는 돈을 꿔주지 않는 친구를 울분에 차서 발로 차버린다.
逆 境	위선적인 교장에게 상처입은 주인공 여교사 대신 작자의 음성이 등장해서 민중 자신이 민중의 이익을 위하여 싸워야 한다고 외친다.
어떤 死刑囚	사형수가 자유가 그리움을 주장하여 사형 집행에도 끝까지 반항한다.
시드는 꽃	小부르조아작가 진호는 항상 부담으로 여겼던 기생 숙경의 자살에 안도의 한숨을 쉰다.
過 渡 期	전문음악과학생 최은순은 재산가인 영식을 선택하고 한편으로는 사회주의사상을 지닌 김국을 돕는다.
아비의 마음	객지로 떠다니던 주인공이 오래간만에 집에 돌아와 가정이란 관념과 자식에 대한 책임감을 느낀다.
無 限 愛	아동개혁교육을 부르짖는 여교사가 바다의 실용교육차 배가 전복되자 아동을 구하고 자신은 죽자 농촌사람들이 그의 유지를 받들어 교육개혁실천에 앞장서게 된다.

위 10편의 작품은 30년대 당시 프롤레타리아문학의 '로망개조법'식의 결말처리법을 의식한 도식적인 처리방법으로 낭만적 낙관론으로 끌어가기 위해 내용전개에서 전혀 생소한 인물이 복선도 없이 문제해

결을 위해 나타나기도 한다.

대표적으로 <虛榮女의 告白>의 경우, 전문학교 졸업의 인텔리여성이 고무공장 여직공이 되는 결말은 사회주의사상을 독자들에게 불어넣으려는 잠재적 의도를 확연히 드러낸 것이라 볼 수 있다.

이상 관찰한 바와 같이 싱클레어나 전무길 두 작가가 작품 구성상에서 개연성 유무에는 별 관심이 없이 낙관적 낭만주의로 결말을 맺은 점이 유사성을 보인다. 그러나 싱클레어는 본질적으로 미국적인 진보적인 아이디얼리즘에서, 전무길은 30년대 중반까지 만연했던 프로문학경향의 의식에서가 아닌가 추정된다.

2) 평판적 인물설정

포스터의 평판적 인물과 입체적 인물식의 인물성격분류법은 현대소설의 고전적 이론이라고 볼 수 있다. 특히 소설에서 평판적 인물의 설정은 심화된 의식을 지닌 현대적 인물성격구현과는 거리가 먼 단조롭고 마치 멜로드라마에 등장하는 인물처럼 결말을 거의 정확하게 예시할 수 있다.

<정글>에 등장하는 주동인물은 노동자이고 부인물들 역시 모두 빈민노동자가 주축이 되어 노동자 관점에서 스토리가 전개된다. 노동자들은 미국에서 꿈을 이룩할 수 있으리란 기대를 지니고 리투아니아에서 이민오지만 착취당하고 압제받는 미국의 산업현장은 이들 노동자들에게 일과 가난과 죽음의 악몽만 줄 뿐이다. 결국 노동자는 모두가 학대받는 자로만 등장한다. 이들은 이른 아침부터 밤 늦게까지 질퍽한 바닥 위에서 일 년 중 여섯 일곱 달은 일요일 저녁부터 다음 일요일 아침까지 햇볕은 구경조차 못하고 일을 해도 1년에 3백 달러를 벌 수가 없는 사람들이 많았고 부모가 병석에 누워 있으므로 부모대신 작업장에 나가야 하는 열 살도 못 된, 일 년 가야 100달러나 벌 수 있을까 말까한 애들도 있었다. 그들의 노동조건은 한 시간의 임금이

깎이고 그 이상이면 아침 여섯시부터 저녁 여덟시 반까지 가축도살장 문 밖에서 서성대는 배고픈 군상들 틈에 끼어 있어야 한다. 몇 사람의 노동자생태를 예시해 보면 인물설정의 단조로움을 곧 파악할 수 있다.

미콜라스는 고기의 각을 뜨는 일을 한다. 위험천만한 직업으로 손에 칼이 미끄러지기 쉽고 미치도록 힘든 작업으로 뼈를 칼로 내려칠 때나 작업 중 누가 혹시 말을 걸면 손에 칼날이 미끄러져 무서운 상처를 입는다. 미콜라스는 3년 간 두 번이나 피투성이가 되어 해고당해서 6주 이상이나 눈쌓인 가축도살장 문앞에서 새벽 6시부터 일자리를 찾아 서성대야 했다. 늙고 쇠잔한 과부 아니엘레 역시 류마티스로 고생하면서 장사꾼들의 빨래를 해주고 처참할 정도의 대가로 겨우 산다. 그 외 주인공 유르기스 루드쿠스—건장한 장사지만 심한 노동으로 거의 병인이 됨—, 그의 아내 오나, 유르기스의 아버지 안타나스, 오나의 계모 엘즈베에타, 오나의 사촌언니 마리아 베르친스카스 등 줄지은 노동자들의 모습은 죽음의 행렬이나 마찬가지로 묘사되어 있다. 노동자에게 폭리를 취하는 가게 역시 정치적 거물들과 연결되고 있고 악랄한 공장감독 역시 정치계 보스와 연결되어 있다. 결국 싱클레어에게는 사회정의 및 개량이 목적이기 때문에 형식상의 기교보다 내용에 우선을 두므로 인물설정이 단조롭고 평판적일 수밖에 없다는 생각이 든다. <장글>에 등장하는 인물들은 한 번에 알아볼 수 있기 때문에 더 이상 작품을 읽어나가지 않아도 좋은 단순성을 지니고 있다. 그것은 교훈, 설교가 목적인 싱클레어의 문학관과 관계가 있다고 본다.

전무길 역시 인물설정이나 성격의 도식성은 싱클레어와 동일하다. 후자의 경우 노동자는 모두 혹사와 학대를 받으며 착취당하는 인물이고 회사, 감독, 또는 노동자 이외의 인물들은 악인으로 등장하는 그것처럼 전자 역시 작중인물들의 공통점은 부르주아적 인물들의 경우, 허영과 허위 부패로 가득 찬 비인간적인 인물이고 사회주의자 무산계급은 착취당하는 인물이나 존경받는 인격자로 등장하는 도식성을 지닌다.

작 품 명	착취받는 가난한 인물	앤태고니스트
迷　路	리혜숙(종교잡지 판매인)	오입쟁이 박한량
審　判	김영진(농민조합 대표)	밀정이며 위선적 교장 최치순
甦　生	이철 (가난한 작가 지망생)	신문사
善惡의 彼岸	박부인(조강지처)	남편 정주사의 축첩
鬱　憤	신문기자S (가난, 굶주리는자)	부르주아적 인물들
逆　境	배순회(학원교사)	위선, 허위로 가득찬 교장
어떤 死刑囚	사회사상가 (군자금 모집함)	사　회
頹　廢	여교원 (교장에게 강간당함)	교장(위선, 허위로 가득찬 인물)
시 드 는 꽃	無	소부르주아 작가 진호와 부르주아적 성격의 기생 숙경
과 도 기	김국 (사회주의사상가)	황금주의 사상 지닌 영식과 전문음악과 여학생 최은순
無 限 愛	김영애 (육영사업 여고사)	사　회
自　愧	無	형식적 종교사회 및 공리신앙상회, 부르주아 박준호

　　위 12편의 소설 중 두 편만 제외하고 10편의 등장인물설정은 먼저
가난한 자이거나 사회주의사상의 지도적 인물로 이들은 선인이고 핍
박받는 자들로 등장한다. 또한 주인공이 인물설정이 여교사이면 아랄

한 부르주아적 앤태고니스트는 여교사를 유린하는 교장이고, 가난한 사회주의자가 프로타고니스트일 때는 앤태고니스트는 사회, 또는 자본주의 속성의 파락호 같은 인물로 여지없이 악의 화신으로 등장한다.

두 작가의 이런 스타일의 단조로운 인물설정은 실상 예술성이 부족한 작품으로 '예술은 선전이다'라는 교훈적 계몽적 의도가 심미성보다 우위인 것이라 볼 수 있다.

3) 도시배경의 적발문학

싱클레어의 <정글>은 시카고공장의 소고기도살장과 공장 뒷골목의 슬럼지대가 주된 배경이다. 그것은 미국이 자본주의 숙란기(熟爛期)에 들어서면서 산업기계화 및 도시문명화에서 오는 부작용이기도 하다.

> 노상에는 산이 있고 들이 있고 강이 있고 도랑이 있고 웅덩이가 있었다. 울퉁불퉁한데다 움푹 파인 웅덩이가 있는 등 가관이었다. 조무래기들은 이런 웅덩이들 속에서 장난을 쳤고 진흙 위에서 뒹굴며 놀았다. 문자 그대로 파리새끼들이 새까맣게 날아다녔고 후각을 문드러지게 할 정도의 이상한 냄새, 이 세계의 모든 시체가 풍겨내는 듯한 고약한 냄새가 코를 찔렀다. 어째서 이렇게 도로가 더럽고 지독한 냄새가 나느냐고 외래객들이 묻는다면 이곳 주민들은 이렇게 대답하곤 했다. 매립지이기 때문이라고. 즉 땅을 파고 그 속에서 시카고시의 온갖 쓰레기들을 모두 집어넣은 뒤 흙을 얹어 만든 땅이기에, 낮고 더러우며 냄새가 나는 것이라고.30)

위의 인용은 시카고시 공장주변의 빈민가 묘사이다. 도시의 두 구역 정도가 될 만한 커다란 구덩이 속으로 쓰레기차의 행렬이 이어지고 그 쓰레기더미를 헤적이고 다니는 아이들과 구덩이 건너편의 연기

---

30) 싱클레어, 채광석 옮김, 앞의 책, p.32.

를 뿜어내는 굴뚝이 달린 거대한 벽돌공장. 또 구덩이에 고인 물이 겨울이 되어 얼면 그 얼음을 잘라다 시민에게 파는 등 비정한 도시의 온갖 추(醜)가 미국의 황폐한 문명을 암시하는 듯하다.

> 공장은 꼭대기부터 밑바닥까지 시기와 증오로 들끓는 가마솥이었다. 공장 어디에서도 성실성과 품위는 찾아볼 수가 없었다. 사람은 다만 달러로만 여겨질 뿐이었다. 품위는 고사하고 정직조차 없었던 것이다.[31]

숨막힐 것 같은 공장내부의 질식할 정도의 세팅묘사는 미국인의 뿌리인 휴머니즘조차 찾아볼 수 없다. 또 노동자들이 사는 빈민굴은 많은 위험이 도사리고 있고 어린애들은 집에 있다고 해도 안전하지 못했다. 그들 '집에는 하수구가 없었고 집밑의 시궁창에는 15년이나 묵은 오물들이 쌓여있었다. 골목에서 사온 푸르스름한 색깔의 우유에는 물이 부어져 있었고 한 술 더 떠 방부제'로 처리돼 있었다. 또 알약은 불량품이고 홍차, 커피, 설탕, 밀가루들도 이물질을 섞어 만든 불량품이었다.

독자의 가슴에 와 닿은 것은 작가의 저널리스트적 폭로라 볼 수 있다. 거대한 산업기계와 정치, 금융, 교육, 제약 등 모든 방면의 부정이 적나라하게 파헤쳐지고 있다. 그래서 1930년대 수용 당시 '머크레이커문학'을 '똥푸개문학'[32]이라고도 명칭을 붙인 바 있다.

싱클레어는 앞에도 언급했듯이 세계 전인류의 복지를 위해 투쟁을 맹서(盟誓)한 작가이므로 불의, 허위, 억압, 횡포와 싸우기로 결심한 그의 단호한 어조는 세팅묘사와 조화를 이루고 있다. 그의 문체는 생명력이 있으며 너무나 생생하여 설득력이 있으며 시카고 도시의 추악함이 독자들에게 분노까지 느끼게 한다. 그러나 아이러니컬한 점은

---

31) 위의 책, p.63.
32) 최정건, 「世界文學의 動向」, 『신동아』, 1933. 11. 1, 3:11.

미국인을 분노하게 만든 것이 노동자의 비참한 현장이 아니라 통조림 공장에서의 비위생적인 음식처리란 점이다.

쓰레기더미 같은 <장글>의 배경은 도시노동자들의 극빈한 생활현장인 물리적, 외적 세팅이 주조이지만 전무길의 배경은 도시의 부정적인 이미지가 등장인물의 의식 속에 그대로 투영되는 경우이다. 그의 작품의 배경이 도시 즉 서울일 때는 그 곳에서 활동하는 인물이 무뢰한이고 향락적이며 퇴폐적이다.

> 그 비린내나는 都市의 壓惡할 人情 無賴漢的 享樂의 無限한 要求 僞善과 假裝의 交流 알콜과 에로에 對한 底不和의 野慾… 이러한 모든 惡現象은 實로 눈물겨운 일에 屬한다.33)

그의 <寂滅하는 거리>34)란 시를 보면 도시에 대한 그의 인식을 더욱 잘 감지할 수 있다.

> 이거리가 웨이다지도 쓸쓸해가느냐?
> 分揀업는 消費群—粉바른게집의쪠…
> 人間行列의 洪水는 늘어가건만
> 그것은 하잘턱업시 쩌나가는 무리들이다.
>
> 自動車가 몬지를 찌언지며 다라난다
> 그러나 그들은 한가롭게 절노리를 갈줄이야…
> 참된일軍은 分님이업서 辱을보나니
> 이러고 이날의 運命이 길듯십흐냐?
>
> 휘황한 電燈빗밋헤서
> 사라저가는뭇生靈의그림자여!

33) 전무길, 「二年間의 沈默」, 『신조선』 구월호, 1934, p.71.
34) 조선일보, 1932. 4. 26.

너이들은 이날의 모든 愛着을 불살느라
　그리고 새날의 주추를 옴기어라!

　그래서 그에게 도시는 '사시(死市)'[35]가 되기도 한다. 도시는 혐오할 대상만이 있고 또한 세팅이 명확히 드러난 작품 13편 중 도시배경이 9편이나 된다. 도시의 부정적인 이미지는 오입장이 남자, 위선에 찬 교육자, 자본주의적 황금주의자, 이기적 변태주의자 등에 나타난다.
　그런데 그의 폭로문학은 선전구호에서는 의도가 거창했으나 실제로 가정적인 문제에서 도시 허영녀나 플레이보이를 고발하거나 교육계의 이중인격을 지닌 교장의 추한 면모를 적발하는 식에 그치고 말았다.

3. 맺음말

　1930년대 이입, 번역된 미국문학 중 가장 많이 수용되어 집중적인 관심을 모았던 업톤 싱클레어와 30년대 소설가이면서 미국문학이입에 선두적 역할을 했던 전신자 전무길을 '머크레이커'란 모티브 하에 대비 연구해 본 결과 아래와 같은 결론을 얻을 수 있다.
　첫째, 실제 모델을 제재로 '머크레이커'라는 점을 명시하고, 문학을 했다는 점이다. 그러나 전자는 국가적·거국적 차원에서 각 방면 언론, 정치, 경제, 교육 등 법률의 개정까지도 영향을 줄 만큼 신랄한 개혁적 머크레이킹을 할 수 있었으나, 후자의 경우 목표는 물론 불의를 과감히 헤치는 적발 또는 고발에 초점을 두었으나 실제상으로 도시의

---

35) 조선일보, 1931. 11. 6. (近吟六首 중 <死市>)

허영녀나 황금사상에 팽배한 속물적·자본주의적 인물에 대한 폭로에 그쳤다는 점이다.

둘째, 구성상 두 작가는 멜로드라마적 요소가 강하며 '로망개조법'식의 결말을 이끌기 위해서 '디어스 엑쓰 메키나' 구성법을 취하고 있다는 점이다. 그러나 전자는 힘찬 문체에서 사실성이 강렬하게 느껴지는데, 후자는 신선하지 못한 표현과 느린 서술로 고발적 특성을 감지하기 힘들다.

셋째, 두 작가가 다 단조롭고 피상적인 평판적 인물을 설정하고 있는 점이다. 전자의 경우는 독자에게 신념은 주지 못했으나 평판적인 인물인 주인공 유르기스를 입체적 인물로 가장하려고 하는 형식미를 보였으나, 후자는 독자가 금방 인지할 수 있고 분석해 볼 필요도 없는 도식적 인물유형의 나열이었다.

넷째, 두 작가의 적발문학은 도시를 세팅으로 해서 인물의 사건을 그렸다는 점이다. 그러나 싱클레어의 도시는 빈민가 그대로의 외적으로 불결하고 추한 환경묘사가 도시하층민과 병행하는데 비하여 전무길은 도시의 병리적 향락적 부정적 이미지가 작중인물의 정신에 투영되는 식의 세팅이라고 볼 수 있다.

이상 두 작가의 異同性을 살펴본 바 본질적으로 두 작가가 다른 점은 싱클레어는 진보적 개혁적인 미국식 이상주의적 아이디얼리즘에서의 개척정신을 배경으로 한 고발문학이라는 점이고, 전무길은 '머크레이킹'에 대한 포부와 기대가 아무리 원대해도 식민지치하에서 제대로 그 꿈을 펼 수 없는 한계성을 지닌 점이라 하겠다.

한국여성소설에 나타난 페미니즘 분석

1. 머리말

우리는 문학사에서 여류(女流)만을 따로 떼어 간단하게 취급한 예를 흔히 볼 수 있다. 이것은 문학사에서 성(性)의 분명한 한계를 두는 것을 의미하며 여류를 문화의 주요흐름에서 멀리 두는, 말하자면 남성 위주로 구축된 문학사에서 여성을 분리하는 것을 강조하는 것[1]이라고 볼 수 있다. 다시 말해서 여류문학의 확실성을 부정하는 자세로 남성 숭배중심의 철학적 자세[2]의 발현이라 생각될 수 있다.

그러나 긍정적인 면에서 고찰한다면 여류문학만이 지닐 수 있는 어떤 독특한 점[3]—여성양식, 여성스타일, 여성의식—의 강조라고도 할수 있다. 소위 도노반(Josephine Donovan)의 '여류스타일 비평'[4]이라던가 울프(Virginia Woolf)가 언급한 '여성심리의 여성적 스타일의 표현'이란 특수한 여성양식의 모색 같은 그것이다.

---

1) Nancy K. Miller, *Plots and Plausibilities in Women's Fiction*, PMLA, Vol. 96, No. 1, Jan. 1981, p.46.
2) Ibid., p.46.
3) Annette Kolodny, *Some Notes on Defining a Feminist Literary Criticism*, Critical Inquiry, Autumn, 1975, p.75.
4) Josephine Donovan에 의하면 스타일을 통한 여성심리의 추적을 암시, V. Woolf와 Dorothy Richardson의 여성의식에 적절한 스타일의 발전을 이론화해야 한다고 언급했다.

보통 우리는 사람을 단순히 두 가지 기본적 유형적인 남·여로 나누어 생각한다. 특히 문학에서의 성의 구별은 서로 반대되거나 보충되는 상징5)으로서 프로이트(J. Freud)의 여성에 대한 주요한 특징의 썸머리6)—소극성, 자신의 미발표된 감각을 지닌 연약한 자아, 심리저변 의식에서 초래한 유약한 초자아—를 인용하지 않더라도 여성은 유약하고 소심하여 피지배의 대상으로, 반면 남성은 강하고 존경할 만한 우월한 존재인 지배자로 표상되어 왔다.

그래서 엘르만(Mary Ellman)의 경우 남녀작가 간의 어조의 차이를 통해 성의 변별을 분석 시도했으나7) 이것은 여성이 소설가로서 또는 인텔리로서의 의식을 지니고 작품을 처음 쓰기 시작한 19C초에 발생한 그릇된 이분법이라 보고 있다.

문제는 과연 문학에서 남·여성을 그렇게 대조표를 작성하면서까지8) 분별을 해야만 하며, 사회의 진부한 선입관을 전제로 하고서 여성문학 비평을 시도해야 할 것인가 하는 점이다.9)

콜로드니(A. Kolodny)는 '여성문학비평'이란 용어의 정의를 아무도 명확히 언급하지 않았음을 지적하면서 그 정의를 다음과 같이 말하고 있다.

첫째, 주제는 무엇이든지 여성이 쓴 비평.

둘째, 남성작가가 여성의 관점에서 다룬 작품에 대한 여성의 비평.

---

5) Rosalind Miles, *The Definitions of Sexuality*(*The fiction of Sex*), Vision Press, London, 1974, p.24.
6) Ibid., p.15. 이재선 교수 역시 『現代小說史』의 「女流作家와 女性文學의 世界」에서 인용한 바 있다.
7) Ibid., p.25. 즉 남성양식은 권위, 무게, 지식, 통제를 나타냄에 비해 여성양식은 반대로 직관적, 무정형, 미묘함, 과격한 감정을 나타내는 것 등이다.
8) R. Miles는 문학에 표현된 남·녀 두 성의 특질의 대조를 완전히 구분해서 정의 내릴 수 있는지에 대해 회의를 나타냄.
9) A. Kolodny는 보통 남성 독자들은 여성의 의도적이고 창작적인 활동을 받아들이지 않으며 여류작품을 또한 읽지도 않고 어떤 고정된 틀에 넣어 해석하려든다고 비난했다.

셋째, 일반적으로 여성이 여류작품이나 여류작가에 대해 쓴 비평.
으로 보통 '여성문학비평'이라고 하면 특히 둘째, 셋째의 경우로
여성의 성격이나 여성의식을 잘 파악할 수 있는 것임을 명시했다.

더욱이 간과할 수 없는 것은 여성의식이나 여성이 외계에서 갖는
경험의 특이성, 그리고 그 결과에서 생기는 작품에 대해 미리 그 특징
을 전통적인 관습에서 온 선입관적인 억측에서 전제하기보다 각 작가
가 쓴 작품을 별개로 다룸으로써 각 작가의 독특하고 개성적인 성격
을 파악함에서 여성문학비평을 시작해야 한다는 것이다. 그러기 위해
선 여성문학비평은 적어도 부분적인 것에서 시작하여 과거 관념론적
인 것—남녀차별관념론—에서 떠나 연구돼야 한다[10]고 그 방법론을
제시했다.

우리 문학사의 경우 '여류문학'이란 항목을 특별히 설정한 것은
1938～1939년대로[11] 백철씨는 『신문학사』에서 여류작가를 "남성작
가와 비교하여 이 땅에서 더 한층 봉건적 가정조건과 환경 속에서 문
학활동을 하는데 여러 가지 제한을 받고 있는 그 특수조건을 배경으
로 한 특수작가군으로서 보는 것"의 타당성을 피력했고, 1938～1939
년대에 와서 새로 설정하게 된 것은 소위 하나의 작가군으로서 여류
문학이 어느 수준까지 올라선 것이기 때문이라 했다.

그러나 대부분의 여성작가가 배제되고 무시된 것은 마치 콜로드니
가 인용한 뻬이르(Henri Peyre)의 경우와도 마찬가지이다.[12] 뻬이르는
불란서에서 특히 여류소설이 풍작을 이룬 것에 대하여 「오늘의 불란
서 소설가」란 제목의 논문에서 1930년 이래 작가들이 발표한 불란서
단편소설 중 우수한 단편의 반은 여성이 쓴 것이라고 발표했으면서도

---

10) William W. Morgan, *Feminism and Literary Study : A Reply to Annette Kolodby*, Critical Inquiry, Summer, 1976, p.823.
11) 白鐵, 『新文學史』, 新丘文化社, 1961, pp.429～443.
12) A. Kolodny, op. cit., p.88.

그의 비평 12장 중 한 장만을 여류작품에 대해서 취급했다는 것이다. 그것도 30~40페이지 중 14페이지 정도는 보브와르(Simon De Beauvoir)에게만 지면을 할애하고 있는 상황이다.

이렇게 여성에게 무관심하거나 여류를 경시하는 비평은 우리나라의 경우 더욱 극심하게 나타남은 물론이거니와 오랜 세월 동안 삼종지의(三從之義)와 칠거지악(七去之惡)의 전통 속에 얽매여 왔던 우리나라 여성의 환경과 생활조건에서 볼 때, 그것이 오히려 당연시되고 있는 실정이다.

어느 다른 나라와도 마찬가지로 우리 문학 역시 대부분이 남성이 쓴 것이고 여성이 묘사되는 것도 주로 남성의 관점에서 본 여성인 것을 보면 그것을 일정한 여성 모델로 간주할 수 없는 이유이기도 하다.

이왕에 '여류문학비평'을 제의하고 나섰다면 남성과는 다른 여성만이 지닌 특성을 모색하는 작업이 선행돼야 할 것이다. 여류작품을 읽지도 않고 또는 영향력 있는 한 작가만에 매달려 그것이 대다수 다른 작가의 전형인 듯 비평하는 피상적이고 선입관적인 사고에서 떠나야 할 것이다.

무엇보다 선결문제는 콜로드니가 제안한 셋째 조항의 실천으로 여류작가에 대한 비평을 총체적으로 모으는 작업은 물론 여류작품에 나타난 여성의 경험의식을 분석하여 여러 여류작가의 다양한 문학기교 중 스타일, 이미지패턴, 주제분류 등 여류작품이 상호 어떤 동질성과 이질성을 지니고 있는지, 그 특징은 무엇인지 각 작가를 다루고 또 각 작가 나름의 독특한 작품을 다루는 것으로서 남성과는 다른 여성 특유의 다른 의식을 발견할 수 있을 것이다.

사실 '여류문학비평'이란 용어 자체는 어떤 의미에서는 콜로드니가 주장하는 것처럼 '패배의식'을 내포하기도 하나 아직도 색시즘에서 헤어나지 못하고 있는 현 사회환경에서 '여류문학비평'이란 특정한 용어설정에 대한 정확한 개념파악은 물론 그것에 대한 긍정적인 방향으로의 연구가 더욱 분명하게 이루어져야 할 것이다.

그런 시도의 첫 단계로서 필자가 의도하는 것은 전후(戰後) 10여 년간 발표된 55편의[13] 여류단편소설을 대상으로 오랜 유교적인 인습에 얽매여 왔던 여성의식이 특히 전쟁을 겪고 난 후 어떤 변모를 가져 왔는지와 여류작가가 묘사하는 여주인공의 의식은 어떤 공통적인 패턴을 지니고 있는지 살펴보고자 함이다.

또한 여성경험의 공통성과 변모를 감지하는 것은 그들의 문학적인 희구나 다양성을 분석하고 계발하는 전초적 작업이기 때문이며 여류작가 자신의 지속되는 경험의식을 이해할 수 있는 길이기 때문이다.

2. 한국전쟁 전 여성의 여인상

전통적인 여성의 전형은 결코 자신의 실체를 가지려고 노력하지 않으므로 주체성 획득을 위한 시련을 겪을 필요가 없다. 그런데 픽션의 경우, 여주인공은 실재 현실 속의 여성보다 훨씬 더 자신을 포기한다.[14] 오히려 주체의식을 지니는 여성은[15] 남성과 동일시되며 여성으로선 실패라고 여긴다. 이것은 여성 자신이 여성의 역할은 단지 아이를 낳고 기르는 것이라고 생각하기 때문에 더욱 그렇다.

초도로우(Namcy Chodorow)에 의하면 여성이란 존재는 남성과 다르게 형성된다는 것이다.[16]

---

13) 『現代文學』 창간호 1955년에서 1964년까지의 10년간 실렸던 55편의 여류단편소설을 대상으로 함.
14) Judith Kegan Gardiner, *On Female Identity,* Critical Inquiry, Vol. 8, Num. 2, Winter, 1981, p.347.
15) 소위 성공적인 여성을 의미한다.
16) 20C 여류소설가의 작품을 연구하는 문예비평가인 Judith Kegan Gardiner의 인용을 참고로 했음.

첫째, 여성은 소녀시절부터 그녀가 여성이란 실체를 긍정적인 태도에서 형성한다는 것이다.[17]

둘째, 여성이 어머니가 될 때는 어머니와 아이의 공생을 즐겁게 재창조할 수 있다는 방법으로 나아간다는 것이다.

결과적으로 여성은 남성보다 양육, 의존력, 감정이입능력 등이 발전되며 반면 독립이나 자치성은 획득하기가 어려워진다는 것이다. 그러나 여성의 생활은 사회관계를 통해 의미를 지니게 되고 타인과의 융합 속에 융통성 있게 적응한다는 것이다. 그러므로 초도로우는 여성은 유아기에서 시작하여 성숙한 여성이 되기까지 계속 상호관계적이고 유동적으로 형성되는 것을 보여 준다고 주장한다.

위의 초도로우의 견해는 정신분석학적 관점에서 여성의 구조를 관찰한 것이지만, 우리 문학사의 경우 고전은 말할 것도 없거니와 1930~1940년대 여류소설이 대거 등장하던 시기에도 여성은 사회적이고 역사에 유동적인 인물이기 보다 이미 주체성, 사회성이 없는 존재로 고착되어 정체성을 면하지 못했다.

더욱이 주자의 성리학을 이념으로 하는 사회구조를 탈피하지 못한 상태에서는 실로 당연한 과정이었다.

최정희의 <地脈>이란 작품을 보자.

　　主人公 은영은 남편 홍 민규를 잃은 후 오랜 망설임 끝에 기생집에 침모로 가다. 아이들을 맡기고 온 은영으로서는 하루하루를 보내는 것이 생지옥같이 느껴진다. 더구나 아이들의 꿈을 꾸고 나면 전신의 맥을 잃을 정도다. 오래동안 아이들 생각에 새로운 생활에 적응을 못한다.
　　실의에 찬 생활의 연속은 남편이 죽은 날부터였다. 고난에 대항하던 용기도 능력도 없어졌다.
　　그러다가 문득 문학소녀시절 동경에서 친교를 가졌던 이 상훈을 만난

---

17) 생물학적으로 공생 속에 인생을 시작하는 어머니처럼 되고 싶은 상태에서 여성이란 확인을 긍정적으로 한다는 것이다.

다. 남자의 적극적인 자세와 좋은 조건에도 아이들에게 올 또 다른 불행을 생각해서 상대방에 대한 자신의 감정을 억제한다. 오히려 그를 좋아하게 될거란 우려에서 피하려고 한다.

드디어 재혼을 요구하는 남자의 태도에 자신에게 이미 주어진 운명에서 벗어난다는 것이 양심의 고통이라고 생각한다.

결국 그女가 결정한 것은 아이들 곁에서 그들이 성장하는 것을 잘 지켜보는 것이 운명이라고 생각했기 때문에 접근해져 가고, 또 접근해져 오는 男子로부터 멀리 떠나는 것이었다.

어머니로서, 아내로서의 양육 및 헌신역할 고수에 있을 뿐, 자신의 행복을 찾기 위해 문을 여는 것은 도덕적인 관점에서 용납되지 않는 것이다.

임옥인의 <後妻記> 역시 남편에 대한 후처의 헌신과 남편과의 사이에서 새롭게 태어날 생명에 대한 희망 속에 사는 여성을 그린 1인칭소설로 자서전적인 색채를 띠고 있다.

지금까지 여성작품 대해선 특별히 이론을 모아 정립한 것은 아니나 몇몇 여성을 제외하고는[18] 대부분이 고백류의 자서전적인 분위기에서 헤어나지 못하고 있다는 비평을 들어왔다.

그러나 6·25란 전쟁을 겪고 난 후 여성소설이 과연 어느 정도 의식의 변화를 가져왔는지 50년대 이후 10여 년 동안의 여성단편을 통해 살펴보기로 하겠다.

3. 한국여성 단편소설에 나타난 페미니즘 고찰

마일스(R. Miles)는 『창조력과 성』에서 여성이 소설을 쓰는 이유에

---

18) 특히 姜敬愛, 朴花城 등이다.

대한 통상적인 답변을 소설의 발생이 곧 여성의 해방과 동일시한 것으로 말하자면 여성은 남성중심의 지배적 정치적 사회적 기능에서 소외되었기 때문에 소설창작을 통해 자신을 표현해야 하는 동기가 소설을 쓰는 기회와 일치된 것이라는 것이다.

또한 리유(George Henry Lews)는 여성이 소설을 쓰는 것은 정서적 공허를 메꾸기 위해 쓴다고 했다. 이들의 말은 여성이 소설을 쓰는 이유마저 남성지배 중심인, 불가피한 사회체제와의 관계에서 벗어날 수 없는 인상을 지니고 있다.

『시경(詩經)』에선 글을 쓰는 이유를 '志의 표출'이라 했다. 현실적으로 나타낼 수 없는 자신을 창조하고 제작하는, 남녀가 공통으로 지니는 속성이라고도 볼 수 있겠다. 그러나 구태여 여성의식을 추적해보고자 함은 여성과 남성의 기능 자체의 구별에서이지 차별에서의 시도가 아니다.

본고에서 대상으로 한 단편에 나타난 여성의식의 패턴을 필자 나름대로 가늠해보면 아래와 같은 세 가지 유형으로 나눌 수 있다.19)

1) 원형적 여인상
셔로(E. Cirlot)에 의하면 여성은 다음과 같은 세 가지 기본 패턴을 지닌다고 했다.

첫째, 남성을 유혹하여 파멸시키는 바다의 마녀 사이렌과 같은 여성상.

둘째, 어머니 본성 또는 소위 융(C. G. Jung)이 말하는 'Magna Mater'로 무의식과 무정형의 물(水)의 이미지와 관련된 것.

셋째, 융의 심리학 용어인 아니마로서 여성을 이브나 헬렌, 소피아, 메어리—충동적, 정서적, 지적, 도덕적인 존재—적 요소를 지닌 것으

---

19) 원형적 여인상, 아니무스의 발현, 자아의식의 태동으로 분류했다.

로 본다는 것.

결국 종합해서 언급한다면 여성 즉 어머니의 원형적 모습은 소중하게 보살피고, 양육하고 영양분을 주는 선의 요소와 주술적인 강렬한 정열과 지옥 같은 어둠의 양면적인 이미지를 지닌 것이라고 볼 수 있다.

특히 융의 경우, 어머니 이미지에 관한 구체적 분석을 살펴보면, 여성은 헌신적이면서 경외감을 일으키는 대상이 되며 풍요와 결실을 대표하는 물질 및 장소와 관계가 있다고 한다.[20]

융의 모성 이미지에 대한 분석을 상세하게 살펴보면, 융은 모성 이미지를 긍정적, 부정적인 양면성에서 고찰한다. 긍정적인 면에서 모성 원형과 관계있는 특질은 어머니의 근심, 염려와 동정으로 즉 여성의 주술적인 권위와 이성을 초월한 지혜와 정신적 광희(狂喜), 도우려는 본능이나 충동, 자비롭고 아끼고 보존하고 또한 성장과 풍성함이 깃든 것이다.

부정적인 면에선 비밀, 음폐(陰蔽), 어둠, 심연(深淵), 죽음의 세계, 유혹, 운명처럼 피할 수 없는 전율 같은 것이다.

1950년대 후반기 작품에 나타난 여주인공의 패턴을 살펴보면 선택된 단편 중 대부분이 전통적 순정적 여인으로 융이 말하는 긍정적 모성 이미지가 반영되어 있다.

임옥인의 <純情이라는 것>[21]의 경히는 대학시절부터 20년간을 연인에 연연하며 고독과 시름 속에 그녀의 반생을 흘러 보낸다. 그러나 막상 그녀의 옛 연인이 외국에서 화가로 명성을 떨치고 돌아왔을 때 그녀는 그의 아트리에를 알아둔 지 1년이 지나도 정작 그를 찾아볼 용기를 지니기까지엔 너무나 오랜 시간이 걸린다.

막상 그의 앞에 나섰을 때는 옛 연인은 그녀를 전혀 알아보지 못한

---

20) C. G. Jung, *Four Archetypes*, Princeton University, 1973, p.15.
21) 『現代文學』(1955. 7月)

다. 한 남성에 대한 집요한 집착 속에 오랫동안 기다렸던 결과는 공허 그것이었다.[22] 그러나 그 공허를 이겨낼 수 있었던 것은 연인의 성공을 기쁘게 지켜 볼 수 있었던 수호신 같은 모성 이미지의 발로였다.

<쌘달>[23]의 '을히', <어떤 解體>[24]의 '시정' 역시 한 남성에 대한 여성의 끈질긴 집착과 'Magna Mater' 원형이 투영되어 있다. 아내를 외면한 남편에 대한 집착이 기다림으로 일관되며 그 기다림은 증오나 복수가 아닌 극기에 찬 선한 기다림으로 나타난다. 그런데 이 경우 대부분의 여주인공은 남편과의 관계에서 애정보다는 하늘이 맺어준 인연에 대한 절대 순종의식을 지니고 있다.

『內訓』의 「夫婦章」 제사에

女教云 妻雖云齊 夫乃婦天 禮堂敬事 如其父焉 卑躬下意 母安尊大 唯知
順從 不敢違背 聽其教戒 如聞聖經 寶其身體 若珠與瓊 戰兢自守…
夫苟有過 委曲諫之 陳說利割 和容婉謝 夫若盛怒 悅則復諫 雖被箠鞭 安
敢怨恨 夫職當尊 面妻爲卑…[25]

라고 이르는 교훈이 있다.

남편은 아내의 하늘이기 때문에 당연히 순종하고 혹 남편에게 허물이 있어도 이해심을 갖고 온화한 어조로 충고하되 만약 남편이 화를 내면 또 조용히 충고하되 그래도 화를 내고 채찍으로 때린다 하더라도 결코 잠시라도 화를 내서는 안 된다는 부부도(夫婦道)를 말한다.

그것은 무능한 남편과 자식을 부양하기 위해서 고달픈 삶을 연명하는 여인이나[26], 또는 배반한 남편 대신 마지막 희망인 아들에 의지하

---

22) Jung에 의하면 공허란 특히 여성에게 남성과는 다른 이질적인 큰 비밀로 깊은 심연을 의미하며 이 같은 종류의 여성은 운명 그 자체라고 볼 수 있다.
23) 康信哉, 『現代文學』(1955.8月)
24) 康信哉, 『現代文學』(1956.3月)
25) 內訓卷 齊2(上) 夫婦章, p.75. 昭惠王后 韓氏著, 李揆順譯 참고.
26) 康信哉, <落照前>(『現代文學』, 1956.9月). 韓末淑, <落照前>(『現代文學』, 1958.12

여 오로지 아들만을 위해 헌신적인 삶을 살아가는 여인상27)과도 일맥 상통한다.

그러나 <서경별곡>이나 <가시리>의 여인처럼 오기는 있다. <女心>28)의 '은녀'의 경우가 그것이다. 남편의 위암 수술 결과가 나쁘면 자신도 아편을 먹고 죽음을 같이 하려고 생각하나 남편이 빈사상태에서까지 과거 연인이었던 여인을 착한 여자라고 회상하는 말에 자신의 결정을 급전시켜 아편을 내동댕이친다.

마일스는 영국의 원형적인 여성소설29)을 다음과 같이 요약했다.

여주인공은 그녀의 인생 초반기에 남자주인공을 만난다. 물론 완벽한 남성이고 세련된 남자이나 여자에게 처음부터 구혼하진 않는다. 여주인공은 어디를 가든지 어느 남성이나 다 그녀를 사랑하게 되며 그녀는 만나는 남성마다 구혼을 받는다. 그런데 그녀는 결혼문제를 자신이 결정하기보다 그녀 아버지에게 위임한다.

보통 아버지는 첫 구혼자가 적당한 남편감이 못된다고 반대를 한다. 또 어떤 경우는 앤태고니스트가 나타나 그녀를 납치해 버린다. 그러면 아버지와 남자주인공이 그녀를 구출한다. 또 흔히 여주인공은 그녀의 능력으로 가족의 삶을 지탱하며 먹고살기 위하여 열심히 일한다. 또한 여주인공은 계속 남에게 사기를 당하거나 심지어는 그녀의 급료까지 사취당하고 결국은 가난에 지쳐 죽기까지 한다.

이런 유형의 여주인공은 테스처럼 항상 고통을 받아야만 하며30) 자

月). 崔美娜, <고갯길>(『現代文學』, 1959.3月)

27) 尹金淑, <집드리>(『現代文學』, 1957.5月). 韓末淑, <어떤 죽음>(『現代文學』, 1957.11月)

28) 金末峰(『現代文學』, 1955.2月), 張德順 교수는 『口文學通論』에서 '女心'에 관해 논한 바 있다.

29) Rosalind Miles, *Creativity and Sex*, pp.60~61.

30) Norman Friedman은 Form of the Plots에서 plot 구분 중 Action Plot에 속한 The Pathetic Plot로 명칭을 붙였다.

신보다 타인을 위해서 살아가는 순정형(純情型)인데도 그녀의 운명이 잔인한 남성에 좌우되는 것은 일종의 Sado-Masochism적인 요소의 발현이라고 볼 수 있다. 말하자면 페넬로페나 이피게니아적인 영원히 희생적인 이미지 원형의 구현이라 볼 수 있다.

빅토리아시대 여류소설의 경우, 탈선된 여주인공은 지나치게 가학적으로 벌을 가한다는 것이다. 그것은 여성 자신이 이탈된 여인에 대해 오히려 잔인한 적대감을 지니기 때문이다.

예를 들어 워드(Humphry Ward)의 <William Ashe의 결혼>(1905)의 경우 여주인공은 그의 남편 곁을 떠나 불장난을 벌인 정부와 줄행랑을 치지만 결국 정부에게 배반을 당하고 타락해서 병으로 고통스런 결말을 맞는다.

이런 패턴은 여성을 주인공으로 한 소위 대중소설 유형의 요약인데[31], 남성이 지배하는 사회에 여성이 이의 없이 복종하는 자세를 보여 주는 것이며 여성 스스로가 남성에 의한 여성의 식민성을[32] 더욱 완벽하게 감시하는 것이라고도 볼 수 있다. 볼로쉰(B. Voloshin)식으로 얘기한다면 그것이 오히려 복종과 전통적 역할의 수용을 통해 주술적으로 우주적 질서를 이루고 신성한 우아(優雅)—즉 우주적 질서를 지닌 이야기—를 성취한다는 것이다.

그러나 샤론트 브론테의 <제인 에어>의 경우, 여주인공이 표면적으로는 남성권위에 복종하는 것 같으면서도 내면적으로는 그것에 대한 도전을 나타내고 있다.[33] 제인이 그녀의 직업인 가정교사를 포기하고 로제스터의 아내가 되기로 결심한 것은 로제스터가 불구자가 됐을 때였기 때문이다.

---

31) Beverly Voloshin, *A Historical Note on Women's Fiction : A Reply to Annette Kolodny*, Critical Inquiry, 1976. Summer, Vol. 2, No. 4. p.819.
32) Ibid., p.820.
33) Ibid., p.820. Voloshin은 그것을 제인 에어적 반항이라고 명명했다.

우리 여성작품의 경우, 양면적 상징성이 그처럼 기교 있게 처리되지는 못하지만 데뉴망에 가서 자살을 시도하거나, 다른 남자와의 정사를 의도한다든지, 강권에 휘말려 할 수 없이 결혼한 남편에 대해 계속적으로 무표정을 보인다든가 하는 것 등은 주어진 상황에서 벗어나고 싶은 숨겨진 충동의 표현이라 볼 수 있다.

그러나 대부분의 작품은 자비롭고, 아끼고 보존하는식의 긍정적인 모성 이미지가 표현되었으며, 여성원형의 부정적인 면인 Terrible Mother[34)의 이미지는 잘 나타나고 있지 않음을 알 수 있다.

니우만(Erich Newmann)이 말하는 고르곤적인[35) 또는 레이미어적인, 헤카테적인 아니면 헤브류전설에서 밤유령이며 새로 태어나는 생명의 적인 Lilith적 원형이미지는 발견하기 어렵다. 그렇다고 노하기만 하면 모든 생명의 모체를 폐쇄시킬 수 있고 모든 생명을 정지할 수 있는 데메테르와 같은 강인한 힘을 지닌 것도 아니다.

특히 어머니와 딸의 관계에 있어서 어머니의 위치가 약화됐다는 점이다. 딸의 결혼 여부를 오직 물질적 경제적 성격과 결부시키는 속물근성과 뒷자리로 물러난 것 같은 퇴색된 어머니의 위치, 또는 그녀 자신의 의지가 없이 운명에 순응하고 맹종하는 헌신적인 여인상일 뿐, 어머니의 위엄이나 경외감은 사라져가고 있음을 알 수 있다.

특히 전반기 소설의 경우[36), 대부분의 여성작가들이 여성의 긍정적인 원형 이미지 구현에서 일치하는 것은 오랜 세월동안 남성지배권 사회에 적응했었던 관습 때문이며 그런 사회에서의 종속적인 여성 위

---

34) Sydney Janet Kaplan, *Rosamond Lehmann's the Ballad and the Source : A Confrontation with "The Great Mother"*, Twentieth Century, 1981. Autumn, p.132. Kaplan은 V. Woolf의 <燈臺로>를 제외하고는 現代文學에서 그 관계를 의식한 작품은 드물다고 했다.

35) 그리스 신화에 나오는, 머리는 뱀으로 되어 있고 고르곤을 보는 사람은 돌로 변하는 세 자매 괴물로, 무서운 여자란 이미지를 지닌다.

36) 『現代文學』 창간호 1955~1959년까지의 5년 정도를 말함.

치가 여성적인 것이란 고정관념에서 전혀 벗어나지 못했기 때문이다. 또한 그것은 여성작가 스스로가 고난과 시련을 걸머진 직업의식을 지니기보다 소설이 그들의 여가를 메꾸어 줄 수 있는 여기(餘技)로 생각됐기 때문인지도 모른다.

항상 남성을 위한 뮤즈로서, 수호신으로서, 연인으로서, 어머니로서의 긍정적 여성 이미지가 반영된 것은 아담과 이브가 살았을 때 아담은 신을 위해서만 살았으며 이브는 아담 속에서 신을 찾았다는[37] 밀톤의 말을 그대로 수긍하게 함을 否認할 수 없다.

2) 아니무스의 발현

구조적으로 전쟁이란 소설에서 전환점을 의미한다.[38] 모든 작중인물은 전쟁의 영향을 받는다. 특히 여주인공의 경우 순수한 소녀에서 성숙한 여인으로 탈바꿈하는 제의식(祭儀式)과도 같다. 즉 전쟁이 여성에게는 강한 생활인인 여가장으로의 이니시에이션(Initiation)인 것이다.

우리 여성소설의 경우, 전쟁은 생존을 위해서는 어떤 수단도 가리지 않는 마키아벨리즘적 여주인공을 많이 배출해 냈다. 가장역할은 엄연히 여성인데 반해 남성은 무능하며, 살기 위해서는 비도덕적인 것도 불사하는 여주인공의 등장이 현저하다. 이른바 흐느끼고, 연약하고, 부드럽기만 한 여성기질로부터의 탈출이라고 볼 수 있다.

<신화의 斷崖>[39]의 미술대학생 '진영'은 추위와 굶주림 속에서 내일이 아닌 오늘 하루를 당장 어떻게 살 수 있느냐가 문제인 하루살이 인생이다.

37) Rosalind Miles, *Sexual Themes*, p.116.
38) Sydney Janet Kaplan, op. cit., p.139.
39) 韓末淑, 『現代文學』(1957.6月)

진영은 벽을 향해 몸을 돌이키며 좀 전에 헤어진 靑年을 생각해 보기로 했다. 삼십만환! 삼만환의 열 배다. 내일을 생각지 않는 진영에게는 오히려 벅찰만치 많은 돈이다. 하숙비를 내고, 아니 자취를 하자. 등록비도 걱정 없구….

땐서로 일하는 진영은 손님이 팁을 얼마나 줄 것인가 하는 생각으로 항상 가득 차 있다. 그만큼 그녀에게는 생존이 절실했다. 우선 먹고 살아야 한다는 그녀의 생활의식이 무엇보다 그녀 인생에선 강렬했기 때문이다.

그러나 여성소설에 등장하는 남성인물은 이렇게 열심히 사는 여인들의 모습을 추하게 느낄 정도로 위선적이며 겉치레적으로 성격화된다.

<天使>[40]에 등장하는 송선생은 '육체까지도 헤어날 수 없는 절망에 사로잡힌' 남편이다. 반면 아내는, 시인 지망생인 무능하고 무력한 남편에 비해 억척스럽고 열심히 인생을 살아 나가는 여인이다. 그러나 남편은 사는 것에 시달려서 지친 아내의 코고는 소리나 사느라고 자신을 돌볼 여유도 없는 아내의 손톱 사이에 낀 때를 참을 수 없는 역겨움으로까지 느낀다.

아내는 몹시 흥분하고 있었다. 마침 어린 것에게 젖을 물리고 있었을 때 물건이 닥쳐들어 매무새를 고칠 사이도 없었다. 부수수한 풀머리에 은비녀가 빼어질 듯 삐딱하게 꽂힌 것이 허리통을 들어낸 꼴에 제격이었다. 퍼덕거리고 거래할 수 있는 종류의 물건이 아니기 때문에 식구들이 서두를 수 밖에 없는 일이었지만, 일곱살난 아이까지 배가 덜차 까르르거리는 젖먹이를 누가 시킨 것도 아닌데 부둥켜 안고 어르고 있었고 꼬리를 위로 말아올린 누렁이까지 일보탬이나 하듯 마구 짖어대었다. 그럴때면 아내는 바야흐로 여장군이 된다.

---

40) 韓末淑, 『現代文學』(1956.7月)

한사코 남편은 열심히 생에 집착하는 아내를 속물로 보고 그녀가 열심히 일한 결과 나타난 대가에 만족해 하는 모습을 볼 때는 더욱 아내를 추물로 생각해 전율을 느끼기까지 한다. 생존을 외면하는 도피주의적인 무기력한 남편과 허리춤까지 드러내 보이며 부끄러워할 줄 모르는 아내의 대조적인 모습은 전후소설에 흔히 나타나는 양상이다.

20년대 소설이 주로 가난과 죽음을 다루었듯이 50년대 후반기의 여성소설은 전쟁을 소재로 그 후유증을 다룬 것이 현저한 특색이기도 하다.

전쟁에 남편을 잃고 아이들과 늙은 어머니를 부양해야 할 의무를 지니고 생활에 얽매여 자신을 돌아볼 여유조차 없는 <암흑시대>[41]의 '순영', 사변 때 남편을 잃고 하루살기가 바쁜 <영주와 고양이>[42]의 '인혜', 미군장교가 오로지 딸라가치로 보이는 <별빛 속의 季節>[43]의 양공주 '경자'의 경우 등 이것은 물질주의나 팽배의식(彭湃意識)에서 온 것이 아니라 삶의 근본적인 해결방책에 골몰하는 여인들의 모습에 초점을 둔다.

그 밖에 <黑黑白白>[44]의 '혜숙', <실루에뜨>[45]의 '수옥' 등은 살기 위해서 완전히 껍질을 벗어버린 여인들이다.

60년대 전반기에 비해 50년대 후반기는 전쟁으로 인한 여인의 변형이 압도적이다.

대부분이 전쟁으로 남편을 잃거나, 육체적 또는 정신적인 불구가 되어 무능해져 버린 남편 때문에 그 자리를 대신해야 할 필연성에서, 극도에 도달한 가난과 굶주림의 핍박한 생활에서 벗어나기 위해 몸부

---

41) 朴景利, 『現代文學』(1958.7月)

42) 朴景利, 『現代文學』(1957.10月)

43) 韓末淑, 『現代文學』(1956.12月), 韓末淑의 작품속에 등장하는 여주인공 대부분이 전후에 살기 위해선 무슨 일이라도 해야 하는 인물이다.

44) 朴景利, 『現代文學』(1956.8月)

45) 田炳淳, 『現代文學』(1964.9月)

립치는 여인들이다. 전쟁이 여성에게는 그만큼 강인함을 심어준 원동력이 되었던 것으로 생각할 수도 있으나 그것이 자의식을 동반한 것이 아닌 데에 문제가 있다.

그러나 분명한 것은 여성이 자연의 수동적 원리를 지니고 있다는 인류학적 개념에서의 이탈인 동시에 소위 여성다움으로부터의 이탈46)이라고 볼 수 있다.

3) 자아의식의 태동

60년대 초기에 가장 두드러지게 나타나는 것은 여성소설의 주인공들이 비로소 자신의 모습을 의식하기 시작했다는 것이다. 50년대 후반기가 전통적이고 인습적인 의식을 지닌 여주인공이나 전쟁으로 인한 파괴에서 온 가난을 벗어나려고 절규하는 여주인공이 대부분인데 비하여 60년대 초반의 여주인공 패턴은 자신의 아이덴티티를 추구하는 내적 모색이 현저해진다.47)

마일스는 특별히 20C 독자의 경우, 그들은 세련된 기교를 지닌 소설가의 심리에 유도되어 주로 심리적 여행을 해야 하는 노력이 요구된다고 했다.48) 그것은 심리소설의 등장과 함께 개인의식의 중요성을 강조한 것이다.

융에 의하면 원래 'Great Mother'의 원형은 'Mana Personality'로서 개인의 자유로운 의식이라고 언급하면서,

역사적으로 Mana-Personality는 항상 은밀한 이름을 지니고 있거나 어떤 자기만의 비밀을 소유하며 특별한 특권적 행위를 지닌다. 한 마디로 말해서 Mana-Personality는 개인적 특성을 지니는 것이다.

---

46) 통상적인 사회관념에서 언급한 것임.
47) 60년대 초반에 선정된 작품 27편 중 인텔리여성의 고독과 방황, 불안을 나타낸 것은 13편 정도로 50년대 후반의 6편 정도에 비하면 두드러진 변모라 볼 수 있다.
48) Rosalind Miles, *The Fiction of Sex*, p.14.

Mana-Personality를 구성하는 내용의 의식적인 실현은 여성이 어머니로
　　부터의 해방이며 Mana-Personality로서 그녀의 진실한 개성에 대한 첫
　　순수한 감각이 발생한다.[49]

라고 설명했다.

　　우리 여성소설에서 여주인공이 어머니 또는 아내란 의식을 지니기
이전에 자신에 대해 사유하는 심리적 내적 측면은 심층적은 아니나마
<恐慌>[50]의 '경미'나 <孤獨한 祝祭>[51]의 '순하'에서 나타남을 볼
수 있다.

　　경미는 무엇 때문에 살고 있는지 아무래도 알 수가 없다. 똑같은 생
활의 연속과 무의미한 피부의 접촉, 그리고 무엇인가 각박하게 찌들린
마음, 아무런 의욕도 느낄 수가 없는 그녀의 자의식은 잿빛으로 흐려
진 불유쾌한 찌프린 날과 연쇄적 작용 Linkages[52]을 이룬다. 그것은 경
미의 남편인 진전무 역시 마찬가지이다. 아내에게 할 이야기도 마음의
여유도 없다.

　　말하자면 홀튼(Susan Horton)이 모어스(Ellen Moers)가 사용한 용어를
빌어 지적한 '멜랑콜리'[53]한 분위기가 작품 전체를 에워싸고 있다. 그
런데, 그 '멜랑콜리'는 고독과 소외를 달래기 위한 충동을 억제하는
데에 더욱 많은 에너지를 소비하기 때문에 그들에게 더더욱 피로를
초래한다.

　　<孤獨한 祝祭>의 '순하'는 자신이 선택한 출판사원이란 직업이

---

49) Kaplan이 Jung의 *The Relations between the Ego and the Unconsciousness,*
　　*Two Essays on Analytical Psychology*에서 인용한 것의 재인용임.
50) 孫章純, 『現代文學』(1964.1月)
51) 金寧姬, 『現代文學』(1964.1月)
52) James M. Curtis, *Spatial Form as the Intrinsic Genre of Dostoevsky's Novel's,*
　　Modern Fiction Study, Vol. 16, 1972, Summer, p.140.
53) Susan R. Horton, *Desire and Depression in Women's Fiction : The Problematics*
　　and the Economics of Desire, Modern Fiction Studies, 1979, p.185. Moers는 멜랑
　　콜리의 원인은 오랜 피로라고 했다.

무엇엔가 자신을 얽어매는 부자유한 구속이라고 생각한다. 규율이나 질서가 과연 인생에서 어떤 의미를 지니는 것인지 회의하며 하루하루를 막연한 기대를 지니고 인내 속에서 산다는 것은 암흑이라고 외친다.

결혼조차 할 수 없도록 가난한 '해식'이란 청년과의 관계, 애정을 느끼면서도 엄청난 연령의 차이 때문에 그녀에게 위선을 보이는 최 정인이란 중년남자. 그녀는 순수할 수 없는 세계에 대한 반발에서 충동적인 정신세계에의 파괴의식을 지닌다. 모든 도덕과 절차를 무시하고 그녀는 자신에게 손톱만큼의 의미도 없는 사나이 '추림'과의 정사를 갖는다. 일시적 쾌락. 그것에서는 피로만이 쌓일 뿐이나 피로로 인한 고독과 소외감은 그녀 자신을 알게 하는 계기가 되는 의미를 갖는다.

그런데 여성의 고독이란 보통 남편과 가정에 대한 의무나 사회와의 관계에서의 윤리적·도덕적 가치관에 대한 여성의 의무를 거부하지 못하는데서 더욱 심화되며 그것을 항상 억제하려고 노력하는 데서 더 많은 부작용을 초래하고 있다.

홀튼은 여성작가가 쓰는 대부분의 작품이 부엌이나 안방의 제한된 범위에서 뛰쳐나와 더 큰 세계 속에서 그들 자신의 길을 발견하려는 역사적 시점 위에 서 있다고 전제하고 그들의 작품에 등장하는 여주인공은 어떤 일을 행하기 전에 걱정부터 하는 것에 시간을 많이 소비하고, 그들의 일이 과연 설득될 수 있는가에 관해서 근심하는 것으로 휩싸여 있다 했다. 그러므로 소설에 특히 멜랑콜리한 분위기가[54] 나타난다는 것이다.

특히 왈튼(Edith Wharton), 글라스고우(Ellen Glasgow) 캐더(Willa Cather), 쇼펀(Kate Chopin) 작품 속에 넘쳐 흐르는 멜랑콜리는 어떤 무

---

54) 멜랑콜리를 두 가지로 분류했다. 하나는 타인의 잘못으로 보는 의존적인 멜랑콜리로 곧 치유될 수 있는 멜랑콜리이고, 다른 하나는 어떤 무력한 감각에서 오기보다 복잡미묘한 것으로 설명하기 어려운 미묘한 멜랑콜리다.

기력함에서 반드시 오는 것도 아닌, 결코 분명히 설명하기가 어려운 것으로 항상 우리 생활이나 픽션에서 넌지시 작용하는 음미하기가 어려운 것들 즉 본능이나 충동, 성향, 의도 같은 것에서 오는 것이라 하면서 위의 네 가지 요소를 다음과 같이 정의내렸다.

첫째, 육체적·심리적·정서적인 모든 것을 포함한 본능으로 여성은 그런 본능의 욕구가 생물학적으로 결정되든, 사회 관습상 제약을 주든, 그런 본능에 대해 자연스럽게 의존하는 욕구를 지닌다. 그러나 그런 본능은 나쁜 것이라고 생각되어 제거된다.

둘째, 그런 본능을 기쁘게 하는 방향에서의 어떤 움직임인 충동으로 역시 대단히 혐오감을 일으키게 한다고 생각되어 제거된다.

셋째, 현실세계 속에서 어떤 행위를 향한 경향을 나타내는 성향은 주의 깊게 음미되어야 하며 그런 성향이 본능의 희열인지 의도의 추구인지 결정된다. 그 경향이 전자인가 후자인가에 따라 다르게 되거나 소멸되거나 한다.

넷째, 추구하고 행하고 얻는데 심사숙고한 모든 결정을 포함하는 의지는 인간이 열망하는 필요요건이나, 그 결실은 주로 쓰고도 달콤하다. 그것은 본능과는 정반대로 존재하는 조건으로 인식하기 때문이며 여성의 사랑과 본능적이고 포근한 모든 것의 소멸이 오기 때문이다.

결국 이렇게 설명하기 어려운 요소를 지닌 작품에선 본능과 의지의 결합이 불가능하며 본능과 충동을 억제하고 제거하려는 싸움이 끝없이 지루하게 계속된다.

홀튼이 지적한 이런 사례는 우리 여성문학작품에도 해당되는 이야기다.

송완희의 <낙엽기>[55]의 여주인공 '하련'은 좋은 예가 된다.

---

55) 『現代文學』(1961.2月)

젊은 화가들에 비해 매너리즘에 빠져 있음에 열등의식을 느낀 하련은 사업에 바빠진 남편과의 괴리감에서 옛 연인인 서양화가 '철우'를 더욱 만나고 싶어 한다. 그러나 그녀는 개념의 '세계에서는 멋대로이면서 행동만은 가장 도학자적 자세를' 취해야 하는 자신에 대해 모순을 느끼면서도 그런 충동을 억제한다. 또한 그런 그녀의 본능 제어 노력은 그녀 작품에 오히려 딜레마만 줄 뿐이다. 오랜 망설임 끝에 '철우'를 만나긴 하나 항상 남편을 정시할 수 없는 죄책감에 괴로워한다.

박경리의 <僻地>56)에서의 '혜인'이란 여인 역시 마찬가지다. 사랑을 호소해 오는 남성이 월북한 이복언니의 옛 연인이었다는 점이 도덕적 윤리적인 면에서 접근을 억제하게 하는 요인이 된다. 그를 만나고 싶은 충동과 본능이 그녀의 제어하려는 의지에 부딪쳐 결국 그녀가 택한 길은 남자 곁을 떠나 버리는 도불(渡佛)이었다. 본능과 충동을 제거하려는 투쟁 끝에 자신에겐 쓰디쓴 결실을, 또한 독자에게는 기대를 전도(轉倒)하는 구성방법은 밀러(Nancy K. Miller)식으로 얘기하면 필연성이 부족하다는 것이다.

특히 여성소설에서 여주인공이 자신의 본능과 충동을 항상 억제해야 되는 것이 하나의 패턴을 이루게 된 것은 작가자신이 도덕적으로 무장되어 있기 때문이며, 대부분의 여성작가들이 혁명적인 것보다는 엄격하고 제한된 영역에서 여성을 지키는 것이 지선(至善)이라고 생각하기 때문이다. 정치철학적인 용어의 비유를 빌어 오면 여성은 여성들 스스로가 서로 더욱 단속하며 남성에 의한 여성의 식민성을 철저하게 고수하는 경향을 가지고 있는 것이다.57)

더욱 아이러니컬한 것은 그런 사고를 지닌 여성작가의 대부분이 보편적으로 여성선거권에 대해 반대를 하며 그들의 작품은 대부분이 남성에 대한 여성의 복종을 나타내고 있고 수동성을 여성의 선으로 삼

---

56) 『現代文學』(1958.3月)
57) Rosalind Miles, *Creativity and Sex*, pp.62~63.

고 있다는 것이다.

그러나 쇼핀의 <覺醒>의 경우, 여주인공 포인텔리에(Edna Pointellier)가 보여준 전도는 독자들에게 신선한 느낌을 주는 구성이다.

그녀는 자살을 하기 위해 물 속에 뛰어드는 순간, 시작도 끝도 없는 어린 시절의 광활한 푸른 초원을 가로지르고 있다는 생각에 새로운 생명이 태어나는 것처럼 느낀다. 죽음을 향한 주인공의 자살시도가 이메저리를 이용해서 전도된 것은 기성작가들이 관습적으로 안일하게 써왔던 수법에서 떠난 새로운 느낌을 준다.

그런데 고독과 공허로 가득 찬 주인공의 개인의식을 토크빌(Alexis De Tocqueville)이 관찰한 것처럼 무리한 개인주의가 빚어낸 개인의 정신적인 고립에서 온 소외의식의 발현과 연관을 지을 수가 있다.[58]

특히 맥큐러스(Carson McCullers)의 <슬픈 카페의 노래 The Ballad of the Sad Café>는 정신적 소외와 불치의 정신적 고독에 관한 주제를 강조한 작품으로 어느 무명의 남부 도시에서 허무와 고립에서 헤어 나오려고 애쓰는 여주인공 에반스(Amelia Evans)와 도시 사람들의 모습을 보여준다. 그러나 그 노력은 그녀 집의 칠하다 중단된 정문 현관처럼 실패로 돌아간다.

우뚝 솟은 빌딩, 널빤지로 막은 낡은 경사진 집, 게다가 반만 페인트가 칠해진 채 묘하게 금이 간 빌딩, 뜨거운 오후가 되면 꿈에서나 볼 수 있는 무서운 사람의 얼굴이 한동안 창문에서 머물고는 다시 셔터가 내려진다. 어떤 은밀한 슬픔을 교차하는 듯한 어둡고 침울한 시선 등 스토리 속에 고독한 분위기를 경험하는데 그 집은 적절한 세팅이 되고 있다.

그러나 메큘러스는 인간들이 사는 도시의 소외감을 극복하기 위해서 적어도 한동안 친밀한 분위기가 돌도록 축제로써 유도한다. 주인

---

58) Panthea Reid Broughton, *Rejection of the feminine in Carson McCullers' The Ballad of the Sad Café*, Twentieth Century Literature, p.34.

공 에반스 부인으로 하여금 인간은 상호 서로를 필요로 한다는 신념 아래 그녀의 식료품 가게를 카페로 만든 것이 그 점이다.

도시 사람들은 카페를 통해 그들의 고독을 극복하려 하고 에밀리아 역시 카페를 닫을 때 문을 잠그지 않는다. 비록 그들은 모이는 것에 익숙하지 않아도 그들 자신의 단조로움과 무가치에서 벗어나기 위해 노력을 하나 그 노력은 오래 유지되지 못한다. 인간을 사무적으로 취급하고 이용하려는 무리로 인해 다시 카페는 닫히고 도시 사람들은 종전의 분리된 고독에 잠기게 된다.

<슬픈 카페의 노래>는 인간이 상호간 무엇 때문에 의사전달에서 갭을 갖는지 또 사랑이 그런 갭을 없애기 위해 얼마나 중개 역할을 하는 것인지를 알게 하며 절실한 마음의 고독과 인간 상호간의 잘못된 사랑이 고독을 더욱 강요한다는 것을 경험하게 하는 소설이다.

박경리의 <剪刀>[59]는 여주인공 '숙혜'의 상황설정이 배경과 시종 일치된 가운데 전개된다. 그녀가 세든 방은 어둠컴컴하고 고도(孤島)처럼 단절된 곳이다. 주인공은 그런 그 방에 애착을 느끼기까지 한다. 주인집과 격리된 방의 위치는 그녀의 경계적이고 회피적인 성격에는 안성맞춤인 방이다. '숙혜'는 부모의 의사에 따라 한 결혼이 불협화음을 일으켜 이혼을 한 후 사랑하던 남자의 확고하지 못한 태도에 고향을 떠나 버린다. 그러나 항상 과거속에 휘말려 구석진 방에서 더욱 은둔적인 태도를 지닌다.

결국 그녀가 일부러 택한 단절되고 침체된 방은 그녀를 죽음으로 몰고 간다. 술 취한 주인남자의 동물적 욕구의 좌절에서 온 결과였다.

이 경우 메큘러스와는 달리 <전도>는 '숙혜' 개인의 격리된 상황 설정에서 온 단절과 고립이지만 무엇보다 자신의 상황을 극복하려고 하는 의지가 전혀 보이지 않는다. 죽는 최후의 순간에도 아무렇게나

---

59) 『現代文學』(1957.3月)

목숨을 내던져 버리려는 자포와 깊은 절망만이 있을 뿐 일어난 문제
에 대한 해결책을 모색하려고 하지 않는다. 또한 개인과 사회와의 소
외관계에서 외계와의 관계의 스케일이 전혀 고려되지 않고 있다. 적
어도 정신적 고독이 현대문명이 지닌 무리한 개인주의에서 초래한 것
임을 전제한다면, 당연히 사회와의 관계에서 처리되어야 할 것이다.

그러나 60년대 초반의 여성소설은 50년대 후반의 여주인공들의 맹
종과 무개성 그리고 가난에서의 핍박과 생존을 위한 고통에서 벗어나
비로소 자의식을 지닌 여주인공의 출현이란 점에서 의미가 부여된다.

4. 맺음말

이상 전후 여성소설에 나타난 여성모드를 50년대 후반과 60년대 초
반으로 구분해서 살펴 본 결과 두드러진 특징은 전자의 경우 여주인
공이 대부분 전통적 관습에 얽매여 자신보다 남편이나 자식을 우선
근심하고 보살피는 수호적이고 자기 희생적인 의식에 고수되어 있는
가 하면 또한 여성의 고통은 가난에서 오는 뼈저린 절규인데 반해 후
자는 아내와 어머니로서의 위치 이전에 자아의식에 눈뜬 여주인공의
고독과 소외의식이 대부분이었다. 또한 여성의 불륜한 타락도 생존을
위한 수단이 아닌 여성의 어떤 자유분방한 성격이나 심오한 정신적
고독에서 오는 공허를 메꾸려는 방법으로 묘사되고 있음을 알 수 있
다.

여성단편소설을 통해 공통적인 특징을 살펴보면 다음과 같다.

첫째, 대부분의 여성작가들이 여성을 주인공으로 내세운 점이다. 주
로 가정적인 면에 집중한 가정소설이란 느낌을 강하게 준다.[60] 그것

---

60) 영국소설의 경우, 남성 삼인칭 화자 시점을 쓰지 않거나 남성 성격을 창조하지

도 어떤 큰 전통에서 보다 여성운명의 전통 속에 쓰고 있으며 일반적으로 스케일이 큰 소재라고 간주되는 전쟁이나 정치, 범죄에는 거의 관심을 나타내고 있지 않으며 주로 그들 자신의 성을 위해 소설을 쓰고 있다고 볼 수 있다.

둘째, 대부분의 작품들이 대형 캔버스와는 거리가 먼 세밀화[61]를 보는 느낌이라는 점, 그것은 작가자신이나 또는 일상생활의 사소한 경험을 소재로 하기 때문인 이유도 있으나 여성이란 구조 자체가 자신이 하고 있는 일에 걱정하고 또 그들이 하고 있는 일을 확인하는데 시간을 더 많이 소비하기 때문이다.[62]

셋째, 현대 로만스적 요소가 강하다는 점. 즉 로만스는 전통적으로 독자를 주관적 개념 속에 포함시키며 상상적 자유를 제공하나 이상적인 행위를 중심적으로 나타내므로 현실 도피주의적이면서 교훈적인 요소[63]를 띠고 있다는 것이다.

넷째, 구성문제에서 필연성과 개연성이 부족하다는 점이다. 마치 구성은 남성들이나 신경 쓰는 분야인 것처럼 즉흥적인 영감과 언어기교로 여성으로서 가능한 잔재주를 보이려는 작용이 앞서기 때문이다.[64]

다섯째, 구성상 Tragic Plot[65]이면서 Sentimental Plot[66]이라는 점. 대부분의 여류소설들은 사랑 때문에 불행해지는 여성을 나타내는 멜로

않으려고 하는 경우가 있음을 분명하지 않다고 R. Miles는 *The Writer as Woman in the Twentieth Century*에서 말했다.

61) R. Miles, *The Writer as Woman in the Twentieth Century*. 마일즈는 K. Manefield, M. Woolf, D. Richardson 같은 작가가 세밀화된 여성 스타일 창조에 성공한 예라고 언급했다.

62) R. Miles, *Creativity and Sex*, pp.53~58. 사랑, 憧憬, 和解, 자기위안의 混淆가 여주인공과 특히 관련을 갖는다.

63) Ibid., p.43.

64) N.K. Miller는 Mme De Lafayette의 <클레브公爵夫人>을 예로 들어 부인이 사랑하는 남작과의 결혼을 거부한 행위에 대해 리얼리티의 부족을 지적했다.

65) J. Arthur Honeywill, *Plot in the Novel*, Marsha'l University, 1968, p.46.

66) Friedman, Morman, op. cit., The Free Press, 1967, p.160.

드라마적 구성에서 헤어나지 못하고 있다. 그것은 남성지배권사회에서 여성만의 특수한 상황에 대한 사디즘적-마조히즘적인 의식의 발로라고도 볼 수 있다.

여섯째, 장황한 이야기를 늘어놓는 Story-Telling식이란 점. 이런 면에선 산문적이라 볼 수 있다.

이상 여류소설에 나타난 여주인공의 패턴을 살펴 본 결과 무엇보다 중요한 것은 "여성문학을 읽는 것은 마치 교훈 속에 내포된 불만족한 리얼리티를 대하는 여성의 반복적인 초조를 보는 것 같다"[67]는 식의 비평에서 벗어나야 한다는 것이다. 특히 절실하게 요망되는 것은 경험과 비전의 영역을 넓혀야 될 것이다.

홀튼은 혁명적인 여류소설가가 계발해야 할 세 가지 조항을 아래와 같이 제시했다.

첫째, 자신에 너무 집착하지 말고 자기 밖으로 시선을 돌릴 것.

둘째, 인위적으로 창조한 개념인 성공의 실패를 한탄할 필요가 없다는 것.

셋째, 여성작가들은 어떤 명색만으로가 아닌, 정열적이고 강인한 이미지를 줄 수 있는, 즉 고통이나 두려움, 상실감이 없이도 파멸에 저항할 수 있는, 의도적이며 충동적, 성공적, 본능적인 작가가 돼야 한다는 것이다.

다시 말해서 여성작가들은 집을 시장 속에 가져갈 것이 아니라 시장을 향해 집을 떠나야 할 것이며[68] 소설 형식이나 구성의 창조노력에서 남성과 같이 공동으로 투쟁해야 할 것이다.

또한 여성비평은 과거 개념론적인 남녀차별에서 떠나 현재의 분석을 통해 미래의 영향까지도 추구하는 규범적인 비평 Prescriptive Criticism[69]은 시도하지 않더라도 여성연구의 주요 목적은 잃거나 무시

---

67) Nancy K. Miller, op. cit., p.46.
68) Beverly Voloshin, op. cit., p.819.

된 여성의 텍스트를 재발견하고 어제 오늘의 잘 알려진 또는 아직 알려지지 못한 선험적 작가를 발굴하고 문학사 활동에 적극 참여하여 어떤 이론이 진실로 모델이 될 수 있나 지적하고 작품과 장르, 작가의 상호 관계와 영향은 물론 의미가 깊다고 인식된 것을 선정하여 관찰, 분석하고 읽어야 할 표준이 되는 작품이나 또 다시 읽어야 할 것 등을 선택 소개해야 할 것이다.70)

실상 '여성소설'이란 별칭을 구태여 설정해야 하는 것에 대해선 앞에서 언급한 바와 같이 회의적이긴 하나 이것이 색시즘에서만 취급되지 않는다면 남성과는 다른 여성 특유의 어떤 의식을 활용하거나 모색할 수 있는 좋은 길이기는 하다. 그러나 이것이 어느 정도 본 궤도에 들어서면 절대적일 수는 없다.

버킨(Birkin)은 여성을 말(馬)에 비유하여 "여성은 두 개의 의지가 반대로 적용되어 한 의지로는 완전히 복종하고, 또 다른 의지로는 말을 타는 자를 지옥으로 던진다"71)고 했는데 이런 양면성은 남성의 경우도 마찬가지이다.

실상 우리는 소설을 읽을 때 계속 강경애는 여성작가이며 김동인은 남성작가라고 그 성을 생각지 않는다고는 말할 수 없으나 그 작품을 읽는 처음부터 끝까지 이 작품은 여성이 쓴 것이고 또한 남성이 쓴 것을 읽고 있다는 생각을 언제나 하지는 않는 것이다. 그것은 어느 작품에서든 아니마와 아니무스가 상호 교차되어 나타나기 때문이다.

물론 성의 차이가 기본적으로 갖추는 유일한 요소이기는 하나 주요한 영향을 주는 필수조건은 아니며 단지 남녀의 기능 자체의 굵고 섬세한 것에 대한 구분은 존재해도 차별은 지양돼야 할 것이다. 그러기

---

69) A. Kolodny, *The feminist as Literary Criticism, Critical Inquiry*, 1976, Summer. Vol 2, No. 4, p.828.

70) A. Kolodny, *Woman Writers, Literary Historians, and Martian Readers, New Literary History*, Spring, 1980. No. 3, pp.587~589 참고.

71) R. Miles, *The Fiction of Sex*, p.19.

위해선 여성작가 및 여성 비평가 스스로의 혁명적 의식이 선행돼야
할 것이다.

'내재적 장르'로서의 〈무진기행〉

1. 소설의 현대성

소설의 현대성은 무엇을 쓰느냐보다 어떻게 쓰느냐와 더욱 밀접한 관련이 있다. 소설의 역사는 세르반테스(Cervantes), 피일딩(H. Fielding), 오스틴(J. Austen), 프로벨(G. Flaubert), 샤로뜨(N. Sarraute)에 이르기까지 그 시대 소설에 대한 反小說이었으며 그것은 주로 그 시대 소설에 대한 형식의 수정이었다.[1] 소설의 내용에 대해서는 기존 작가들에 의해 거의 다루어진 제재들이라 더 이상 쓸 것이 없다는 고갈의식이 지배적이고 똑같은 내용이라도 소설을 쓰는 기교에 따라 전위소설이나 실험소설, 앙띠로망, 누보로망이란 명칭을 얻게 된다.

최근 불확실성의 시대, 대중문화의 시대, 산업정보사회를 배경으로 픽션과 리얼리티를 구분할 수 없는 시점에서 소설의 위기를 고하는 작가들의 외침이 소설 속에서 현저히 들리는 것은 소설의 종말의식과도 관련을 지니며 그런 종말의식이 아이러니컬하게도 기존 전통을 새롭게 만드는 동기가 된다고 본다.

데이셔즈(D. Daiches)는 소설의 현대성을 세 가지 관점에서 언급했다.[2]

---

1) Ruth Aproberts, *Frank Kermode and the Invented World*, Novel V.1, N.2(Winter, 1968), p.173.
2) David Daiches, *What was the Modern Novel?*, V.1, N.4(JUne, 1975), pp.814~819.

첫째, 인간경험의 의미에 대해서 독자와 작자 사이에 공감성의 와 해가 일어난 점이다. 데포(D. Defoe)와 하디(T. Hardy)에 이르기까지 소설가는 대체적으로 독자의 취향에 부합해서 소설을 썼다. 계급구조 에서의 상승 또는 하강문제, 부의 손실이나 획득, 부부관계의 변화 등 계급, 돈, 결혼 등의 일상생활의 다양한 디테일에서 제재를 선택하는 데 독자와의 부합이 중요한 의미를 띠고 있었다. 그러나 진정한 변화 는 인생의 진실한 리얼리티를 묘사하는데 대중적 요소에 발 맞추는 것이 과연 타당성이 있는가 하는 회의에서 시작되었다.

울프(V. Woolf)에 의하면 객관적인 리얼리티란 존재하지 않으며 단 지 의식에 의존하는 리얼리티만 존재한다는 것이다. 이것은 죠이스식 용어로 얘기해서 '에피파니(Epiphany)'를 의미한다. 즉 대중이 보기에 는 사소한 어떤 사건이나 제스츄어가 뜻밖에 관찰되어 설명할 수 없 을 만큼 상징적, 감동적이며 심오하게 번뜩이는 섬광과 같은 확신을 말하는 것이다.

둘째, 소설의 현대성이라고 지적할 수 있는 두 번째 요소는 시간에 대한 새로운 개념과 시간과 의식의 관계에 대한 새로운 인식이다. 유 럽에서는 베르그송(Bergson) 이론이 근거가 되고 미국에서는 제임스 (W. James)의 이론이 근거가 된다. 제임스에 의하면 현재란 순간은 인 간의 의식 속에서 존재하지 않는다는 것이다. 인간의 의식은 회고와 예기의 계속적인 혼합으로 이미 있었던 일이 아직 일어나지 않은 일 로 유동되고 있다는 것이다.

셋째, 의식 자체에 대한 새로운 인식이다. 표면적 의식은 제한을 받 고 어떤 의미에서 개인의 또는 민족의 선사시대 산물인 심층적인 의 식에 의해서 조절되는 것이다.

위에 언급한 데이셔스의 현대소설의 세 가지 요소는 결국 시간과 의식에 대한 새로운 인식으로 죠이스(J. Joyce)의 <율리시스>를 대표 적인 예로 들고 있다. 이런 소설의 특성은 특히 사회와 경제구조 변화와 관련된 것으로 내용보다 테크닉의 실험과 밀접한 관계가 있다.

소설의 현대성은 본질적으로 과거의 기존 모델에서의 일탈이며 세계를 인식하는 관습적인 방법의 도외시를 의미하는 것으로 미래의 시작과 연결되는 것이다.[3] 또한 모더니티란 끊임없는 창조로 새로운 것을 향한 끝없는 도화선이라 볼 수 있다. 소설에서 시간과 의식의 문제는 모더니티의 대표적인 예로 칸트(I. Kant) 이후에 등장한 주관적인 문학공간과 긴밀한 관계가 있다.

소설의 허구적 세계에서 공간과 시간을 종합적인 역할로 이해한 것은 뮤어(E. Muir)가 처음으로[4] 『소설의 구조』라는 그의 저서에서 소설을 극적소설과 성격소설로 분류하여 소설의 구조를 설명한 것에 잘 나타나 있다. 즉 극적소설의 상상적 세계는 주어진 공간 속에 사건이 시간 속에 있고 성격소설의 상상세계는 공간에 있으며 사건은 정체적 패턴으로 계속 고정화되고 단지 공간에서 자리바꿈을 하는 등, 다시 말해서 극적소설의 특징은 시간의 긴급성이고 성격소설의 특징은 시간을 다 써버리는 느낌을 준다는 것이다. 물론 소설은 전통적으로 시간예술이지만 소설의 이런 일반적인 조건을 초월해서 소설이 공간화되어야 한다는 이론이 현대소설에서 대두되어 왔다.

문학의 구조를 시간에서 사건의 시퀀스나 계승이 아닌 공간이란 새로운 형식에서 시간과 공간의 문제를 포괄적으로 연구한 프랭크(J. Frank)는 공간을 문학구조의 새로운 형식으로 다루어야 한다는 이론을 제기하여 소설의 '내적장르'로서의 공간형식에 대한 적절한 원리를 제공해 주는 중요 역할을 하였다.

프랭크의 '공간형식'은 레씽(G. E. Lessing)의 「라오쿤論」[5](Laokoon)

---

3) Ernst Behler, *IRONY and the Discourse of Modernity*(The University of Washington Press, 1990), p.3.
4) Ricardo Gullón, *On Space in the Novel*, Critical Inquiry, V.2, N.1(Autumn, 1975), p.21.
5) 독일문학사상 중요한 평론의 하나로 조형미술과 문학의 한계를 논한 논문이다. 조

—미술과 문학의 경계에 관해서—에서의 기초적 개념을 확대시킨 것으로[6] 레씽의 시간과 공간의 구별을 끌어내어 공간형식은 마음의 눈을 겨냥한 묘사의 쓰기가 아니라 언어가 본래 가진 시간원리를 부정하려는 작가의 시도에서 나온 것이라고 보았다. 그것은 소설을 사건의 시퀀스로서보다 순간적인 시간을 전체적인 것으로 이해하려는 시도로 이것의 기본적인 원리는 파운드(E. Pound)의 이미지—한 순간에 지적, 정서적 복합성을 나타내는—이다. 프랭크의 이론은 소설을 기본적으로 서정화시키려는 이론에 융합하는 시도로[7] 근본적으로 다른 이미지를 병치하여 영화의 기법인 몽타주에서처럼 그 이미지 사이의 의미의 종합을 창조, 시간의 단절의식을 무용화시키는 것이다.[8] 이것은 케르모드(F. Kermode)가 '구성의 조화'라고 부르는 것과도 일치한다.[9]

프랭크는 '공간형식'의 근원으로 프로벨(G. Flaubert)의 <마담 보봐리>에서의 유명한 농사공진회 장면을 예로 들었다. 독립적으로 동시에 진행되는 세 장면은 주어진 시간에 서로 관련되지 않은 행위가 동시적으로 인식된다. 소를 데리고 거리에 혼잡하게 모여 있는 일반서민들, 정자에서 담화하고 있는 공무원, 또한 그 옆에서 대화하고 있는 루돌프와 엠마의 행위 등 이것을 공간화하기 위해 시간의 흐름은 멈추어지고 이 세 평면에서 일어나는 일은 병렬된다.[10]

형미술은 공간의 입체를 횡적으로 표현하고 문학은 언어를 수단으로 공간의 현상을 묘사하는 것으로 시간적으로 계속되는 종적(從的) 예술이라고 한 이론이다. 즉 조형미술은 형체를 통해서 동작을 암시하고 문학은 동작을 통해서 형체를 암시하는데 지나지 않는다고 하였다.(지명열의 「독일문학사조사」와 박종서의 「독일문학개설」을 참조했음.)

6) William Holtz, *Spatial Form in Modern Literature : A Reconsideration*, Critical Inquiry, V.4, N.2(Winter, 1977), pp.271~273.
7) Ibid., p.275.
8) Joseph Frank, *Spatial Form : An Answer to Critics*, Critical Inquiry, V.4, N.2(Winter, 1977), p.237.
9) Ibid., p.251.
10) Ricardo Gullón, op. cit., p.237.

프랭크의 두 번째 예는 조이스의 <율리시스>로 소설의 배경을 형성하는 사건들이 작품전체에 걸쳐 단편적인 것에서 재구성되는 것이다. 독자는 시간적으로 연결되지 않는 것을 공간적으로 연결해야만 하며 과거시간을 재포착하려는 프루스트의 거대한 노력은 순수한 시간은 비시간이란 인식을 준다. 시간의 순간에 있어서의 인식, 그것은 공간에서의 인식을 의미한다. 프랭크가 공간형식의 가장 좋은 예로 들고 있는 작품은 바아네스(Djuna Barnes)의 <밤숲>으로 소설이 시간 속에서 전개되는 이야기가 아니고 이미지와 상징으로 점철된 암시가 정적인 상황에 의해서, 또한 그 정적인 상황을 생각함에 의해서만 표현된 작품이다.

프랭크의 소설에 대한 새로운 접근인 '내적 공간형식'은 그 방법에서 차이는 있으나 이미지의 현상학적 방법을 이용해서 정신분석학과 혼합한 바슐라르(G. Bachelard)의 '공간시학', 뿔레(G. Poulet)의 '푸쉬케적 공간', 네르발(G. de Nerval)의 과거의 이미지가 현재와 혼합되는 공(空)·시(時)적 우주 등 이런 공간의식은 특히 작중인물의 중심의식 속에 위치해 있다. 또한 프랭크의 공간 형식은 엘리어트(T. S. Eliot)의 역사의식과도 궤를 같이 한다. 독자가 동일한 인물의 과거 이미지와 현재 이미지의 아이덴티티를 한 순간에 의식하는 것이 공간[11]이란 점에서 엘리어트의 과거와 현재와 미래가 동시적 질서 위에 놓여지는 의식이란 점과 유사성을 띠고 있다. 다시 말해서 과거와 현재의 무한한 유니티 속에 과거와 현재가 공간적으로 이해되는 것이다.[12]

이상 현대소설의 특성으로 공간과 시간의식을 살펴본 바 공간과 시간은 감각과 지성, 육체와 정신과의 관계라고 볼 수 있다.[13] 즉 공간

---

11) Ibid., p.25
12) Joseph Frank, *The Meaning of Spatial Form : The Widening Gyre*, 1918, p.59.
13) W. J. T. Mitchell, *Spatial Form in Literature : Toward a General Theory*, Critical Inquiry, V.3, N.4(Spring, 1977), p.541.

은 시간의 육체이며 독자에게 어떤 직관을 소유하게 하는 이미지나 형식으로 직접적으로 인식되기보다 우리가 이해하는 모든 것에 스며듦에 비하여 시간은 공간의 영혼으로서 우리의 체험에 생기를 불어넣어주는 보이지 않는 실체라는 것이다.[14] 소설에서 공간과 시간에 대한 논의는 아직도 관심의 대상이며 그 이론의 실천인 작품의 등장이 소설의 현대적 특성으로서 자리매김을 하고 있다.

60년대 우리 현대문학에서, 30년대 실험적인 소설을 시도했던 李箱의 기교를 세련되게 현대화시킨 김승옥의 경우, 위에 언급한 공간형식 기교가 두드러진다. 그의 대표적인 작품이라 볼 수 있는 <무진기행>을 대상으로 60년대 그 당시의 소설의 현대적 특성이 본격적으로 어떻게 구현되었는지 분석해 보기로 하겠다.

2. <무진기행>의 '내적 공간' 양식

김승옥은 1960년대 우리문학에서 내성적, 자의식적 소설가 또는 존재로서의 고독을 구체적으로 표상하는 작가[15], 또는 4·19세대의 기수로서 감수성의 혁명을 일으킨 작가[16], 이상과 손창섭, 서기원류의 니힐리즘적 소외의식과 달리 현대의 메커니즘 속에 고민하고 사색하는 젊은이의 동적(動的)인 모습을 대표하는 작가[17], 뛰어난 감수성과 입체적 테크닉으로 습관적이고 타성적인 한국문단에 새로운 충전을 가한 작가[18], 김승옥 문학의 힘을 문체의 특징과의 관련에서 연구한

---

14) Eric S. Rabkin은 *Spatial Form and Plot*(Critical Inquiry, V.4, N.2, Winter, 1977)에서 모든 소설은 통시적 공시적 두 인식양식에서 항상 작용해야 한다고 했다.
15) 천이두, 『韓國現代小說論』, 형설출판사, 1980, p.228.
16) 김주연, 「倫理와 社會」, 『소설문학』(1981. 1), p.54.
17) 이건영, 「否定과 諦念의 니힐리즘」, 『현대문학』(1996. 8), p.304.

예19) 등 김승옥을 60년대 이후에 등장한 작가들에게 소설의 현대적 특성을 본질적으로 보여준 작가로 언급한 것에는 재론의 여지가 없다.

현재 김승옥은 소설쓰기에 대해서 침묵을 하고 있지만 그가 60년대 문단에 데뷔하면서 십 년 동안 발표했던 이십 여 편의 작품 중 가장 주목의 대상이 되었던 것은 <무진기행>인 것 같다. <무진기행>을 비교문학적인 관점에서 파운드의 '삽화적기법'(Anecdotal Method)과 엘리어트의 몰개성화(沒個性化) 내지 객관적 상관물에 비견되는 영상의 활용이 보편화된 작품으로 입체적 건축소설(Architectonic Novel)이라고 명명한 경우20)도 있고 <무진기행>을 서사시적 양식과 로만스적 양식으로 나누어 로만스구조적 소설 범주에 속하는 것으로 간주, 인간의 삶을 총체적으로 파악하려는 역사학적 안목에서 벗어나 개인적이고 내성적, 탐색적인 신비한 세계에로 눈돌린 결과로 얻어진 삶의 진정한 모습으로 본 견해도 있다.21)

인상주의적인 언어의 힘을 통해 의식세계의 지평을 다른 차원으로 확대시킨 작품의 예로 <무진기행>을 들고 있는 이태동은 내용과 형식 그리고 스타일을 완전히 일치시킨 작품이라고 명시하고 미학적 거리를 유지하면서 주제를 다원적으로 보편화시킨 상징주의적 요소 및 주인공의 자의식을 사회와의 극적인 관계에서 리얼리즘미학으로 승화시킨 작품이라고 지적하였다.22) 또한 <무진기행>을 귀향형 여로형식의 원형이면서 60년대 신흥하는 상승집단의 의식의 최대치를 반영한 소설이며 6·25이후의 사회사에서 전형화된 소위 '출세한 촌놈'들의

---

18) 이태동, 『한국현대소설의 位相』, 문예출판사, 1987, p.93.
19) 한형구, 「金承鈺論」, 金容稷 外, 『現代韓國作家硏究』, 민음사, 1989.
20) 박선부, 「모더니즘과 金承鈺文學의 位相」, 『비교문학』제7집(한국비교문학회, 1982, 12), pp.161~185.
21) 정현기, 「보여지는 삶과 살아가는 삶의 확인작업」, 『문학사상』(1984. 8), pp.152~161.
22) 이태동, 앞의 책, pp.93~108.

사회심리학을 고전적으로 투영한 소설이라고 보는 관점[23] 등 논문이
여러 편 있으나 그것은 김승옥 소설 전체를 대상으로 한 것의 부분으
로 논한 것이 대부분이다.

위 논문 중 박선부의 파운드의 삽화적 기법과 프랭크의 공간이론
등과의 관련에서 김승옥 작품을 논한 논문이 필자의 생각과 유사성을
갖고 있으나 모더니즘이론의 피상성이 김승옥의 작품전체를 논하는데
무리가 있었으며 <무진기행> 한 작품에 대한 비교문학적 논의 역시
이론의 나열일 뿐 작품 자체에 대한 정밀한 분석에는 미치지 못했다
고 생각한다.

김승옥은 평소에 필자가 관심을 가졌던 작가이다. 특히 그의 소설
의 문체 및 언어, 구성에서 실존주의작가 까뮈와 무척 유사함을 인식
했다. 뿐만 아니라 앞에 소설의 현대성에서 언급한 바와 같은 프랭크
류의 내적 공간의식이 현저하다고 생각되므로 가. 예스와 노오의 갈
등 나. 연접형식으로서의 이미지 다. 과거와 현재의 병치란 소설의 세
가지 현대적 특성을 중심으로 그의 대표작이라고 생각되는 <무진기
행>을 분석해 보고자 한다.

1) 예스와 노오의 갈등

<무진기행>은 작품의 발단부터 고독과 연대 사이, 안과 표면, 예
스와 노오의 갈등을 보이면서 그것이 주인공 '나' 윤희중의 의식과 교
차하며 전개된다. 작가가 언급했듯이 '霧津'이란 장소의 명칭 자체가
실제로 존재하지 않은 가상적 지명으로서 '霧'는 글자가 마음에 들어
서이고 '津'은 물도 바다도 아닐 때 쓰는 한자어를 의식적으로 사용하
여 이것도 저것도 아닌 불투명성을 드러내고 있다. 그것은 버스 안에
서의 '농사관계의 시찰원인 듯하면서 그렇지 않은지도 모르는' 두 사

---

23) 한형구, 앞의 책, pp.221~235 및 류보선의 「김승옥론」(권영민 엮음의 『한국현대
    작가연구』, 민음사, 1991), pp.291~310.

람의 무진에 대한 대화에서도 뚜렷이 나타나 있다. "무진엔 명산물이… 뭐 별로 없지요?", "별게 없지요. 그러면서도 그렇게 많은 사람들이 살고 있다는 건 좀 이상스럽거든요.", "바다가 가까이 있으니 항구로 발전할 수도 있었을 텐데요.", "가보시면 아시겠지만 그럴 조건이 되어 있는 것도 아닙니다. 수심(水深)이 얕은데다가 그런 얕은 바다를 몇 백 리나 밖으로 나가야만 비로소 수평선이 보이는 진짜 바다다운 바다가 나오는 곳이니까요.", "그럼 역시 농촌이군요?", "그렇다고 이렇다할 평야가 있는 곳도 아닙니다.", "그럼 그 오륙만이나 되는 인구가 어떻게들 살아가나요?", "그러니까 그럭저럭이란 말이 있는 게 아닙니까?" 이런 무진의 애매성과 아이러니의 듀얼리즘은 무진이 '나'의 일자리를 잃었을 때 찾는 공간이거나 또는 승진될 때를 기다리는 휴가용 공간으로 되는 이중성과 맥을 같이 한다.

서울에서의 생활이 오로지 책임뿐인데 반하여 무진은 책임도 무책임도 없는 곳이며 발령이 무진으로 났기에 교편생활을 하고 있는 음악교사 하인숙이 속물들을 위해 부른 유행가 '목포의 눈물'은 작부들이 부르는 것에서 들을 수 있는 꺾임이나 목소리의 갈림도 없고 흔히 유행가가 내용으로 하는 청승맞음도 없는 그렇다고 '나비부인' 중의 아리아는 더욱 아닌 불명료함 바로 그것이었다. 이런 이중성은 인물의 성격 설정에서도 나타난다. 고향의 세무서장으로 발령을 받아 근무하는 조의 경우, 고시에 패스한 자부심에 가득 차 있으면서도 대학문전엘 가보지도 못한 콤플렉스에 젖어 있다. 좋아하면서도 하인숙에게 소극적인 동료교사 박희빈 역시 마찬가지이다. 또한 '나'에게 서울로 데려가 달라고 간청하던 하인숙 역시 작품의 결말 부분에서 가서는 서울에 가고 싶지 않다고 말한다. '나'를 중심으로 이런 주변인물들의 불투명한 상황 및 성격설정은 주인공 윤희중의 하인숙에 대한 사랑의 감정을 '사랑한다'고 말하고 싶으면서도 '사랑한다'라는 그 국어의 어색함이 그렇게 말하고 싶은 충동을 쫓아 버리는 것과 궤를 같이 한다.

그러나 무진이 주인공 '나'의 프로토타입임에는 틀림이 없다. 그것은 서울에서의 실패에서 도망할 수 있는 유일한 탈출구였기 때문이다. 무진에 가면 새로운 용기나 계획이 생기는 것도 아니고 오히려 골방에 처박힌 채 어두운 청년시절을 연상하게 하는데도 소음과 책임만이 있는 서울에서 한적이 그리울 때면 '나'는 무진을 찾는 것이다. 다시 말해서 무진에서의 '나'는 초조함과 악몽 같은 것에 시달린 어두운 기억들이 대부분인데도 실의에 빠질 때나 새출발을 하기 위해서도 어김없이 무진을 찾는 아이러니를 지니고 있다.

그런데 이런 <무진기행>의 양면성은 까뮈의 안과 거죽(L'envers et L'endroit), 추방과 왕국(L'exil et Le Royaume)[24], 예스와 노오식의 구조와 무척 유사함을 보이고 있다. 까뮈의 <추방과 왕국> 중의 <요나>의 경우, 고독과 연대사이에서 갈등을 갖는 화가 요나를 보게 된다. 문학적인 해석에 의하면 요나는 용감하고 온화한 인물이다.[25] 또 이교도인 선원은 하늘에 계신 신의 가르침을 받지 않은 사람이래도 좋은 친구이다. 요나를 알레고리로 해석하는 학자들은 요나는 히브리인을 풍유화(諷喩化)한 것이고 요나를 삼킨 큰 고기는 바빌론을 풍유화한 것이라고 한다. 또한 요나를 삼킨 큰 고래는 바빌론유수(幽囚)를 알레고리화 한 것이라고 한다. 그리고 이교도 니느웨인에게 설교를 해야 할 요나의 의무는 복음을 이교도에게 전파하는 것의 풍유라고 본다. <요나>를 우화로 생각하는 학자들은 <요나>를 인간경험에서 도덕적, 정신적 진실을 가르치는 이야기로 요나는 자아독선적인 인물이며 진실의 거울을 추구하는 인물로 본다.

까뮈의 <요나>는 후자와 관련을 지을 수 있으며 공간과 구조의 양

---

24) Brain T. Fitch, *Aesthetic Distance and Inner Space in the Novels of Camus*, Modern Fiction Studies N.3(Spring, 1964), p.291.
25) Buckner B. Twawick, *The Bible as Literature*(Harper & Row, 1970), pp.303~350.

상을 유머러스하게 구사한 작품이다. '일하는 예술가'가 부제로 돼있는 <요나>는 독창적인 아파트 구조를 등장시켜 주인공 요나의 가족, 친구, 사회가 요나의 예술에 침입하는 비례에 따라 생명공간의 문제가 가속화됨을 보여준다. 파리의 예술가거리에 18세기 낡은 호텔 이층의 아파트는 <요나>에서 스토리 전개에 필수적이다. 높은 천장이 있는 하나의 큰 방과 정원이 보이는 거대한 내리닫이창, 조그만 두 개의 침대방, 부엌, 화장실, 샤워실 등 요나가 '요술상자'라고 부르는 아파트에서 일하는 화가가 살 공간을 찾는 공간의 구조변경과 그 움직임이 자못 희화적이다.

요나와 가족 사이의 상호관계를 제한하는 방의 설계가 점차적으로 등장하고 아내 루이즈는 가정일이 남편의 예술추구에 방해되지 않게 신경을 쓴다. 그러나 차츰 세 번째 아이까지 출생하자 아내 루이즈는 그의 시간을 아이들에게 할애하게 되고 요나는 성장하는 아이들의 주거공간을 위해 미술도구를 조그만 침실로 옮기고 작업은 아이들이 조용히 잠을 자는 동안 하는 등 시간과 공간의 제한을 받는다. 더욱이 루이즈가 과중한 일로 친척에게 아이들을 돌보아 주기를 요청함에 따라 언니와 조카의 입주는 좁은 아파트공간을 더욱 유머러스하게 만든다. 거실은 식당으로, 세면실은 탁아실로, 그리고 요나는 침대와 창 사이 공간에서 그림을 그린다. 드디어 요나는 폐소공포증 환경의 구조적 제한으로 집을 탈출, 그림을 그릴 산 공간을 찾아 다녔지만 무절제한 자유는 오히려 요나를 더욱 처절하게 한다. 또한 요나의 좁은 공간을 무분별하게 찾아드는 친구들은 요나의 예술과 가족을 위험에 빠뜨리는 존재로 등장한다. 요나는 친구—제자, 학생, 예술비평가 등—에 대한 지나친 친절 즉 타인에 대한 성실성 때문에 자신에게는 불성실한 화가가 되어 결국 그의 예술은 퇴락의 길을 걷는다.

까뮈 자신이 친구를 제한하는 것이 필요하다고 생각할 때는 언제나 강렬하게 고통을 받았던 것처럼 요나 역시 친구들 속에 휩싸이는 것은 좋지만, 인생은 너무나 빠르고 간결하며 에너지는 한계가 있다고 느낀다. 결국 요나가 택한 공간 즉 예술, 결혼, 집, 친구 사이의 공간의 타협을 결정할 수 있는 곳은 복도 구석에 위층 다락방을 만드는 것이라고 요나는 확신한다. 요나는 등유램프, 의자, 액자, 화가(畵架)를 가설하고 조용히 명상하며 며칠간 어둠 속에 제한된 공간구조 속에서 작업을 한다. 처음에 요나는 고독과 연대 사이에서 균형을 취하고 있다고 생각하나 덧없는 평화와 은둔을 경험할 뿐 결국 다락방에서 추락하고 만다. 몇 피트 윗 방에서 떨어진 요나의 추락은 다락방도 대지 위도 그의 자리가 아님을 암시하고 있다. 추락된 요나는 예와 아니오, 추방과 왕국 사이에서 요나를 치료한 의사의 곧 나을 것이란 말 한 마디로 작품의 결말을 맺는다.26)

시지프스의 신화를 연상하게 하는 <요나>는 예스와 노오, 안과 밖 사이의 듀얼리즘 면에서 <무진기행>과 유사함을 보이고 있다. 특히 두 작품의 결말 부분의 경우, 요나가 피할 수 없는 구조사이에서 그 간격을 치료할 수 있다는 의사의 말이나 <무진기행>에서 부끄러움을 느끼지만 무진을 떠나는 윤희중의 서울行은 소설기교에서 까뮈의 <요나>와 유사한 수법임을 인지할 수 있다.

2) 연접형식27)으로서의 이미지

작품의 의미란 텍스트에 의해 구현되는 것이다. 작가의 특별한 기호의 연속적인 사용으로 그 의미가 나타나며 의미는 작중인물과 상황, 개념, 어떤 상상적인 것 사이의 관계를 말한다.28) 또한 로즈(Alan Rose)는 「금잔에 나타난 공간론」29)에서 소설이 공간형식을 가장 직접 나타

---

26) Jerry L. Curtis, *Structure and Space in Camus 'Jonas'*, Modern Fiction Studies V.22, N.4(Winter, 1976), pp.571~576 참고.
27) James M. Curtis, *Spatial Form As the Intrinsic Genre of Dostoevsky's Novels*, Modern Fiction Studies V.18, N.2(Summer, 1972), p.139.
28) Ibid., p.135.

낼 수 있는 방법은 이미지의 풍유라고 했다. 김승옥의 <무진기행>은 작중인물과 상상적인 이미지 사이의 관계 속에 '심상적인 예술품'(Objet d'Art Imagery)이라고 부를 만큼 이미지로 충만된 작품이다.

무진을 둘러싸고 있는 안개. 안개는 무진의 명산물로 아침이면 적군처럼 산도 보이지 않을 정도로 무진을 둘러싼다. 안개는 마치 이승에 한이 있어서 매일밤 찾아오는 여귀(女鬼)가 뿜어내는 입김과 같다. 사람의 힘으로는 헤쳐버릴 수 없는 것으로 해와 바람을 간절히 부르게 하는 것이다. 안개는 단순한 소도구 이상의 의미를 지니고 있다. 안개는 신선한 밝은 햇볕과 살갗에 탄력을 줄 정도의 공기의 저온, 그리고 해풍섞인 소금기 등을 지닌 바람과 상반적인 이미지로서 무진의 이중성을 더욱 효율적으로 나타내는 공간적 이미지 역할을 하고 있다.

브래디(Patrick Brady)는 까뮈의 <이방인>에 나타난 이미지 분석을 「이방인에 나타난 에로스와 타나토스 표현」[30]에서 시도하였다. 브래디는 서구문학을 지배하는 관점이 백인남성 시각으로 서사구조에서 가장 공통적인 구조적 원리를 자아와 타자에 둔다고 전제한다. <이방인>의 경우, 주요한 상징은 남성원리의 전통적 상징인 태양이다. 태양의 열과 건조한 열기는 신체의 방어적인 반응을 항상 도발시킨다는 것이다. 또한 땀은 몸의 열을 녹이는 것이며 젖은 습기나 액체는 여성원리의 상징으로 <이방인> 작품전체가 어머니의 장례식과 아랍인 살인이란 중요한 구조적 기능과의 관계에서 이원적인 대립을 보이고 있다고 하였다. 즉 태양과 땀, 모래와 물, 소리와 침묵, 자아와 타자 등위의 상징체계는 기본적으로 남성원리—태양, 모래, 소리—와 여성 또는 타자원리—땀, 물, 침묵— 즉 양과 음의 이중원리체계를 지니고

---

29) Alan Rose, *The Spatial Form of the Golden Bowl*, Modern Fiction Studies V.12, N.1(Spring, 1966).
30) Patrick Brady, *Manifestations of Eros and Thanatos in L'Etranger*, Twentieth Century Literature V.20, N.3(July, 1974), pp.183~188.

있다는 것이다.[31]

<이방인>에 나타난 이런 양면적 이미지 양상은 뫼르소오의 아랍인을 죽이기 전의 1부의 조는 의식과 총으로 쏜 후의 2부의 의식의 깨어남과의 이분 구조와도 균형을 취하고 있다. 또한 아랍인을 살인하기 전후의 뫼르소오의 비성인화(非成人化)와 성인화 또는 남성원리인 자아의 여성원리인 타자로의 틈입 등[32] 이미지의 대립이 뫼르소오 의식의 양면성을 암시하는 기능을 하고 있다.

<무진기행> 역시 안개와 바람의 상반된 대조 속에 그것이 주는 심볼은 이미지의 전후 상관관계[33]와 계속적인 관련을 가지며 작품 전체에 걸쳐서 연속적으로 영향을 주고 있다. 즉 안개와 바람의 바이너리 이미지가 주는 공간의식은 안개가 젊었을 적 무진에서의 어두운 의식을 되살아나게 하는 주인공 '나'의 과거의식의 상징적 이미지임에 반해 바람, 햇볕은 과거의 '나'를 잊으려고 하는 현재 '나'의 의식의 심볼이라 볼 수 있다.

유월의 바람이 나를 반수면 상태로 끌어 넣었기 때문에 나는 힘을 주고 있을 수가 없었다. 바람은 무수히 작은 입자(粒子)로 되어있고, 그 입자들은 할 수 있는 한 욕심껏 수면제(睡眠劑)를 품고 있는 것처럼 내게는 생각되었다.

그 바람 속에는, 신선한 햇볕과 아직 사람들의 땀에 밴 살갗을 스쳐보지 않았다는 천진스러운 低溫, 그리고 지금 버스가 달리고 있는 길을 에워싸며 버스를 향하여 달려오고 있는 산줄기의 저편에 바다가 있다는 것을 알리는 소금기 그런 것들이 이상스레 한데 어울리면서 녹아 있었다. 햇볕의 신선한 밝음과, 살갗에 탄력을 주는 정도의 공기의 저온, 그리고 해풍(海風)에 섞여 있는 정도의 소금기, 이 세 가지만 합성(合成)해서 수

---

31) Ibid., pp.186~187.
32) 공격적 파멸적 남성원리인 총이 바닷가의 침묵을 깨뜨리고 여성원리인 타자 아랍인을 쏜 것을 의미한다.
33) Alan Rose, op. cit., p.106.

면제를 만들어 낼 수 있다면 그것은 이 지상(地上)에 있는 모든 약방의 진열장 안에 있는 어떠한 약보다도 가장 상쾌한 약이 될 것이고 그리고 나는 이 세계에서 가장 돈 잘 버는 제약회사(製藥會社)의 전무님이 될 것이다. 왜냐하면 사람들은 누구나 조용히 잠들고 싶어 하고, 조용히 잠든 다는 것은 상쾌한 일이기 때문이다…

위에 나타난 바와 같이 바람, 햇볕, 소금기, 저온, 땀 등은 낮의 이미지로 안개가 밤의 이미지라고 가정할 때 서로 대척적인 의미를 지닌다. 그것은 작품의 데뉴망에서 주인공 윤희중이 무진을 떠나며 인숙에게 써논 편지에 잘 나타나고 있다.

> 당신을 햇볕 속으로 끌어넣기 위하여 있는 힘을 다할 작정입니다. …서울에서 준비되는 대로 소식드리면 당신은 무진을 떠나서 제게 와주십시오…

또 <무진기행>에서 좌시할 수 없는 이미지는 개구리 울음소리가 별들이라고 느낀 '나'의 의식이다. 나'의 의식의 대상이었던 '별'의 이미지—별이 무수히 반짝이는 밤하늘과 가슴이 터져 미쳐버릴 것만 같았던 거리—는 <이방인>의 뫼르소오가 감옥에서 눈을 뜨자 창밖으로 본 별과 <요나>[34]에서 화가인 요나가 새로운 작품을 구상하며 모든 것이 재출발할 것을 믿을 때 자기 별이 머리 위에 있다고 느끼는 것을 연상하게 한다. 즉 까뮈가 의미하는 별의 이미지—밤냄새, 흙냄새, 소금냄새가 융합된—와 유사성을 떠올리게 한다. 까뮈의 별은 진실을 확인할 수 있는 데 대한 기쁨인데 반하여 김승옥의 별은 어둠침침한 자의식에서 벗어나고 싶은 영리한(?) 현실인으로서의 바람과 별

---

34) <요나>의 경우, 별이란 어휘는 수없이 반복된다. 김화영의 「文學想像力의 硏究—알베르 카뮈論」(문학사상사, 1982)에서 까뮈가 즐겨 애용하는 어휘인 달과 별, 소금, 눈(雪), 돌, 물 빛 등의 이미지 분석을 참고하기 바람.

이다. 그러나 그 현실인은 요나나 뫼르소오가 진실을 추구하는 기쁨과는 달리 심한 부끄러움을 나타내는 아이러니를 지니고 있다. 결국 안개와 바람—햇볕, 소금, 별의 이미지가 혼용된—의 이미지는 무진이 지닌 듀얼리즘과 함께 작품전체를 일관하는 상징적 비유적 이미지로서 '나'의 공간의식에서 본질적으로 그 기능을 다하고 있다.

3) 과거와 현재의 병치

<무진기행>은 과거체험의식을 기저로 현재의 주인공 '나'의 의식이 과거체험의식과 병행되어 철저하게 전개되고 있다. 그러나 그 과거란 일상적인 시간을 벗어나서 과거와 현재가 동시적 질서 위에 이미지로 형상화되어 중복되게 겹쳐지고 있다. 그것은 작품구성에서 기본적인 시퀀스가 아닌 병치(並置, juxtaposition)로서 파운드, 엘리어트, 조이스, 푸르스트가 구사하는 '내적장르'[35]에의 접근이라고 볼 수 있다. 말하자면 구성의 공간형식으로 스토리의 구성은 독자의 의식內의 시간을 통해서 형성되는 것이다.[36] 소위 쉬클로브스키(Shklovsky)식의 낯설게 하기 구성이 서사적인 특징과 관련되어 인과적으로 질서화된 친근한 스토리의 시퀀스에서 일탈하는 구성이다. 특히 20세기 문학에서 새롭게 눈에 띄는 구조장치는 20세기 문화와 유사하게 파편화현상으로 서스펜션을 창조하는 것이다.[37]

<무진기행>은 작가가 서술한 대로 크게 네 장면으로 나뉘어져 있다.

① 무진으로 가는 버스 안
② 동기동창 '조'의 응접실

---

35) James, M. Curtis, op. cit., p.139.
36) Eric S. Rabkin, *Spatial Form and Plot*, Critical Inquiry V.4, N.2(Winter, 1977), p.253.
37) Ibid., p.266.

③ 인물들의 배회공간인 방죽

④ 서울로 가는 버스 안

①에서는 무진이란 곳에 대한 성격규정이 외부인의 대화를 통해서 서술되고, 1인칭화자 '나'의 무진에 대한 묘사 및 서술이 나의 젊은 시절과의 관계에서 전개된다. 무진의 명산물은 안개이며 '나'는 제약회사전무 승진을 앞두고 휴양차 왔으며, 골방 안에서 있었던 불쾌한 추억을 지닌 청년시절 연상, 무진으로 오는 도중 역구내에서 본 광녀(狂女)의 모습에서 골방 속에서 쓴 일기구절을 불현듯 생각. 전쟁을 기피한 채 수음을 하며 지냈던 오욕의 시절 연상, 아내와 장인의 무진행 권고를 다시 생각.

②에서는 신문지국사람들의 아내 덕에 출세한 '나'에 대한 수군거림. 후배 朴의 등장. 사년 전 실직상태에서 무진에 왔던 일 생각. '나'의 결혼 및 출세에 대한 朴과의 대화. 朴과 세무서장으로 있는 동창 조를 방문. 세무서직원 및 여교사 하인숙과의 만남. 응접실에 흩어진 화투짝에서 자신의 포기했던 젊은 시절을 떠올림. 하교사가 부른 목포의 눈물에서 광녀와 무진의 시체썩는 냄새 느낌. 朴의 중도퇴장, 하교사를 집에 데려다 주는 과정에서의 나와 하교사와의 대화. '나' 아닌 타인에 대한 속물의식. 서울로 가고 싶다는 인숙에게 서울은 책임 뿐인 부담스런 곳이라고 역설. 하교사와의 대화 다시 생각, 연민을 가짐. 엉뚱한 생각으로 잠을 못 이룸.

③에서는 어머니 산소에 절함. 장인영감 연상. 방죽길에서 자살한 술집여자 시체 목격. '나'의 일부처럼 느낌. 조의 서장실 방문. 속물적인 조의 모습에서 자신의 모습을 발견. 방죽에서의 하교사와의 만남에서 자신의 모습을 발견. 동침 후 하인숙의 서울행 거부. 계속되는 나의 불안.

네 장면 중 ②의 세무서장 조의 응접실에서의 무진사람들의 대화장면과 ③의 방죽에서의 장면이 대화를 통해서 가장 클로즈업되어 있다. 그것은 '나'의 이중성을 무진에서 만난 사람들을 통해 확인했기 때문이다. <무진기행>에 등장하는 인물들은 여럿이지만 실상 다 나의 분신이다. 그동안 거의 무진을 잊었던 주인공 '내'가 과거의 어두운 경험을 되살리게 된 첫 계기는 ①에서의 이른 아침 역구내에서 본 미친 여자의 모습에서다. 무표정한 얼굴을 지닌 광녀의 비명 속에서 나는 옛날 무진의 골방 속에 있었던 내 자신의 모습을 발견했던 것이다. 또한 나는 자살해버린 술집여자의 모습을 청년시절의 내 몸의 일부처럼 느낀다. 특히 그녀의 하얀 스커트와 하얀 고무신, 무엇인가를 싼 손수건의 하얀색이 주는 이미지는 안개와의 특별한 공간적 연결의 미를 지닌 의식의 표현이다.

그러면서도 '나'는 고시에 패스해 세무서장으로 출세한 동기동창 조의 현실주의적이며 기회주의적, 속물적인 모습에서 돈 많은 과부와 결혼하여 지금은 전무승진을 기다리고 있는 자신과 공모자인 듯한 느낌을 갖는다. 대학을 못나온 열등감을 잠재적으로 지니고 있으면서도 높은 회전의자에 앉아서 바쁜 것을 자랑스럽게 여기는 조의 허세는 분명 서울에서의 '나'였던 것이다. 후배 박의배 역시 청년시절의 '나'의 분신이다. 가난한 문학소년시절을 지냈던 그가 독서광이고 또 가난했던 작가 피츠제럴드를 좋아하는 것이 '나'와 유사하다. 오래전부터 알던 사람으로 느껴졌던 음악교사 하인숙에 대한 '나'의 의식은 어두웠던 과거의 '나'를 더욱 강렬하게 느끼게 한다. 그 의식은 조와의 대화 "야, 세상 우습더라, 내가 고시에 패스하자마자 중매장이가 막 들어오는데… 그런데 그게 모두 형편없는 것들이거든. 도대체 여자들이 성기 하나를 밑천으로 해서 시집가 보겠다는 그 배짱들이 괘씸하단말야." "그럼 그 여선생도 그런 여자 중의 하나인가?" "아주 대표적인 여자지. 어떻게나 쫓아다니는지 귀찮아 죽겠다." "퍽 똑똑한 여자일 것 같던데" "똑똑하기야 하지. 그렇지만 뒷조사를 해보았더니 집안이 너무 허술해. 그 여자가 여기서 죽는다고 해도 고향에서 그를 데리러 올 사람 하나 변변하게 없거든."을 통해 '나'와 '인숙'은 우리가 되어 버리고 만다. 즉 '나'와 그녀가 우리란 공동의식을 지니게 된 것이다.

말하자면 <무진기행>에 등장하는 인물들은 개개인물이면서도 하나의 연접형식(Linkage)[38]을 띠고 있다는 점인데, 이것은 공간형식에 있어서 인물 상호관계의 조밀성을 표현하는 방법이기도 하며 각 구성요소가 상호 유사한 구성요소와 연결되어 비유적·의미론적으로 정밀한 읽기가 요구된다. 각 인물이 상호 경험하는 이분된 의식은 결국 '나'로 응축된다.

광녀, 자살한 술집여자, 하인숙, 그리고 후배 박과 동기생 조 등 주인공 '나'의 양면적 의식상황은 어둡던 청년시절의 '나'와 속물일 수밖에 없는 현실적인 '나'의 의식요소가 연접형식으로 심층구조를 이루고 있다.

결국 양면적 이미지를 도식화하면 다음과 같은 삼각형으로 나타낼 수 있다. 그런데, '나'는 왜 어두웠던 과거의식 속에 휩싸여 있으면서도 타협안을 만들면서까지 서울의 전무라는 높은 회전의자로 돌아가야만 했는지 그것이 아이러니이며 동시에 김승옥의 사르트르적인 참여의식이기도 하다.[39]

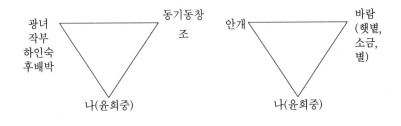

---

38) James M. Curtis, op. cit., p.142.
39) 류보선은 「김승옥론」, 『한국현대작가연구』(문학사상사, 1991)에서 1965년에 쓴 <무진기행>을 김승옥이 생활인이 된 시기에 쓴 것이라고 언급했다.

다시 말해서 <무진기행>은 프랭크가 '공간형식의 정의'에서 언급한 것처럼 과거와 현재시간이 동시에 이해되어 있다. 파편적인 이미지의 연접형식이 나의 과거와 현재를 전체로 알도록 하는 기능을 한다. 그것은 시간의 시퀀스 즉 역사적 시간이기보다 지금 또는 앞으로도 계속 되살아날 수 있는 자의식인 것이다. 그러기에 '나'는 무진을 떠나면서 심한 부끄러움을 느낀다.

3. 부조화의 미학

소설은 본질적으로 분위기이며 언어구사가 중요하다. 특히 내적공간구조의 소설에서는 특히 무드나 언어가 더 중시된다. 그것은 곧 문체와도 직결되는 문제이다. <무진기행>은 내용과 형식관계에서 다른 작품과 다른 독특성을 지니고 있다. 예스와 노오 사이에 번민하는 '나'이면서도 문체는 밝고 신선한 이미지만 독자들에게 느끼게 한다.[40]

> 버스는 무진읍내로 들어서고 있었다. 기와 지붕들도 양철지붕들도 초가지붕들도 유월하순(下旬)의 강렬한 햇볕을 받고 모두 은빛으로 번쩍이고 있었다. … 햇볕만이 눈부시게 그 광장(廣場) 위에서 끓고 있었고 그 눈부신 햇볕 속에서, 정적(靜寂) 속에서 개 두 마리가 혀를 빼물고 교미를 하고 있었다.

은빛, 눈부신, 강렬한 햇볕, 기와, 양철지붕 등 이미지와 정서가 구

---

40) 류보선은 감각적 문체로 언어의 조응력을 특징으로 들었고, 이태동은 뛰어난 감수성을, 한형구 역시 감각의 제시, 박선부는 심미적 반복이미지, 정적, 감각적 등 문체에 대한 인식은 거의 유사하다.

성적 기능을 갖는 소설에서 볼 수 있는 문체임을 알 수 있다. 어두운 추억으로 점철되어 있는 무진이 은백색으로 빛나는 명쾌한 언어로 표현되어 있으며 평화스런 시골정경을 방불하게 한다.

　검은 풍경 속에서 냇물은 하얀 모습으로 뻗어 있었고 그 하얀 모습의 끝은 안개 속으로 사라지고 있었다.

　머리는 파마였고 팔과 다리가 하얗고 굵었다. 붉은색의 얇은 스웨터를 입고 있었고 하얀스커트를 입고 있었다. 지난 밤의 새벽은 추었던 모양이다. 아니면 그 옷이 그 여자의 맘에 든 옷이었던가 보다. 푸른꽃무늬 있는 하얀 고무신은 어미에 베고 있었다. 무엇인가를 싼 하얀 손수건이 비를 맞고 있었고 바람이 불어도 조금도 나부끼지 않았다.

시각적 색채언어의 감각적 표현이 문체를 명징하게 하며 '나'의 어두운 의식과 대조가 된다.

　마랑고 사이에 있는 언덕들 위로, 하늘에는 붉은 빛이 가득히 퍼지고 있었다. 언덕 위로 부는 바람은 소금기 풍기는 냄새를 실어오고 있었다. 아름다운 하루가 시작되려는 것이었다. 나는 오래동안 야외에 가 본 일이 없었으므로 어머니만 없다면 산책하기 얼마나 즐거울까 하는 생각이 들었다.[41]

위 작품은 <이방인>의 일부 인용이지만, 아랍인을 해변가에서 살인하는 장면이나 어머니 장례식에 참석하는 장면 등 감각적인 언어사용이 <이방인>이 표현하는 내용의 부담을 경감시키는 기능을 하고 있다. 또한 분위기가 언어사용에서 김승옥의 <무진기행>과 유사함을 지적할 수 있다.

---

41) A. 까뮈, <이방인>(김현곤 외 역, 문조사, 1977).

그러자 나는 이 모든 것이 장난처럼 생각되었다. 학교에 다닌다는 것, 학생들을 가르친다는 것, 사무소에 출근했다가 퇴근한다는 이 모든 것이 실없는 장난이라는 생각이 든 것이다. 사람들이 거기에 매달려서 낑낑댄다는 것이 우습게 생각되었다.

<무진기행>에서의 이런 '나'의 의식태도는 <이방인>에서 뫼르소오의 조는 의식과 매우 흡사하다.

결국 이러나 저러나 내게는 마찬가지라고 말하였다. 사장은 생활의 변화에 흥미를 느끼지 않느냐고 묻기에, 사람이란 생활을 결코 바꿀 수는 없는 노릇이고, 어쨌든 어떤 생활이든지 다 그게 그거구 또 나는 이곳에서의 생활을 조금도 불만스럽게 생각지 않는다고 대답하였다. …내가 대답을 할 때면 언제나 딴전이고 나에게는 야심이 없어서 사업에 큰 지장이라는 것이었다. … 저녁에 마리가 찾아와서 자기와 결혼할 마음이 있느냐고 물었다. 나는 그건 아무래도 좋지만, 마리가 원한다면 결혼해도 좋다고 말하였다. 그러니까 그녀는 내가 자기를 사랑하는지 어떤지 알고 싶어 하였다. …그건 아무 뜻도 없는 말이지만 아마 사랑하지는 않는 것 같다고 대답하였다.

두 작가의 위와 같은 불투명한 의식상황과 내용과 부조화된 문체의 특이한 개성은 비교문학의 일반문학적인 관점에서 연구해 볼 만 하다. 현실은 부조리이지만 그 부조리를 인정해야 하는 까뮈의 저항이 김승옥에게서도 나타난다.

<무진기행>은 1인칭시점 형식을 취하고 있다. 1인칭주인공시점은 특히 내적공간에서 효과적인 시점으로 과거의 기억이 현재에서 같은 강도를 지닌다.[42] 또한 1인칭시점은 주인공 '나'의 의식에서 독자 자

---

42) English Showalter, JR., *Symbolic Space Fictional Forms in the Eighteenth-Century French Novel* V.8, N.3(Spring, 1975), p.214.

신의 모습을 발견하기를 기대하는 아이덴티티 즉 작중인물과 독자와의 미학적 거리를 좁힐 수 있는 하나의 방법이기도 하다. 그런데 <무진기행>은 까뮈의 <이방인>처럼 1인칭형식을 취하고 있으면서도 독자와 작중인물 '나'와의 사이에 동일시되기 어려운 괴리감을 가지게 된다. 그것은 특히 스토리의 내용과 문체와의 부조화에서 더욱 그렇게 생각된다.

그러나 <무진기행>의 초점은 '나'와 타협하는 내적의식에 주어져야 한다. 까뮈의 <요나>에서는 예스와 노오, 정의와 불의, 추방과 왕국, 고독과 연대적 책임 사이에서 요나의 추락[43]이 문제가 되는 것처럼 <무진기행> 역시 불투명성과 아이러니의 수법으로 오직 책임만이 있을 뿐인 서울로 돌아온 것은 <서울, 1964년 겨울>에서 세 사람의 주인공─안이란 대학원학생, 아내의 시체를 병원에 판 서른대여섯 살짜리 가난뱅이사내, 육사를 지원했다 실패하고 지금은 구청병사계에서 일하고 있는 '나'─들이 연대성의 상실과 소외 속에서도 서울을 떠나지 않은 것과 맥락을 같이 한다.

이상 4·19세대로 60년대 문학의 대표적인 작가였던 김승옥의 <무진기행>에 나타난 공간양식을 예스와 노오의 갈등, 연접형식으로서의 이미지, 과거와 현재의 병치를 통해 살펴 본 바, 특히 상반된 이미지의 형상화나 어둡고 공허한 내적의식을 표현하면서도 명징한 문체를 보이고 있는 점에서 까뮈와 일반문학적인 대비연구를 할 여지가 있다고 본다.

---

43) Jerry L. Curtis, op. cit., p.576.

한국 현대도시소설과 비교문학

인쇄일 초판 1쇄 2005년 9월 23일
발행일 초판 1쇄 2005년 9월 28일
지은이 전혜자
발행인 정진이
발행처 새미
등록일 2005. 3. 15 제17-423호
총 무 한선희, 손화영
영 업 정찬용, 정구형
편 집 홍관호, 배유진, 박지희, 권성혜
인터넷 이혜선, 박소영, 이한나
물 류 박지연, 안병제

서울시 강동구 암사동 463-25 2층
Tel : 442-4623~4, Fax : 442-4625
www.kookhak.co.kr
E- mail : kookhak2001@daum.net

▶ ISBN 89-5628-173-4 *93810
▶ 가 격 18,000 원
▶ 저자와의 협의 하에 인지는 생략합니다.